目录

第二卷　醉花亭中坐，三载桃花色 /1

第一章　抄家　　　　　　/1
第二章　料中　　　　　　/16
第三章　登门　　　　　　/32
第四章　对弈　　　　　　/49
第五章　搅和　　　　　　/65
第六章　命脉　　　　　　/81
第七章　请雨　　　　　　/97
第八章　祸害　　　　　　/113
第九章　负责　　　　　　/128
第十章　惬意　　　　　　/144
第十一章　机锋　　　　　/160
第十二章　亲近　　　　　/178
第十三章　最爱　　　　　/196
第十四章　心意　　　　　/214
第十五章　巧遇　　　　　/231
第十六章　离京　　　　　/247

第二卷 醉花亭中坐，三载桃花色

第一章 抄家

陛下当朝砍了几个人，一日里，喧嚣就没停过。

据说城门紧闭戒严，菜市口血流成河，安民告示起了一定效用，百姓们没陷入恐慌，有不少人聚集在菜市口去看砍人。

京中平静了太久，已太久没发生这么大的案子了。

据说，楚宸昨日带着人追出京城，还没有消息传回来。据说七皇子从昨日深夜带着人抄家到今日傍晚就没停过，从张府抄没的东西财产并不多，楚砚怀疑张宰辅将财产早就转移了。而其他罪臣府邸倒是抄出了不少东西，都清点入了国库。

安华锦想着，陛下若是想丰盈国库，只需要多抄几次家就行。这些年，朝野上下一片歌舞升平，百姓们过得不算多苦，但富户官员却更是富得流油。

这么一抄家，便空出了很多府邸，也空出了很多田地山地。

安华锦琢磨着，安家在京城只这么一处老宅子，连个城外的田产农庄和避暑的温泉山庄都没有，穷得可以。谁能想到，南阳王府还不如一个平平常常三品官员府邸有财产？

她与顾轻衍商量："你说，陛下惩治了这一批罪官罪犯，国库一下子丰盈了，他是不是只安慰我，还得谢谢我？"

顾轻衍笑看着她："你想要什么？"

"百里地外，不是有一座温泉山吗？据说冬日里，京中各府都喜欢去温泉庄子上住着泡温泉。我还没享受过。如今被抄家的那些人，财产都充公，我是不是可以找陛下要一处位置好的宅院？"

"这个简单，你让人给皇后递个话，皇后娘娘就能给你办了。"顾轻衍温声说，"今日一早，淑贵妃跪去帝寝殿外，陛下虽没见人，但也没夺了贵妃封号，只削了协理六宫之权，这个不痛不痒。皇后若是去见陛下，稍微地提一句，陛下无论是面上还是心里都过不去，总能满足皇后所提。"

"孙伯。"安华锦听了便喊人，"你进宫一趟，替我给姑姑报个平安，另外悄悄跟姑姑说，我想要温泉山那边的庄子。也许我能住到冬天泡温泉的时候也说不定呢。"

"是，老奴这就去。"孙伯点头，立即去了。

孙伯刚走不久，张公公带着人送了两大车的东西来到安家老宅，据说是陛下忙完了手边的事情后，想起小郡主昨日受了惊吓，特意让人给她送些好东西压惊。

这回的东西比诚太妃赐死那天的东西要好，都是外邦进贡的好玩意儿，很值钱，且难得的是稀罕东西。

安华锦很欣然地笑纳了，送走了张公公后，对顾轻衍说："孙伯如今也就刚到皇宫，陛下这一日忙得兵荒马乱，还能想起安慰我，真不容易，大体是张公公的功劳。"

也不枉她亲手给他包了个大红封，张公公笑得见鼻子不见眼睛地走了。

"即便张公公不提，陛下过两日也能想起来。"顾轻衍温声说。

"可惜，大多东西都不实用，也不能卖，御赐的东西多数也就是摆着好看。"安华锦双手托着下巴，"如今南阳军虽然不缺今年的军饷了，但我还是改不了想法子搂钱的毛病。今年不缺，还有明年呢，明年够了，还有后年呢。钱多总不烫手。"

"诚太妃不是给你一座金山吗？"顾轻衍微笑，"既然她给你，那就是没被朝廷发现私自开发的，总够南阳军吃几年了。"

"也是，我竟给忘了。"安华锦一下子又精神起来，见顾轻衍好笑地看看她，瞪眼，"你是不当家不知柴米贵，大概你从来没为养活人发愁过。从三年前，我爷爷就把筹集南阳军军饷的事儿全部扔给我了，我想尽法子才能让南阳军勉强穿暖吃饱。你没去过南阳，若是去了，你就该见识到没有再比南阳王府更穷的王府了。不说家徒四壁，但也没多少值钱的玩意儿。"

顾轻衍轻叹一声："真是辛苦了！"

可不是嘛！人人都羡慕她托生在南阳王府，有个顾轻衍这样的未婚夫，可是谁知道她从小到大过的是什么日子！

顾轻衍总算知道为何一百五十年，南阳军虽受朝廷编制，但其实是安家的了。

朝廷养不起百万兵马，但因南齐和南梁总想着入侵，屡屡犯境，所以，代代以来，朝廷也不敢削减南阳军兵制。

先皇时，尚且好些，朝廷总会尽力给南阳军拨军饷，虽不足，但也不至于多艰难。

当今陛下刚登基时，根基不稳，便出了劫粮案，陛下疑心重，一下子就怀疑了南阳王府。所以，这么多年以来，军饷给得十分磨蹭拖延，还用各种名目理由地少给。能给一多半那就是不错了，其余的，就只能南阳王府自己想办法。

所以，这二十年来，可以说，是南阳王府自己养活南阳军。

朝廷做得太明显，一年又一年，南阳王府能没反，已足够说明忠心了。朝野上下都清楚的事儿，南阳军的将领士兵能不知道？

所以，如今的南阳军若说忠于大楚，那是打个对折，忠于南阳王府是实打实的。

这也就是陛下认为安华锦这条命十分重要的缘故了。若是安华锦出事儿，没了命，老南阳王一把年纪，肯定受不住，南阳军也就散了乱了，不会再服朝廷。

这么多年，没人能接手南阳军还有一个原因，就是能否被陛下信任。人有没有能力先放在一边，除了南阳王府，谁能供应得起南阳军的开销？

天下能叫得上名号的几大世家，顾家、王家、谢家，崔家，大体是能的，但是，诗礼传家的世家底蕴，都走的是从文的路子。就算有子孙从武，也没多大能耐。

天下何人敢小看南阳王府？除了掌管着百万兵马，能养得起百万兵马的能耐，也是独一份。

顾轻衍以前也大体有了解过，但听着安华锦絮絮说出，虽听着轻巧，但也不难体会这轻巧话语背后背着多沉重的负担。他甚至有些后悔，若是早知道，他伸伸手，也不至于让她辛苦了三年。

一个女儿家，撑起这么大的事儿，老南阳王真是没拿她当女孩。

孙伯很快就回来了，笑呵呵地回禀："小郡主，娘娘说知道了，她定让您满意。"

安华锦点头："姑姑就是疼我。"

皇后真的是很疼安华锦，就拿当初她揍完楚宸就跑了的事儿说，是皇后用了三个月来善后才免于善亲王带着人杀去南阳。皇后身居后宫，这些年，能做的也都做了，无奈的做不了的，也没法子。

一日的兵荒马乱后，转日，陛下似乎才腾出一口气来，殡葬诚太妃入陵寝。

安华锦打发了孙伯替她前去送灵，孙伯回来说，诚太妃的殡葬办得很是冷清，送行的人没多少，没出什么岔子，安稳地下葬了。有几个人向他打听小郡主，孙伯唉声叹气地说小郡主因太妃之死吓着了，卧病在床几日，之后刚刚稍好一点儿，又出了张宰辅派三百杀手闯入安家老宅要杀小郡主之事，这不，虽然人没事儿，又病倒了。

他说得唉声叹气，听着的人是连连跟着摇头，心想着这安小郡主真倒霉。以前多少人羡慕安华锦出身南阳王府的身份，如今恐怕没人羡慕了，她倒霉的事多，还算命硬，若换个人，怕是早死了。

她没死不说，一下子扳倒了张宰辅，真是厉害。

接下来三日，陛下大清朝堂，每日都有拖到菜市口斩首示众的官员，无不是罪大恶极法不能饶恕的。因陛下这般铁了心地雷厉风行惩治，好多与张府有关联的人都吓了个半死，检举认罪制起到了很好的作用，每一天有大把的人呈上证据。

从小打小闹的证据，到真正地渐渐翻出大证据，终于，五日后，真正地爆出了十八年前的劫粮案的证据。

十八年前，张宰辅还是户部主事，他丁忧归家，就是为了妥善瞒过陛下处理劫粮案中所劫持的五十万石粮食。而这五十万石粮食哪里去了？原来是被偷偷地借由淮河水运，经转关门、凤阳、天府、西宁出了大楚地界，运去了南齐和南梁。

也就是说，早在十八年前，张宰辅就通敌卖国，拿养南阳军的军饷养了南齐和南梁的兵马。

皇帝气得吐血，握着张宰辅的亲信呈上来的证据手抖，差点儿砸了南书房。

他怎么也没想到，张宰辅会通敌卖国，且早在十八年前。

他气得很，眼睛冒火，再也忍不住，吩咐张公公："摆驾，朕去刑部天牢见见他。"

楚宸带着人追出京城，至今没消息传回来，可见追捕并不顺利。张宰辅与夫人分开关在两个牢房里，皇帝至今未见，今日着实忍不住了。

这么多年来，他压制军器监不改造兵器，也有张宰辅的劝诫在内。张宰辅始终觉得南阳王府有朝一日会反，他就真信了。哪里知道，他器重信赖将之摆在百官之首的人，是通敌卖国的奸臣？

皇帝怒气冲冲来到天牢，刑部尚书带着人接驾。

这几天，除了斩首示众的，刑部天牢、大理寺天牢、京都衙门都关满了人，牢房都不够用了。几个衙门都忙得团团转，甚至几天都没好好睡个踏实觉了。尤其是刑部的人，更是不敢放松懈怠，生怕陛下还没定罪惩处的犯人出了事儿，刑部也跟着遭殃被陛下问罪。

皇帝脸色前所未有地难看，下了御辇后，对刑部尚书问："张桓呢？"

刑部尚书拱手："回陛下，着人日夜看着，就在牢里。"

"带路，朕去见他。"

"是！"

刑部尚书一边带路，一边打量陛下的脸色，张宰辅那亲信的供词是从刑部递交的，连他都大吃一惊，想着这么多年，朝廷里有这么一个通敌卖国的人，深得陛下器重，这该做了多少卖国的事情？

八年前，户部督管粮草的人是张宰辅的人，难保当年在与南齐和南梁的对战中，没从中作梗。那么，玉雪岭之战，安家父子三人埋骨沙场，也有张宰辅的手笔。

细思极恐！

若说，陛下算不得昏君，也还算勤勉，除了喜好美人外，倒也不疏忽政事，没想到，被人愚弄这么多年，搁谁也会生气，更遑论这个人还是九五之尊。

张宰辅被关在刑部天牢重罪牢房最里面一间，里面昏暗潮湿，一股腐蚀的霉气味。

张公公小心翼翼开口劝说："陛下，不如将罪犯提出来审问。"

"不用。"皇帝如今哪里还顾得上嫌弃天牢里的霉气味，他只想见到张宰辅，问问他，朕有哪里对不住他。

这么多年，许以高官厚禄，宠爱他的女儿和外孙，能给的他都给了。就算对先皇，皇帝也从没觉得有多好过。他不是不孝，相反，张宰辅很是得他的心。

张宰辅靠着墙壁坐着，没人对他用刑，身上虽然穿着囚犯的衣服，但依旧干干净净的，就连头发也梳得一丝不苟，哪怕成了阶下囚，他依旧不邋遢。

听到动静，张宰辅闭目养神的眼睛睁开，便看到了明黄的身影一脸怒气而来。

张宰辅神色不动，似乎早有所料。

"你们都出去！"皇帝挥手让人退下。

张公公用拂尘扫了扫，侍候的内侍连忙退去了外面。

"你也出去！"皇帝赶张公公。

张公公一愣，心里涌上几分讶异之色，他伺候陛下多年，陛下鲜少连他也支开。不过一怔的工夫，他还是听命地恭恭敬敬地退了下去。

皇帝在人都退下去后，死死地盯着张宰辅："张桓，你好得很，十八年前便通敌卖国，你有何话说？"

张宰辅坐直身子，面无表情："陛下都知道了？老臣无话可说。"

皇帝眼睛喷火，几乎发狂："朕让你说，你必须说！你说为什么？朕哪里对不住你？你为什么通敌卖国？对你有什么好处？"

张宰辅忽然大笑了起来，笑出了眼泪，人也几乎癫狂："陛下问得对，对我有什么好处，其实没什么好处。只不过，如今也不怕告诉你，其实，我父亲姓齐，母亲姓梁而已。"

齐是南齐的国姓，梁是南梁的国姓。

皇帝一时惊撼，不敢置信，没了言语。

任谁也想不到，张宰辅张桓，原来是南齐与南梁结盟联姻而生。一句话，就说明了他为何通敌卖国。他本就是南齐与南梁的人。

他今年五十八，也就是说，他隐姓埋名，三十年前来到大楚，从科举考起，一步步官运亨通，官至宰辅，是南齐和南梁埋在大楚最明面上也是最深处的奸细，也是南齐和南梁扎入大楚腹部最锋利的剑。

皇帝被震蒙好一会儿没说话。

张宰辅癫疯够了，似乎有了闲谈的心情，徐徐道来："我母亲是梁国公主，父亲是南齐皇子，我的出生是南齐与南梁结盟的产物。两国虽然结盟，但也互相防范，我流着一半南梁的血液，注定坐不了大位。在我十五岁时，父皇找我做了一次深谈，问我愿不愿意打入大楚内部腹地，来做内应，不管用多少年，无论成功失败，南齐的史册，总记我一功，比我做个闲散王爷，历史上只记个名字的好。于是，我便答应了。"

"我在大楚三十年，小事可以忽略不计，我做过三件大事儿。一件是陛下登基的劫粮案，一件是八年前的玉雪岭之战，还有一件就是派大批杀手刺杀安华锦。前两件事都成功了，最后一件事失败了。没想到我这一生，败在一个小丫头手里，小看她了。"

皇帝目眦欲裂："八年前，玉雪岭之战，是你从中作梗？"

"我是从中作梗没错，安家父子三人的死不是陛下乐意见的吗？"张宰辅讽笑，"若没陛下纵容，我何以会那么顺利？"

皇帝铁青的面色一僵，周身都抖了起来："朕没想过让他们父子三人都死！"

"陛下是没想过赶尽杀绝，陛下还要安稳住南阳军好好为大楚尽忠。陛下想留一个人，最好是年幼的那一个，您好掌控他，也好顺便掌控南阳军。但老臣又怎么会如陛下的愿？老臣要的就是安家的人全部都死，然后南阳军乱。可惜，人算不如天算，安家的男儿都死绝了，但依旧惨胜了。到头来，老臣反而因要杀一个小丫头，阴沟翻船，栽了。"

皇帝闭了闭眼："是朕眼瞎。"

"陛下不只眼瞎，心也瞎。"张宰辅毫不客气，"先皇比陛下精明得多，臣在先皇时期，不敢动作，老臣推陛下登基，原因就在此。"

皇帝气得上不来气，堂堂帝王，真是被他愚弄在手掌心，他恨不得现在就打开牢房的门冲进去杀了他，但这么干脆地让他死，怎么能够解气？他已不想看见他，但又不想让他痛快地死了。于是，他转身冲出了牢房。

张公公听到脚步声冲出来，立马悄无声息地又退出了老远，装作刚刚什么都没偷听见。

皇帝大步冲出来后，阳光打在他身上，依旧不能让他觉得暖和，浑身发冷，唇齿似乎都冷得掉冰碴，他站在刑部天牢的门口，大口大口地喘了好一会儿气，才对战战兢兢地看着他的刑部尚书下令:"折磨他,用最折磨人的法子,但是不准让他死了。"

"是!"

"若是死了,朕唯你是问。"

"是!"

刑部尚书心里咯噔一声,看来陛下恨张宰辅真是恨得牙痒痒,哪怕凌迟处死,都不用了,要用最折磨人的法子让人生不如死。他打起十二分的小心,觉得此事一定要办好,否则他的乌纱帽怕是戴不住。

皇帝上了御辇,折返回了皇宫。

在回皇宫的路上,皇帝就犯了心口疼,疼得受不住,大吐了一口血,晕厥了过去。

张公公吓坏了,连忙吩咐人转道直接去太医院。

来到太医院,一众太医们看到昏迷不醒的皇帝,都吓得慌了神,把脉后得知陛下是急火攻心,吐出血来,反而是好事儿,才松了一口气。

张公公擦了擦额头的冷汗,待太医诊治完,连忙将人送回了皇宫。

皇帝足足昏迷了一日,转日醒来,已是傍晚,天色将黑不黑,他睁着眼睛看了一会儿棚顶,对外喊:"张德。"

张公公连忙从外面跑了进来,一脸惊喜:"陛下,您总算醒了。"

皇帝由张公公扶着坐起身:"朕睡了多久?"

"足足一日,真是吓坏奴才了。"

皇帝深吸一口气:"朕昏睡之事,多少人知道?"

"回陛下,因您在从刑部出来回宫的路上犯的心痛昏迷,奴才一时慌了神,便指使让御辇去了太医院,此事没法瞒,知道的人不少。"张公公立即跪地请罪,"陛下恕罪。"

"罢了,你起来吧。"皇帝摆手,脸色苍白,"淑贵妃呢?"

"贵妃娘娘如今还安稳地待在霓裳宫呢。"张公公站起身,偷偷打量皇帝一眼,"据说贵妃这几日都以泪洗面……"

皇帝冷笑一声,果断地吩咐:"你带着人,分别去霓裳宫与二皇子府,各赐一盅毒酒,送他们上路。"

张公公一惊,脱口惊呼:"陛下?"

"让你去你就去!"皇帝隐着怒意,"不是朕容不下他们,是朕实在没法容下他们了,他们必须死。"

他可以允许张宰辅哪怕通敌卖国都能够不牵连淑贵妃和二皇子,毕竟是他的女人与孩子，但是他不能够允许淑贵妃与二皇子的身上流着南齐与南梁的一半血脉。

只能怪他们不会投胎了！

"是！"张公公不敢再反驳，试探地问，"老奴传旨前去，是秘密进行，还是光明正大地去？"

"秘密去！对外只说淑贵妃与二皇子受不住张宰辅犯案，齐齐悲恸过度，暴毙身亡。"皇帝找出理由，他不可能让世人觉得他愚昧被人玩弄近二十年。

"是。"张公公领命去了。

皇帝让人三更死，那就绝对不会拖到五更。

所以，张公公先是去了淑贵妃处，淑贵妃看到托盘里的毒酒，猛地睁大了眼睛，一脸的不敢置信。须臾，吵着要见陛下，张公公哪里再给她机会，让人架着她掰开了嘴，一盅毒酒灌了下去。

淑贵妃到死都没闭上眼睛，死都不敢相信，陛下会真杀了她，而且不见她，不给她一个面陈的机会。她以为陛下会舍不得杀她的，若是真想杀她，在张宰辅刚犯事儿时，她就被赐死了，不至于等了这么多天。

张公公亲眼见淑贵妃吐了黑血断了气，然后带着人又出宫去了二皇子府。

二皇子见了张公公端来的毒酒，他也不敢置信地睁大眼睛，一张脸煞白煞白的，喃喃地说："不可能……不可能……父皇不会杀我……一定是弄错了。"

张公公怜悯地看着二皇子："贵妃已经上路了，二皇子请吧。"

"我要见父皇！"二皇子同淑贵妃一样提出要求。

张公公笑："二皇子见不到，陛下不想见您，老奴愿您在黄泉路上走好，贵妃娘娘也刚走，您快些，还能赶得上去九泉下对贵妃娘娘尽孝。"

"父皇明明最喜欢我，哪怕外祖父犯案，父皇也不会杀了我……"二皇子连连后退，后背撞翻了桌案，一阵噼里啪啦的声响。

张公公对身后使眼色，大内侍卫上前，迅速地拿下二皇子，张公公上前，在二皇子挣扎不开以及双眼恐惧地放大的情形下，将一盅毒酒灌进了他的嘴里。

二皇子同样吐了一口黑血，死不瞑目。

张公公帮二皇子合上眼睛，扔了空酒杯，站在一旁面无表情地说："二皇子别怪老奴狠心地送您上路，要怪就怪张宰辅，谁让您是他的外孙呢。"

张公公痛快利落地办完了两件差事儿，回宫交差。

皇帝夸了张公公一句，不露一丝伤痛。

孤寡帝王路，摒除七情六欲，这一刻，张公公激灵灵地打了个寒战，似乎才认识了这位他伺候了大半辈子的帝王，冷酷得很。一个是他的宠妃，一个是他较为疼爱的皇子，果断地下令，再无半句话，与他果断下令赐死诚太妃，倒也有相通之处。

当日夜，宫中和二皇子府同时传出消息，淑贵妃与二皇子因悲恸过度暴毙而亡。皇帝下令，将淑贵妃夺取贵妃封号，贬为美人，随意安葬，二皇子葬入西陵，一切从简。

张宰辅倒台，连带着跟张宰辅拴在一条绳上的无数人也跟着倒台，砍头的砍头，抄家的抄家，流放的流放，女眷多数没入掖庭。虽在可控范围内没牵扯得太广，但是罪责惩处得都不是太轻。

但没想到，短短几日，突然地，宫中和二皇子府齐齐传出淑贵妃与二皇子暴毙而亡的消息。事情发生得太突然，一下子，又塌了一片人的天。

随着淑贵妃和二皇子暴毙，皇帝下令侍候淑贵妃和二皇子的人侍候不周，都跟着陪葬。

此令一出，又是数百人魂归地府。

安华锦听到消息时，与顾轻衍刚吃完晚膳，她愣了愣，怀疑自己听错了："不会吧？陛下怎么舍得杀淑贵妃与二皇子？"

淑贵妃与二皇子就这么死了？不能够啊！

她虽想过张宰辅倒台，二皇子以后没了倚仗，那么，拦在七表兄面前的路就少了一大阻力，但也没想到这二人死得这么容易，这也太容易了，是什么让陛下动了手？且这么干脆果断？

顾轻衍凝眉也在寻思，片刻后说："淑贵妃与二皇子暴毙之前，陛下去了一趟天牢，大约是有什么让陛下不得不杀他们的理由，比如诚太妃。"

诚太妃真是一个很好的例子，安华锦也觉得有什么理由，让陛下愤怒果断地下了令。哪怕是自己的亲生儿子，也干脆地动了手。

不过陛下的儿子多，杀了一个，还有一大堆。

"张公公一直跟在陛下身边，怎么说？"安华锦直接地问。

顾轻衍摇头："他目前还没消息传来，想必快了。"

安华锦点头，生起了浓浓的好奇，眼见天色要黑，对他说："你再多坐一会儿。"

只要他多坐一会儿，张公公有什么消息给他送来，她也就能知道了。

顾轻衍微笑："好。"

安华锦一边猜测着一边与顾轻衍干坐着等了一会儿，没等来消息，她也不是急性子人，便对他说："对弈一局？"

"好。"

"你说，我下得过你吗？"安华锦起身去拿棋盘，陛下宽慰赏赐给她的东西里就有一盒墨白玉棋，触手温润，是个难得的好东西。

"你想下得过我，还是不想？"顾轻衍笑问。

安华锦挑眉，想如何，他故意放水？不想如何，他毫不留情？她不想再说话，干脆摆棋盘。

顾轻衍见她不语，猜不透她的心思，也不再多问。

二人你来我往，对弈起来。

顾轻衍的棋如他的人一般，初见给你如沐春风温润如玉的感觉，再细看，高山白雪，孤梅一枝，寒冷得很，能冻死人的那种。

安华锦的棋也如她的人一般，初见张扬嚣张肆意张狂，再细看，可夸她的地方有很多，她身上的刺扎人，但却不扎自己，很有自知之明。

观棋如观人，这话不是没道理。

顾轻衍这时下的是棋，想的却是安华锦这个人。你说她活得粗糙，但她也不是不会过精致的日子；你说她嚣张狂妄，但她懂得能屈能伸知晓进退；你说她无礼没规矩，她其实也能听懂，端看乐不乐意去守规矩懂礼数；你说她只会舞刀弄剑粗鄙不堪，那可就错了，琴棋书画显然她都有涉猎，只看她想不想比别人做得更好了……

她纯粹，似乎又很复杂，是顾轻衍长这么大难得遇到的一个让他不太看得透的人。

"喂，想什么呢？是我棋艺太差了？竟然让你有功夫一边下着棋一边走神？"安华锦能明显感觉到对面这人在走神，且走得一本正经，换个人，可能真看不出来。

顾轻衍回过神，低咳一声："抱歉！"

安华锦嗤笑："我是提醒你，这般赢了你，我也不光彩。"

顾轻衍摸摸鼻子，"唔"了一声："那你可要使出最好的本事。"

安华锦不置可否。

她必须得承认，这个人，哪怕是走神，他落子也没落错。目前还是旗鼓相当，但她知道，他没用多大力气，她也还没有。

于是，她本来没多少胜负的心思，忽然被激起了拼个输赢的打算，她眯了眯眼睛："那你可要小心了。"

话落，她棋风一改，刁钻起来。

顾轻衍低头一看，他棋艺高，与人对弈的时候却不多。多数时候，都是自己与自己对弈，这般棋风，在他面前自然是少见的，不过他也能应付得来，不慌不乱地落子。

二人你来我往，安华锦真是使出了浑身解数，怎么刁钻怎么下，怎么难走怎么来，在顾轻衍的面前，设了条条荆棘沟壑，不亚于蜀道难行。

顾轻衍生平第一次，不敢不用全力了，安华锦的棋风，勾起了他的兴趣与挑战。

一局棋收尾，安华锦棋差一着，到底没赢了顾轻衍。

不过她也没什么不服气不甘心，输得也心服口服，笑眯眯地一边收拾棋盘，一边对他说："我的棋艺怎么样？够不够格不让你走神？"

顾轻衍微笑："很够了！"

她的棋艺让他着实也惊了一下，这般酣畅淋漓的全力以赴下棋，他还没有过，比自己与自己对弈有趣多了。若不是看她利落地将棋子一股脑地都收入棋盒，他还想再下一局。

安华锦瞧着他眼里一闪而过的意犹未尽之色，得意地扬了扬嘴角："我学得最精的，是兵法。"

顾轻衍点头，南阳王府的人，三五岁小孩，都懂兵法。更何况她如此聪明，还是老南阳王刻意培养的，自然学得最精。

"你没明白我的意思？"安华锦收好棋盒，扔在一旁。

"明白了。"顾轻衍笑。

她的意思是，她看清楚了他的意犹未尽，她不会跟他再下一局的，意犹未尽心痒难耐吊人胃口最折磨人。这么一会儿的工夫，她就对他用上了兵法。偏偏，他明明知道，心里的确还是被勾得长了个钩子。

安华锦也乐了："第一次觉得赢人的下场也不太好受吧？"

"嗯。"

"下次还赢不赢了？"

顾轻衍低咳："不敢了。"

安华锦哈哈大笑。

顾轻衍瞧着她，明媚张扬，毫无顾忌，就如落下山去的骄阳又回来了一般。他食指点上眉心，移开目光，不敢再多看了。

安华锦无知无觉，笑够了后蹙眉："张公公怎么还没给你送消息来？"

"大概是事情太忙，此事不急，由他亲手做的事情太多，还没脱开身。"顾轻衍道。

安华锦点点头，她不介意再等一会儿。

又过了一会儿，天彻底黑了，就在安华锦等得不耐烦，不想好奇了的时候，张公公终于派线人给顾轻衍送来了消息。

关于张宰辅身世的，关于陛下为何动怒后马上就狠心赐死了淑贵妃和二皇子的。

张公公虽被陛下支开了，但他隐隐约约偷听了个大概，也够用了。

顾轻衍惊讶，安华锦倒吸了一口凉气，真没想到，张宰辅隐藏着这一重身份。若不是他自己曝出来，曝给陛下，还真是挖不出来。毕竟，张宰辅来大楚三十年了，三十年前先皇在位时，查都不好查。

二人好半晌没说话。

这么说来，陛下突然赐死淑贵妃和二皇子也就不奇怪了。显然，张宰辅也没打算救淑贵妃和二皇子，是有想让他们跟着死的决心的，否则，也不会在陛下面前自己曝出身份。

不过，张宰辅为何自曝身份让淑贵妃与二皇子跟着死呢？他完全可以不说的，就能保住他的女儿和外孙。哪怕就算是二皇子身上流了大楚的血脉，但也有南梁和南齐的血脉，这血脉若是一直稳居大楚皇室，私下被南齐和南梁多加利用，也是有好处的。

难道张宰辅为了刺激陛下，让他怒火攻心？杀了自己喜欢的女人和儿子？然后觉得自己被愚弄了心里难受死？

可是难受能难受多久？陛下的女人那么多，儿子那么多。她真是很难理解。

她想不明白，便问顾轻衍："你能猜出张宰辅是怎么想的吗？自曝身份对他没益处吧？"

顾轻衍也在想这个问题，温声说："自曝身份，这般看来，对张宰辅是没益处。但人不会做对自己没益处的事儿，尤其是张宰辅这样的人。大约，他是觉得，自曝身份对他是有益的。"

"有什么益？"安华锦蹙眉。

"这益处可能就在杀了二皇子身上。"顾轻衍也想不出，"淑贵妃与二皇子死了，霓裳宫与二皇子府的人都被陛下处决陪葬了，张府的家眷跑了，奴仆也差不多都死了，没什么人了。如今想查原因，怕是都不好查。"

"张宰辅还活着，他一定知道。"安华锦说，"陛下没杀张宰辅，下令折磨他，想让他生不如死，也许可以从张宰辅口中找到原因。你能做到吗？"

"我试试。"

皇帝震怒至极，不会去想张宰辅自曝背后的原因，即便想，他也只是想到张宰辅故意想要将他气病，最好气死，好便宜南齐和南梁趁机作乱。

所以，他一心要将张宰辅折磨得生不如死，刑部尚书领了皇命，自然不敢不从。吩咐最得力的手下，用十二分的精神去折磨张宰辅，但是不准把张宰辅折磨死。

顾轻衍要在刑部天牢内悄无声息地撬开张宰辅的嘴，自然是不容易的。索性他也不急，安排了下去，等着时机。

三日后，楚宸传回消息，擒住了张宰辅家中的部分家眷，他的一个儿子两个女儿以及两个儿媳。

张宰辅一共有三子三女三个孙子孙女，楚宸擒住的是身体不太好的张府二公子，以及他的媳妇儿。

张府的家眷在出城后，便按照计划分开逃了。楚宸只抓到了他们，其余人已逃出境。

皇帝知道逃出境的自然是没办法抓回来了，传信让楚宸带着抓到的人回来。

楚宸在几日后，押送逃犯归京。

随着楚宸押解回来的，是张府二公子的尸体，据说在追到人时，他就服用了剧毒，他找了大夫救，没解了，很快人就没了，二夫人倒是被楚宸及时拦下了，没死成，被他带了回来。

张宰辅显然早就给自己的家眷留了后路，他的孙子孙女们早在计划要杀安华锦时，被悄悄送出京城了，因他只秘密送出几个孩子，所以根本没人提前注意。在事发后，大人们逃跑，沿途也有人接应。幸亏追去的人是楚宸，带着人一个一个地抄了接应的站点，才将人追上截住了二公子，否则换个人，都不见得能摸到人影。张宰辅没觉得自己会败，四面八方的迷阵打得好，让张府的大公子和三公子都逃了。

在途中，楚宸就命人审问了，据张二夫人交代，事前，她什么都不知道，事发后，大公子和大夫人带着他们逃，才知道犯了大事儿。张宰辅给三房儿子设了三个逃跑路线：一房逃去南齐，一房逃去南梁，一房逃去北疆。他这房是逃去北疆，最倒霉，被追上了。

因二公子身体不好，家中诸事都不管，二夫人知道的事情也不多，所以，能交代的事情也不多。

楚宸累了个够呛，就收获了这么两个人，心中有些郁闷，但既然人已出了大楚境地，就没法再抓了，只能带着人回来复命。

皇帝虽然生气，但也知道以张宰辅的狡猾，能抓住这两个人已实属不易，看楚宸灰头土脸疲惫得像是要随时倒下，摆摆手，让他回府去休息。

楚宸回到善亲王府，善亲王瞧见他，抹了一把心疼泪，对他早先要娶安华锦快气死他的气已经没了，嘘寒问暖了好一番，才让他赶紧休息。

楚宸了解了一番京中状况，也震惊于淑贵妃与二皇子数日前暴毙之事，不过他累得没心思想那么多，倒头就睡，足足睡了一日夜才醒。

他醒来后，将自己好好收拾了一番，去了安家老宅。

不过他扑了个空，安华锦不在家，他问了孙伯，才知道安华锦跟着顾轻衍出门了。问什么时候回来，孙伯说这几日小郡主和顾七公子都是早出晚归。

楚宸想着这两人还挺忙，他倒想看看他累得个半死的时候，这两人在忙什么，便吩咐人去打听，这一打听，把他气了个够呛，顾轻衍带着做小厮打扮的安华锦竟然去了翰林院当值。

他用脚指头想想，他大约也是在陛下那里过过明路的，才敢这么干。这岂不是说，顾轻衍可以一边干着正经事儿一边红袖添香风花雪月？羡慕死个人！

他不太服气地去了翰林院。

文翰之林，意犹文苑。不愧是文人挤破脑袋都想进去的地方，文墨气息浓厚。

顾轻衍在翰林院有自己的一处独立屋宇，内外三个房间。内间供偶尔休息，中间办公，外间见同僚待客商议事情。

安华锦做小厮打扮跟着顾轻衍第一天来的时候，没什么人注意到她，彼时，朝野上下因张宰辅的案子牵出的血腥气还很浓郁，人人提心吊胆，就连翰林院这等墨香之地，也有些被波及，几个同僚被罢了官。都怕这案子越牵扯越大，雪球滚到自己身上。

毕竟，张宰辅官居高位太多年，若说朝中真正与他没有关系的人，十根手指头怕都能数得过来。真是太多了。陛下若是认真地大查特查、大错小错都惩治，那怕是没几个能再站在朝堂上。

索性，陛下没打算眼里揉不得沙子，随着淑贵妃与二皇子暴毙，张宰辅一案到达高峰后，便渐渐地有了收尾之势，这让保住了乌纱帽的不少人都松了一口气。这才有闲心去关心别的事儿。

这一有了闲心，便发现了每日随着顾七公子来翰林院的小厮不太对劲。长得太俏了不说，还没个奴仆样，对顾七公子说话太随意了，半点儿不显恭敬。不过彼时，还没人看出安华锦是个女儿家。

因安华锦自小在军中，从小到大多数时候都穿男人的衣服，行止做派，就是男儿模样。除了长相让人觉得太娘气外，这就是个小少年。

直到有一日，翰林院的老院士王一鸣看到了安华锦，不敢置信地揉了三回眼睛，喊出了一声"安小郡主？"后，安华锦的身份才被揭破。

他在宫里见过安华锦一面，故而认识。

老院士吹胡子瞪眼睛，指着安华锦看了半天，才对着顾轻衍说出一句话来："你胡闹！"

老院士是高门世家王家的人，真正算起来，是顾轻衍的舅公，顾轻衍的娘出身王家。

顾轻衍伸手轻轻地拨开老院士指着安华锦的手，温声含笑："二舅公息怒，安小郡主屡次被人迫害，陛下不放心，翰林院清净，我奏禀了陛下，带着她来清净几日，陛下早就恩准了。"

老院士怒气消了消，既然是陛下准许的，他带来人还知道换做小厮打扮遮蔽眼目，也不算明目张胆知法犯法，他缓和了面色："《大楚史》还有多长时间能完成？"

"差不多月余。"

老院士点点头，又看了安华锦一眼："小郡主从进京，还没去过家里吧？你爷爷说了几次了，你就是不带人回去，不像话。"

安华锦眨眨眼睛，不说话。

顾轻衍微笑："等张宰辅案子结了，我便带人回去。"

"嗯。"老院士不再多说，转身走了。

安华锦瞧着老院士的背影："你喊他二舅公，你外祖家的人？"

"嗯，我娘的二舅。"顾轻衍微笑。

安华锦点点头，王家与顾家才是真正门当户对，都是世家大族底蕴，子弟多是这种清流官职，不结党营私，也不同流合污。这一回张宰辅倒台，牵连了多少人，就没有一个是顾王子弟。

安华锦背着手跟着顾轻衍进了他的办公处，如往日一样，从袖中里拿出一本话本子，窝在榻上，吃着瓜果茶点，优哉游哉。

顾轻衍陪她那些日子，耽误了不少工夫，如今回来后是一通忙，不少人都有事情找他，可以说很忙，不得空闲，而她则是太闲。形成了鲜明对比。

她看话本子，是最近才找到的乐趣，经史子集她没兴趣，兵法书籍全天下怕是都找不出她没看过的了。顾轻衍第一天点卯回来时，见她无聊，让人给她找了话本子，这几日，她看得津津有味。

第二章 料中

楚宸找来的时候,就看到了安华锦这一副把翰林院当自己家一般的闲适样,大体是近来过得太悠闲太好,脸颊比她入京时看起来都圆润了那么一丢丢,气色也很好,红润润的。

楚宸看得嫉妒,没忍住,伸手去扯安华锦的面皮。

安华锦还没伸手打开,顾轻衍已先一步挡开楚宸的手:"小王爷刚回京不休息,怎么有闲心跑来这里?"

楚宸伸出手去也惊觉对女儿家不能动手动脚,刚要收回,就被顾轻衍拦了,他也不恼,转身一屁股坐下:"就是想来看看小安儿。"

"看完了?"安华锦赶人,"那就滚吧。"

楚宸:"……"

他是有多讨她嫌?他气得磨牙:"小安儿,我哪里得罪你了?"

若说楚宸得罪安华锦,还真没有,无非是他对她有想娶的心思。

就这一点,她就觉得朋友都不好做。

楚宸见安华锦不说话,他又气道:"你怎么这么没良心?那天你被三百杀手深夜闯入家里刺杀,大半夜的找我救你,我为你赴汤蹈火赶去了,你不记得了?"

安华锦:"……"

她最近过得太悠闲,还真是不记得了。

她脸皮厚地咳嗽一声,觉得也许自己真是有点儿过分了,给自己找补:"我这不是看话本子看得太入迷,你进来就想掐我,我不高兴嘛。"

楚宸见她说了软话,气一下子消了一半:"我瞧瞧,什么话本子,你看得这么入迷?"

安华锦将话本子扔给他。

楚宸翻开瞅了两眼,又扔回给她:"落魄书生和千金小姐的市井话本子,俗不可耐,有什么可看的?"

安华锦接回:"也挺有意思的。"

打发时间嘛,可以看些有趣的东西,目前这样的话本子对她来说,就是有趣的。

她对顾轻衍一见钟情，但这情涉及了生死结，着实吊着她进不得退又不甘心。所以，她琢磨着找了目前可走的一条路来走，也就是拖着。两人保持婚约，别进也别退。

　　但能拖多久？她还真不知道。

　　所以，这话本子里痴男怨女怎么谈情说爱，怎么个爱情路线，她也不只看得有趣过眼睛而不过脑子。看了几本，也能琢磨出些许套路，她对顾轻衍的喜欢，大约目前为止，还是流于表面的喜欢，没深到为他要死要活，属于还有药可救的那一类。

　　嗯，只要有药可救，那就是进可攻，退可守。她挺满意目前的自己。

　　楚宸自然不明白她九曲回肠的内心想法，只觉得她能当着他面讲段子，看个话本子学点儿坏，也是她的风格。不过他还是有些担心，给予忠告："这东西看多了不好。"

　　安华锦"嗯"了一声，漫不经心，显然没当回事儿。

　　楚宸转头，对顾轻衍说："你也不管管她？"

　　顾轻衍微笑："小郡主乐意做什么，喜欢什么，就做什么，被人管着处处限制，谁也不会开心。我总不能让她整日不开心。"

　　瞧瞧这话说的，典型的会笼络人，想把人哄骗到手。

　　楚宸嘎了好一会儿，才又转头对安华锦说："小安儿，你随着他来这里点卯有五六日了吧？整日消磨在这里，有什么意思？走，咱们逛街去。"

　　安华锦不心动："大热的天，不想动弹。"

　　楚宸立即说："我给你打扇子。再拿一把伞，遮着日头。"

　　"你还是让你爷爷去请陛下，赶紧下令，让钦天监请雨神吧！"安华锦也觉得这天气闷，她进京二十天了，一滴雨没下，今年怕不是真的要大旱吧？

　　楚宸不去："陛下最近心情差极了，哪里还有心情管钦天监求雨的事儿。"

　　若不是突然出了毒茶案和毒酒案以及张宰辅刺杀案劫粮案，善亲王早就盯死陛下和钦天监了，可是出了这么多事儿，善亲王哪里还会去触陛下霉头？

　　"京城需要一场大雨，洗洗空气，善亲王去见陛下，陛下一定会立马准了的。"安华锦催促他，"我已经被老院士认出来了，就够让人背后颇有微词的了，你还跑过来打扰，是想让所有人都知道我踏进了翰林院吗？赶紧走，别给我惹事儿。"

　　楚宸见她坚决赶人，只能站起身："总之，我那天半夜折腾去救你，你得搭人情，请我吃饭。"

　　"行，改日。"安华锦答应得痛快，心里想着改日不知道改到哪日去了。

　　楚宸见她答应，这才痛快地走了。其实他找来也没什么事儿，就是想看看她。

楚宸离开后，一个小厮捧着一个匣子来见顾轻衍："七公子，这是老爷让奴才给小郡主送来的见面礼。说今日见面时，手中空空，如今补了礼，请小郡主早日去家里做客。"

这小厮是老院士身边的小厮。

顾轻衍含笑接过："行，我知道了，替小郡主多谢舅公的见面礼。"

小厮应是，转身走了。

安华锦从话本子里抬起头："你怎么没经我同意，就帮我收礼？"

顾轻衍浅笑："长辈给晚辈见面礼，俗话说，长者赐不可辞。你难道要拒绝？"

安华锦："……"

她自然不太好拒绝，毕竟如今她与顾轻衍还是有婚约在身，拒绝了才是不给老院士面子。

她唐突地问："老院士给了什么好东西？"

顾轻衍打开，露出讶异的神色，须臾，将盒子递给安华锦，让她自己看。

安华锦接过，只见匣子里放了一本薄薄的本子，黑色封皮，没名字，她拿出来翻开，也惊讶了，原来是一卷兵法古书。这书名字叫《兵伐》，安家有上卷，下卷不知道在哪里，一直遗失中，没想到，今日老院士送了她下卷。

这份礼，对安华锦来说，真真真是太大了。

她立马把话本子扔去了天边，捧着这本书看了起来，一下子就进入了无人之境。

顾轻衍看她深深入迷的模样，似乎什么都忘了，哑然失笑，刚刚还怪他不经过她同意就收礼的人，这时候连他都忘到天边去了。

她看来是真的很爱看兵书。

接下来，顾轻衍亲眼见证了何为废寝忘食，因为安华锦连安家老宅都不回了，就坐在那里，不吃不喝，废寝忘食，一边看，一边研究。

天彻底黑了，喊她不走，月亮挂上天边，喊她还不动。最后顾轻衍无奈地伸手拽起她，夺了她手里的书，好脾气地哄："这书已经是你的了，你慢慢看，不急于一时。"

安华锦这才作罢："好吧，走吧。"

这时，已夜半，翰林院除了留下当值的人，已处处都灭了灯，走去大门的路上，安华锦哪怕没了书，依旧沉浸在书里，琢磨着兵法谋略，越琢磨，越觉得深妙。

上了马车，她也没与顾轻衍说话，依旧沉浸着。回到安家老宅，她也没有说话，继续沉浸着。

孙伯瞅着二人，对顾轻衍小声问："七公子，小郡主这是怎么了？为什么看着……不太对劲？"

顾轻衍无奈地笑："她得了一本兵书，正在沉浸其中。"

孙伯恍然："小郡主是爱兵书，怪不得饭都不吃了，误了饭点儿这么久。"

孙伯赶紧吩咐厨房端晚饭，安华锦一边想着一边吃完饭，便幽魂一般地进了里屋，连招呼都没跟顾轻衍打。

顾轻衍摇头笑着出了安家老宅，这时候他方才觉得，别看相处了这么些时日，若是拿他与兵书比较的话，他貌似也许还及不上一本兵书重要？不是错觉！

回到顾家老宅，已好些日子没来他院子里等他的顾老爷子今日又在屋子里等着他了。他一脸凝重，面上没笑，看起来像是有大事相商。

顾轻衍喊了一声"爷爷"，笑着坐下问："可是出了什么事情？"

顾老爷子瞅着他，开口问："这些日子，你一直陪在小郡主身边，你们相处得如何？"

"很好。"

顾老爷子点点头，叹了口气："善亲王在晚上时，进宫了一趟，他见陛下有两件事情，一件事情是请钦天监求雨。陛下也觉得这二十多日不下雨，不太妙，便准了，三日后让钦天监请雨神。"

顾轻衍颔首，陛下也想洗洗血腥气，让空气干净几分，不意外。

"你就不问问另一件事情是什么？"顾老爷子看着他。

"与我有关？"

"与你太有关系了。"顾老爷子也不卖关子，"善亲王求陛下，给楚宸一个机会。说他喜欢安华锦。"

顾轻衍眯起眼睛："善亲王这么跟陛下说？"

"嗯，就是这么跟陛下说的。"顾老爷子也很意外，没想到订婚了多年的孙媳妇儿还有人抢，这个人还是善亲王。他可真是疼爱楚宸，什么都给他孙子求。简直是要星星摘星星，要月亮摘月亮。

"陛下怎么说？"顾轻衍觉得陛下不可能答应。

"陛下斥善亲王胡闹。善亲王痛哭流涕，陈情楚宸三年前就喜欢上了小郡主，他只这么一个孙子，若是娶不着人，他指不定终身不娶了。他害怕啊。求陛下成全。"顾老爷子说着有些来气，"就他会到陛下面前哭，一把年纪了，一年哭个好几次，也不嫌丢人。"

顾轻衍不语，都说会哭的孩子有糖吃，善亲王一把年纪了会哭也是有糖吃的。老王叔在陛下面前鼻涕一把泪一把，求陛下，陛下虽无奈，但有时候又很享受。

至于这是个什么心理，大概就是身处帝王之位对宗室变相捧他的满足感？

"陛下起初死活不同意，后来被他哭得不耐烦了，说你只有一个孙子，怕娶不着人绝后，朕可以理解，但是你可知道，小安儿是有想招婿入赘的心思。就算他取消了安顾联姻，难道他真让楚宸入赘安家？"顾老爷子气了半晌又忍不住笑了，"最终，善亲王又惊又怒，灰头土脸地出宫回府了。不过那小丫头想要招婿入赘的消息，怕是也瞒不住了，当时陛下声音大，有几个外面侍候的小太监听见了。"

顾轻衍是真没想到楚宸这么短的时间就让善亲王妥协了帮他娶安华锦。且不顾脸皮地找到了陛下面前。

这时候，他忽然有些庆幸安华锦为了拖着婚事儿说出招婿入赘的话，否则，哪怕他们婚约顺利履行，以楚宸和善亲王的胡闹劲儿，还真够他们喝一壶的。

"既然善亲王灰头土脸回府了，爷爷还担心什么？"顾轻衍看着顾老爷子。

顾老爷子凝重地说："小丫头招婿入赘的消息一旦传得尽人皆知，那么你与她的婚事儿，就只能取消了。"

"不会。"顾轻衍肯定地说，"张宰辅倒台了，朝局堪堪稳住，陛下如今比以前更想安稳住南阳军，不会轻易解除安顾婚约，陛下也想先拖着。"

"若是因为善亲王进宫，陛下思索下，觉得有更好更适合的人呢？"顾老爷子看着自己孙子，这才是他最担心的，毕竟他算是看出来了，自己这个孙子喜欢上那小丫头陷进去了。

顾轻衍眉心一动："爷爷觉得有谁比顾家比我更适合？"

"七皇子呢？"顾老爷子问。

顾轻衍淡笑："他身为皇子，更不能入赘。"

"若是不入赘呢？陛下就让七皇子娶呢？"顾老爷子这话不是胡言乱语，他有一定的理由，"若是善亲王不进宫闹这一场，不给陛下一个是不是可以换个人的打算，陛下没这个心思，认准了你，也就罢了。但如今有人给他了这个心思，他会不会多想，若不是你娶安华锦，换个人是不是能娶？楚宸能不能真娶？楚宸娶，那不如楚砚娶。"

顾轻衍蹙眉。

"你虽然聪明，但不见得比爷爷更了解陛下，爷爷是看着陛下长大的，以前陛下对安家有防范怀疑之心，对七皇子没有给储位之心，也是基于对安家不放心。但如今张宰辅案发，陛下对安家，显而易见地觉得误会了太多年，心里定然很是愧疚，自然要转变态度，自然对七皇子也会转变态度。如今二皇子暴毙而亡，三皇子还没有定论，但也算牵扯进来了，得不了好，最有争储之心的两位皇子都白搭了，那么七皇子，自然首先在陛下的考虑之内。"

"不得不说，善亲王选的日子好，张宰辅案快收尾了，闹了这么久，陛下的心也渐渐定了下来，是正会多想一番的时候。若是让七皇子娶安华锦，将来七皇子登大位，夫妻一体，安家兵权集中皇权，岂不是比顾家和你更好？你站在陛下的位置上想想，是不是这个道理？"

顾轻衍不说话。

顾老爷子又分析道："安家人求的是什么？你也说了，不见得是什么门楣传承，百年来，无非是护着南阳军，护着天下百姓。所以，陛下若是真有这个心思，你说，能不能取消安顾婚约让那小丫头打消入赘的想法，嫁给七皇子？这可是双赢之局，那小丫头也不见得会反对吧？"

顾轻衍心情忽然烦躁起来，抿起了嘴角。

"你想想，有没有这个可能？"顾老爷子看着他。

"有可能。"顾轻衍不得不承认，还是他爷爷更了解陛下，从善亲王今日进宫，便能想到这许多他目前还没想到的事情。

他忽然恨得牙痒痒，楚宸和善亲王，都是搅和精。

"你若是真想娶小丫头，得快些想办法。"顾老爷子疼孙子，不想他这么冷清的性子好不容易动了春心最后落个娶不着人的下场，那他不敢想象以后还能不能有人让他动第二回春心。这孩子凡事儿太执着了，执着是好事儿，但是过于执着，不是什么好事儿。

"我知道了，多谢爷爷。"顾轻衍抬眸，"我会想法子的。"

顾老爷子颔首。

夜深人静，顾轻衍第一次失眠，顾老爷子离开后，他站在窗前，看着窗外夜色，想了很多。

想得最多的，便是若陛下提议取消安顾婚约，让七皇子娶安华锦，安华锦会不会反对？

虽然她喜欢他，他能感受得到，但他还是有些拿不准，毕竟她很喜欢兵书，对南阳军亦是考虑最多。换句话说，南阳军少不了安家人，安家人也放不下南阳军。

为了南阳军，安华锦会不会嫁给七皇子？既能保他登上大位，又能保南阳军至少百年安稳。

他有些头疼。

善亲王回府后，也摆出了一脸凝重之色，将楚宸叫到了自己面前。

楚宸瞅着他爷爷，虽然一早就知道陛下可能不会答应，但还是有点儿伤心失望，他瞅着善亲王："爷爷，就算陛下没答应，您也不该是这副神色吧？"

善亲王想拿鞋底子揍他："混账东西，我这些年为了你，连老脸都丢尽了，这一回，更是得罪顾家了。"

"得罪顾家怕什么？咱们宗室，一直也不是靠着不得罪人立足的。"楚宸不以为然，"只要陛下不恼您，不就没事儿？"

"话是这么说，可是……哎。"善亲王叹了口气，"陛下对我说，安家那丫头，一直想要招婿入赘，根本就没打算嫁人。无论是顾轻衍，还是你，都不太可能，让我别想了，也让你干脆死了这条心。"

楚宸一愣，竟然是这样吗？

善亲王看着他，板着脸严肃地说："我以前不管你怎么胡闹，但入赘的心思，你最好给我别有。善亲王府只有你一脉单传，你别活活气死我。"

楚宸自然不敢有这个心思，善亲王府只他一个，生他养他一场，他不能忘了祖宗。更何况，别说他爷爷不准，陛下也不见得准，没有哪个皇室宗室子嗣入赘别人家的。

他皱眉想了一会儿："陛下真这样说？"

"我还骗你不成？"善亲王横眉怒目。

"不是，我也不是怀疑爷爷您的话，只是觉得，那小丫头真不想嫁给顾轻衍？那她招婿入赘，打算招谁啊？"楚宸不会对他爷爷说安华锦喜欢顾轻衍的事儿，只能迂回地说出心中想法。

"谁知道，反正陛下这样说，如今婚约没解除，大约是陛下不同意，想拖着。"善亲王也不是吃干饭的，隔三差五去找陛下哭诉提要求要东西，自然懂得揣摩几分陛下的心思。

"那您凝重个什么劲儿？"楚宸盯着他，总觉得这老爷子今天不太正常。

"我可能误打误撞，解决陛下的难题了。所以，我说得罪顾家，怕是要得罪狠了。"善亲王与顾老爷子说出同样的话，"顾轻衍娶不成，你也娶不成，那换个别人呢？"

"换谁？"

"七殿下。"善亲王凝重地说，"七殿下若是娶安华锦，也许，如今才是最合适最让陛下省心的那一个。"

楚宸猛地睁大眼睛："不会吧？爷爷您别胡说！"

善亲王觉得自己也许还真没胡说，今日他跑去，没为孙子办成事儿，也许给陛下打开了一扇窗，没那么死心眼盯着安顾联姻了，也许琢磨着琢磨着，就琢磨到自己儿子身上了，怕是怎么想怎么行。

楚宸听善亲王分析完，也蒙了，惊了。

在他爷爷看来，他捣乱一场，若是真毁了安顾婚约，那是让顾家和顾轻衍没面子的事儿。但他最清楚，顾轻衍若是知道，怕是恨死他了，他是真想娶安华锦的。至于为什么还没娶到，估计就是因为安华锦要招婿入赘的想法，才拖延着。

虽然善亲王府不怕得罪顾家，但是被顾家和顾轻衍恨死，又是另一码事儿了。

他与善亲王相顾无言半晌，他郁闷地说："您说，若是这样，楚砚乐意娶安华锦吗？安华锦乐意嫁楚砚吗？"

"七皇子有何不愿？亲表妹，亲上加亲。至于安华锦，姑姑做婆母，又疼她至极。七皇子登大位，南阳军百年无忧。何乐而不为？"善亲王觉得这么好的选择，七皇子人也不错，也是人中龙凤，虽然不及顾轻衍弹指风华，玉树芝兰一般的人，但也清俊模样好，人虽寡淡些，但性子却沉稳，没有多少不好。

楚宸："……"

他一时没了话，这都叫什么事儿？合着，也许，他爷爷和他折腾一场，会为他人做嫁衣？楚砚不要太合适！

诚如顾老爷子和善亲王所料，皇帝在善亲王离开后，琢磨来琢磨去，还真就琢磨到了换个人也不是不可以上，除了顾家的顾轻衍，换谁呢？楚宸不行，那楚砚呢？

身为安家人，自然不可能支持别的皇子，安家人自然会支持皇后所出的楚砚。若是让安华锦嫁给楚砚，那小丫头还会不会坚持招婿入赘传承安家门楣？

以前，他是没有打算将大位传给楚砚，怕有朝一日，这天下成了安家的，但如今，张宰辅案发后，他算是明白了，安家没有反心，若有反心，被他这些年这么欺负，早就反了。

他愧疚之余，愈发觉得，此事可行。

距离早朝还有一个时辰，皇帝便睡不着了，早早就起了，吩咐张公公："摆驾，朕去皇后宫里。"

张公公一愣，见皇帝浓浓的黑眼圈，小心翼翼地问："陛下，您昨日没睡好？怎么这么早就起了？皇后娘娘恐怕这时候还睡着，您有什么事儿，是不是下朝后再找皇后娘娘说？"

"朕等不及了，这就去。"皇帝摆手。

张公公心中疑惑，也不敢再劝，连忙吩咐人备驾，又赶紧派人去凤栖宫传话让凤栖宫的人准备接驾。

凤栖宫内，皇后这两日可以说吃得好，睡得香，从她进宫二十年来，就没有什么时候比最近的日子过得舒坦，也没有这些日子来的心情好。

不管皇帝因为什么突然赐死了淑贵妃和二皇子，对她和七皇子来说，都是好事儿。张宰辅的势力实在太大了，淑贵妃与二皇子也实在太受陛下宠了，如今就这么倒台的倒台，死的死，可真是拨开云雾见青天。等于一下子就推开了挡在七皇子面前的这座大山。

其余皇子，虽背后倚仗也都厉害，但对比二皇子，差了一截，还是好对付的。

她觉得小安儿真是一个福星。

她迷迷糊糊地被人叫起，匆匆忙忙地梳洗穿戴，还没彻底将自己收拾利落，皇帝的御辇就进了凤栖宫，只能连忙出去接驾。

皇帝下了御辇，伸手扶起皇后，眉眼温和极了："朕本不该这么早过来打扰你，但有一件事情，实在是想着可行，便忍不住了，过来与你商议。"

皇后见皇帝这个态度，心中揣测着，但口中却笑着："陛下说哪里话？您什么时候来，都不打扰。"

皇帝握着皇后手进了内殿，坐下身，挥退侍候的人，只留了张公公与贺嬷嬷侍候，便开口说道："朕左思右想，皇子们年纪都大了，也该立太子了。"

皇后心里一紧，面上笑容不动，嗔了一眼皇帝："陛下，立太子的事儿，您该与朝臣们商议，怎么随口跟臣妾来说呢？"

后宫不得干政，她时刻记着的。

皇帝笑着说："朕想先跟你说说。"

皇后不说话地看着皇帝，似乎十分无奈："那陛下请说，臣妾听着就是了。"

她时刻小心谨慎，表态听着可以，不发表意见。

"你呀！"皇帝十分满意皇后这一点，笑着拍拍她的手说，"朕以前没早定下太子，是觉得皇儿们没长大，这期间，得接受考验，毕竟祖宗的江山基业，传给谁，容不得出错。"

皇后点头，都是千年的狐狸，谁不明白谁啊，她也不说破皇帝早先没想立楚砚的心思，只安心做个听客。

"如今经过张宰辅一案，朕近日来所想颇多，在此案中，七皇子表现最好，没趁机打压兄弟，秉公执法，能力出众，看着沉稳又大气，处事稳妥得很。若是大楚的江山交给他，朕将来百年之后，应该也能放心。"皇帝一边说着，一边打量皇后脸色。

皇后心中自然又惊又喜，但面上却不敢露出分毫，继续默默不语。

皇帝瞧着她，本以为说完这话，她能给个应和，却没想到，什么表情都没有。他一时间有点儿沉默地想，哪个皇子不想坐他身下这把椅子？哪个皇子的母亲不想扶持自己的儿子继位？皇后就不想吗？不可能的。那她如今怎么看起来不显出高兴？不是应该受宠若惊吗？

皇帝盯了皇后好一会儿，见她还是无声，他忍不住地喊了一声："皇后？"

皇后眨眨眼睛："您继续说，臣妾听着呢。"

皇帝："……"

他看着皇后："朕说想立七皇子为太子，你就不说点儿什么吗？"

皇后垂下头，平静地说："陛下立谁为太子，那是陛下与朝臣该商量的事儿。若陛下觉得七皇子合适，堪当大任，那就是堪当大任。"

皇帝又无言了一会儿，这就比如你手里有一件绝世好东西，自以为谁都惦记着，有一天你捧出来给人，人家没欣喜若狂跪地谢恩，你总觉得怀疑这东西是不是贬值了，不值钱了一样。

皇帝这时候就是这个想法，有点儿不太舒服，却又只能憋着："你说的也有道理，此事朕是该与朝臣商量才能定下。"

皇后点点头。

皇帝深吸一口气，这才抛开前缀，转了话题，说到他觉得更重要的事儿："朕觉得，当年打算让安家和顾家联姻，也许有些是朕错了，不该强求。"

皇后的心猛地提起来，这才有了很大的反应："陛下的意思是……"

皇帝忽然有些胸闷，要立她儿子为储君，她没反应，如今说到安顾联姻，她倒是反应大了。这是什么皇后！她还记得自己该为儿子争皇位吗？

皇帝此时心里说不上是什么感觉："朕想取消小安儿与顾轻衍的婚约。"

皇后脸色一变："陛下为何有了这个想法？"

皇帝又扔出一记重锤："朕想让小安儿嫁给七皇子，立了储君后，做太子妃。你明白朕的意思吗？"

皇后："……"

她腾地站了起来，不敢置信地看着皇帝，怀疑听错了，一双眼睛瞪得老大。好半晌，她才惊魂未定地问："陛下，为……什么？"

"自然是为了大楚江山，也为了安家和南阳军百年安稳，将来朕百年之后，楚砚和小安儿夫妻一心，一起守护大楚江山。"皇帝直白地说，"朕觉得甚好，你觉得如何？"

皇后："……"

她实在被惊蒙了，从来没想过让侄女嫁给自己的儿子。陛下以前没这个想法，她自然更没有。可是如今，她亲耳听到陛下说了什么？是什么让陛下转变了想法？

"别傻愣着了，朕问你话呢？"皇帝有点儿不满意皇后的态度。

皇后脑中胡乱地转了好一会儿圈，才让所有思想回归原位，她慢慢地坐下身，定了定神说："陛下突然说这个，实在是太突然了。臣妾觉得，此事，需从长计议。"

皇帝皱眉："你不同意？"

"也不是不同意。"皇后斟酌着说出自己的想法，"顾七公子和小安儿因陛下的旨意，近来相处得十分不错。若是取消婚约，不说我父亲和顾老爷子同不同意，他们二人能同意吗？"

那天她提到换个顾家人选，那二人瞧着都处处不对劲，更别说干脆换亲了。

皇帝听了皇后的话，忽然也觉得这的确是一个难题，是他被自己的兴奋劲儿忽视的难题。本来安顾联姻是他一手极力推进要促成，如今要取消，也的确得处理妥当。

当年，他能看出，顾家是不太想与安家结亲的，据说当年顾轻衍听说十岁就给他定亲，一个月没跟顾老爷子说话。后来，他没强烈反对，认了这门亲事儿。

如今过了八年，二人在千顷桃花园相看，也还算很成功，顾轻衍还亲手为安华锦画了一幅《美人图》，可见是挺满意。近来，因他的旨意，他对安华锦每日陪着护着，很是上心。

若不是安华锦说什么招婿入赘，他早就下旨让他们过六礼定日子完婚了。不会等到现在他想让人家悔婚。

他怕就怕顾轻衍已经在他的推动下一头栽到了安华锦身上，不想悔，那他若是强行取消安顾婚约，岂不是坑了顾轻衍？

顾家新一辈最拔尖的子孙，坑了他，那等于坑了顾家全家吧？

皇帝的兴奋劲一下子消了一半，对皇后说："你考虑得极是。"

虽然让楚砚娶安华锦，皇后她不反对，侄女变儿媳妇儿，她也觉得挺好，免得将来跟个不熟悉的儿媳妇儿还要磨合婆媳关系，但她怕此事不可行。

不说安华锦打算招婿入赘，会不会答应嫁给楚砚，就说以她的性子，可不是个甘心困于宫墙的性子，不同于皇后，她可是自小在南阳军中长大的，南阳王对她要求虽严苛，但也给了她很大的自由。

她进京，这么多日子，若不是那日迫于无奈，连在皇宫歇一晚都不想，更遑论将来让她待在宫里了，她怎么会同意？

"哎。"皇帝叹了口气，"朕真是不容易，去了旧愁，又添新愁。"

皇后劝慰："陛下您还春秋鼎盛，无论是立太子，还是稳妥南阳军，都不急。"

"朕是不急，但就怕南阳王撑不了太久啊。"皇帝眉头又笼上云层，"朕听说，岳父今年身体不大好，今春一场风寒，就让他病了半个月。年纪大了，身子骨没那么好了。有他在，南阳军自然安稳无忧，但他若是突然撒手，安家只剩下这一个小丫头了。朕怎么能不忧心？"

皇后闻言也沉默了，心中布满忧伤："臣妾已有多年没见过父亲了。"

皇帝搂住皇后肩膀："朕这就派两名太医去南阳，给他好好瞧瞧身体。南阳没有好大夫，也许他身体没大事儿。"

"嗯，多谢陛下。"皇后心里明白，陛下是想让太医去看看父亲还能活多久。

张公公瞧着时间，觉得差不多了，出声提醒："陛下，该去早朝了。"

皇帝点头，还是不想轻易打消心思："你改日将小安儿喊进宫来，探探她口风，看看她的想法。"

"嗯。"皇后点头。

皇帝站起身，向外走了两步，忽然想起一事，又说："前些日子你跟朕提的，安家除了一所老宅子，再没旁的能让那小丫头闲来无事避暑玩耍的庄子。朕已让张德办好了，等你召她进宫时，顺便给她。"

张公公立即说："是办好了，老奴稍后就给娘娘送来。"

"多谢陛下。"皇后连忙道谢。

皇帝感慨："近来因张宰辅案子，空出了不少好地方，那起子贪官污吏，搜刮民脂民膏，朕不抄他们的家还真是不知道，如今抄家后，才知道他们富得流油。对比起来，南阳王府于国功勋卓著，反而一贫如洗，在京中只个老宅子，实在不像话。如今朕将京城方圆百里的好地方，给她挑了不少，够她耍一年的。"

皇后十分感动："待小安儿进宫，臣妾让她当面找陛下谢恩。"

皇帝笑，心情又好了些，当面来找他谢恩，他就能趁机劝劝她了，嫁给七皇子，对她好，对南阳军也好，做太子妃，将来做皇后，天下有不心动的女子吗？他觉得没有："是你侄女，也是朕的侄女。这么多年，是朕亏欠安家，以后但凡小安儿的事儿，你只管跟朕提。"

皇后笑着连连点头，看起来也很高兴，比听说立她儿子为太子时高兴多了。

皇帝见她笑得开心，又有些郁闷，憋着起身离开，去上朝了。

张公公跟在皇帝身后，想着他刚刚听到了什么，陛下想取消七公子和小郡主的婚约？哎哟，要了他的老命了，这可是大事儿，他得赶紧传信给七公子。

皇后送走皇帝，回到内殿，关上殿门，坐在桌前，深深地吸了一口气："嬷嬷，去给砚儿传话，让他今日抽空过来一趟。就说我有要紧的事儿找他。"

贺嬷嬷点头，陛下所说的事儿，还真是一件要紧事儿。她见皇后眉头深锁，劝说："不管怎么说，陛下说立七殿下为储君，这是好事儿。"

"是好事儿，本宫也知道，可是你可听明白了？陛下是想小安儿做太子妃。陛下想要相辅相成，十全十美。"皇后嗤笑，"可是世上哪里有什么十全十美？即便陛下贵为天子，也不例外。"

贺嬷嬷叹了口气，的确，陛下贵为天子，此事怕是也难以周全，若陛下一早就有立七皇子的打算，一早就将小郡主许给七殿下，如今哪里还会这般难办？顾轻衍与小郡主因婚约如今牵扯得深，可不是陛下一句话就能取消解决的。

顾轻衍很快就收到了张公公命线人送出宫的消息，他本就一夜没睡，在天快亮时稍微眯了一小会儿。如今得了张公公的消息，一下子面沉如水。

果然，他爷爷最了解陛下，被他给料中了，陛下还真起了心思。

他嘲讽地勾起嘴角，陛下多疑又善变，有了更好的打算，便想将他踢开吗？这婚约起初是他不愿，但如今，容不得陛下不愿，哪怕依着安华锦的想法拖着，他也不想取消。

更何况，他如今倒是更享受未婚夫妻的相处之道，没打算退一步或者更进一步。目前来说，他也觉得挺好。

他打开窗子，任冷风吹了一会儿，去了顾老爷子的住处。

顾老爷子见他早早来见他，脸色虽然看着一如既往地风轻云淡，但眼底似有云层化不开，谁的孙子谁了解，便明白了："陛下那边，果然被我料中了？"

陛下其实是个急性子，但因为是陛下，皇位磨砺，所以，多数时候，他才不得不忍耐着自己的性子。这么快有确切消息，也不奇怪。

顾轻衍点头："被爷爷料中了，但我不会让陛下取消婚约的。"

顾老爷子点头："你一夜没睡吧？可想好了应对之法了？"

顾轻衍抿唇："其他事情都好办，法子也好想，主要是小郡主那里，我如今还不太确定她的心思。"

她是不是能为了南阳军做到嫁给楚砚？

顾老爷子看着她："所以？"

"所以，我今日想请她来家里做客，让她认认人。先给陛下点儿压力，让陛下别轻易开口，后面再想办法让陛下打消这个念头。爷爷今日也别去早朝了，免得陛下下了朝后，找您开了口。"

顾老爷子点头，既然孙子做了决定，非那小丫头不娶，那他只能支持他，挡一挡陛下了："行，那你今日便将她请来吧！让你祖母、你爹娘、兄弟姐妹们都见见。我让人告诉他们一声，今日无论有什么事情，都给我在家里别出去了，我也告个假，不去早朝了。"

顾轻衍正是这个意思，只有让陛下知道顾家很看重这门亲事儿，顾家上下很欢迎安华锦，才不好开口提取消婚约的事儿。今日安华锦第一次登顾家门，越隆重越好。

"你确定你今日能接来人？"顾老爷子怀疑地看着他，"那小丫头若是想来家里，早就来了。"

"今日绑也要将她绑来。"

顾老爷子大笑，摆手："那你早些去吧！"

顾轻衍出了顾老爷子的院子，前往安家老宅，一路上想着她昨日看《兵伐》看得那般沉迷，大约也是一夜未睡，她若是说什么也不来，往日他还真拿她没法子，但今日嘛，他大约还要多谢谢二舅公给她的这本书。

皇帝出了凤栖宫去早朝的路上，琢磨着这事儿怎么跟顾家和顾轻衍开口合适。到了金銮殿，他坐下身，扫了一圈朝臣们，除了不少空出的还没被顶替上来的位置外，还有一个人今日没来。

他出声问:"顾老爱卿今日怎么没上朝?"

张公公立即小声说:"回陛下,顾老爷子今日有事儿,告了假。"

皇帝点头,他本来打算下了早朝后将顾老爷子叫到南书房说道说道,探探他的口风,如今人没来,只能等着明日了。

张宰辅一案,轰轰烈烈了二十几日,差不多也告一段落,皇帝觉得队列中空出的位置该安排人顶上来了。于是,今日开了口,让群臣举荐,看看谁适合什么位置。

这些日子,朝中官员们私下早就瞄准了各自看好的位置,如今皇帝一开口,朝臣们便赶紧上前,你出列我出列地推荐起人来。

这是一个多方角逐和拉锯的大战。因此,冷清沉寂阴云笼罩了多日的早朝,终于恢复了以往的热闹。

顾轻衍来到安家老宅时,比平日早了一个时辰。

门童打着哈欠开了大门,揉揉眼睛:"七公子?您今日怎么来得这般早?"

他每日都是踩着辰时的点来。

顾轻衍温声说:"今日早起了一个时辰。"

门童点头,连忙将他请进去。

顾轻衍进了内院,遇到一边打着哈欠一边向枫红苑走去的孙伯,孙伯见了顾轻衍,也有些讶异:"七公子,您今日来得怎么这般早?"

顾轻衍微笑:"今日我想带小郡主去家里做客,故而来得早了些。"

"小郡主来京二十多日了,还没去顾家拜访老爷子,是该去了。"孙伯立马笑呵呵的,"不过小郡主挑灯夜读,一晚上没睡觉,昨日晚饭就没吃多少,夜宵也没吃两口,如今还捧着书呢,今日若是去做客,怕是没精气神啊。"

这个顾轻衍也考虑到了,笑着说:"无碍,小郡主曾跟我说,她若是想做一件事儿,几天几夜不睡觉,也精神得很。如今不过一夜而已,想必依旧很精神。"

"也对。"孙伯放心了,"老奴这就去厨房,让他们赶紧弄早膳,您带着小郡主好早些回去。"

顾轻衍点头,进了枫红苑。

安华锦得了好书,爱不释手,挑灯夜读一夜未睡,依旧精神很好,半丝不困。她坐在内室的桌椅前,还是昨日的衣着打扮,一边捧书而读,一边手指在桌案上比画着什么。听到有人推开门走进来,头都没抬,很是沉浸在书里。

顾轻衍昨日就见识了她对兵书的痴迷,今日瞧了,也不禁笑着摇了摇头。

他虽然每日来安家老宅，进出安华锦的院子，但都是在外面画堂待着，不曾踏入过她的内室。今日情况特殊，若他不亲自进来拖走她，今日是别想等着她自己出来了。更别想将她请去家里了。看这模样，她有了兵书可以三天不吃不喝。

　　女儿家的闺房他第一次踏入，白玉床、菱花镜、八宝香台、金凤雕花插瓶，处处透着女儿气，且散发着丝丝缕缕的胭脂香。

　　顾轻衍虽已做好了准备，但还是挑着帘子在门口顿了半天，才缓步踏入，尽量目不斜视地来到桌前，伸手按住了安华锦面前的兵书。

第三章 登门

安华锦正入神琢磨,眼前的书被一只修长如玉的手遮住,她顺着这只漂亮的手抬头,才看到了立在她面前的顾轻衍。

朝曦,窗外透进青白的微光,与屋中烛光相映,这人长身玉立,容颜如画。

她呆了呆,才慢半拍地问:"你干什么?"

顾轻衍见她果然如他猜测一般,眼神清明,一夜挑灯夜读不见半丝浑噩之态,伸手将她手下的兵书抽了出来,塞进了袖中,对她温声说:"你答应我一件事情,不然这本书,我拿去还给二舅公。"

安华锦惊醒过来,怀疑地看着他。

顾轻衍对她眨眨眼睛:"你没听错。"

安华锦瞪着他:"答应你什么事情?"

顾轻衍微笑:"今日去我家里做客,见见祖父、祖母、我父母、兄弟姐妹。也许还有顾家旁支的族亲。"

安华锦猛地睁大了眼睛,这一刻,神魂才彻底从兵书里抽离出来,回归原位:"我不去。"

顾轻衍笑容温和:"不去不行。"

"就不去。"

顾轻衍含笑看着她:"若是你不去,这本兵书,我就还回去了。"

安华锦又瞪着他:"已经送给我了。"

"二舅公送给你,是因为你是我的未婚妻,你来京城已二十多日了,该去家里坐坐了。"顾轻衍温声哄她,"乖,就去一趟。只要去了,我保证,今日晚上,这本书还回到你手中。"

若没有这本书,他不知道拿什么威胁她去家里做客。以她的性子,若是不抓住她十分沉迷的东西,怕是威胁不了她,就算哄,遇到她抵触的事儿,怕也没那么容易哄。

安华锦眯起眼睛,目光锁定他温和浅笑的面色,似要将他透骨地看透三分,须臾,她身子往后一仰,靠在椅背上:"说吧,为何今日突然让我去你家做客。"

还如此强盗行径。

顾轻衍看着她:"若我说,我家里人想见见你呢。"

"你也说了,我已进京二十多日了,不差这一日。"

顾轻衍轻叹一声,似有些惆怅:"未婚妻太聪明了,想糊弄都让人为难。"于是,他决定实话实说,"陛下想要取消你我的婚约,趁着陛下没开口前,你必须去家里一趟,让陛下短时间内,不好开这个口。"

安华锦一怔,慢慢地又坐直身子,不解:"为什么?"

陛下可是一直一力要促成这门婚事儿,不惜下旨,让顾轻衍这个深受皇恩重用的朝廷命官,整日里无所事事地陪着她培养感情。发生了什么事儿?竟然让他要取消他们的婚约?

"善亲王进宫为楚宸争取你,陛下忽然觉得,换个人也不是不行,除了我,楚宸,还有七皇子楚砚,如今在陛下看来,楚砚最合适。"顾轻衍声音虽然平静,但眼睛一眨不眨地盯着安华锦,不错过她一丝一毫的表情。

安华锦彻底愣了。

楚砚?她的七表兄?陛下如今觉得他是最合适娶她的人?比顾轻衍还合适?他是打算将大位传给七表兄了?

一瞬间,她脑中蹦出了许多想法,一个个地打了肯定的叹号。

是了,张宰辅倒台了,淑贵妃和二皇子死了,三皇子也被牵连了,如今楚砚自然就得圣心了。与其让安顾联姻,还真不如将她嫁给皇家。

储君定,南阳军稳,大楚安。

安华锦:"!!!"

她好一会儿没说话,一时间也不知道该说什么,这一刻,脑中既清明又乱。

顾轻衍从她面上什么也没看出来,哪怕是一双直面心灵的眼睛,看起来都十分平静。他心里渐渐地发紧,手指不由得攥紧了袖角。

屋中静静,未熄灭的灯火发出"噼里啪啦"的声响,清晰地爆出灯花,一声又一声。

"在想什么?"顾轻衍终于忍不住出声,嗓音有几分低哑。

安华锦抬眼看他,只见他薄唇微抿,一双清泉般的眸子云雾层层,她看了一会儿,忽然笑了:"所以,今日我非去你家里做客不可?"

顾轻衍默认。

安华锦又笑,语气莫名地有几分愉悦:"顾轻衍,你真不想与我取消婚约啊?为什么呢?真喜欢上我了是不是?"

顾轻衍又抿了一下嘴角，依旧没说话。

安华锦忽然乐不可支："你有点儿怕呀？是不是怕我为了南阳军，答应陛下的决定？那么，南阳军百年无忧呢。"

"你我不取消婚约，你嫁给我，南阳军也百年无忧。"顾轻衍声音轻轻，"我保证。"

安华锦笑着站起身，一把拽住顾轻衍的胳膊，坐了一夜，身子有点儿僵，她以顾轻衍的手臂支撑着站了起来，腿有点儿麻。她用力地跺了跺脚，踢开椅子，半边身子靠近他身前，伸手去捏他的脸。

顾轻衍站着没动，任她捏。

安华锦捏住他脸颊，用力地扯了扯，嗓音软软含笑："你也一夜没睡？就因为这个事情？顾七公子，这不该是你的作风。"

顾轻衍继续沉默。

安华锦又扯了两下，松了手，看到他白皙的脸上被她捏出了一片红手印，如白玉盘上落了一片梅花。她心中说不出是终于让他落入她编织的情网中的畅快，还是这样比她也用剑架到他的脖子上，喂他一颗"百杀散"更加解气。

"怎么不说话？"安华锦快速地将手深入他袖子里，打算出其不意抢回兵书。

顾轻衍伸手按住她的手："跟我去家里，晚上给你。"

安华锦轻哼了一声："我最不喜欢别人威胁我了。"

"我不是别人。"顾轻衍看着她，认真地说，"就算我们有朝一日取消婚约，也该是与陛下的决定没关系，与任何人都没关系，只我们两个人单纯地走不到一起。不该因为别的外力原因。你也不喜欢这样，是不是？"

安华锦默了默，这倒是，陛下虽是九五之尊，安家虽效忠大楚，但也不能将她的婚约一卖再卖。卖给顾家时，她尚小，不知道，爷爷瞒着她，也就罢了。但若卖给七表兄，她至少这一刻在知道后不想如了陛下的意。

顾轻衍心底深深地松了一口气，语气也跟着轻松了，又哄："你梳洗一番，我们用过早膳，就跟我走，好不好？顾家也不是处处规矩，在你眼里一无是处的。"

"行。"安华锦忍不住笑了，这人这么会哄人的吗？

用过早膳，安华锦拿过镜子照了照自己，嗯，一夜没睡，还很精神，不错。

她琢磨着问顾轻衍："那天，在千顷桃花园的醉花亭，你见我感觉如何？"

"很好。"

"有多好？"

顾轻衍眸光动了动："在我眼里，你那时比千顷桃花园里面的所有桃花都美。"

安华锦大笑。

顾轻衍看着她，笑意也染上眉梢眼角："我说的是真的。"

"嗯，我知道你说的是真的。"那幅画就是证明，他没画几瓣桃花瓣，但将她眼睫毛都画得很是精细，可见当日观察入微，否则楚希芸见了那幅《美人图》也不会那么伤心欲绝了。

她放心地站起身："你坐着，我需要一个时辰收拾自己。"

去未婚夫家做客，要把自己收拾得美美的，就参照相亲那日，不能给自己丢面子。

顾轻衍点头，表示他愿意等。

于是，安华锦沐浴、更衣、梳妆、珠钗水粉、胭脂口脂，就连指甲也修染了。

安家老宅自然没有长公主身边那么多围着侍候的人，孙伯在安华锦住进来后，曾说买几个人侍候小郡主，被安华锦给推了，她不需要人，自己一个人就够了。

长公主给的，陛下赐的，皇后赏的，还有她养病期间，虽闭门谢客，但京中各府邸都象征性地送来了不少好东西。她虽谁也没见，但都让孙伯记了个礼。如今女儿家用的好东西真不少，也不缺。

顾轻衍在等待期间，拿出那本《兵伐》看，从小到大，他学什么看什么做什么，都没有十分喜欢，但因他天赋早慧，哪怕没有十分喜欢，也能学得很好做得很好。薄薄的一本兵书，安华锦痴迷得不行，这种痴迷之处他也想体会一二。

安华锦收拾妥当出来，挑开珠帘，顾轻衍便听到了一阵珠翠声，他抬起头，小姑娘本就仙姿玉色，如今盛装打扮，更是光可照人。一身水红锦绣罗裙，玉翠环佩点缀，无一处不相宜。

这般张扬艳丽的颜色，与她这些日子在他面前的素淡完全不同，一个若是艳也能艳到极致的人，若是淡也能淡到极致的人。

顾轻衍感觉自己呼吸乱了一下，手中托着的《兵伐》似乎也没了分量。

"如何？"安华锦虽问的是顾轻衍，目光却落在了他手里的书上。

顾轻衍轻咳了一声，立马将书塞进了袖中，站起身："秀色掩今古，荷花羞玉颜。"

安华锦抿嘴笑，很是得意："再夸夸。"

她最爱听别人夸她。

顾轻衍轻笑："千秋无绝色，悦目是佳人。"

安华锦眨眨眼睛："还有吗？"

"朱粉不深匀，闲花淡淡香，细看诸处好……"

安华锦："停！"受不了了。

她瞪了顾轻衍一眼："我让你夸，你就夸吗？不脸红的吗？"

顾轻衍耳后还真微微发热了，他移开视线，笑着说："走吧。"

安华锦点头，像模像样地抓了一把凤起云霄的折扇，很大家闺秀做派地跟着顾轻衍出了房门。

走出枫红苑，顾轻衍忽然问："你的剑，可随身带着了？"

"带了。"安华锦怀疑地看着他，"怎么？去你家还有危险吗？"

顾轻衍笑："没有。"

他只是觉得，小姑娘一身简单利落的装扮时，仗剑骑马，张扬肆意，让人觉得，她该是那样的人。如今穿着这般繁琐的女儿装，丝毫不违和，也看不出她半丝不自在，像模像样，若是不识得的人，谁知道她不是京中的大家闺秀？做什么像什么，连他都要被她迷惑了。

"你是不是很奇怪，我一个常年生活在军中的人，怎么穿得来这衣服，戴得住这些珠钗？"安华锦扭头问。

"嗯，有点儿。"

安华锦笑："这就要问我爷爷了，每年都把我送去崔家待一个月，让崔家的老夫人手把手地教我。美其名曰，有朝一日嫁进你们顾家，也不丢他的脸。"

顾轻衍倒是不知道这一茬，顾、王、崔、谢，四大家族，都具有数百年世家底蕴，崔家老夫人与安家已故老夫人是手帕交。难怪她能这般像模像样，他不知道说什么，只说："老王爷用心良苦。"

安华锦"哈"地笑，意味悠长地说："的确用心良苦。"话落，凑近他，"不过，他如今后悔死了。你想不想知道，他为什么后悔？"

"不想。"顾轻衍直觉不是什么好事儿。

"我偏告诉你。"安华锦不放过他，独乐乐不如众乐乐，"崔家长房长孙，崔灼，字凤起，他喜欢我。"

顾轻衍："……所以？"

安华锦无辜地看着他："我爷爷觉得我已有婚约，他却喜欢上了我，我又不能嫁给他，坑别人也就罢了，但他是崔家的长房长孙，把他给坑了，真是惹祸。"

顾轻衍抿唇："他还未娶妻？"

"是啊。"安华锦笑，故意地说，"这不是等着我退婚呢吗？"

顾轻衍忽然磨牙："想也别想。"

安华锦大笑。

"再笑珠钗掉了。"顾轻衍忽然咬牙切齿，招惹了楚宸，他知道她有个青梅竹马，如今又出来个崔灼，是想气死他吗？

"你那是什么眼神？"安华锦笑够了，轻哼，"又不是我乐意故意招惹的！京中人都挂在嘴边的一句话，说一家有女百家求，一家有好儿郎千家抢。喜欢你的人能从荣华街排到千里之外，如今用红杏出墙的眼神看着我，你好意思吗？"

顾轻衍："……"

他好意思！

来到顾家，顾轻衍先下了车，伸手去扶安华锦，安华锦像模像样地将手放在他手里，就着他的手，慢慢地下了马车。

顾轻衍觉得手心一片温暖的柔滑，有些气顿时消了。

顾家门口停了不少车辆，排了长长一条街。

安华锦瞅了两眼："这些车都是做什么来的？"

"族里的人，或者与顾家走动得极近的亲戚，都是来看你的。"

安华锦："……"

她素来天不怕地不怕，此时看着顾家沧桑朱红的大门，有点儿迈不动脚："我现在折返回去，还来不来得及？"

顾轻衍一把拽住她手腕，温润地笑："来不及了。"

安华锦："……"

"你家这样，是不是太隆重了？"

"嗯，自然是的。"顾轻衍轻叹，"本来不必如此，只家里人随便坐坐就好，但无奈陛下有了取消婚约的心思，若是不让陛下知道顾家对你十分看重，恐怕他会太容易开口。"

安华锦看着他，可是……就这么被他哄来，虽然不会立马取消婚约，如他意，也如她意，但长远看的话，是不是不太好？登门容易，但若想要再断，可就难了吧？

她忽然怀疑："除了应对陛下外，你是不是另有企图？"

"没有。"顾轻衍神色再认真不过。

行吧，既然已经来了，她也不能退回去了。

安华锦甩开顾轻衍的手，小声嘟囔："别拉拉扯扯，我不走就是了。"

顾轻衍放心了，顺势松开手，带着她进了顾家老宅。

"七公子好！安小郡主好！"

一溜的请安问礼声，人人规规矩矩，整整洁洁，看起来奴仆们穿的衣衫都很簇新，头发都梳得一丝不苟。哪怕偷眼打量安华锦，也面带喜色。

安华锦在百万军中都不怯场，这等场面，真要面对时，自然也不会怯场。她轻摇蒲扇，裙摆随着她缓步轻走，行出曼妙弧度，衣袖摆动间，香风自动。

顾轻衍默默地想，也应该感谢陛下，否则，她还不会随着她踏进顾家门。

二人来到二门，便见到二门处乌泱泱地站了一群人，人人衣着光鲜华贵，珠钗首饰点点发光。有男有女，看起来都很年轻，像都是顾轻衍的同辈。

安华锦心想，还好没看到长辈出来接她。

顾轻衍压低声音说："都是我的哥哥嫂嫂，姐姐姐夫，弟弟妹妹们。"

安华锦点头："看出来了。"

不愧是顾家，人多就是热闹。安家从来没有这么多人，冷冷清清的，安家应该是阴宅比阳宅更热闹些，顾家不愧是真正数一数二的世家大族。

安华锦是第一次踏入顾家，也是第一次见顾家其余人，包括顾老爷子。

顾家的人同样也是第一次见到这位传言中的顾轻衍的未婚妻安小郡主。

顾家人多，哪怕每个人都在打量安华锦，但因为教养良好，目光都是十分含蓄的，不会直刺刺地刺人，也不会让人觉得被冒犯不舒服。

安华锦同样，从她今日踏出安家老宅的大门起，她就忽然地成了另一个安华锦，这个安华锦是每年被老南阳王扔去崔家一个月，在崔家老夫人身边教养出来的安华锦。

本来所有人都觉得，她应该与顾家是格格不入的，但偏偏，她踏进了顾家门后，丝毫没有违和之处。言谈举止，礼数规矩，待人接物，没有半分不妥之处，就像是，她天生就是京中大家族里走出来的一般。

京中的大家闺秀们，顾家人见多了，做得最好的，哪怕来了顾家，也都会显得拘谨，就算有那落落大方的，也不如她行止自然。

这样的安华锦，不只惊讶了顾家其余人，也惊讶了顾家老爷子和老夫人。

顾老夫人已经不止一次地听顾老爷子说自家孙子喜欢那小丫头，如今见着了人，她也跟着满意极了，和蔼慈祥地拉着安华锦的手："昔年，我与你祖母，虽算不上多亲密，也算是半个手帕交。你来了京中，我早就想见你，奈何怀安推三阻四不带你回来给我见，藏着掖着每日自己跑去见你。"

安华锦弯了弯嘴角，甩锅毫无压力："是他不对。"

"对，就是他不对。"顾老夫人笑着瞪了一旁陪坐的顾轻衍一眼，"臭小子，你可知错了？"

"孙儿知错了，以后常带小郡主回家。"顾轻衍认错态度极好。

"嗯。"顾老夫人还算满意，但继续挑顾轻衍的不是，"这孩子啊，拧得很，主意正，巴掌大时就自己拿自己的主意，长大后更是不听管。我就盼着个人管管他。"

安华锦眨眨眼睛。

顾老夫人拍拍安华锦的手，笑眯眯的："好孩子，你可愿意多管着他，让他听话？"

安华锦浅笑，十分温婉："我爷爷常说，找个人管着我，您怎么与我爷爷说一样的话？"

顾老夫人大笑。

顾轻衍也忍不住笑了。

"那你们以后互相管着。"顾老夫人笑够了，松开她的手，"总是在屋子里陪着我这个老婆子闷着怎么行？怀安，带你媳妇儿去你常待的地方看看，也让她多了解了解你。"

安华锦："……"

现在就喊媳妇儿……未免太早了吧？

她试图更改老人家的看法："顾奶奶，我与七公子虽有婚约，但世事多变，您还是称呼我……"

顾轻衍接过话："祖母，您称呼她安儿就行。"

安华锦："……"

"好，锦丫头，你们去吧。"顾老夫人从善如流，笑呵呵地，很是高兴。

安华锦只能跟着顾轻衍出了房门。

四周没了人，安华锦对顾轻衍瞪眼，骂他："居心叵测。"

顾轻衍轻笑，揉揉眉心："近日来，我常出入你的院子，我带你去我的院子里走走？"

"不去！"

"我看了你的房间，你不去我的房间看看，岂不是亏了？"顾轻衍劝说，"真不去？我院子里可是轻易不让人踏足的，你也就是我的未婚妻，才有资格。寻常时候，府中兄弟姐妹们寻我，也只是让人给我传个话，在书房相见。"

他这样一说，安华锦好奇了："你有什么怪癖，还是有什么见不得人的大秘密？连你的院子都不准许兄弟姐妹进？"

他的秘密不都在八大街红粉巷吗？

顾轻衍微笑："我只是不喜欢人随意进出我的院子，没什么怪癖和秘密。"

"你的意思，我不是人咯？"

"你是我的人。"

安华锦："……"

她磨了磨牙："你注意措词。"

顾轻衍似后知后觉地脸红了一下，轻"嗯"了一声："你是我的未婚妻，不是外人。走吧，带你去。"

安华锦抬步跟上他，既然来了顾家，自然一切要听他的安排。

顾轻衍的落雪轩，是距离顾老爷子最近的一处院子，显然也是顾家风景最好、地理位置最中心的一处院子，配得上他嫡孙的地位。

落雪轩里种植了许多海棠树，这个季节自然看不见海棠花了，只稀疏的枝叶和树干，泛着葱葱的绿意。

院子不小，但仆从不多，静悄悄的，哪怕遇到一二仆从，也悄悄避了开去。

顾轻衍径自领着安华锦进了正房，挑开珠帘，他先一步走进，安华锦落后一步，跟着他走了进去。

房舍精美，屋中一切陈设古朴素雅，古玩之物，不琳琅满目，但入眼一件，便是价值连城。安华锦是识得好货的人，但也咋舌不已。

白玉为堂金作马，珍珠如土金如铁。

她在顾轻衍的屋里屋外转了一圈后，转头对他说："我觉得，我需要打劫你。"

顾轻衍浅笑："只要你同意嫁给我，不用打劫，我的都是你的。"

安华锦："……"

她是否该估值一下，她自己值不值他的全部家当！

她转过身，坐在了黄花梨木桌椅前，摆弄桌子上的白玉杯盏："渴死了，你这里怎么也没个端茶倒水的人？"

不是说世家大族里，都有美人奉茶的吗？尤其是贵公子身边，红袖添香的美人一抓一大把，个个千娇百媚。怎么崔灼身边没有，顾轻衍这里也没有？

"我这里没侍候端茶倒水的人，我不喜人进屋子里来侍候。除了打扫的时候，平时没人。"顾轻衍坐在安华锦对面，"我给你沏茶。"

"能点茶吗？"安华锦不客气地提出要求，"我要喝那种，茶水里漂着一朵牡丹花的那种茶。"

"好！"

安华锦见他答应得痛快，双手托腮，等着看他弄出一盏牡丹茶来。

顾轻衍慢慢地挽起衣袖，露出一小截手臂和如玉修长的手，拿起茶壶，烧上热水，然后拿过茶罐，取出茶叶，动作不紧不慢，闲适优雅。

安华锦从他手臂瞧到他白皙修长的手指，再从手指，不知怎地，就瞧到了他脖颈锁骨，最后停在了他那副如画的眉眼上。

安华锦看得十分心动，这人怎么就这么好看呢！好看得恨不得让人把心都掏出来捧给他煎着吃。

不知过了多少时候，顾轻衍将一盏茶端到了她面前，嗓音是低低的笑意："你的茶好了。"

安华锦低头，面前放着一盏滚热的茶，茶里漂着一朵盛开到极致的牡丹花。

她睁大眼睛，仔细辨认，噢，是滚烫的浓浓的层层的茶雾，在沸水中，如一朵盛开的牡丹，且久久不消散。

这手功夫，简直太漂亮了。

于是，她目不转睛地看了一会儿，才抬头对顾轻衍认真地说："不看脸的话，你这手茶艺，也能卖个好价钱。"

"卖给你的话，你觉得，值多少钱？"顾轻衍扬眉笑问。

"价值连城。"安华锦有些舍不得端起来喝掉。

顾轻衍谆谆诱惑："你若是想喝我沏的茶，以后我每日给你沏。"

那可真是价值连城了！

安华锦端起来，痛快地喝了，评价："很好喝，但是太费工夫，我好像为了喝你这一盏茶，等了太久。"

"也不算太久，不过你盯着我看了一炷香时间是有的。"顾轻衍笑。

安华锦默了默："要不然，你看回来？"

顾轻衍笑出声："还喝吗？"

安华锦点头。

顾轻衍又给她沏了一盏。

这一回，安华锦没走神，看得清楚，这行云流水般的动作，衣袖回动间，更是入画得让人心动，茶香四溢，人也温润雅致比茶更香。她深深地叹气，喝两盏茶就要心，每日都喝的话，会不会突然有一天就要了她的命？

"在想什么？"

安华锦哀哀地说："在想是给你心好，还是给你命好。"

顾轻衍："……"

"心吧！要你命做什么？又不能炒着吃。"

在顾轻衍的院子里消磨了半个时辰后，顾轻衍又带着安华锦逛了他的书房以及他在顾家常去的几处地方，碧波湖、水悬台、梅花苑。

与长公主的千顷桃花园不同，顾家梅花苑里的梅花经过人工每日精剪细琢，养护得好，用好药喂着，至今都五月了，还没凋谢。

晌午的午膳，也摆在梅花苑。

用午膳的时候，男女分席，安华锦是今日的上宾，跟顾家老夫人坐在一席。顾老夫人怕安华锦没人陪着，又从同辈中择了一个未出阁的女儿家，顾家九小姐，顾轻衍的同胞妹妹顾墨兰。

早先，刚踏入顾家时，顾轻衍对安华锦介绍一众兄弟姐妹时，没特意介绍顾墨兰，如今顾老夫人单独将顾墨兰提出来，安华锦才仔细地看了这小姑娘。

不愧是顾轻衍的亲妹妹，也有着一副好样貌，比她小两岁。与安华锦这个装什么像什么的不同，是真真正正的世家贵女，骨子里就刻着世家贵女的精魄。

她坐在安华锦旁边，文文静静地喊："安姐姐。"

安华锦也温温柔柔地回："顾九妹妹。"

顾老夫人对二人笑："锦丫头，小九是姐妹中脾气性情最好的，你们多玩在一处，以后常来常往，一定合得来的。"

安华锦点头。

用过午膳，顾轻衍走过来，对安华锦笑问："我给你找个客房，歇一歇，祖父说了，让你待上一日，用了晚膳再回去。"

顾墨兰站起身："哥，不用另外找地方了，我带着安姐姐去我院子里休息就好。"

顾轻衍露出微讶的神色，细细地打量了顾墨兰一眼，点头："也好，歇一个时辰，我过去接她。"

顾墨兰看向安华锦，安华锦点头，没意见，跟着她去了她的住处。

一路上，顾墨兰并没有说话，直到进了她的墨兰居，她才开口："安姐姐，你觉得顾家人多热闹吗？"

"挺热闹。"

顾墨兰笑："只今日热闹罢了，寻常是不热闹的。"她停住脚步回身，伸手一指，"你看，就我这个院子，几十个侍候的人，早起，连鸟都惊不飞。"

安华锦顺着她手指的方向，看到安安静静风不吹枝叶，丝毫不动的花树，眨了眨眼睛。

顾墨兰收回视线，又歪着头笑："安姐姐与传言一点儿都不一样呢。"

"怎么不一样？"

"外面的人都说，我爷爷与南阳王疯了，安顾结亲根本就不是天作之合。安家的女儿嫁进顾家，一定会格格不入，适应不了顾家门风的，可是今日，安姐姐来做客，处处得体合宜，好像天生就能与顾家融为一体一般。哪里像是传言那般将宸小王爷揍得三个月下不来床的人？"

安华锦笑："顾九妹妹大约不知道，有一种人，很善伪装，我就是那样的人。"

顾墨兰眼睛微微睁大："若是这样，那安姐姐也装得太好了，不是谁进了顾家，面对这么多人，都能装得天衣无缝的。我们从小到大所学，都不见得有安姐姐做得好。"

安华锦摇头："我最多能撑三天。"

顾墨兰忽然说："哥哥很喜欢安姐姐。"

安华锦挑眉："哪里看出来的？"

"若是不喜欢的人，哥哥不会天天陪着，也不会带进家里来，更不会让爷爷将全族的人几乎都聚来安家见见你，他有一百种悔婚的法子。"顾墨兰认真地问，"安姐姐会嫁给哥哥吗？"

"回答不了你。"

顾墨兰点头，转过身挑开珠帘："安姐姐进屋来歇着吧！外面的日头太足了，但愿钦天监请雨神，能赶紧下一场雨。"

安华锦跟着顾墨兰进了屋。

世家大族里真正贵女的闺阁，安华锦不算是第一次进来，每年在崔家一个月时，她住的差不多也是这样香气宜人处处精致摆设的屋子。

她打量了一圈，没有进入顾轻衍屋子时的好奇，便由顾墨兰安排着，在西格子间歇下了。

昨日她一夜未睡，虽不困，但这样应付场子，还是身心俱疲的，很快就睡了。

顾墨兰的贴身婢女很讶异，安小郡主来了陌生的地方竟然转眼就能睡着，她回去压低声音对顾墨兰说："小郡主已经睡着了。"

顾墨兰也讶异："这么快？"

"是呢。"婢女没见过这么快能在别人家睡着的人。

顾墨兰没有歇着的打算，站在桌前提笔练字帖，顾家的女儿，要学的东西太多，琴棋书画、针织女红是基本的，连每日的睡眠都很苛刻地掐着时间。她从小到大就这样，已养成了规律。

她提笔写了两个字，还是轻声说："我没想到，她是这样的安小郡主。"

哥哥的这位未婚妻，几乎所有人不约而同地会觉得，有朝一日她踏进顾家门，那一定是一块巨石砸在顾家的门匾上，哪怕打破顾家的所有规矩，也理所应当的。

不该是这样，处处合着顾家的规矩，分毫不差的，融洽得很，让所有人见了，哪怕族中对规矩最苛刻严厉的叔公们，都连连点头，称一个"好"字。

能做到令顾家全族的人都满意，何等的厉害！

一个时辰后，安华锦依旧睡着，顾轻衍却准时来了。

从妹妹七岁起，他就再没踏入过妹妹的闺房，顾墨兰搁下笔，迎了出去："哥哥，安姐姐还在西格子间睡着。"

"嗯，我去喊醒她。"顾轻衍点头，去了西格子间。

顾墨兰眨眨眼睛，慢几步地跟了过去，却没跟着进里面，而是站在了格子间外，她想透过窗纱看看，私下里，他们二人如何相处。

顾轻衍进了西格子间，见安华锦侧躺在炕上，呼吸均匀，睡得十分规矩。他坐在炕沿边，拈起她一缕头发，轻轻地挠她的脸。

安华锦"唔"了一声，挥手打开，声音软软："顾轻衍，你别闹，让我再睡会儿。"

"你不是不困吗？"

"谁说我不困了？困着呢。"安华锦背转过身。

"困还一夜看书不睡？"顾轻衍借着她背转身让出的地方，身子懒洋洋地往墙壁上一靠。

安华锦哼哼一声，闭着眼睛嘟囔："我爱看书不成吗？"

"这么爱看书,起来,我带你去藏书阁转一圈。"

"不去。"

"藏书阁里有很多兵书,顾家虽无人从武将,但也收藏了不少兵书。"顾轻衍温声说,"你确定要继续睡吗?"

安华锦腾地坐起身:"不睡了。"

顾轻衍轻笑,伸手帮她正了正因她起得猛倾斜了的珠钗,缓缓站起身:"走吧。"

安华锦跟着他走了两步:"上午时,你怎么没带我去?"

顾家藏书,有数万册吧?

"要划船过碧波湖,上午时间不够。"顾轻衍给出解释。

安华锦点点头。

出门口时,顾轻衍不知脚踩到了什么,忽然趔趄了一下,安华锦伸手一把拽住他,取笑:"多大的人了,怎么走路还险些栽跟头?"

顾轻衍面不改色:"门槛太高了。"

出了西格子间,安华锦注意到外面站着的小姑娘,松开顾轻衍的胳膊,笑问:"顾九妹妹,叨扰了。"

顾墨兰收起心里浓浓的震惊:"安姐姐,歇得可好?"

"挺好的,睡熟了。"安华锦笑问,"你哥哥要带我去藏书阁,你可一起去?"

顾墨兰瞅向顾轻衍,见他面色含笑,她摇摇头:"我不去了,你们去吧!"

二人离开,身影有说有笑走远。顾墨兰依旧没从震惊中回过魂来。她认识哥哥多少年,从小到大见到的哥哥,只有一面,温和知礼,哪有见过他刚刚那般言笑随意的模样?

她想,她还是错了,哥哥哪里是喜欢安华锦,是喜欢极了吧!

出了墨兰居,安华锦偏头怀疑地问:"你做了什么?你妹妹的眼神怎么看起来怪怪的?"

顾轻衍笑:"大约是没见过我另一面吧!"

安华锦看着他。

顾轻衍又笑:"顾家的人,都是一个模子刻出来的,一行一止,用尺寸量出来的一样。就如今日的你一般,在顾家,稍微出些格,便是异类。"

安华锦揣思片刻,了然:"难为你在家里与在外面两个模样,我最多撑着装三日,你能年深日久的装,太不是人了。"

顾轻衍停住脚步，目光深深地看着她："你今日本不必如此，该如何就如何，谁也不会觉得奇怪，但却处处都做得融洽。为何？"

安华锦也停住脚步，迎上他的目光，坦然极了："我不嫁进顾家，那是我不想嫁，但不能让人说是我不配嫁进来。"

顾轻衍微笑："你说得对。"

顾家的藏书阁，建设在碧波湖的中心，独立一块宣台上，是个三层的楼阁。

从碧波湖乘船前往藏书阁，用两炷香时间。下了船后，顾轻衍带着安华锦进了藏书阁。

顾家的藏书阁，收罗天下藏书，古往今来，世代累积，十分可观。

有一层书架，专门收集着兵书。

顾轻衍直接将安华锦领到了那一层书架面前。安华锦的眼睛立马焦在了书架层层罗列的藏书上，搜索着安家藏书里没有的书籍。

顾轻衍站在一旁，也不走开，跟着她眼睛一寸寸搜寻。

"有五本，安家没有。"安华锦看了一圈，回头对顾轻衍说，"能借？"

"能在这里借看，不能带走。"顾轻衍要的不是今日她登顾家门，还要下一次也让她来，不能总拿一本《兵伐》威胁人，这五本书，够他能带她来至少五次吧。

安华锦将手背在身后，似笑非笑地看着顾轻衍："你这主意打得未免太明显了。"

顾轻衍也背手在身后，负手而立，微微低头看着她："那你上不上当？"

"上！"

安华锦做什么事情，都干脆果断，从小到大，唯有与顾轻衍的婚约，她不想取消，又不想大婚，磋磨自己，在天平的两端不停拔河外。别的事情，她看清楚后，都会痛快得很。

"我与你一起看。"顾轻衍微笑，"每七日，我有一日休沐，那一日时，我就带你来家里。"

安华锦从中抽出一本没看过的书："行。"

用晚膳时，顾老夫人派人来喊，二人才出了藏书阁。

顾老夫人拉着安华锦坐下后，笑着伸手点她额头："你这个小丫头，原来这般爱书，倒是与怀安真是合适得很，他以前日日泡在藏书阁，有时候晚膳都不吃呢。"

安华锦浅笑："我只是喜爱兵书，别的不怎么喜欢。"

"安家是将门，你爱兵书再正常不过。"顾老夫人笑问，"寻常时候，除了看书，还爱做什么?"

"在军营里跟着爷爷一起练兵,出了军营后,能让我有兴趣的事情,都做。"安华锦也不瞒着。

有趣的范围广得很。

顾老夫人点头,笑着向男席看了一眼,隔着屏风,隐约能看到顾轻衍的影子,今日的他似乎比每日都愉悦,神情间透着轻快,腰间那枚吉祥结,看着尤其打眼:"我听他祖父说,怀安身上那枚吉祥结,是你编的?"

安华锦点头:"编着玩的,被他正好看见要了去。"

顾老夫人笑意深了些,意有所指:"这孩子平素最是素淡,尤其不喜欢身上挂累赘之物。如今这般喜欢这个物事儿,可见就是出自你手的缘故,才每日都佩戴在身上,日日不离身。"

安华锦弯起嘴角,也别有深意地说:"顾奶奶,您可能误会了,出了顾家门的他,与在顾家的他,是不同的,喜欢什么,也不是顾家门里的标准。吉祥结这种小玩意儿,不值一提的,就是被他瞧个编法特别新鲜戴着玩儿而已,戴一阵子,也许就过了新鲜劲儿扔了。"

顾老夫人一顿。

安华锦又笑:"就像我,您看见的是踏进顾家来做客的我,是这般模样,可是出了这大门,我又是另外一番模样了呢。"

顾老夫人默了片刻,也笑起来:"你这丫头,是个促狭的,我这些年,喜欢吃斋念佛,不常出门,倒不太知道如今外面什么模样了。"

安华锦端正地说:"我三年前来京城与如今来京城,也没发现什么变化。"

"没变化好,京中安稳,才是百姓之福。"顾老夫人又拍拍安华锦的手,感慨,"安家镇守边关,安稳军中,也是大楚之福。"

安华锦笑笑,不再接话。

用过晚膳后,顾老夫人笑着问:"锦丫头,改日还会再来看我这婆子吧?"

"会的。"

顾老夫人放心了。

顾老爷子站起身,背着手对安华锦说:"小丫头,来我书房说说话再回去。"

安华锦从善如流:"听顾爷爷的。"

"你别跟着了,半个时辰后,来我书房接她送她回安家老宅。"顾老爷子见顾轻衍也站起身，对他摆手。

顾轻衍挑了挑眉，温声说："爷爷别吓唬人，她惊梦之症刚刚好些，受不得吓。"

顾老爷子胡子翘了翘："她是个怕被人吓唬的人吗？还没过门呢，这就护着了，你放心，你爷爷又不是恶人。"

顾轻衍笑着又重新坐下身。

第四章 对弈

安华锦随着顾老爷子出了正院，去他的书房。

顾家白日热闹，到傍晚的时候，忽然一下子就静悄悄的了。走在青玉石砖的路面上，遇到仆从，退在一旁，规规矩矩见礼都不带出声的。

顾老爷子走在前面没说话，安华锦落后他一步，他不开口，她就等着，心中猜测顾老爷子会跟她说什么，是直来直去地问她什么时候与顾轻衍大婚，还是如顾老夫人一般说话有技巧地试探她的想法。

诚如顾轻衍说，无论哪一种，她与他，是取消婚约，还是大婚，都是他们两个人的事儿。

"锦丫头，你爷爷的身体，可还好？"走了一段路，顾老爷子开口。

"再活两年没问题。"安华锦干脆告知。

顾老爷子脚步一顿："他今年也才五十九吧？"

"嗯。"

"我今年六十三了，太医说，我还能再活十年。"顾老爷子叹息，"你爷爷年轻的时候，单手能举起一头牛，身体壮实得很，没想到，这么多年，倒是身体不及我太多。"

安华锦低头看了一眼地面："我爷爷这些年在战场上受过几次重伤，性命垂危从鬼门关硬拽回来的那种，后来我父兄去后，他愈加操劳，身子骨就垮了。"

顾老爷子沉默片刻："为了大楚江山，黎民百姓安乐，安家付出的太多了。"

"我爷爷说比起安家的祖宗们，他算是长寿的了。"安华锦笑笑，"身为安家人，活的不只是安家一门，天下百姓安稳，也是值得。"

顾老爷子点点头："顾家不及安家。"

"顾爷爷别这么说，安家有安家的好，顾家有顾家的好。"安华锦语气寻常，"天下哪里有灾情，国库不丰裕时，顾家赈灾，救济百姓，从没少做了。"

二人说着话，来到顾老爷子的书房。

有人侍候上茶水，二人对坐，顾老爷子笑问："锦丫头，你可会下棋？"

"会啊。"安华锦也坐下身，因人而处，顾老爷子随意，她也随意了几分。

顾轻衍的棋艺，是顾老爷子启蒙的，后来又请了大师教导，青出于蓝。顾老爷子棋风大开大合，安华锦自然也配合着他的棋风，与他一个走向。

棋下到一半，顾老爷子又开口："小丫头厉害得很呐！"

安华锦笑："顾爷爷更厉害。"

"我吃的盐虽多，但也不见得比你更厉害。"顾老爷子笑问，"你与怀安可对弈过？"

"对弈过。"

"输赢如何？"

"他赢我一子。"

顾老爷子大笑："若是这样说，你与我对弈，没尽力，我可下不过那个臭小子，回回要输他三个子。"

似乎承认孙子比自己强，一点儿也不丢人，神色还很骄傲。

安华锦拈着棋子："那还继续下吗？"

"下，总要下完，你尽力些，赢了我，我送你一件东西。"顾老爷子目光落在棋局上，"比《兵伐》还好的东西。"

安华锦眨眨眼睛，提醒："顾爷爷，您已经送过我见面礼了，那礼也不小。我今日登门一次，收礼都收得手软了呢。您再送我东西，下次我都不好登门了。"

"那些都是初次见面的礼。"顾老爷子摆手，"这件东西不同，我就留着这时候等你下棋，你若是赢不走，那我是舍不得给的。"

"我尽全力，您也尽全力？不会故意输给我？"安华锦笑问。

"不会。"

"那您可要小心了。"安华锦说着，落子，便是棋风一变。

她素来凡事都喜欢下快刀，所以，这时候听顾老爷子一说，当真不客气了。

于是，一盏茶后，棋局落幕，安华锦也没多赢，赢了一子。

顾老爷子很是感慨："除了那个臭小子，还没几人能下过我。"话落，对外面喊，"顾开，去把我一直收藏的那个好东西拿来。"

"爷爷，不用让他去取了，我已经给您拿来了。"顾轻衍推门进入，手里捧了个匣子，眉眼温润含笑，"我就知道您会输。"

顾老爷子："……"

这是谁家的臭小子哟！

顾轻衍直接将匣子放到了安华锦面前。

安华锦虽然好奇，但也有点儿不太好意思，第一次登门，拿了整个顾家全族的见面礼，本就厚重了，对她是个负担，如今再赢走了顾老爷子的宝贝东西，也太不厚道了。

她咳嗽一声，小声说："我没打算真要赢走顾爷爷的东西。"

"他本就想给你，换个法子罢了。"顾轻衍塞给她，"打开看看，看了东西后，你就不会拒绝了。"

安华锦想着，这天下还有什么是比《兵伐》更好的东西？她疑惑地打开了匣子，只见里面是一套女子用的首饰，翡翠钗环、项圈、手链、脚链……

安华锦："……"

这个也不宝贝吧！

"你仔细看看。"顾轻衍坐在她身旁，"这些可不是普通的首饰。"

安华锦伸手拿起发钗，细细打量片刻，也发现了："原来这些首饰都做有机关，藏有暗器。"

如此精巧，以首饰掩藏的暗器，无论是雕工，还是用途，还真是一绝了。

她对着墙轻轻转动一个环扣，一根细如牛毛的金针穿进了墙缝内，看着小小的东西，却有如此力道，没入不着痕迹，只留一个细微的几乎发现不了的小针孔。

"果然是好东西！"安华锦欷歔。

她也算是见过不少好东西，还真没见过这么一整套都是由机关暗器打造成的首饰。就算第一眼不爱，此时也爱了，她粲然一笑："多谢顾爷爷。"

顾老爷子捋着胡须笑："此首饰世间只有一套，是百年前江湖上暗器门一位精通暗器的长老用毕生心血打造的。这套首饰打造成时，恰逢暗器门牵扯了一桩大案，那位长老将此物送了来，请求顾家施以援手，所以，此物就成了顾家的，奈何顾家女子生来不碰凶器，用不着此物，搁在顾家也是蒙尘，送与你正合适。"

安华锦弯起嘴角："那可真是便宜我了。"

"你时常遭遇刺杀，以后遇到危险时怕也不会少，用于防身最好不过。"顾老爷子见她合上匣子，"底下还有东西。"

安华锦一愣，将上层的首饰逐一拿出，底下一张图纸，她打开一看，彻底惊了："《天门阵布兵图》？"

"嗯。"顾老爷子很是高兴，"小丫头有见识。"

安华锦眼睛焦在布兵图上："此图失传数百年了呢。"

顾老爷子颔首："一套首饰，还不足以让顾家救暗器门，看在这失传许久的布兵图分上，顾家才对暗器门施以援手。"

安华锦点点头，这个的确是比《兵伐》更好的东西。

当然，这东西对顾家没多大用处，但对将门的安家和南阳军来说，无价之宝。

顾老爷子收起棋盘，一双眼睛泛光："锦丫头，你虽赢了我，东西可不能白收，我问你一个问题，你要如实回答我。"

安华锦点头。

天下没有白吃的午餐！她就知道。

顾老爷子斜眼扫了顾轻衍一眼，直白地问："你对我这孙子，是喜欢，还是不喜欢？是想嫁，还是不想嫁？"

安华锦默。

对比顾老夫人几句话的试探，顾老爷子才真是人老成精，直接找她要答案。

她吃人嘴软，拿人手短，此时，该怎么说？

"不好回答？"顾老爷子老眼微眯。

安华锦偏头，瞅顾轻衍，见他温温润润，安安静静，仿佛他们的谈话与他无关。她转回头，看着顾老爷子，笑了笑，一字一句地说："顾爷爷，我现在回答不了你。"

顾老爷子反而松了一口气，哈哈大笑："回答不了，也是个回答。小丫头聪明得紧呐！"话落，他摆手，"回去吧！以后多来家里坐。"

安华锦莞尔："自然会常来的。"

藏书阁那五本她没看过的兵书，就是顾轻衍给她下的诱饵。

出了顾老爷子的书房，天色已彻底黑了，走在青石路面上，偌大的顾家，无一处不静。愈发地衬得安华锦手里捧着的匣子沉甸甸的。

出了顾家大门，停着三辆马车，一辆是空的，两辆车里装满了东西，都是今日顾家人送的见面礼。

安华锦站了一会儿，颇有些后悔地说："我后悔答应你来了。"

来之前，她轻轻松松，本来以为哪怕再隆重，也就是做个样子，走个过场，配合着顾轻衍，让陛下不轻易开口提退婚，却没想到，会隆重到这个地步。

顾轻衍低头瞧着她，小姑娘一脸的惆怅沉重，出了顾家大门后，肩都垮了。他微笑："你怕什么？"

"谁怕了？"安华锦不高兴地瞪着他，嘟囔道，"我是觉得良心过不去。"

怕也不承认怕!

顾轻衍低笑:"那就嫁给我。"

安华锦瘪嘴,白了他一眼:"我倒是想呢,说服不了自己痛快答应你。"

顾轻衍无奈轻叹,若是早知道,三年前,他哪怕把楚宸一起劫走软禁起来不让他泄密,也不该喂她"百杀散"得罪死了她。如今自己作的孽,只能自己尝苦果。

"这些东西不算什么,你别有负担。"顾轻衍云淡风轻。

"说得轻巧。"安华锦提着裙摆上了车。

"这些年,但凡家里族中谁找上我,我从没有袖手不管过。"顾轻衍也跟着上了车,落下车帘,压低声音,"所以,你就将这些东西当做都是我送的,就没负担了。"

安华锦:"……"

也对!若不是看在顾七公子的面子上,若非是他本人不想退婚的意思,顾老爷子也不会号召全族人今日都来见她这位嫡孙的未婚妻,隐晦地与陛下打擂台。

他的面子、身份、地位,在顾家,可真是说一不二了。

安华锦突然间又轻松了,笑吟吟地说:"你这样一说,我可就没丝毫负担了。我没负担的话,你今日大体等于在我这里白辛苦谋算一场,那我们之间,还是得走着瞧咯?"

顾轻衍笑着点头,温声温语:"我们来日方长。"

安华锦动手解了头上压了一日沉沉的珠钗首饰,扔进匣子里,顿时觉得脖子都轻了,她长长舒了一口气:"对比顾家,崔家人虽没有顾家多,但无论白日还是夜晚,都更热闹一些。"

同样的数百年传承的世家大族,显然,顾家门第更重,规矩更严,子孙更不敢行差就错。

顾轻衍淡笑:"我从十岁起,便不怎么在家里待着了,幸好爷爷不同于别人,对我管得松泛不严苛。否则如兄弟姐妹们一样,如一个模子里刻出来的。"

安华锦托着下巴,想了想今日所见的那些顾家人,除了顾家族里的旁支族亲,凑上她跟前与她说话的,在这所老宅生活的顾轻衍的兄弟姐妹们,其实也不太多。她印象最深是除了顾九小姐外,还有顾六公子、顾八公子和顾九公子。

因为她姑姑在宫里对她和顾轻衍当面提过是否换顾家子弟做亲,与她年龄相仿,还未有婚约在身的,便是这三人。所以,今日她特意多瞧了几眼,将三人看了个仔细。

不得不说,顾家子弟都教养良好,容貌也都俊秀,但最出挑的那个,自然是顾轻衍，不愧是顾家最拔尖的子孙，老天爷对他这个人的厚爱，无疑达到了顶峰。在一众的顾家年轻子嗣中，他当之无愧是最出彩的那个。

顾六公子看起来身子骨较弱，是顾家年轻子弟里书卷气最浓的一个人，大约整日里闷在房间看书，皮肤很白。顾八公子是那种给人一眼就觉得是很聪明的人，今日一众子弟聚在一起玩猜谜，他猜得最多，当然顾轻衍没参与除外。他除了聪明外，性格看起来也很好，和每个人都合得来，为人处世看得出不刻板，很圆滑。顾九公子对她说话时，眼睛亮如星辰，带着浓浓的仰慕，说的一句话是"七嫂，你若是再回南阳，能不能带上我？我想去南阳军中从军"，显然，是顾家一个不喜文喜武的特例。

若是叫她看来，没有顾轻衍的话，顾九公子无疑于是最合适入赘给她的人。

"在想什么？"顾轻衍见安华锦半天不说话。

安华锦懒洋洋地靠着车壁，诚实地说："在想顾六公子、顾八公子、顾九公子。"

顾轻衍脸上的笑意倏地收起："除了我，你想他们谁都没用。"

已经有了最好的，谁的眼睛里和心里还能住得进差的？

若是没遇到顾轻衍，安华锦先遇到顾九公子，也许还真说不定，就选他了。

他虽是顾家子弟，但不是最重要的那个，顾老爷子也许还真放手允许他出族入赘安家。他本人又喜武从军，他去了南阳，如鱼入了大海，最适合不过。

可是如今嘛，安华锦也就想想。

她看着顾轻衍面沉如水的模样，笑嘻嘻地凑上前："喂，你不会吃醋了吧？"

顾轻衍靠着车壁闭上眼睛，不搭理她。

安华锦见他睫毛落下一片阴影，车厢内的夜明珠将他的脸照得如月光一样青白，明珠照玉颜，玉颜如清雪，她福至心灵地想，这是真生气了？

她抿着嘴笑，故意逗弄他："唉？顾轻衍，你也有今天！"

顾轻衍不想说话。

安华锦用手指戳戳他的脸，见他不睁眼睛不出声，又用力地戳了戳，肯定地说："噢，你不是吃醋，你是生气。"

顾轻衍睫毛动了动。

安华锦暗笑："你生什么气啊！"

顾轻衍终于受不了，伸手拦住她继续戳他脸的手指，将之攥在手里，语气是克制的平静："别惹我，否则后果自负。"

安华锦眨眨眼睛，很想说一句"就惹你了怎么的？能有什么后果是我怕的？"但话到嘴边,她又吞了回去,这话若是搁在别人面前说,她敢肯定,还真奈何不了她,但顾轻衍嘛,她不敢肯定。

这人可不是个好惹的,谁若是觉得他好惹,那就错了,大错特错。

她抽出手指,默默地退了回去:"好,不惹你。"

顾轻衍气笑:"你倒是懂得见好就收。"

"那是自然。"兵法又不是白学的。

一路回到安家,顾轻衍都没搭理安华锦,将她送到家门,在她下了车后,他连话都没说,吩咐车夫将车赶走了。

安华锦站在门口,看着他乘坐的马车走远,笑了起来。

孙伯悄悄地问:"小郡主,您今日前往顾家做客感觉如何?您看起来很高兴,没出错吧?"

"没有。"安华锦摇头,"这两车东西,都是顾家人送的见面礼,记个礼单,收入库房吧。"

孙伯惊了一跳:"这……也太多见面礼了。"

"顾家全族有头有脸的人今日都去了顾家老宅,每个人都给了见面礼。"安华锦捧着顾老爷子给她的那个匣子往府里走,"虽然顾轻衍说让我当他送的,别有负担,但话虽这样说,事情却不能这样办,你记个礼单,以后年节生辰时候都还个礼。"

"小郡主说的对,老奴这就亲自仔细记上礼单。"孙伯很高兴,"可见顾家对小郡主十分满意,否则怎么全族都去见了小郡主呢。真是太好了。"

虽然也是对她满意,但最主要的,还是顾轻衍本人一句话,值得顾家全族如此兴师动众。

安华锦也不解释,抱着匣子回了枫红苑。

顾家今日动静大,热闹了一整日,京中没有秘密,更没有不掩饰的秘密。所以,这一日,顾家的顾轻衍和安华锦很是为京中各府邸茶余饭后添了谈资。

宫里,皇帝下朝后,就得到了顾家请安华锦上门做客,隆重接待的消息。

皇帝的心口像是突然间被压了一块大石,重得透不过气来,他气闷不已地在南书房暴走八圈,勉强压制住心情,批阅了半日奏折,到晚上时,实在没忍住,对张公公问:"小安儿来京快一月了,也没踏进顾家做客,怎么今日突然就去了?"

张公公小声说:"今日是顾七公子的休沐之日,不去翰林院当值,也许不是突然,是早就打算好了,否则顾家全族岂能去得那么全?"

皇帝深觉有理，心烦意乱地说："早不去晚不去，怎么偏偏赶上今日。若是再晚两日，朕也就容易开口了。"

张公公不说话了。

皇帝坐不住，看了一眼天色，吩咐："摆驾，去凤栖宫。"

张公公应是。

御辇刚备好，外面有人禀告："陛下，刑部尚书和大理寺卿求见。"

皇帝皱眉，对张公公吩咐："天都黑了，他们这时候来做什么？你出去问问，没有重要的事儿，明日再说。"

他现在不想见朝臣，只想问问皇后，是不是从她那里走漏了消息，才让安华锦突然上了顾家门做客。

张公公应声去了，不多时，回来禀告："是关于案子的事儿，无论是张宰辅，还是同党，都处置了。如今还剩下大昭寺的那些僧人，迟迟没有定论。两位大人想来问问陛下，大昭寺的僧人该如何处置。那些僧人都娇气得很，已病死了一个执事，病倒了好几个长老，住持也一直病着，再拖下去，估计还会死人。"

皇帝闻言想起了大昭寺捐赠的军饷和填充国库的银两，因牵扯安华锦的打劫，他忽然又有了别的主意，倒不急着去找皇后了："朕明日再去皇后那里，今日就不去了，让他们进来。"

张公公点头，出去请二人入内。

凤栖宫里，皇后自然也得到了顾家的消息。楚砚白日里不得闲，一直未来，到晚上时才有空，过来陪皇后用晚膳。

用过晚膳后，皇后便将皇帝早上与她说的话压低声音说了，她一边说，一边观察楚砚神色。

楚砚全程面无表情地听着，末了也没露出别的情绪。

皇后知道，他是因为嫡子身份，自小长在皇帝身边被他亲自教导，才养成了这性子，哪怕皇帝无心给他帝位时，但也碍于他身份不得不做个面子活。导致他如今无论什么时候面对皇帝，都能不喜不怒，也让别人看不出他的真实想法。

这是好事儿，但未免太缺少七情六欲了，但也的确具备帝王的先决条件。

"砚儿，你是什么想法，与母后说说。"皇后也很是为难，不知是该果断拒绝陛下斩断他的心思还是该促进一步让侄女嫁他儿子更好。

"没什么想法。"楚砚开口，"母后别忘了，父皇和顾家以及表妹，这三方中的哪一方，都不是我和您能插手的。就让他们自己决定吧。"

皇后一怔："你的意思，就是怎么都行？"

"嗯。"楚砚神色寡淡，语气淡漠，"父皇以前一力促成安顾联姻，用了八年时间，让两方维持关系。如今一夜之间想取消婚约，母后觉得，无论是安家，还是顾家，无论是顾轻衍，还是表妹，是那么容易松口让他轻松一句话就能点头的吗？哪怕是九五之尊，也做不到真正轻轻松松说抹杀就抹杀，说描绘就描绘吧？"

皇后点头，深吸一口气："陛下提时，母后就觉得不会简单，如今你也如此说，可见我没料错。"

"今日，表妹去了顾家做客，顾家全族人都去了，门庭若市，热闹之极，顾家族亲都给表妹备了见面礼，只礼物就送了两大车，可见顾家对表妹十分看重。"楚砚语气平静，无波无澜，陈述事实，"而表妹最让人意外，她行止有度，举止有礼，温婉大方，端庄秀雅，闺仪分毫挑不出错来。母后您母仪天下二十年，表妹今日行止模样与您如今相比，也不差多少，顾家一众女儿家在她面前也就一般无二。年纪轻轻，能做到这样，多少京中大家闺秀都尚且不及。顾老夫人连连称赞，顾家族亲纷纷点头，都说外面关于安小郡主的传言不可信，与顾七公子，真是般配极了，就像是天生的顾家人。"

皇后惊讶："你这说的，当真是小安儿？"

"是。"楚砚肯定，"母后大约也不知道，这些年，每年外祖父都会将表妹送去崔家一个月，由崔老夫人亲自带在身边教导，我也是今日才知道。"

若是早知道，他也不必还想给她找教养嬷嬷教闺中礼仪，还想将她绑去他府邸教几个月规矩。偏偏她在他面前没形没样，分毫没露，最后还拿顾轻衍挡他。

他怀疑，顾轻衍一早就知道。

皇后闻言倒松了一口气："早先我还担心，她与顾家格格不入，没想到你外祖父连我也瞒着。既然这样，那此事就如你所说，等着看陛下那边的结果吧。"

老南阳王对安华锦将来嫁入顾家真是用心良苦，多年下来，每年一个月送去崔家教导，还真见了成效。不过一日，"谁说安小郡主没有大家闺秀的样子"的言论便传遍了京城。

本来，安华锦在京中没什么朋友，因她三年前揍楚宸揍得狠。如今进京，除了长公主外，虽京中各贵裔府邸多少都看在南阳王和皇后的面子上，在安华锦遭刺病倒期间，派人上门送过礼问过安，但却没人亲自登门看望，也无人下帖子请她去做客与她走动，关键是怕她多些。但经过昨日她前往顾家做客后，名声一改，一下子，她似乎没那么可怕了，突然就受欢迎了起来。

于是，第二日，请帖如滚雪花一般地滚进了安家老宅。

孙伯收帖子收得手软，一箩筐的富贵金笺，足足有数百张，送到了安华锦面前。

昨日晚上，顾轻衍生气，一路上没与安华锦说话就走了，之后答应还给她的《兵伐》也没还给她。今日一早，也没来陪她吃早膳，午膳也不见人影，幸好昨日顾老爷子输给了她《天门阵布兵图》，她拿着研究，也不无聊。

孙伯将请帖都堆在了安华锦面前的桌子上，摞了高高的一摞，不忍心打扰专心致志的小郡主，但还是不得不开口："小郡主，这些都是请帖，您得瞧瞧。"

多少年了，安家老宅安静得很，没主人在，也没有帖子迎来送往。如今小郡主来了，终于，安家老宅有了主子，也有了这筐都装不下的请帖了。

安华锦抬头瞅了一眼，也惊了一下："这么多？"

"这些都是今日一日收的，明日也许还有。"孙伯立即说，"有的府邸与咱们南阳王府年节时有来往走动，有的府邸没有，这些年与咱们走动的府邸，都有来往的礼单，老奴拿来了，您抽空看看。还有这些请帖，是别人有意与您结交的橄榄枝，也不能都不理，但太多了，也理不过来，从中择一些赴宴就是了。"

安华锦皱眉："赴宴？"

孙伯叹气："小郡主，老奴知道您不喜欢赴宴，喜欢随心自在，但应酬交际这等事情，还是有必要的。这些年，我们安家远离京城，根基在南阳，虽说清净，但也有弊端。否则二十年前，您也知道，劫粮案陛下怀疑咱们时，就不会没人帮咱们说话了。以前，这老宅里没主子都在南阳也就罢了，但今时不同往日，您要在京中住许久的。"

安华锦收回视线，算是听进去了："行，先搁着吧，我抽空就看。"

孙伯松了一口气，想着小郡主性情还是极好的，听人劝又好说话还好伺候，他关心地问："七公子今日怎么没来？"

安华锦嗤笑："他又不是咱们安家人，总不能自己的事情不做，日日长在安家。"

孙伯觉得不对劲，大约是近来太习惯顾七公子每日来了，他小心地试探："您与七公子，是不是闹别扭了？"

安华锦也不隐瞒："嗯，昨日我把他气到了，估计今日气还没消。"

孙伯想着果然如此，他踌躇了一下，劝："那您一定是将七公子气狠了，七公子的脾气多好，小郡主您也要在七公子面前收收脾气。"

安华锦笑:"我昨日没与他发脾气,是他单方面与我发脾气。"

孙伯不解:"老奴虽没看着您长大,但也一把年纪了,您能与老奴说说吗?老奴帮您参谋一二?顾七公子那么好的脾气,怎么就气得这么狠,您做了什么?"

"我就提了提顾六公子、顾八公子、顾九公子,觉得三位公子,都不错,不愧是他的兄弟,顾家子弟都不错。"安华锦也有了谈兴,"他就生气了。"

孙伯:"……"

他一把年纪,但也光棍一条,老南阳王在他年轻的时候要给他选个人配婚,他死活不要,要为他死了的青梅竹马守一辈子,于是,直到现在,他挠挠头:"这老奴也糊涂了。"

他不理解,小郡主夸七公子的兄弟,不就等于夸顾家会教养子弟吗?七公子生气什么?

安华锦心情很好,笑开颜:"我知道他为什么生气,你别管了,过两日气消了,他就自己来了。"

行吧!孙伯觉得他真心不懂,还是不问了。

顾轻衍一日没露面,第二日也没来安家老宅。

安华锦在第二日傍晚搁下研究了两日的《天门阵布兵图》,开始翻看那些帖子。看看有没有感兴趣的。

有各府夫人下的请帖,请听折子戏的,请赏花的,也有各府小姐们下的请帖,请品茶的,请斗诗的,请逛街的。

一堆请帖中,善亲王府的请帖压在最下面,估计孙伯觉得她肯定不去。

安华锦抽出那张请帖,是善亲王亲自下的,三日后请她过府赴宴,名曰修复两府关系。她对着请帖"呵"笑了一会儿,回了善亲王府的请帖,一定前去。

她回复完,吩咐孙伯亲自将回帖送去善亲王府。

孙伯捏着请帖:"小郡主,您要去善亲王府赴宴?算送来那日,三日后不就是明日?"

"嗯。"安华锦点头。

孙伯有点儿担心:"您揍了善亲王府的宸小王爷和小郡主,如今善亲王请您赴宴,一定没安好心,也许就是鸿门宴呢。"

安华锦笑:"善亲王给面子亲自下请帖,就算是鸿门宴,也要去,不去不是明摆着告诉别人我怕吗?"

孙伯想想也是："老奴顺便去打听打听，问问善亲王府都请了谁，最好也请了顾七公子。有顾七公子在，善亲王府一准不敢欺负您。"

安华锦哼哼："肯定没请他，别去打听了，善亲王府吃不了我。"

孙伯只能听安华锦的，将回帖亲自送去了善亲王府。

善亲王府的管家亲自接的，立马将回帖送去给善亲王看。

善亲王瞧了瞧，将回帖递给楚宸："赶紧安排下去，那小丫头说明日一定来。你娘和你妹妹那里，你去给她们醒醒脑，别让她们出乱子，闹出笑话。"

楚宸很是高兴，立马站起身："我这就去。"

善亲王瞅着楚宸一改这两日的萎靡，似浑身都有了精气神，他无奈地叹气，臭小子喜欢上谁不好，怎么偏偏是那个臭丫头！一个是顾家，一个是陛下，这让他怎么去帮他争？

楚思妍这些日子十分老实，除了那日进宫给诚太妃守了一会儿灵堂外，再没出过府，她打定主意，安华锦一日不离开京城回南阳，她一日不出去了。就不信耗不过安华锦。

但她没想到，她爷爷会亲自给安华锦下帖子，把人请到家里来了。

她看着楚宸手里的帖子，觉得乌云罩顶，头上的天都是乌漆墨黑的，她瞪着楚宸，惊恐得不得了："哥哥，你和爷爷没被鬼缠身吧？怎么会让安华锦来家里做客？"

楚宸伸手弹了楚思妍脑门一下，下手很重："混账东西，说我也就罢了，有这么说爷爷的？"

楚思妍捂着脑门："那你们请安华锦来干吗？"说着，她眼睛一亮，"难道是爷爷要将她请到家里来收拾她？"

楚宸无语，咬着牙说："不是，她是咱们家的座上宾。我是来告诉你，明日不准给我惹事儿，也不准惹小安儿不高兴，否则我就将你关进祠堂一个月。"

楚思妍气得不行："她怎么就成了咱们家的座上宾了？你可真是我亲哥哥！"

"总之你老实点儿。"楚宸交代完，转身走了。

楚思妍追了出去，见楚宸去了她娘的院子，她也跟着去了她娘的院子，还没进门，便听楚宸也让她娘明日好好对安华锦，若是她娘不乖乖地听话，他就将安华锦娶进来天天到她面前给她"请安"。

美貌娘亲："……"

楚思妍："……"

母女二人都白了脸，齐齐想着安华锦若是嫁进来，她们估计得疯。

不对，楚宸想娶安华锦？

母女二人一个屋里一个屋外，都惊恐了，不敢置信地看着楚宸。

善亲王疯了！楚宸疯了！疯了！疯了！都疯了！

楚宸很满意他给娘亲和妹妹的震慑效果，脚步轻快地去安排明日的宴席。明日的客人只安华锦一个，其余人一律不请。他要带着小安儿逛逛他自小长大的善亲王府，带着她玩些她爱玩的东西，比如，投壶啊、射箭啊、斗蛐蛐啊，他爱玩的，他觉得她一定都爱玩。

安华锦在无数帖子中，选中了善亲王府的帖子赴宴，消息很快传了出去。

最先传到的是顾轻衍那儿，同时也传去了宫里陛下那儿。

顾轻衍这两日的确在生气，顾家人也明显感觉到了顾轻衍这两日不对劲，面上鲜少地不见了春风般温润的笑容，尤其是在面对顾九公子时，更是没好脸色。

顾九公子不明白他哪里得罪顾轻衍了，在家里遇到他两次，一次见了比一次沉着脸，第三次时，他鼓起勇气小心翼翼地凑上前："七哥！"

顾轻衍沉着眉目看着他，一言不发。

顾九公子心里打鼓，试探地问："弟弟哪里得罪你了吗？"

顾轻衍心里冷哼一声，面上愈发地沉："你想从军？"

顾九公子心里"咯噔"一下子："七……七哥，我是一直想从军，可是父亲和母亲都不同意，你……你不会也要管我吧？"

顾轻衍给他一个"我懒得管你"的眼神。

顾九公子松了一口气："那……七哥，我这两日可得罪你了？"

顾轻衍绷着脸说："你以后不准出现在安小郡主面前。"

顾九公子睁大眼睛，不理解地一脸蒙地问："不是，七哥，我是哪里得罪安小郡主了吗？"

他用力地回想了一番，才想起他是跟安小郡主说想去南阳从军，问她能不能在离京时带他去南阳。安小郡主当时说什么来着？噢，她说若是他能说得动家里同意，那她没意见。

于是，他激动得不行，这两日正在试图说服父母，他父母死活不松口，他正打算走爷爷路线，说服爷爷答应他，他今日就是想去找爷爷。

他想到这，看着顾轻衍："七哥，是安小郡主跟你说了什么吗？是不想带我去南阳军中？当日不好驳了我面子，才让你私下来找我说这事儿的吗？"

顾轻衍不说话。

顾九公子以为他默认了，一下子伤心得不行，顿时红了眼圈，蹲下身，可怜兮兮地看着地面，小声说："给人希望又亲手掐灭，七嫂真不厚道。"

顾轻衍目光一动："你喊她什么？"

"七嫂啊！"顾九公子愤愤，"七哥，她做人当面一套，背后一套，实在不算好人，枉我白高兴一场，她太可恶了。"

顾轻衍默了默，琢磨着是让安华锦背这个黑锅呢，还是不背，片刻后，他叹了口气，说："她没与我说什么，是我怕你再闹腾下去，四叔和四婶管不了你，该怨上小郡主了，才想找你说说。"

顾九公子猛地抬起头："当真？"

"嗯。"

顾九公子一下子又高兴了，如个孩子一般，眼睛晶晶亮，立马表态："七哥你放心，我父母不是糊涂人，他们一直都知道我的想法，早就不同意，是我自己想从军，他们不会怨上七嫂的。"

顾轻衍看着他，一下子又没话了。

以前，他没怎么好好细看他这个九弟的长相模样。如今发现，他一双眼睛长得真是好，高兴的时候，灿若星辰，模样也俊俏得很，有精神劲儿的时候，生龙活虎，整个人都比别人多三分生机盎然。

他发现，顾九公子也是顾家一个特别的人。

怪不得安华锦能对他多看几眼，且还多想了那么一想。

他心中这两日消下去的气儿又不顺了，恨不得这个家伙在他眼前消失，若不是他弟弟，他一准儿让他再也看不到明天的太阳："滚吧。"

滚？顾九公子以为自己听岔了，瞪着眼睛："七哥？"

顾轻衍看他此时如看一个傻子，偏偏这傻小子啥也不懂，他无力地摆手："你别去找爷爷了，你的事情，回头我帮你跟爷爷说说，若是爷爷也不同意，你就趁早打消这个想法。"

顾九公子立即乖巧了，如看到了日头高升，光芒照耀大地的希望："多谢七哥，七哥你若是帮我说服了爷爷，弟弟以后一定什么都听你的。"

顾轻衍爱听这话，他以后若是什么都听他的，那就好办："此话当真？"

"当真当真。"顾九公子拍着胸脯保证。

"行，那你回去等消息吧。"顾轻衍摆手。

顾九公子高高兴兴蹦蹦跳跳地走了。

顾轻衍在原地站了片刻，揉了揉眉心，气闷消散了些，不过也就片刻，他又重新气闷了。因为他收到消息，安华锦要去善亲王府赴宴，而善亲王亲自下的帖子只请了她一个人。

他用脚指头都明白善亲王为何亲自给安华锦下帖子讲和，想要修复两府的关系，可见楚宸想娶安华锦，是再认真不过，善亲王见了陛下后，如今还没死心。

他当即做了个决定，吩咐青墨："将消息立马透露给陛下。再让张公公提提大昭寺的和尚们该怎么处置，也该有个定论了。最好陛下明日召见她，让她去不成善亲王府。"

他觉得，南阳王府和善亲王府的关系最好一辈子也不修复，僵着最好。

青墨瞅了自家公子一眼，垂下头默默地应是。

他以前一直觉得，无论什么人，什么事儿，公子都是那个云淡风轻，乾坤在握的公子。如今看来是他错了，只一个安小郡主，公子就不是原来那个公子了。

张公公很快就收到了消息，憋着一口气，自然地透露给了皇帝陛下。

皇后闻言皱眉："这小安儿怎么就从无数帖子中只回了善亲王府的帖子？难道她也对楚宸有什么想法不成？"

"不能吧。"张公公摇头，"大约是善亲王亲自下帖子，小郡主若是这个面子都不给，说不过去。另外，小郡主与小王爷，不打不相识，在安家老宅进入刺客那日，小王爷也带着人去救援了。这是个人情，小郡主大约是想去还人情。"

皇帝被成功说服了，觉得有道理："嗯，小安儿那里朕也许还真多虑了，但善亲王和楚宸那里，打的什么主意，朕可是一清二楚，实在不放心他们。"

皇帝没出口的想法更多，觉得安华锦虽然是个厉害的小丫头，但若是善亲王和楚宸联手在善亲王府做出些什么混账事儿。比如说弄些不清白的非礼之事，有口说不清的那种，那可真就浑人办浑事儿，无论是顾家，还是他，都拿他们没辙了。

这么多年，善亲王脸皮有多厚他很是知道，为了楚宸，什么事情都做得出来，难保不先发制人为了他孙子娶媳妇儿，做出不着调的事情来。所以，依他看，这个时候，安华锦还是不去善亲王府做客的好。

张公公打量着皇帝的脸色，适时地提醒："陛下，那日您说要召小郡主进宫，关于大昭寺众僧的处置，想听听小郡主的意见呢。"

"嗯，这两日朕忙，倒是把这件事情给拖后了。"皇帝当即找住了机会，"你去安家老宅传朕旨意，让小安儿明日进宫，就说朕有要事儿找她，让她推了善亲王府的赴宴。"

张公公应是："奴才这就去。"

皇帝点头。

张公公出了宫，直奔安家老宅。

安华锦见了张公公，听了他的来意后，似笑非笑地看了他一眼，痛快地答应："行，既然是陛下有命，我自然不能抗旨不遵，明日待陛下下朝后，我就进宫见陛下。"

张公公总觉得安华锦这似笑非笑的表情颇有深意，直到回了宫，方才琢磨出来，想着安小郡主也是个聪明人，不会已经猜到这里面有七公子的手笔了吧？

哎，神仙打架，小鬼遭殃！

安华锦在张公公离开后，对孙伯吩咐："你再亲自去一趟善亲王府，将张公公的传的陛下旨意原话跟善亲王说一遍。"

孙伯点头，心想着小郡主进宫比去善亲王府赴宴安全，他很是乐意跑这一趟。

楚宸将明日的宴席准备到一半，便被善亲王叫去了书房，亲耳听到孙伯转述的皇帝的原话，气得七窍生烟，陛下这是半点儿机会也不给他。

孙伯离开后，他不服气地对善亲王说："爷爷，要不然您明日再进宫一趟，就对陛下说，说您愿意让我入赘安家。您看陛下怎么说。"

善亲王气得胡子翘啊翘的，抡起桌案上的书卷就往楚宸脑袋上敲："混账东西，这话能是随便去陛下面前说的吗？陛下多疑，指不定还以为我是要造反呢，我看你是活得腻歪了。"

楚宸躲开，气不顺："我现在就去找小安儿，陛下阻止了她来赴宴，总不能阻止我去找她与她拉近关系。这个闷亏，我可不想吃。"

善亲王也觉得陛下不厚道，他是为了孙子进宫去请求他看看能不能退了顾家婚事儿，给孙子一个机会，可没想让陛下跟他抢孙媳妇儿，他难得地支持楚宸："行，你去吧。"

楚宸立马去了。

第五章　搅和

楚宸出门喜欢骑马，顾轻衍出门喜欢坐车，天色将黑不黑时，二人在街上相遇，去的都是同一个地方。

楚宸本来打算越过顾轻衍的车当没看见直接去安家老宅，但给顾轻衍赶车的车夫眼尖，先对车内递了个话："七公子，是宸小王爷，好像也是去安家老宅。"

顾轻衍闻言伸手挑开帘子，便看到了假装没看见要擦车而过的楚宸，微微挑眉："小王爷这是要去哪里？"

楚宸转过头，很不想理他，但又不能没风度，只能勒住马缰绳："去找小安儿玩。"

顾轻衍一本正经地说："她今日没时间见你。"

楚宸扬眉："为何？天色都很晚了，她还很忙不成？"

"嗯。"顾轻衍温声说，"因为我要去顾家，有要事儿要找她，她定没时间的。"

楚宸瞪着眼睛看着顾轻衍，似噎了半晌，才说："你的意思是，让我不要去了？你找她有要事儿，你怎知我就不是有要事儿要找她？"

顾轻衍淡笑，睁着眼睛说瞎话："因为我与她约好了。"

"我还与她约好了呢。"楚宸梗着脖子。

"是么？"顾轻衍不相信地看着楚宸，"小王爷别糊弄人了，你糊弄不过我的，你还是回去吧！若是你我同去了安家老宅，你进不去门，岂不是没面子得很。"

楚宸："……"

他心里暗骂顾轻衍一百遍，但不得不承认，对比顾轻衍，他在安家老宅的确没什么地位，一个孙伯就能拦他八条街。对于安家人来说，自己人是顾轻衍，外人是他。

有婚约的人就是了不起！

他憋着气说，"行吧，我明日再找她。"

顾轻衍点点头，落下帘子，吩咐车夫赶路，越过楚宸，去了安家老宅。

楚宸在原地驻足半响，既然去不成安家老宅，就这么打道回府，他又不乐意，眼见天色晚了，沿街的茶楼酒肆都亮起了灯，夜晚的京城有夜晚该有的热闹，他好久都没去喝酒听曲放松放松了，索性对身后远远跟着的庆喜吩咐："去，问问江云牧，王子谦，崔朝，谁有空，去一品居吃酒听曲，我在一品居等着他们。"

庆喜点点头，转身去了。

楚宸打马前往一品居。

一品居是独立于八大街红粉巷的一个所在，背后的东家是王家，好茶好酒好菜集于一体，里面有会琴棋书画的琴师歌姬，都是做客卿身份。因环境太雅致，定位太高端，所以，服务的人流就是京中的贵裔子弟，还是有钱的那一批。

所以，一品居没有什么闲杂人等，很是清静，适合两三个朋友喝酒聊天。

楚宸到了一品居后，扔了马缰绳翻身下马，一边往里走，一边吩咐："天字一号房，一坛竹叶青，八个招牌的菜，再要云烟弹琵琶，一壶美人醉……"

小伙计等他说完，小声说："小王爷，天字一号房今天有客，被人占了，您换个别的房间吧？"

楚宸脚步一顿，本来人已迈进了门槛，此时回头，皱眉："客？谁？爷认识吗？"

小伙计纠结了一下，还是点头，小心翼翼地说："您认识，南阳王府的安小郡主。她刚来不久，在这里宴客。"

楚宸怀疑自己听错了："你说是谁？"

"安小郡主。"

楚宸立即问："你没弄错？"

小伙计保证："小的怎么会弄错？与安小郡主一起来的，还有顾家的九小姐。就算小的早先不认识安小郡主，这一回听着二人说话称呼，也认识了，没错的。"

"嘿。"楚宸郁闷一扫而空，笑了，"踏破铁鞋无觅处，得来全不费工夫。瞎猫碰见死耗子，还真是让我给撞着了。"他转身往里走，"我点那些全不要了，今日爷让她请客。"

小伙计应了一声，追着走了两步："小王爷，您不会与安小郡主打起来吧？"

这两位聚在一起，他害怕啊！

"不会！"楚宸摆摆手，直接自己上了楼。

天字一号房内的客人还真是安华锦与顾墨兰，一个时辰前，顾墨兰派人去了安家老宅，说想见安华锦，有话与她说，约在了这里，安华锦看看天色，很是讶异，应了。

安华锦先来了一步，点了这里的招牌菜，又点了一壶酒，一壶茶，几碟点心。

顾墨兰随后到了，打发了婢女护卫去外面守着，对安华锦歉意地说："安姐姐，大晚上将你叫出来，实在抱歉，家里有规矩，女儿家不得晚归，有门禁，我只能待两炷香时间，恐怕不够陪你吃饭的，与你说几句话就走。"话落，她看了一眼桌子上的

东西，诚挚地说，"我请你。"

"顾九妹妹客气了，顾家的规矩是顾家的规矩，出来可以偶尔不用守规矩，你坐下来，我们边吃边说，两炷香也够你吃些东西了。"安华锦淡笑，"这顿就我请，改日再给你请我的机会。"

顾墨兰似考虑了一下，点点头，坐下身，从善如流地说："也好。"

安华锦给顾墨兰倒了一盏茶，给自己倒了一盏酒，她时间上不急，不紧不慢地等着她开口。

顾墨兰喝了两口茶："因时间紧迫，我就直言了，若我说的话有不妥当处，安姐姐见谅。"

安华锦笑："你只管说。"

顾墨兰深吸一口气："哥哥很喜欢安姐姐，我看得出来，顾家的所有人，上到祖父祖母，下到兄弟姐妹们，也都很喜欢安姐姐。包括我。"

安华锦点点头，她想要招人喜欢，其实是很容易的一件事情。当然，她想招人恨，也很容易，端看她怎么做了。她去顾家那日，就是奔着让人喜欢去的。

顾墨兰咬着唇瓣："也许我今日不该来找安姐姐，但耐不住受人所托，软磨硬泡，自小长大的情谊，我拗不过，只能厚颜请了安姐姐出来，想要安姐姐一句话。"

安华锦微扬眉梢。

顾墨兰闭了闭眼睛，似无奈又难以启齿，仿佛从来没干过这事儿，好半晌，才说："安姐姐会嫁给我哥哥吗？"

安华锦拿起酒杯，晃着杯中酒，笑看着她："既然顾九妹妹受人所托来问我这一句，那我能问问托你的是何人吗？有人要问我话让我答，总得弄个明白。"

顾墨兰犹豫片刻，心想这无论搁谁也要问个明白，她叹气："是我舅舅家的表姐。"

"王家的？行几？名字呢？"安华锦来了兴趣。

顾墨兰小声说："行四，是我大舅家的四表姐，王兰馨。"

"我能问问，她托你来问我这个话，是有什么深意吗？"安华锦觉得这位王家四姑娘能托得动顾轻衍的亲妹妹来问她这话，可见关系真是非同一般，否则顾墨兰不是不懂事儿的姑娘，换别人，一定推了。

顾墨兰压低声音："我大舅与大舅母正在给四表姐议亲。"

只这一句，聪明人就该懂了。

安华锦自然也懂了，但她偏偏装作不懂，不解地问："她议亲，与我何干？"

顾墨兰一噎。

安华锦不懂地看着顾墨兰，眼睛里水波清澈得没有一丝痕迹，真不懂的样子。

顾墨兰没从她眼中看出什么来，更加难堪，又憋了半天，脸红怯懦地小声说："安姐姐，我真是……明白些说，四表姐喜欢我哥哥，若是你确定嫁给她，我四表姐就打算死心了，若是你不确定嫁给他，我四表姐就想等上一等，先拖着婚事儿。"

安华锦恍然大悟："噢，这样啊。"

顾墨兰点点头，提着心看着她，不知道该高兴她给出哪个答案，是嫁哥哥，还是不嫁。

安华锦看着她问："我们的婚约，是一早就订下的，为什么要问我确定嫁不嫁呢？我很是费解。"

顾墨兰小声说："因四表姐听家里长辈说，安姐姐想招婿入赘，才一直拖着与哥哥的婚约，爷爷一定不会同意哥哥入赘的，所以……"

安华锦懂了，她要招婿入赘的消息不管从谁那里泄露出去，总之王家知道了。王四姑娘就打上主意了。

她抿了一口酒，酒香绵柔，唇齿含香："你先吃点儿东西，等你走前，我给你答案。"

顾墨兰有些吃不下，但不吃吧，干坐着，也不好，只能拿起筷子吃了些。

片刻后，外面有脚步声传来，似直奔天字一号房，顾墨兰立马放下了筷子。

安华锦觉得小姑娘毕竟年少，重自小长大的姐妹情谊，这样的事情都答应来，不知鼓起了多大的勇气，吞了多少难堪，才将这事情帮人办了。王四姑娘出身世家大族的王家，自小受家族教养，岂能不知道这事儿不妥当不合规矩不厚道？但王四姑娘咬着牙放下身段求人，想必是喜欢极了顾轻衍。

在她这里，这件事情说大可大，说小可小，她不是揪着人的错处，不下台的人。

于是，她也不再难为人，淡淡笑着说："顾九妹妹，请你告诉王四小姐，我不知道。我的婚事儿，不由我自己做主。嫁谁不嫁谁，我说了不算。上有陛下和我爷爷，下有外界无数因素，还有你哥哥，他想娶谁，也得问他自己不是？"

顾墨兰点点头，这个答案在意料之中，但也在意料之外。她以为，安华锦一定会说她会嫁给哥哥的，毕竟，她哥哥那么好，天下有哪个女子不愿意嫁？

她站起身，诚挚地福了一福："安姐姐，改日我给你赔罪。"

"行。"安华锦痛快地点头应承。

顾墨兰松了一口气，今日她不该做这件事情她知道，但不该还是来了做了。她抱着得罪安华锦的心态来，没想到她坦然地答应让她改日赔罪，这就是不怪罪了。

她又福了福身，戴上面纱，出了房门。

走到门口，正遇到找来的楚宸，顾墨兰脚步猛地一顿。

"咦？"楚宸也停住脚步，"顾九小姐？"

"宸小王爷。"顾墨兰定了定神，福身一礼。

"我听小二说九小姐与小安儿刚进来没多久，你这就要走？"楚宸奇怪地问，"你们吃完饭了？也太快了吧？"

顾墨兰点头："我吃完了，安姐姐还在里面打算多坐一会儿。"顿了顿，补充，"顾家有门禁。"

"噢，怪不得了。"楚宸恍然，"那你快走吧。"

顾墨兰告辞，带着婢女护卫下了楼。

楚宸推开门，进了屋。

顾墨兰下了楼后，夜晚凉风习习吹过，她头脑顿时一醒，停住脚步回头看去，想着楚宸刚刚像是单独找去天字一号房的，难道是找安华锦？安华锦没带婢女，楚宸没带随从，他们二人在一个房间，若是哥哥知道了，误会了怎么办？

她犹豫着是否该折回去，但又不太想折回去，一时间踌躇不知如何是好。

"小姐？"贴身婢女出声，"再耽搁下去，回去晚了，夫人知道，该罚小姐了。"

顾墨兰抿唇，下了个决定，偏头指了一名护卫："你去找哥哥，告诉哥哥一声，就说我约了安姐姐在一品居吃饭，正巧遇到了宸小王爷。"

护卫应是，立即去了。

顾墨兰又吩咐身边最忠心的婢女："你现在就去王家一趟，告诉表姐，她托我的事情，我给她问了，明日让她来找我，我亲口告诉她。"

"是。"婢女点头，也立即去了。

顾墨兰吩咐完，提着裙摆上了马车，车夫挥着马鞭，快速往顾家赶。

楚宸进了房间后，一眼便看到安华锦侧趴在桌子上，手里端着酒杯，支着脑袋，两条腿跷着乱晃，裙摆被她晃得来回摆动，这副模样，虽看着没形没样，但怪好看的。

桌子上摆着没怎么动的饭菜，显然，顾九小姐没吃两口。

楚宸以客做主地对身后跟上来的小伙计说："把这碗碟撤了，换新的上来。"

小伙计看向安华锦。

安华锦点头："听他的。"

小伙计立即将顾墨兰用过的碗碟撤了下去，换上了一套新的。

楚宸很是高兴，坐下身，满意地问："小安儿，顾九小姐找你什么事儿啊？大晚上的，没吃几口饭就走了，是不是你跟她合不来？她警告你远离她哥哥？"

以楚宸陪着善亲王从小听到大的折子戏的经验，脑补了一场看不顺眼大戏。

安华锦哼笑："你倒是会猜！"

"啊？我真猜对了吗？"楚宸有点儿蒙，"真的吗？顾九小姐不喜欢你？你竟然没跟她翻脸，就让她这么轻松地走了吗？你怎么没跟揍我妹妹那样，揍她啊？你这也太厚此薄彼了吧？"

安华锦嘴角抽了抽，笑骂："傻子。"

楚宸瞪着她："你是在骂我吗？"

安华锦白了他一眼："真不知道你是怎么活这么大的。"

"自然是吃我家粮食长大的。"楚宸也跷着腿，说着话，自己给自己倒了一杯酒，舒舒服服地喝了一口，好奇心很大地说，"怎么回事儿？说说呗！"

"她很喜欢我，特意叫我出来，跟我说，让我对顾轻衍好点儿。"安华锦慢悠悠地说，"该怎么好呢？马上嫁给他？哎，真是个小姑娘，年少不知愁滋味。"

楚宸："……"

他很想说，你也是个小姑娘吧？比她似乎也就长两岁罢了。

他无言地瞅了安华锦一会儿，"得，你厉害，我不问了行吧？"

"你本来就不该问。"安华锦也饿了，拿起筷子吃饭，"你怎么找来了这里？"

楚宸立马想起了来这里的目的，看着她说："原来你不是与顾轻衍有约，是与他妹妹有约？"

安华锦头也不抬："怎么了？"

楚宸恨恨："顾轻衍那个王八蛋，骗人！我本来要去安家老宅找你，正巧路上遇到他，他也去安家老宅，说他与你约了，有要事儿相商，说你没工夫理我，不让我去，他自己去了。"

安华锦筷子一顿："他去我家里了？"

"嗯。"楚宸愤愤，"我若是跟去，你不见我，多丢我面子，于是我就来这里喝酒了。没想到，你在这里。"

安华锦默了默，想着，顾轻衍的气总算消了吗？她夹了块红烧肉塞进嘴里："他

的确是个骗子。"

楚宸见安华锦吃得香，也夹了块红烧肉吃："大晚上吃这么油腻的，你不怕长胖？"

"不怕。"

"我也不怕。"楚宸嚼着红烧肉，吃得香，评价，"所以，骗人的坏蛋是站不住脚的，你看，他前脚骗了我，后脚我就撞见你了，这是挡不住的缘分。"

安华锦不买账："我跟你没缘分。"

楚宸拉下脸，摆出教育的姿态："小安儿，你不能在一棵树上吊死。你睁大眼睛看看，天下好男人多的是，顾轻衍不算是个好人，你别瞎了眼。长得好看真没用的。"

安华锦喝了一口茶解红烧肉的腻："瞎眼症一时半会儿好不了的。"

楚宸："……"

他气不打一处来，瞪着她："你为什么总与我作对？总惹我生气？你就不能好好地顺着我说一句我爱听的话吗？做什么都一点儿也不可爱的样子？做人不能这么没良心，为了你的案子，我忙前忙后，为了救你，那夜我披荆斩棘，做得一点儿都不少。你怎么这么没良心呢？良心被小狗吃了？"

安华锦低咳了一声，也觉得面对楚宸时，她是有那么一点儿过分，这是基于他想娶她的前提，她诚然地说："你只要打消想娶我的心思，我以后就对你好点儿。"

"有多好？"楚宸板着脸。

"很好吧？做我的朋友，很幸福的。"安华锦给他举例，"在南阳，有个世交家的哥哥，你大约听过他的名字，沈远之。我就对他很好。他想吃烤鹿肉，我就上山给他打猎，他没换季衣服穿了，我就帮他去买，他喜欢喝我酿的酒，我就每年都给他酿几坛，他喜欢春华楼里的琴娘子，我就费心地帮他将人弄回家……"

楚宸听得大开眼界："的确很好。南阳军中出名的小将军沈远之，我知道。"

"嗯，他与我同年同月同日生。每年的生辰，我们都一起过。"安华锦点头，"若不是我爷爷身体不好，他要留在军中处理事务，这回也会陪着我一起来京。"

"那你这个青梅竹马，你对他可真是太好了。"楚宸啧啧半晌，故意地说，"据说他长得也很好看吧？你怎么不招他入赘为婿呢？噢，我想起来了，你一直有婚约在身，没法子是吧？"

"也不是，关系太好，下不去手。"安华锦一叹。

楚宸默，目光看向门口。

安华锦感觉屋中气流忽然有点儿不对劲，她慢慢地回头，便见门不知何时开了，顾轻衍站在门口，目光沉静，玉颜如雪。

安华锦本来觉得自己挺坦荡的，但这时候看到顾轻衍，忽然莫名有点儿心虚。

她讷讷了半晌，镇定地问："怀安，你怎么来了？"

楚宸猛地瞪向安华锦："你喊他怀安？"

安华锦眨眨眼睛："是啊，怎么了？不行吗？"

楚宸一噎。

不是不行，是她不觉得太亲密了吗？

显然，安华锦这时候不觉得。她见顾轻衍站在门口不动，神色平静，看不出情绪，不知刚才她与楚宸说的话他听了多少，她轻咳了一声，对他问："你吃饭了吗？"

顾轻衍垂眸，看了一眼地面，须臾，他抬起头，面上含了一丝薄笑，缓步走了进来，站在安华锦身边，温声说："没吃呢，你往里面些，给我挪个位置。"

安华锦乖乖地往里面挪了挪，将自己坐了半天的位置让给了他，又殷勤地吩咐小伙计："再摆一套新的碗碟来。"

小伙计麻溜地应了一声，心中在想，今日这一品居蓬荜生辉了，不只来了安小郡主和宸小王爷，就连一年到头见不着的顾七公子也来了啊。

"喝茶还是喝酒？"安华锦偏头问。

顾轻衍温声说："你喝什么我就喝什么。"

"我喝酒。"

"那我也喝酒。"

安华锦点头，给他倒了一盏酒，放在他面前。

楚宸看着他来与顾轻衍来的区别待遇，心中十分憋闷，但又没立场让安华锦不区别对待。他舌尖抵着牙床，哼了又哼。

"你牙疼？"安华锦瞥了楚宸一眼。

"我心疼。"楚宸没好气。

安华锦不理她，自己端起酒杯，径自抿了一口。

楚宸看不过眼，将自己的空酒杯放在她面前："也给我倒一杯。"

安华锦抬眼看他，楚宸一副你不给我倒，我就没完，不让你好好吃饭的架势，她无所谓地拿起酒壶，将他的酒杯满上，递给他。

楚宸满意了。

顾轻衍看着面前的酒盏，忽然低声说："孙伯还在府中等着我们吃晚膳，今日府中安平下厨，我这两日吃什么都没胃口，觉得若是回府去吃素斋，想必能吃些。"

安华锦喝酒的动作一顿，他是因为与她生气，这两日才食不下咽？顾轻衍是这样折磨自己的人吗？

不管如何，他还是她的未婚夫。

"那就回府吃吧。"她放下酒盏，站起身，掏出一锭金子，扔给门口守着伺候的小伙计，对楚宸说，"我们先走了，你自己吃吧。"

他招谁惹谁了？这么不招人待见！又被扔下！

他脸色发青，磨牙："一品居的饭菜，是京城顶顶好的，是皇宫的老御厨出宫后传的手艺。你就不尝尝？他一句没胃口，你就不吃了？"

他很想骂，顾轻衍你装什么装？矫情什么？可是，他说不出来，身为爷们，怎么能跟娘们一般争风吃醋大吵大闹没风度！

"他今日没胃口，改日再吃。"安华锦听到了楼下有脚步声上来，且不止一人，似乎冲着这间天字一号房而来，她扬眉，"你不是自己一个人来喝酒，还约了别人吧？我将地方让给你，你正好与人喝个尽兴。"

楚宸气得捂住胸口，声音从牙缝中挤出："这也不是你将我扔在这里的理由！"他不甘心地说，"刚刚是谁说，对朋友很好来着？你就是这样对朋友好的？"

安华锦默了默。

"见色忘义！"楚宸评价。

安华锦揉揉额头，缓了语气："若是以朋友来论的话，今日的饭菜我请，金子我已经付了，改日我再请你一顿，如何？"

楚宸不说话。

顾轻衍在一旁淡淡地说："宸小王爷别得寸进尺。"

楚宸怒："到底是谁得寸进尺！顾轻衍你好了不起啊，你来了，就将人带走，什么道理！"

"没什么道理，未婚夫的身份，到底不同些罢了。"顾轻衍一本正经。

楚宸几乎气昏，心中忽然恨恨地想着，就算我娶不到小安儿，便宜楚砚，也不让你娶着。等着，这个仇记下了。

不，也许自从他爷爷进宫，找陛下看看能不能取消安顾婚约给他一个机会时，让陛下有了取消婚约的心思后，善亲王府和他与顾家和顾轻衍的仇就结下了。

他压着翻涌的怒火，对安华锦摆手："可是你说的，别做人学没良心。"

安华锦揉揉鼻子，点点头，对顾轻衍说："走吧。"

顾轻衍颔首，转身与她一起出了天字一号房。

二人来到房门口，正巧也碰到三个人从下面上来，这三个人顾轻衍都认识，江云牧，王子谦，崔朝，一个是礼国公府江云弈的兄弟，一个是王家人，一个是崔家人，都是顶顶富贵的子弟中，年轻一辈爱玩的人。安华锦一个也不认识。

三人来到门口，见到顾轻衍，都齐齐讶异了，王子谦喊"表哥"，江云牧喊"七公子"，崔朝喊"怀安"，纷纷见礼。

顾轻衍拱手还了一礼，神色一如寻常，温润含笑，如沐春风："我与小郡主先走了，宸小王爷在里面等你们。"

三人齐齐看向安华锦。

安小郡主无论是三年前，还是如今，来京城这两趟，可都是在干惊天动地的大事儿。三年前，只揍了个楚宸，轰动天下。这一回，毒茶案、毒酒案、刺杀案，直接就扳倒了诚太妃、三皇子、张宰辅、淑贵妃、二皇子，以及所牵连的一干派系，搅动了整个大楚朝堂官场，实实在在地给七皇子清了前路上的两大障碍。

近日来，关于她的谈资，实在是太多了，一日没消停过。

他们一直想见见，如今总算瞧见了，只觉得是个容貌极盛的小姑娘，立在顾轻衍身边，亭亭玉立的，如青葱杨柳一般。这般容色，还不算全长开，但已经色相殊绝，若是有朝一日全长开，那可真是人间再无绝色了。

都说美人在骨不在皮，安华锦就属于在骨又在皮的美人。

早有传言，安华锦配不上顾轻衍，全天下的人都信了，如今这么亲眼一瞧，使得山河倾倒，日月失色的二人，都太得造物主的厚爱了。

三人只看了一眼，都齐齐别开眼，不敢多看，纷纷规矩见礼："安小郡主。"

安华锦点了点头，拉着顾轻衍侧开身，笑着说："宸小王爷心情好，三位公子陪他多喝点儿，我们走了。"

三人讶异地应了一声。

安华锦和顾轻衍一起下了楼。

二人身影走远，三人站在门口对看一眼，都从彼此眼中看到了"原来这就是安小郡主。"

"安小郡主看起来也挺好说话嘛。"

"可惜咱们来晚了一步，若是早来一步，也许还能跟她多见见多说几句话，多了解一二。"

他们倒不是被她的美貌心折，实在是对她这个人的一系列操作太好奇了！

"你们还在门口站着干什么？给一品居当门神吗？"楚宸的不高兴透在语气里。心里骂安华锦说那话不要脸，她也不怕硌了牙，他哪里心情好了？

三人立马进了里面，便见楚宸一脸郁气地坐在桌前，明显脸上写着"我不高兴"，都齐齐一愣。

楚宸吩咐小伙计："她给的金子够不够我们吃喝的？再添点儿酒菜。"

"够，够了。"小伙计连忙点头，"小郡主给的金子，够几位爷今日吃喝个够。"

"那就添菜添酒来。"楚宸摆手。

小伙计立即去了。

江云牧，王子谦，崔朝三人坐下，一时都没人说话，只瞅着楚宸，不明白他这是个什么情况。突然喊他们三人来喝酒，他们来了，正巧遇到顾轻衍和安华锦离开是怎么回事儿。

小伙计重新摆上几副新碗碟，心想着今日可新鲜，这天字一号房成了流水客席了。

楚宸猛灌了一盏酒，放下酒盏后，对三人气愤地说："你们说，我有没有可能有朝一日娶到安华锦？"

三人顿时都惊了。

楚宸放下杯盏，"啪"的一声，咬牙切齿："我娶不到她，顾轻衍也别想娶到她！"

三人："……"

他们听到了什么耸人听闻的惊天大话？可不可以当耳朵都聋了？

若是楚宸说找个机会揍安华锦一顿，全天下的人都相信。

但楚宸说想娶安华锦，这说出去谁信啊？

江云牧，王子谦，崔朝三人看着楚宸，见他气哼哼的，像是满肚子火没处撒的模样，一时间个个都沉默了。

"你们这是什么表情？"楚宸不满地瞪眼。

三人对看一眼，王子谦咳嗽一声，先开口："宸兄，你喝多了吧？"

楚宸摇头："没有。"

他还没喝两杯呢，多什么多！

"既然没喝多，你说什么胡话呢？"崔朝看着他。

"难道是安小郡主又欺负你了？"江云牧猜测。

能把素来做什么事情都带着三分兴趣七分乐趣的宸小王爷气得冒火、口出狂言，他们还真是第一次见识，想必也就只有敢揍他的安小郡主了。噢，不对，如今还要加上一个安小郡主的未婚夫顾轻衍。

否则，他刚刚怎么非要气得想拆散人家呢。

三人十分好奇，刚刚他们来之前，这里发生了什么事儿？

楚宸见三人一脸八卦地看着他。三张脸，六只眼睛，等着他说出个所以然来，最好把安华锦和顾轻衍怎么欺负他的细节说个清楚明白，他的怒气一下子堵在了心口。

他是个要脸的人，刚刚的事情，让他怎么好往外抖搂？

于是，楚宸绷着脸，狠狠地揉了揉眉心："我大约是喝多了，臭丫头有什么好娶的，谁想娶她谁眼瞎。"

他把自己也骂进去了，总比一时冲动说了事后被他们三个笑话丢人好。

三人对看一眼，松了一口气，是醉话就好，否则，传出去真是耸人听闻。

"来，喝酒喝酒，陪我喝酒。"楚宸又重新倒上酒，"今日不醉不归，谁喝不醉，谁是王八蛋。"

崔朝看他的架势，有些挺不住："我酒量最小啊。"

"酒量大有酒量大的喝法，酒量小有酒量小的喝法，醉会不？醉就行。"楚宸不讲究地给他倒满了酒盏。

得吧！看来今日得横着回家了。

崔朝认命。

出了一品居，安华锦肚子空空，凉风一吹，觉得今天晚上这一茬接一茬的，都是什么操蛋事儿，金子花出去了，没一件让人高兴的。

她上了马车，一声不吭。

顾轻衍坐在她对面，车内夜明珠将他脸色照得青白，他抿了抿嘴角，垂眸低声说："府内真有饭菜的，我离开时，让孙伯吩咐厨房做了，的确是安平下厨。"

"嗯。"安平自从受伤后，养到至今，伤刚好，她也有好久没吃他做的菜了。

顾轻衍抬眼看她："我不生你气了，你也别生我气好不好？咱们讲和吧。"

安华锦气笑："你也觉得你无理取闹理亏了？"

因为他是她的未婚夫，是自己人，他就可着劲儿地作，让她帮着他欺负人。就算楚宸不讨喜，今日他也过分了啊。

顾轻衍认真地说："那日，我没有无理取闹，本就是你不对，你不该占着我，还想着从我家中择我一兄弟入赘。换做谁，也会有脾气的。"

"我也就想了那么一小下。"安华锦争辩。

"想也不行，一小下也不行。"

"好，那只说今日。"安华锦作罢，顾轻衍的长相与他的脾气成正比，似乎没什么可说的。长得好的人，脾气大也应该，霸道也应该，她确实不太占理。

"他撺掇善亲王进宫，要悔你我婚约，导致如今陛下起了心思，成了你我最大的阻碍，打破了我们不想打破的平衡，是得罪了我。"顾轻衍看着她眼睛，"今日我就算过分，让你扔下他，也不过是小打小闹。若我真出手对付他，他不会有功夫再跑到你面前，对于窥伺我未婚妻的人，难道还让我亲眼看着你与他把酒言欢？"

说得好有道理！

安华锦一时没了脾气，纳闷地看着顾轻衍："你不早就知道他想娶我吗？往日也没见你这么不给人面子啊。"

"往日是没捅到陛下面前，我以为他和善亲王就算不聪明，也不会太傻，却原来是个搅事儿精。捅了娄子还想请你过府赴宴，做梦呢。"顾轻衍没好气。

安华锦咳嗽一声，身子向后一仰，靠着车壁懒懒散散："所以，明日陛下召见我，是你的手笔，今日又故意欺负楚宸，想让他明白？"

"他明白不了。"顾轻衍身子也向后一仰，整个人靠着车壁同样懒散放松，"他估计气死了，宁可娶不到你，也要搅和我娶不到你。"

"这样你更麻烦了，你不怕麻烦？"安华锦看着他。

"不怕。"顾轻衍忽然微笑，眸光润润地看着她，"不能就让他与善亲王搅和一棍后就因为陛下而退缩了，不能让顾家与陛下单独杠上，有他和善亲王在，搅和得很热闹，才让陛下更头疼没辙，火气也撒不到顾家和我身上。"

安华锦："……"

这人里外都算计好了！既欺负了楚宸，还想利用他，也是极其厉害了！

她佩服地看着他，对着这张脸，哪怕心情不好，都能立马好起来。每日对着这个人，哪怕知道他脾气大、心地黑、手段多，也觉得他光风霁月，美玉无瑕，她啧啧了一声。

怪不得将王四小姐迷得都顾不得闺仪脸面、规矩教养了。

"怎么了？"顾轻衍见她神色不太对劲。

安华锦瘪瘪嘴："看你好看。"

顾轻衍失笑："你也好看。"

安华锦："……"

这天没法聊了！

顾轻衍低笑，语气柔和了些："九妹找你，所为何事？大晚上的匆匆来见你，又匆匆回去，必有要事儿。"

安华锦琢磨着该不该告诉他，琢磨了一会儿觉得，这毕竟是女儿家的脸面，他就算知道，也不该从她这里知道。但又觉得，若是她不说，他知道王四小姐喜欢他吗？若是知道有这么个痴情女子爱慕他，会如何呢？

"不能说？"顾轻衍扬眉。

"我不适合告诉你，你回去问顾九小姐吧。"安华锦做了决定，亲兄妹之间，怎么都好说，她背后嚼舌根子，算什么事儿啊。

顾轻衍点点头："好，我回去后问她。"

回到安家老宅，孙伯果然已吩咐厨房备好了饭菜，见到二人一起回来，孙伯乐得脸都开了花，想着二人总算是和好了，否则他这心老提着。

用过晚膳，安华锦对顾轻衍摊手："那本书呢？该给我了吧？"

顾轻衍微笑，从袖中拿出那本书，递给了她，嘱咐："你明日要进宫见陛下，需打起精神，别读得太晚。"

"嗯。"安华锦捧着书打开。

顾轻衍又坐了一会儿，见天色已晚，出了安家老宅。

回到顾家，他吩咐青墨："去请九妹到我书房来。"

青墨立即去了。

不多时，顾墨兰来到了顾轻衍书房外，她一路提着心，想着难道是安华锦将今日之事与哥哥说了？那哥哥会生气吗？

她在门口踌躇片刻，喊了一声："哥哥？"

"进！"

顾墨兰推开书房的门，入眼便见顾轻衍捧着一卷书，坐在桌案前，见她来到，将书放下，目光沉静地看着她，语气平平淡淡："说吧，你找小郡主，所为何事？我问她，她不说，让我回来问你。你最好如实告诉我，若有欺瞒，被我知道，你清楚后果。"

顾墨兰脸一白，原来不是安华锦说了什么，而是哥哥显然在意她为何事找她。她在安华锦面前本就难以启齿，如今更是难以启齿了。

顾轻衍见她这个样子，便知道不是什么好事儿，他沉下眉目，脸色微冷："你是我亲妹妹，但也该明白，沾染我与小郡主的事情，什么事情可为，什么事情不可为。"

顾墨兰低下头，咬着嘴角，半天才细若蚊蝇地将事情交代了。

她心中明白，哥哥不问则罢，一旦问了，她若是糊弄，是绝对糊弄不过的。有些事情，哥哥可以睁一只眼闭一只眼，但有些事情，不能踩踏他的容忍度，哪怕是父亲、母亲，包括她这个亲妹妹。

顾轻衍听完，面上倒是没什么表情，也没开口说话。

"哥哥，我知错了，我不该心软答应四表姐。"顾墨兰面上羞窘，他不恼不怒，才更让她觉得自己做错了，就如今日安华锦没难为她一般，更让她心中难堪。

"既然知道错了，闭门思过一月，罚抄十卷书。"顾轻衍嗓音微凉，"下不为例。"

顾墨兰松了一口气："谢谢哥哥宽谅。"

顾墨兰出了顾轻衍的书房，凉风一吹，发现后背已汗湿衣襟。

贴身婢女见她脸色十分苍白，小声问："小姐，公子他骂您了？"

若是骂还好了！从小哥哥就不骂她。

顾墨兰摇摇头："明日见了四表姐后，我便闭门思过一个月，抄十卷书。我房中的纸张怕是不够，你让人多采买些给我。要上好的镇台宣纸，就抄佛经吧！我是该洗洗心。"

婢女脸色也有些白："公子罚您了？这也太重了。"

"不重，比起来我做的事儿，这不重了。我方才还怕哥哥不罚我呢，若他真不罚我，那是以后都不管我了。"顾墨兰低声说，"我该感谢安姐姐，是她今日没难为我，才让哥哥给了她面子没彻底发怒于我。"

婢女有些恼："都怪四表小姐，拉您下水，若不是她强求，您也不至于答应她办了难办的事情不说，反被连累受罚。"

"四表姐痴心一片，最是难得有情人，无论结果如何，我哪怕难为，也得帮一帮。不帮是理，帮是破了教养礼数，但这世上，有多少事儿，明知不可为而为，走在教养和规矩礼数之外，经此一事后，四表姐是聪明人，当该看开了。"顾墨兰一边往回走，一边小声说，"哥哥虽好，但青山白雪终究性情冷，我与四表姐自小长大，不忍她一生都坑在我哥哥身上，如今她死心最好，不死心，我也尽力了。"

"公子真的喜欢安小郡主吗？"婢女小声问。

"何止喜欢，怕是喜欢极了。"顾墨兰轻叹，"我从没见过那样的哥哥呢。"

婢女羡慕："能得咱们公子喜欢，安小郡主真是有福气。"

顾墨兰笑，很轻："也许哥哥觉得他才是那个有福气的人呢。那一日，我听爷爷说，哥哥很感谢当年爷爷给他订下这门婚约。"

"当年知道老爷子给公子订下婚约时，公子跟老爷子闹了一个月脾气呢。"婢女不解，"那时候，奴婢还小，听婆婆说起时，也觉得咱们公子那么好，老爷子早早给公子订下婚约，太草率了。"

"当年是当年，那是哥哥没见过安姐姐，如今见了人，自是不同了。"

"也是。安小郡主是挺好的。"

安华锦来顾家一趟，顾家上下全族，没一个不满意的，就连顾家的奴仆，都觉得安小郡主真的很好，没见过哪家小姐那般容色淑丽不说，还温婉大方处处合宜。

顾墨兰想着，天下怎么有安华锦这样的人，那日来顾家的她，与今日在一品居见到的她，还是不同的，见了两面，似两个人。一个合宜得体，一个随性闲适。

安华锦这一夜读书到深夜，子夜时分，她虽然不困，但依旧放下了书，回床上睡了。

第六章 命脉

第二日，安华锦准时醒了，练完剑，梳洗妥当，便见顾轻衍进了枫红苑。

她倚在门口扬眉浅笑："你这是不生气了，又来点卯了？"

顾轻衍微笑："来陪你用膳，前两日折磨自己，亏了身子，都瘦了。"

哪有自己说自己瘦了的？两天能瘦到哪儿去？安华锦仔细打量了他一遍，没看出来，转身进了屋。

早膳很丰盛，大体是孙伯听见了顾轻衍的话，特意让厨房给他炖了汤。

用过早膳，安华锦站起身："我进宫，你呢？去翰林院？"

"嗯，翰林院的事情今日就能收尾，你先进宫，我晚些时候也会向陛下去奏禀，届时与你一起出宫。"顾轻衍也跟着站起身。

安华锦点头，二人一起出了安家老宅。

马车上，安华锦问他："陛下若是问我大昭寺的和尚该如何处置，我该如何说？"

"你拿人家那么多军饷，宽容地放了吧。"顾轻衍给出建议，"陛下也充实了国库，又染了那些时日的血腥，不宜再端了一个大昭寺了，更何况僧人们关了这么些日子牢房，罪也受了，而陛下那边，也是该展现帝王宽宏的时候了。"

"嗯，听你的。"安华锦觉得有道理。

顾轻衍犹豫了一下，漫不经心地转移话题，自然无比地解释："关于我妹妹昨日找你之事，我早先不知，如今问她，她倒是说明白了，我罚她闭门思过一个月，抄十卷书。待她一月后解禁，再给你赔罪。"

安华锦眨眨眼睛，瞧着顾轻衍，没从他面上看出什么来，不由乐了："行。"

顾轻衍看着她："你有什么话要问我的吗？"

"没有。"

顾轻衍叹了口气："你问我吧！但凡你问，我知无不言，言无不尽。你若不问，我也不好问你。"

哎哟，稀奇了！

安华锦稀罕地看着他："你想问我什么？我先听听。"

"关于你的青梅竹马。"顾轻衍抿了一下嘴角。

安华锦盯着他，看进他眼底，揶揄地问："昨天我与楚宸的话，让你这么介意？"

顾轻衍耳根子红了红，神色有两分不自然："有点儿介意。"

倒是诚实得可以！

安华锦想了想说："就像你说的，青梅竹马，但可不是两小无猜，我与沈远之从小谁也不服谁，打到大。不过自从三年前，他倒是对我好了，我也不好意思还跟他打个没完没了。这还得感谢你让他对我态度转变了，良心发现了。"

顾轻衍："？"

安华锦似笑非笑地说："三年前，你喂了我'百杀散'，我躺着回南阳后，在家里足足躺了三个月下不了床，他见了我眼睛都红了，大体是怕我死了，他没了玩伴。从那开始，我要什么，给我弄什么，但有所求，他只要能做到，莫不应允。那三个月，我就靠他从外面弄进来好玩的东西给我解闷呢。等我好了之后，也不好意思欺负他了。"

顾轻衍："……"

他后悔死了！

他无言了好半晌，最终还是无言到一句话也不想说。

安华锦瞧着他，在桃花园相见，他半丝不为自己当年所作所为后悔，后来渐渐相处下来，这后悔的神色偶尔一显，不怎么明显能藏得住，如今这后悔可是摆在脸上了，让她十分欣赏，且津津有味。

"他长得很好？"顾轻衍没忘了三年前到如今，这小姑娘的爱美之心没变过。

"是挺好的，不过比你，还差了一丢丢。"安华锦给出中肯评价。

顾轻衍微笑："差一厘，也是差。"

"那倒是。"

"若你我没有婚约在身，你想找个什么样的夫婿？"顾轻衍觉得多问她些，就能多了解她些，他面前的这个人，说简单也简单，说复杂，也让人看不透。既然看不透，不如就多问问，在他这张脸还管用时，她的包容度很高时，总有益处。

"长得最好看的。"安华锦很诚实。

"还有吗？"

"没了。"

顾轻衍扬眉："这么简单的吗？"

安华锦抿着嘴笑："不简单了！我从小到大，这么多年，只遇到你一个最好看的，目前为止，还百看不厌呢。"

顾轻衍眸光动了动："那是不是说，等有朝一日，有一个比我更好看的出现时，你就又有目标了？"

安华锦用手捏了捏自己下巴："不知道呢，长得比你好看的，我不知道有没有，但比你有才华的，不见得有了。浑身上下每一处，都让人觉得赏心悦目的，也难找吧？你对自己这么没信心的吗？"

顾轻衍："……"

他揉揉眉心，哑然失笑，低声呢喃："是有些没信心。"

安华锦："……"

她一时又好笑又可乐："行了，别装了，顾七公子若没信心，天下所有人都得头朝下挖土将自己埋了。"

马车来到宫门口，车夫在外面轻声提醒到了。

顾轻衍低声嘱咐："小心些，别让陛下套了你的话。"

"放心。"安华锦点点头，下了车。

顾轻衍又吩咐车夫驶去翰林院。

安华锦进了宫门，有小太监早就得了张公公吩咐接应她，见她早早来到，殷勤地说："小郡主，陛下还没下早朝，您先随奴才去南书房外等等吧。"

"嗯。"安华锦没意见。

小太监引领，安华锦慢悠悠地来到南书房外。

南书房门口，已早有人先一步来在此等候，正是礼国公府江云弈。因毒茶案办得好，他一跃升了两级，从正六品，越过从五品，升到正五品。

见到安华锦，江云弈上前见礼："安小郡主。"

安华锦浅笑："江大人！"

在皇宫，南书房外，安华锦与江云弈见面自然不可能说什么，打过招呼后也就各站在一边，等着陛下下朝召见。

安华锦属于出了崔家和顾家，就是没骨头那种，站一会儿就不想站了，便身子懒洋洋地靠在廊柱上，由廊柱支撑着，将重量都靠在上面。

"小郡主，要不然奴才带您去西暖阁坐一会儿，那里有茶点。"领路来的小太监小声问。

"不用。"安华锦摇头。

小太监立在一旁，怕她难等，贴心地与她说话："起早时，凤栖宫的贺嬷嬷便打发人来传话,说小郡主见过陛下后,去凤栖宫一趟,皇后娘娘有东西要交给您。"

"嗯,我晓得了。"安华锦点头。

小太监又说:"快到端午节了,城外会有赛龙舟,端午日十分热闹,今年您在京城,赶上了,可以等着那日去瞧瞧。"

他不说,安华锦还忘了快端午了,于是,她笑着点头:"谢谢你提醒我。"

小太监笑呵呵地:"您在南阳时,端午节热闹吗?"

"还是很热闹的,军营里所有人在那一日都下厨包粽子,然后架着大锅煮了一起抢着吃。士兵们会在练兵场上设擂台,谁武艺最好,谁就有三天假期。"安华锦不介意与他说些南阳军的端午,"不过有的士兵拿到了假期也没法子回家与老婆孩子过端午,因为离家太远了,只能在当日,多吃几个粽子,跑去街上让商队往家捎几个粽子。"

"粽子捎回家,因路途远,不是已经坏了吗?"小太监不解。

安华锦笑:"是啊,路途远,会坏掉,但他们捎的不是粽子,是平安。家里人见到捎回去的粽子,知道他们平安,就会很高兴。"

小太监懂了:"南阳军保家卫国,真是辛苦。"

安华锦扔给他十两银子:"就冲你这句话,就该赏!"

小太监惊得顿时推却:"小郡主,奴才说这话不是要向您讨赏。"

"我知道,没事儿,你收着吧。"安华锦拍拍他肩膀,"你家在哪里?家中还有何人?可有人从军?"

小太监接了赏,塞进袖子里:"我家中有个阿婆、弟弟和妹妹,弟弟还小,妹妹也不大。他们就在京外三十里处的下庄子村。阿婆年纪大了,做不了多少活计,我每月往家里捎银子,他们勉强过活。"

安华锦点点头,原来无父无母。

小太监腼腆地说:"我职位低,要想养活阿婆和弟弟妹妹过好日子,还要努力再升升,月钱就会高了。"

安华锦笑:"那你加油啊,不想当将军的士兵,不是好士兵,不想升职的公公,也不算最出息的公公。"

小太监嘿嘿笑:"奴才一定会努力的。"

江云弈站在一旁,看着安华锦与小太监你一言我一语地说话,目光也染了笑意。与三年前初见的小姑娘不同,长大了的小姑娘,再不会在皇宫里迷路了,她坦然闲适地靠着南书房外的廊柱,就如待在自家花园的廊柱下一般,眉眼是清风白云,言语是温和轻柔。

但就是这样的小姑娘，谁也不敢小看她，她的厉害，是藏在看不见的地方。

他忽然很好奇，南阳王这么多年，是怎么教养她的，才会让她长成了这个模样。

"陛下下朝了！"小太监在皇宫养成了眼观六路耳听八方的本事，立马规矩起来。

安华锦转头看去，果然看到了仪仗队簇拥着明黄龙袍的身影走来，大约是张宰辅的案子给天子的打击太大，以至于安华锦觉得陛下好像比她来京见面时，老了很多。

江云弈转过身，恭敬见礼："陛下安！"

"请陛下安！"安华锦也像模像样见礼。

皇帝心情看起来还不错，笑着看了二人一眼，摆手对身后说："你们都先在外面等着。"

"是！"

安华锦这才看到跟着皇帝一起来的七皇子楚砚，他一如既往地眉眼寡淡面无表情，看着冷漠凉薄得很。他连个眼神都没给她，就跟不认识似的。

不知道他知道不知道陛下如今的想法，这副面孔，还真是看不出来。

"小安儿，你随朕进来。"皇帝扔下一句，进了南书房。

安华锦抬步跟了进去。

皇帝坐下身，仔细打量了她一眼，小姑娘虽然来京这一个月经历了不少惊吓，但到底出身南阳王府，坚韧得很，没吓出个好歹来。或许，她根本不知道"怕"字怎么写，水灵灵的养得挺好，没萎靡了。

皇帝很满意，摆手让她坐。

安华锦坐下身，看起来有几分乖觉。

皇帝斟酌着开口："朕听闻前两日你去顾家做客了？"

来了！陛下果然是陛下，他坚持了八年的婚约，一朝风云变，他先改想法了。

安华锦自然地点头："来京前，爷爷就对我耳提面命，来了京城，除了拜见陛下和姑姑外，还要去顾家拜见长辈。若非出了不少事情，早就该去了。拖到前日，幸好顾爷爷没怪罪。"

皇帝点点头："听闻顾家上下，待你很是隆重？"

"嗯。"安华锦点头，有点儿不好意思，"顾家实在是太郑重了，说我第一次登门，不仅全族人都去了，还送了我见面礼。我有些承受不住，但也不能推托，总归是盛情难却。"

皇帝默了默："看起来顾家人都很喜欢你。"

安华锦更不好意思了："我没敢给我爷爷和姑姑丢面子，尽力表现得好些。"

皇帝闻言更有些郁闷，一时间不知道该说什么了。

按理说，顾家这么对待安华锦，以前他是乐见其成的，但今时不同往日，他反而没了高兴，郁闷得很，本来打算提取消婚约的，如今顾家这么一弄，他没法提了。

若是安华锦刚去了顾家，得顾家隆重接待，转天他就提让他们双方取消婚约，明摆着是打顾家的脸。

顾家的脸面，即便他身为帝王，九五之尊，也不能随便打，后果会很严重的。

此事看来还得从长计议，曲线图谋啊。

皇帝深吸一口气："近些日子，看来你与顾七公子相处得很好了？关于招婿入赘之事，你如今可改变了想法？"

安华锦顿时有些纠结："陛下，实话实说，我也不瞒您，我如今也不知道了。"

"哦？怎么个不知道？"皇帝眯了眯眼睛。

安华锦长吁短叹，似忧愁极了，眉心都拧成了一团愁云，惨淡得很："哎，我一面想守着对父兄死后自己给自己立的承诺，一面又觉得顾七公子有点儿好。若是我硬性地坚持招婿入赘，那他定然是不能随我的，我们两个也就白搭了。我很是舍不得。所以，如今我也不知道该怎么办了。"

若是没出张宰辅的案子，皇帝听她这番话，一准斥责她贪心，想要两全其美，如今嘛，陛下自然不这么想了，反而觉得她拿不定主意，很好，只要安华锦和顾轻衍不立马大婚就行，他就有时间想办法让他们取消婚事儿，让她嫁给楚砚。

皇帝心中高兴，但面上自然不表现出来，绷着脸训人："你呀，到底还年纪小。要知道，鱼与熊掌不可兼得的道理。"

安华锦愁眉苦脸："那您说，我该怎么办呢？顾轻衍的确很好啊。"

顾轻衍是很好，谁不知道他好？陛下更知道！

皇帝缓和了语气："罢了，所幸你们二人年纪还都不太大，不着急，你再多想想。"

安华锦乖乖地点头。

皇帝存心想趁机试探，又说："你有没有想过，换个人，不嫁顾轻衍呢？"他不会直接提出楚砚，而是迂回地问，"比如顾家其他人，也不错。顾家子弟，只要不是顾轻衍，其他人有朕做主，都好商量。"

安华锦立即摇头，断然地说："不行，若顾家不是顾轻衍，其他人我也不考虑。"

"为何？"

安华锦咬唇："除却巫山不是云。"

皇帝皱眉："你这是什么想法？你的意思是，除了顾轻衍，你谁也不嫁了？"

"那倒不是。"安华锦摇头，"我只说顾家，免得看到其他人，想起顾轻衍。若是真不嫁他，就得离这个姓氏远远的，眼不见为净。"

皇帝面色稍霁："原来是这个意思，吓朕一跳。"

安华锦笑，就是故意吓您的呢。

一来一往，打了半天机锋，皇帝自觉已探了安华锦的底，准备不着急慢慢来。

于是，他说起了今日冠冕堂皇将她叫进宫来的正事儿："别的都结了，关于大昭寺，还未治罪，你可有什么想法？"

安华锦一本正经地说："陛下您既然问到我，我想给大昭寺求个情。"

"哦？"皇帝看着她。

安华锦板着脸道："这么多年来，我听说大昭寺做了不少好事儿，每逢灾年，大昭寺也奉命僧人施粥布斋。如今，又主动捐献了十年供奉，自古以来，有个说法，功过相抵。所以我觉得，此功可以抵罪。陛下您觉得呢？"

"一点儿都不罚？"皇帝面色幽深，"大昭寺虽有功，但这些年私底下也有不少上不得台面的事儿。"

安华锦诚挚地说："陛下宽宏，就罚他们以后为大楚国运祈祷，以后再有钱了，为南阳军饷，为国库，多出一份力就是了。至于方远，陛下已赐死了，安平已入了奴籍，其他人，顶多犯了不知之罪，罪不至死。陛下不如开恩宽放，也让大楚百姓知道陛下您仁慈，心胸宽广。"

皇帝似乎终于被说动："好，朕就依你。"

安华锦想顺便问问大昭寺捐献的军饷什么时候派人押解去南阳，但又怕催得太急，让多疑的陛下有了什么疑心，只能按捺住，住口不提。

却没想到，她不提，皇帝提了。

皇帝沉声开口："大昭寺捐献的军饷，朕准备这两日就派人押解送去南阳，你可有什么人选推荐？朕不希望再出现十八年前的劫粮案。"

安华锦眨了眨眼睛，想着张宰辅倒台，二皇子死，三皇子失宠，楚砚清除障碍后，对南阳军的好处也显而易见地来了。陛下开始信任南阳了，也开始早早松口给南阳军饷了。

她琢磨着给出建议:"我在京城,认识的人不多,陛下若是让我建议呢,我觉得礼国公府江云弈江大人能力出众,押解军饷一事若是交给他督办,想必出不了错。"

皇帝:"哦?"了一声。

安华锦认真地说:"那日深夜杀手闯入安家老宅,江大人因为奉命查毒茶案,查到了安平身上,着人盯着安家老宅的动静,正巧赶上此事,也及时带着人去救了我。这算是能力出众吧?陛下只让他查毒茶案,他却为陛下解忧,连保护我的安危都一并多做了,事后却没邀功,我觉得我承了他人情,既然陛下您问到我意见,我也就对您举荐他。"

"如今他就在外面候着。"皇帝沉思。

"是,江大人比我先来候着您的,您却先见了我,他还外面等着呢。"

皇帝向外看了一眼:"他的确能力出众,朕本来对他另有事情安排,但军饷一事也尤为重要,既然你举荐他,朕会考虑他的。"

安华锦点头:"诚如陛下您所说,军饷事重,一定要选忠于陛下您的人才是。"

皇帝颔首,他再不是十八年前初登基根基不稳的帝王。

该说的事情已说了,皇帝也不留安华锦再说闲话,对她摆手:"别急着出宫,去看看皇后吧。数日前,她对朕提了,说安家在京中除了老宅,连个玩耍的庄子都没有,朕让张德选了些好地方,地契几日前交给皇后了,你去她那里拿就是了。"

安华锦立即谢恩:"多谢陛下,我正羡慕有庄子避暑的人呢。"

皇帝笑:"不光避暑的庄子,温泉的庄子,狩猎的庄子,赏景的庄子,都有。"

安华锦很高兴,诚心诚意地又谢了一回恩。

出了南书房,安华锦脸上的笑还没散去,守在南书房外面的人除了楚砚、江云弈,还有几名朝中重臣,见小姑娘出来一脸笑,想着陛下看起来心情很好,他们也喜欢面对心情好的陛下。

张公公出来喊楚砚进去,楚砚面无表情地进了南书房。

安华锦去了凤栖宫。

皇后知道安华锦今日进宫,一早就打发了前来给她请安的妃嫔,在宫里等着。

见安华锦含着笑来,皇后便知道皇帝没难为她,心里也跟着高兴,拉着她的手问:"这些日子都没瞧见你进宫,小没良心的,不想姑姑吗?"

安华锦笑嘻嘻地挨着皇后坐下,挽着她手臂说:"姑姑,在京城又不是在南阳一年到头见不着,隔三差五就见的,刚十几日,您就说想,也太夸张了。"

皇后笑："总之就是个小没良心。"

安华锦瘪瘪嘴："好吧，我以后勤来看您。"

皇后点头，笑着吩咐贺嬷嬷将庄子地契拿出来，亲自交给她："这是我跟陛下提了后，陛下让张公公办的，你瞧瞧，这些地方，喜欢不喜欢？"

安华锦打开匣子，数了数，有十几处，她当真是意外又惊喜了："我本来是想要一处温泉山的庄子，如今给这么多，陛下可真大方。"

皇后抿着嘴笑："因为你，今年国库丰裕，陛下多赏你些，也是你应得的。我也没料到，陛下能给这么多地方，不过既然给了，你就放心踏实地拿着。"

"多谢姑姑！"安华锦扒拉着地契，都是好地方，咋舌不已。

比如夏天酷热，她就可以去避暑的庄子里，山好水好又清凉；比如秋天凉爽，有一片山上长的水果最好吃最甜；比如冬日里赏雪，有一个地方景色最好最能看白雪红梅傲骨香；比如她喜欢狩猎赛马，有一处庄子距离皇家马场近，可以让她既能玩耍又能住得好……

真是涵盖春夏秋冬一年四季，够她挨个庄子住一年了。

皇后笑着摸摸她的头："以前，你不在京城，三年前来了没几日就回了南阳，自然不需要这些，如今你待在京城，别的与你一般大的小姑娘们有玩的去处，你也该有。再有相中的地方，告诉姑姑，姑姑跟陛下提。"

人要知足，不能太贪心，这是安华锦自小就学会的道理。

她笑着合上匣子："姑姑，已经够了，我顶多在京中住一年，明年爷爷六十大寿，我就回南阳了，京中的产业，多了也是空着。"

皇后闻言收起了笑："是啊，父亲快六十大寿了，我有多年没见父亲了。我也想回家看看。"

安华锦心思一动："不如姑姑与陛下提提这个，明年爷爷六十大寿时，看看您能不能回家省亲一回。"

皇后闻言也动了心思："回家省亲，路途遥远，兴师动众，劳民伤财……"

安华锦"哎哟"一声："那您不会说一切从简吗？"

皇后顿时笑了："也是，等我想想，再找个机会，与陛下提提。"

"反正还早，一年呢，您慢慢想。"安华锦摊手，"反正我一时半会儿也回不了南阳，陛下不会放我走的。"

皇后看着她，听着这话，琢磨了一下，又犹豫片刻："陛下几日前，与我说了两件事儿，其中有一件事情是关于你的。"

安华锦抬眼，将皇后的挣扎看进眼底，装作看不懂："姑姑请说。"

皇后斟酌着开口："其一，陛下想立砚儿为太子，其二，陛下想取消你与顾七公子的婚约，让你嫁给砚儿，既保南阳军稳，也保大楚安定。"

皇后将话说得简单，却字字句句，都透着不简单的信号。

安华锦不想跟姑姑做戏，但事关她儿子皇位，此时也不得不做戏，她震惊地睁大眼睛，一眨不眨地看着皇后，似乎给惊蒙了："姑姑，陛下怎么突然……"

皇后伸手拍拍她："吓着你了吧？当知道陛下的想法，我也吓了一跳。"

还好，姑姑没被皇位蒙了心，想把她拴给七表兄。

安华锦点点头，似好半晌才稳了心魂："怪不得今日陛下与我说话，透着几分奇怪，我还当是怎么了。原来是陛下有这个打算啊。真是怪吓人的。"

皇后立即问："陛下怎么说？"

安华锦也不隐瞒，将陛下试探她的话与她对陛下回的话复述着说了。

皇后听完沉默了好一会儿："你对顾七公子，当真是舍不得、放不下？"

"嗯。"安华锦惆怅，"姑姑早先也说了，他那么好，越是接触，越觉得好，让我纠结不已，怎么舍得放开呢。"

皇后本来想问问安华锦关于皇帝想让她嫁给楚砚的想法，如今听了她的话，觉得也不必问了。哪怕是自己的亲儿子，皇后也不能昧着良心说他比顾轻衍更好。

顾轻衍的好，天下皆知。

"陛下怕是不会死心。"皇后也是真疼安华锦，亲上加亲，侄女成儿媳自然好，哪怕不成，也是她亲侄女，她倒也看得开，"陛下虽然打着主意，但有一句话说得对，你还年轻，事关一辈子的事儿，的确要好好地想想，以免将来后悔。"

安华锦抱住皇后，暖心得很："姑姑说的是，姑姑对我最好了。"

皇后笑着伸手点她眉心："今日用了午膳再出宫吧。"

安华锦痛快地点头："听姑姑的。"

姑侄又说了一会儿闲话，外面有人禀告："七殿下来了。"

皇后向外看了一眼，笑着说："他也多日没来陪我用膳了，如今这个点过来，想必是打算今日陪我用午膳，怪不容易的。"

安华锦倒也不别扭，只小声嘟囔："看着七表兄寡淡的脸，我能少吃一碗饭。"

这话也算是间接表态了。

皇后笑出声："你七表兄小时候不这样的，是个很活泼的孩子。只不过被陛下带在身边教导，七八岁之后，他懂了很多事儿，也懂了陛下不喜欢他的心思，就渐渐地不会笑了。"

说着，她也叹息惆怅起来，"是我这个做母后的没用，能坐稳中宫位置已耗尽心力，自然没多少闲暇来开解关心他。后来他出宫立府，自立自主，遇到很多难事儿，也不与我说，渐渐地，连我也摸不透他的心思了，变得也不可爱了。"

"也不怪姑姑，咱们南阳王府这些年来，谁不艰难呢。"安华锦宽慰，"哪怕将来爷爷不在了，只要我在，只要南阳军在，我就会帮七表兄，姑姑放心，七表兄会越来越好的。"

"嗯，我相信。"皇后心中也一片温暖。

楚砚进了内殿，便见到挨着坐在一起说话的姑侄二人。在他的记忆里，他母后端庄贤淑，哪怕亲生的女儿楚希芸，也不见她们排排坐着亲密说悄悄话。倒是安华锦，三年前的小姑娘，初入皇宫，来到这凤栖宫，就是这般挨着他母后，姑侄二人似乎有说不完的话。

他面无表情地给皇后请安："母后安！"

皇后点点头："今日怎么有空过来？"

楚砚这才看向安华锦："有一件事情，想问问表妹。"

安华锦一副不待见楚砚的样子，但又不能不给面子应对他，如以前一个模样："七表兄说吧！"

楚砚坐下身："父皇与我说了这两日便派人押送军饷前往南阳，说你举荐了江云弈？"

安华锦坐直身子："是啊，陛下问我时，我举荐了他。"

"为何？"

安华锦笑："为何七表兄不知道吗？"

楚砚抿唇。

安华锦轻哼："其实，我倒是想让七表兄去南阳看看，你从出生到现在，还没去过南阳吧？但我若是举荐七表兄，陛下怕是有别的想法，索性我就举荐了江云弈，他押送军饷，去南阳，替你去南阳看看，与你去也差不了太多。"

皇后听明白了几分，讶异："江云弈是……"

安华锦小声说："七表兄的人，三年前就是了。三年前，我七表兄与江云弈在冷宫私会，怕被我知道，七表兄明知我迷路找不到凤栖宫，理都不理我就走了，后来江云弈给我指的路。"

皇后知道三年前楚砚和安华锦初次见面就互相看不顺眼，倒不知道怎么回事儿，原来是这桩事儿。她又气又笑："男子怎么能说私会？你这孩子！"

安华锦吐吐舌："我又没说错。"

皇后哭笑不得。

楚砚脸色不太好看，但还是说："父皇准了，着兵部侍郎陆衡，江云弈，禁卫军统领贺澜，两日后押送军饷，前往南阳。"

安华锦点点头："这三人选得好，想必不会出现什么问题。"

天色快晌午，皇后吩咐人摆膳。

贺嬷嬷刚出去，便转头又走了回来，小声说："顾七公子派人传话，问小郡主可一起出宫？"

安华锦看向皇后，有点儿为难："我早先是与他说一起出宫，不过如今已经答应姑姑留在这里用午膳了。"

皇后笑："那有什么？所幸砚儿也在，让他也来本宫这里用午膳就是了。"

安华锦点点头："好！"

贺嬷嬷闻言立即派人去回话。

楚砚坐在一旁，没什么意见。

不多时，顾轻衍就来了。晌午时分，天气炎热，他未撑伞，额头出了一层薄汗，进了凤栖宫给皇后见礼后，便对安华锦笑问："我没带帕子，你可带了？给我用用。"

安华锦才不相信他没带帕子，这个人最爱干净，她曾亲眼见他袖子里揣了好几块干净帕子随时备一天之用，但此时却不会点破他，立马掏出自己的干净帕子递给他。

顾轻衍接过，擦了擦额头细微的薄汗，温声说："你可带伞了？"

"没带。我不怕晒，天生白，且体温凉，也晒不黑。"自小长在南阳军，若是怕晒，不用操练立军姿了。她说的是实话。

顾轻衍点头："可是我怕晒，一会儿出宫时，要从凤栖宫走很远的路到宫门。我进宫时，没想着要来凤栖宫接你，也没带伞，晒了一路。"

安华锦闻弦音而知雅意，转头对皇后说："姑姑，一会儿给我们一把伞。"

皇后微笑："好，一会儿你们离开时，让贺嬷嬷给你们拿。"

楚砚深深地瞅了顾轻衍一眼，以前没听说过他有怕晒这回事儿。

顾轻衍坦然地与他目光相对，一点儿也不觉得一个大男人怕晒有多难为情。

皇后皱眉说："这天确实有一个多月没下雨了，陛下下令让钦天监求雨，怎么还没有动静？"

"钦天监在选吉日吉时，说是定的明日晌午。"楚砚向外看了一眼天色，问顾轻衍，"你觉得钦天监求雨，多久能下雨？"

顾轻衍摇头："今年不像是干旱之年，但多久能下雨，我就不知道了。"

"不像是干旱之年就好。"楚砚还是十分相信顾轻衍的推断的。

"不是干旱之年，也许会涝起水灾也说不定。"顾轻衍语气平静。

楚砚一怔："如此旱情，怎么会涝呢？"

"我只说也许。"

顾轻衍说的像是闲话，但楚砚却不能将之当做闲话来听，他眉头微微拧起："无论是大旱，还是涝灾，都不是好事儿。"

"嗯。"顾轻衍点头，"今年的天气，不太正常。"

用过午膳，安华锦和顾轻衍起身离开，贺嬷嬷果然拿了两把伞递给安华锦。

安华锦不要，只拿了一把给顾轻衍。

顾轻衍接过，与贺嬷嬷道了谢，一手撑着伞，一手将安华锦拽到了伞下，共撑一把伞，出了凤栖宫。

安华锦偏头瞅他："你这样，我还不如再拿一把伞呢。"

"你自己撑伞，与我给你撑伞，怎么能一样？前者是劳动自己，后者是劳动我。"顾轻衍嗓音温和，颜色和悦，"再说，我撑伞，你不撑，今日我们出宫，明日关于我比女儿家还娇气的笑话便传出去了，不太好，有你掩护，就没关系了。"

哟呵，他还挺好面子，知道自己娇气！

安华锦取笑："我姑姑和七表兄已经知道了，你就不怕他们笑话你？"

"不怕。"

安华锦用一言难尽的表情看着他："其实，你不用在我姑姑和七表兄面前如此的，他们两个人，我看都没想法让我嫁给七表兄。只不过是陛下一个人的想法罢了。"

"凡事没有绝对，还是早早从根上就掐断心思的好。"顾轻衍很有理由。

好吧！你长得好，你说了算。

安华锦无话可说。

二人一路出宫，酷热的骄阳炙烤着皇宫的石砖都腾腾地冒着热气，干辣辣的，来往的宫女太监都用扇子或者袖子遮着脸。顾轻衍与安华锦打着伞,看起来一点儿也不夸张。

安华锦一边走一边说:"还有几日端午节了?"

"三日。"

"据说京中的端午节很是热闹?"安华锦想见识见识,"你有什么想法带我去哪里玩吗?"

"有,白日带你去看赛龙舟,晚上带你乘船去游曲香河,如何?"顾轻衍笑问。

安华锦点头:"好。"

安华锦和顾轻衍共撑一把伞的身影走出凤栖宫后,皇后看向楚砚,叹气。

她总觉得她这个儿子从小到大很多事情都不太顺,因他是嫡子,在一众皇子中,很受兄弟们明里暗里针对打压,虽然他没吃过亏,但处处被兄弟们盯着辛苦自不必说。如今好不容易最大的障碍清除了,陛下也有了立他为储的想法,偏偏陛下又想让他娶小安儿。

且不说小安儿纠葛的想法,只说顾轻衍,她今日算是看出来了,顾轻衍是喜欢小安儿,想履行婚约的。而陛下,一旦认准了一件事情,不会轻易改变想法,定会想方设法取消他们的婚约,让楚砚娶小安儿。

这样一来,陛下和顾家,或许将来会明里暗里博弈,而这对夹在陛下和顾家之间的楚砚来说,还真不知道是好是坏了。

"母后不必多思多虑。"楚砚神色寡淡,"无论是陛下,还是顾家,只要表妹不同意的事情,谁也难为不了,若是她同意的事情,谁也替她做不了决定。"

皇后一愣。

楚砚站起身,平静地说:"南阳军百万兵马,便是她的底气。"

皇后又愣了愣。

直到楚砚离开,走了好一会儿,皇后才懂了他话里隐含的意思,是啊,南阳军百万兵马,无论是陛下,还是顾家,博弈又如何?她同意不同意,完全可以凭心而定。

她转头问贺嬷嬷:"本宫糊涂了,你旁观者清,你来说说,小安儿和顾七公子,从他们两个相处上看,你觉得,小安儿最后会怎么选?"

贺嬷嬷想了片刻,斟酌着说:"小郡主在面对顾七公子时,脾气好得很。"

她只看出了这个,但这个就能说明很大的问题。

让谁说,都知道安华锦不是一个好脾气的主,能让她好脾气好性子地对一个人,那可真是很宽容很包容了。

皇后点点头，笑着说："是啊，她不是一个好脾气的，对顾七公子和砚儿态度很是不同。罢了，本宫不想了，就听砚儿的，看她决定吧。"

出了皇宫，上了马车，安华锦心累地拽了个枕头躺在车里，不客气地占了车厢大半地方，丝毫没顾忌给顾轻衍留那么巴掌大的地方仅够他坐下。

顾轻衍看着她："很累？昨夜没听我的话，又熬了一夜挑灯夜读？"

"没有，子时就睡下了。"安华锦闭上眼睛，"进宫一趟，总觉得更累心一些。"

顾轻衍懂了，微笑："你这么排斥皇宫，看来，陛下的想法大错特错了。"

"也不见得。"安华锦懒洋洋地说，"我的命脉是南阳军，若是陛下掐住我的命脉，为了南阳军，我是什么都干得出来的，包括婚事儿。"

顾轻衍笑意顿收："当真？"

"嗯。骗你做什么？"

顾轻衍嗓音微凉："哪怕你不喜欢吗？"

"嗯，哪怕我不喜欢。"

顾轻衍不再说话，闭上了嘴。

安华锦享受安静，听着车轱辘压着地面的声音，昏昏欲睡。

顾轻衍看着她，忽然就来了气，伸手将她一推，安华锦身子向里面滚了滚，后背撞上了车壁。她睁开眼睛，只见眼前墨色袍角一扫而过，身边躺下了一个人，宽敞的地方顿时有点儿拥挤。

她瞪着顾轻衍："你做什么？"

"我也心累。"顾轻衍不看她。

安华锦无言了好一会儿："你心累什么？你入朝多年，与陛下打交道的次数不计其数，在陛下面前说话，该如家常便饭般轻松才是。"

顾轻衍哼了一声："我的心累你不懂。"

安华锦："……"

好吧，她是不懂。

她重新闭上眼睛，安静地躺着，继续昏昏欲睡。

顾轻衍心里憋着气，过了一会儿，压不下去这气，他伸手推安华锦。

"干吗？"安华锦挣扎着困意。

顾轻衍不说话，只推她。

安华锦转过身，面对他，压着脾气："说话！"

顾轻衍也转过身，与她面对面，一字一句地说："我不高兴了。"

安华锦气笑："想让我问你为什么不高兴吗？"

顾轻衍又哼了一声。

安华锦扭过头，又闭上眼睛："我偏不问，爱高兴不高兴，不关我事儿。"

顾轻衍更生气，又推她，偏不让她睡好："关你的事儿。"

安华锦一把攥住他的手，耐心用尽："好，那我问你，你为什么不高兴？我怎么惹你了？"

顾轻衍盯着她的脸，声音平静地说："你的命脉不是南阳军。"

安华锦："？"

"你的命脉只能是我。"顾轻衍面容平静。

安华锦："……"

她又气又笑："闹了半天，你就是为了这个？"

"嗯。你这样说，我听了不高兴。"

第七章 请雨

安华锦无言地瞅着顾轻衍，他清泉般的眸子一眼望不到底，似这深潭没有底。

二人无声对视。

片刻后，安华锦好笑地说："行啊，要想我的命脉只是你，那你得努力越过南阳军，占据我心里最心心尖上那个位置才行。"顿了顿，她补充，"我自小在南阳军长大，我今年十六，南阳军陪了我十六年。你大约需要很努力才行，否则，不怕打击你，你比不过的。"

顾轻衍默。

安华锦看着他少年初长成的玉颜，未及弱冠的他，对比三年前，真是一样眉眼如画，就连生气发脾气沉默都很好看。谁能想到，三年前红粉巷让她一见难忘的少年，那张高山白雪的容色，轻飘飘一句话就让她与楚宸两个人在床上躺了三个月的人，如今日渐接触下来，对着她是这副面孔？生气，发火，撒脾气，闹性子，幼稚推搡她，说不理人就两天不理她？

她伸手掐了掐他的脸，语调轻软似哄人："顾七公子，你本身就是一条撑破天的命脉，还做别人的命脉做什么？没的掉价。这种想法很危险，还是不要为好，否则，燎原盛火烧起来，自己都灭不了的时候，悔之晚矣。"

顾轻衍继续沉默，脸上印了细微的指印。

安华锦收回手："这是忠告，别不当真。"

顾轻衍似乎听进去了，似乎没有，闭着眼睛，没动静。

安华锦打了个哈欠，又闭上眼睛，想着这回他该安静了吧！

过了一会儿，顾轻衍忽然伸手掐她的脸，比她掐他的力道大了那么一点儿，小姑娘面皮子本就嫩，白皙娇嫩的脸颊转眼就一个手指印，明显得很。

安华锦疼得"哟"了一声，抽气，恼怒地扒拉开他的手："你捏我做什么？"

还这么用力！

顾轻衍平静地说："就算引火自焚，我也拉着你一起烧。"

安华锦转过身，面对车壁："别跟我说话了！"

她觉得，面对陛下在皇宫待了半日不是最心累的，面对顾轻衍，她才最心累。

顾轻衍又伸手推她。

安华锦彻底火了，腾地坐起身，咬牙切齿："顾轻衍，你今天不可爱了啊！"

顾轻衍看着她瞪圆了的眼睛，眼里隐隐约约压制不住的恼火，恼火里完完整整倒映着他的影子，一张巴掌大的小脸。这一刻，全是想要将他扔下马车的克制，他瞧着，忽然心情又好了，语气也温柔下来："马车里睡觉不舒服，你忍忍，回府后再睡，我保证不再打扰你。"

安华锦瞪着他。

顾轻衍拉着她重新躺下，与她排排躺，乖觉地解释："马车睡觉真的很不舒服，也许你睡醒一觉，就腰疼脖子疼了。真的，我睡过，你相信我。"

"所以，你是为了我好，才折腾我没办法睡的？"

"嗯。"

安华锦见他一双眸子纯澈认真干净无比，仿佛不相信他，就是她犯罪，她只能姑且信了他："行，信你好心。"

顾轻衍笑容漫开。

谁说小姑娘脾气不好了？谁说若是惹了她那就是自己找死的？谁说她乖张跋扈六亲不认得罪她没好下场？明明她心软又好说话又好哄，虽然有脾气，但克制得很。

"别笑了。"安华锦快闪瞎了眼睛，伸手捂住顾轻衍的脸，忽然恶狠狠地说，"以后不准这样笑，当心狼吃了你。"

"好！"顾轻衍笑容更大。

安华锦："……"

噢，她忘了，这人看着性子温和，本身就是一条吃人不吐骨头的狼。她默默地收回手，只觉得手心被他呼出的热气烫得要焦了，一下子焦到了心里。

转日，是钦天监定好的请雨神的日子。

钦天监不知道是怕请不来雨神，担不起陛下给他们的职位和器重，还是怕只钦天监的人分量不够，感动不了上天的雨神。总之，钦天监不只选了吉日吉时，还选了几个据说有大福气和大运气的人一起请雨神。

干旱了一个多月，陛下受不了了，如今是一点儿也不敢拿善亲王让请雨的事儿不当回事儿了。求雨心切，很想快些来一场雨，有雨水，才代表今年的农产丰收，没有一个帝王喜欢自己治理的天下闹旱灾的。

所以，陛下看到钦天监呈递上的有大福气、大气运的人的名单后，没怎么犹豫斟酌，很快就准了。

名单一共有六个人，楚砚、楚宸、顾轻衍、安华锦、王兰馨、江云彩。

据说，这六个人的名单是钦天监按照生辰八字合的。

宫里的公公来传旨时，安华锦与顾轻衍正在用晚膳，传旨的公公走后，安华锦颇为新鲜地说："一直听说男女姻缘要合生辰八字，从没听说过请雨神也要合生辰八字。"

顾轻衍若有所思："钦天监的吴监正昔日得过善亲王恩惠。"

这句话内涵的深意颇引人意味深长。

安华锦看着顾轻衍，不太懂这里面的门道："怎么？善亲王要借请雨神做什么吗？"

顾轻衍笑笑："说不准。"

安华锦见他不多说，也无所谓非要知道善亲王想干什么，钦天监请雨神的排场，她还没见过，觉得跟着见识见识也好。毕竟往年在南阳，求雨只请戏班子连着唱半个月的雨戏就行。

楚宸昨日喝得宿醉，被人抬着回了善亲王府，第二日醒来后，依旧头昏脑涨。

善亲王对着楚宸吹胡子瞪眼半晌，指着他鼻子臭骂："瞧瞧你那点儿出息，那个臭丫头有什么好？值得你借酒消愁糟蹋自己的身子？"

楚宸揉揉眼睛，被善亲王骂得有点儿抬不起头来，小声争辩："她就是很好。"

善亲王气得心口疼："你……你真是要气死我。"

楚宸委屈兮兮道："顾轻衍不是人，仗着和她有婚约，就会使手段欺负人。"

"那你就欺负回来，也不能喝酒伤身，只让自己心里窝囊。"善亲王这时不禁检讨他是不是凡事都管着楚宸，让他在蜜罐里待久了，不会对别人放出獠牙了。

"他们有婚约，一日不破坏了他们的婚约，一日我就没立场。"楚宸磨牙，心里恨恨，"没身份没立场，在小丫头面前站不住脚。明知顾轻衍在她面前故意作天作地，但她就是护着吃他那一套，我得靠边站。"

"他们的婚约是八年前就订下的，虽交换了信物，但未有书面文书。若非因为陛下，一直着紧着让他们快些大婚，不时地提起，也不会如今拴得这么紧，让所有人都瞩目。"善亲王叹气，"若是你早跟我说你喜欢小丫头，在她还没进京与顾轻衍相处前就提，或许会简单些。如今，不说顾轻衍，单说陛下那里，也难喽。"

楚宸更委屈了："这三年里，我再没见她，见到她后，我才确定了自己的心思。再说这三年您一直追着人家喊杀喊打，我也不敢提啊。"

善亲王:"……"

他觉得自己造了孽,唯一的孙子是这么一块豆腐,砸别人不疼,砸他这个爷爷真是一砸一个准,疼得很!他气得没了脾气:"钦天监的吴监正那里,我已经打过招呼了,你抓住这次机会。"

楚宸不懂:"爷爷,什么机会?"

善亲王一副高深莫测的神色:"这些年,咱们善亲王府之所以能在一众宗室中立足,成了最拔尖的那个府邸,你可知道为什么?"

"会哭的孩子有糖吃呗!您隔三差五就去陛下面前哭诉提要求,给陛下很大的成就感,陛下面对您,痛并快乐着。"楚宸很了解地说。

善亲王又差点儿背过气去,恼怒地说:"你虽然说的也不错,但最主要的是,陛下瞌睡了,我给他递枕头;陛下想爬高,我给他搬梯子。每一步,虽看着都是给陛下找麻烦,但你可知道陛下有时候就乐意我给他找麻烦?那是因为,有的麻烦,正是陛下也需要的。"

楚宸眨眨眼睛。

"因那小丫头去顾家做客,顾家很是看重,导致如今陛下即便有想法,也不敢说出来,只能憋着,陛下没机会,我就要给陛下创造机会。"善亲王教楚宸,"以后,陛下退位,新帝登基,不管新帝是谁,你也要懂得君臣之道。"

楚宸不太满意:"您的意思是,把小丫头推给楚砚?不便宜顾轻衍,便宜楚砚?"

他气怒时虽也这么恨恨地想过,哪怕便宜楚砚,也让顾轻衍娶不着,但真要便宜楚砚,他可不乐意。

"你笨啊,不会明里一套背里一套吗?"善亲王瞪着他,"你给陛下递了梯子,陛下出了手,有了开口让他们取消婚约的机会,让那小丫头没有了婚约在身后,你才有了公平竞争的机会。否则你也说了,她如今顶着婚约,你没立场就没脾气。"

楚砚扬起下巴,敬佩地看着善亲王:"爷爷说得对,您果然是陛下最贴心的小棉袄,最懂得一套又一套地套陛下。"

善亲王一巴掌拍在楚宸脑瓜顶上,拍出了一声闷响,听着楚宸痛呼声,他依旧不消气:"陛下的贴心小棉袄是张德,你拿我跟他一个太监比?混账东西!"

楚宸捂着脑袋笑嘻嘻:"张公公哪能跟您一样?他可不敢隔三差五给陛下找麻烦。而您这么多年下来,最得心应手。"

善亲王冷哼一声:"钦天监选了六个有大福气大运气的人,七皇子、你、顾轻衍、安家那小丫头，还有王家四小姐、礼国公府小郡主。我给你铺好路了，你看着怎么想法子抓住明日的机会。"

楚宸睁大眼睛："礼国公府小郡主江云彩我知道，她跟妹妹交好，王家四小姐是哪个？"

"排行第四，王兰馨。"善亲王道，"这位四小姐，才艺双绝，喜欢顾轻衍。王家与顾家本就是姻亲，若不是因老南阳王八年前进京，陛下打了安顾联姻的主意，这位四小姐就是与顾轻衍能够亲上加亲的合适人选。"

楚宸像是听到了什么惊天大八卦，啧啧地说："我竟然不知道这个事儿。"

善亲王克制住自己不生气："你看看你自己，整日里都在干什么？说你斗鸡走狗，都是好听的。成日里只知道拉一帮狐朋狗友贪玩，什么时候把眼睛放开了看过？若是你早开窍，就该知道王兰馨在京中一众闺秀中，是叫得上号的，她也是我最想给你娶回来的人。"

楚宸顿时一副敬谢不敏的神色："爷爷您饶了我吧！我只喜欢小丫头。"

善亲王觉得他被安华锦毒害得实在不轻，但也没法子，深深叹气："所以，你可以利用女人的爱慕心和嫉妒心，把他们凑做一堆，最好弄出些什么让人瞧了，看着碍眼的事儿。安家那小丫头，以她的性子出身脾气来说，定然是个眼睛里揉不得沙子的人。只要她瞧见顾轻衍与王兰馨不清不白，那顾轻衍就没戏了。"

楚宸："……"

还可以这样？不愧是他爷爷！

善亲王又谆谆教导："至于你自己，暂且不要心急，所谓心急吃不了热豆腐。若你将自己与那小丫头也趁机凑做一堆，你心愿是达成了，但估计脑袋也不用要了，这个关头若惹了陛下发火，咱们善亲王府也完蛋了。你最好的目的就是，让顾轻衍和安华锦解除婚约就行，至于陛下那里，不能一下子算计了去。楚砚那里，也先别理。"

楚宸："……"

看来他长这么大，还是不太了解他爷爷这个老人家啊！

他扭捏了一会儿，小声叨叨："爷爷，这不太好吧？顾轻衍聪明，小安儿也不傻。若是我明目张胆地破坏了他们，顾轻衍是娶不着，但小安儿也没准恼火得想杀了我呢？"

善亲王懒得再理他："说你没出息，你还就真没出息！畏首畏尾不敢做，若是不想听我的，自己想法子去。"

楚宸纠结了一晚上,惆怅得睡不着觉。

他不想听善亲王的,但自己又想不出好法子。他觉得,他爷爷也许是故意将他架在火上烤,一面是正人君子的良心,一面是暗搓搓的阴谋诡计,算计着怎么得到自己想要的。

他站在天平的两端,往里踩一脚,自己委屈巴拉,别想得到机会;往外踩一脚,兴许踏入的就是安华锦的雷区,踩着了雷火,他不但娶不着人,命也许就交待了。

是得到人要紧,还是丢了命要紧?

他颇有些挣扎不知该怎么决断,觉得怎么做,都不太好。

所以,直到打起精神将自己收拾妥当,出了善亲王府赶去雨神台时,他心里都还在拉锯着,觉得做个君子好人不容易,做个坏人,也挺难的。

王兰馨这些年一直克制着对顾轻衍的倾慕之情,但随着她渐渐长大,发现自己有点儿克制不了了。她喜欢顾轻衍极了,尤其是在听到安华锦和顾轻衍婚约若是真想履行,怕是不太顺的消息时,更是将苦苦压制的感情露了那么一丝缝。蓬勃茂盛的感情大树长成的枝叶透出缝外,深埋在心底的东西破土而出。

这时候,家里人要给她选夫婿议亲,她自然就受不了了,动了不该动的想法。

王家教养自小告诉她,让她该守闺仪守女儿家的规矩,不要让人觉得王家的女儿轻浮孟浪,她也一直谨遵着,同时告诫自己,不能坏了名声,不该做的事情,一定不要去做。所以,这么多年来,知道顾轻衍有婚约,她便忍着,深埋着。

可是,埋久了压制久了的东西,总有压制不住的那一日。

于是,她便狠下心,不顾脸面地求了顾墨兰,让她问了安华锦那句话。

事情做的时候,她虽提着心,豁出去了,不后悔,但当真从顾墨兰嘴里亲耳听到安华锦的话时,还是觉得面子里子都丢在了一个素未谋面的人面前,难堪得很。就如被人隔空打巴掌,而那个打巴掌的人云淡风轻,是顾轻衍的未婚妻。

更让她难受的是,顾轻衍知道后,罚了顾墨兰禁足反省一个月,抄十卷书,而对她,不闻不问,似乎当不存在,就如一阵风刮过就散了一般,连在他心里留下那么一丝一毫的痕迹都没有,没引起他分毫对她的在乎。

这两日,她忍不住哭了几回,但也只能偷着在无人的房间哭,连贴身婢女都不让知道。

但她到底是不一般的女子,听闻陪同钦天监请雨神的名单有她时,还是打起了十二分的精神去应对,精心打扮了一番,赶往雨神台。

今日她会见到一直久闻其名未见其人的安小郡主,也会见到许久没见着的顾七表兄。

顾家全族上下都传对安小郡主十分满意,她想看看,她与七表兄有多般配。

江云彩与王兰馨不同,她不太想见安华锦和顾轻衍,所以,磨磨蹭蹭,到最后一刻,才启程出发。也没怎么打扮,尽量让自己素雅,降低存在感。

她实在有些怕安华锦了,她教训楚思妍那一幕,她永远都忘不了。

王兰馨本来以为自己应该到得最早,但没想到,她到时,顾轻衍、安华锦、楚砚、楚宸四人已经到了,唯独剩下个江云彩还没到。

没到吉时,四人坐在雨神台下的长亭里等着。

长亭的长桌上摆了瓜果茶点,安华锦动手剥了几个瓜子仁,便懒得剥了,抓了一把放在顾轻衍面前,自然地指使他:"你给我剥瓜子。"

顾轻衍放下茶盏,动手给她剥了起来。

他剥一个,安华锦捏起来吃一个,他剥得不快,她也慢悠悠百无聊赖地吃着。

楚砚见了,依旧面无表情,一如既往的话不多。

楚宸却看着十分碍眼,忍了一会儿,没好气地质问:"小安儿,你没手吗?"

"有啊。"

"有你怎么不自己剥瓜子让别人给剥?"

安华锦斜眼瞅了他一眼,见他一脸的郁郁不高兴,估计还为那天晚上扔下他一个人在一品居而生气,她虽然不想故意气他,但也觉得他有时候就自己找气,比如现在。

所以,他送上门,她也不心软,打击他毫不留情:"我又没用别人,用我未婚夫。"

顾轻衍唇角弯了弯,很是愉悦地接话:"对,我是自己人。"

楚宸气了个人仰马翻,声音从牙缝里往外挤:"未婚夫这种东西,是世界上最不靠谱的东西,指不定什么时候就不是了呢。"

顾轻衍浅笑:"不劳小王爷操心。"

楚宸哼了一声,觉得他一个人斗他们俩,自然吃力,于是拉楚砚下水:"你就不管管?出了顾家,她又没正形了。"

楚砚神色淡漠,看着楚宸:"你是不是很闲?上次案子办得好,父皇要给你安排个职位,你说你要歇一阵子,给推了,如今我看,你大体歇够了,不必歇了。"

这是变相地说他事儿多呢!

楚宸扭过头,额头青筋跳了跳,气得嘟囔:"我应该人见人爱才是,怎么成了讨人嫌了？"

安华锦"扑哧"一下子乐了。

楚宸就是有这个本事，让你前一刻觉得他挺烦，后一刻又觉得他确实可乐。

顾轻衍也轻笑。

安华锦催促他："你剥得太慢。快点儿。"

顾轻衍很好说话地点点头。

楚宸憋了一会儿，憋不住，也抓了一把瓜子，搁在手里剥了起来，片刻后，放在了安华锦面前的碟子里，硬邦邦地说："吃吧。"

安华锦在考虑吃还是不吃，不吃不给楚宸面子，虽然她没怎么给过他面子。

"劳动小王爷亲自动手给你剥瓜子，这是别人没有的荣幸，吃吧。"顾轻衍直接给她做了决定。

安华锦于是不考虑了，直接捏着吃了起来。

楚宸翻了个白眼，他剥瓜子，顾轻衍卖好，什么人啊，但他还是没说什么。怕真再说下去，他忍不住跟顾轻衍打起来，耽搁了今日的请雨神，陛下饶不了他。

长亭内的气氛总算在这一刻和谐了。

王兰馨就是这时候来的，她下了马车后，便看到长亭内坐着的四人。三男一女，那三个人她都认识，楚砚、楚宸、顾轻衍。虽然楚宸不认识她，但她见过他。

她目光最先定在顾轻衍的身上，他侧坐着，一身轻袍缓带，与身边的女子挨着很近的距离，姿态是她从没见过的闲适随意，手里动作着，似在做什么事情，三分专心，七分带笑。

她盯着看了一会儿，目光转向他身边坐着的女子，被顾轻衍挡着，她看不到她的脸。长亭内的四个人都没注意她到来，没人往这边看来，于是，她深吸一口气，定了定神，走进了长亭。

伴随着一阵轻浅的脚步声，一缕兰丁香幽幽飘进亭子里。

楚宸鼻子敏感，"阿嚏"一声，偏过头捂住鼻子打了个喷嚏。

安华锦也闻到了，但她没楚宸这么娇气，兰丁香其实很好闻，幽幽暗香，引人浮动，她好奇地回头瞅去，便见到一身浅绿衣裙的女子，顶着一张荷花颜色的面容，由婢女撑着伞，莲步走来。

她见过江云彩，所以，这位毫无疑问地是王四小姐王兰馨了。

王兰馨见她看来，脚步顿了顿，来到近前，自然地福了福，逐一见礼："七殿下、小王爷、七表兄、安小郡主。"

顾轻衍没说话。

楚宸揉揉鼻子，也没言语。

楚砚淡淡出声："王四小姐。"

安华锦将王兰馨上下打量了一遍，摇了摇绣着簇簇红梅的蒲扇，浅笑温柔："王四小姐，国色天香呢。"

王兰馨脸微微一红，听不出安华锦这话是夸她还是讽刺她，直起身，口中接话："小郡主芙蓉颜色，倾国倾城，兰馨不及。"

"嗯，是不及，差一些。"楚宸插话评价。

安华锦转头瞪了楚宸一眼，见王兰馨笑容微僵，她伸手抓了一把瓜子，塞到她手里，语气十分和气："别听他胡说，狗嘴里吐不出象牙，来，坐下，一起吃瓜子。"

王兰馨微愣。

安华锦笑着招呼："坐啊。"

王兰馨眼角余光看向顾轻衍，顾轻衍眼神都没扫过来一个，专心地剥着瓜子，她顿了一会儿，顺从地坐了下来。

王兰馨坐下后，一时间，长亭内只有安华锦与她的说话声。

人人都传安华锦厉害得很，也是得益于安华锦三年前揍楚宸，名声才传遍天下。实，安华锦这人，只要别人不指着她鼻子骂她，比如楚思妍，不与她动手，她是从不会主动与人交恶动手的。

所以，哪怕王兰馨求着顾墨兰问她不该问的话，她也没真在心里记她一笔。只是当作知道了王兰馨极其喜欢顾轻衍这么一件事儿。

知道了，答复了，就算了，在她这里就翻篇了。

她自小长在军营，家中又没有姐妹，世交家的女儿家们也不常见到，所以，她算起来，还真没怎么与女儿家交好交往过。

进了京城，最先与她打交道的是楚希芸，她喜欢顾轻衍，处处看她不顺眼；后来又遇到楚思妍和江云彩，也都喜欢顾轻衍，吃了她的教训；再后来遇到顾墨兰，小姑娘还将就，典型的顾家女儿；如今遇到第五个就是这位王四小姐王兰馨，还是喜欢顾轻衍。

五个女儿家，四个喜欢顾轻衍，一个还是他亲妹妹，若不是亲妹妹，估计也喜欢。

到底是顾轻衍太招人稀罕，还是她运气太好？遇到的人就没个不喜欢他的。

"怎么不吃?"安华锦看王兰馨坐着不动,很拘谨,笑着说,"这是椒盐炒的,很好吃的,这瓜子也不是普通的瓜子,是燕北地区进贡给陛下的特供香瓜子,陛下知道我们来得早等着无聊,特意让张公公送来的。"

王兰馨点点头,慢动作地剥瓜子,接话说:"燕北地区的香瓜子每年产量都极少,进贡给陛下的特供香瓜子还不够给各宫的娘娘们分呢,的确是很难得吃到。"

"南阳也产瓜子,但产的不是这种瓜子,比普通的瓜子要好,是油葵子,产量高,百姓们种了油葵子不只是用来剥着吃,多数是用来榨油。"安华锦与她闲话家常。

"我从书上读到过,据说南阳的葵花子榨出的油很香,十两银子一斤油呢。"王兰馨也尽量让自己的声音听起来自然。

安华锦笑,凑近她,小声说:"我告诉你,你不准告诉别人,其实,葵花子的油价本来不用那么贵,有五两银子就可以了,但南阳军不是每年都缺军饷吗?所以,我就让葵花子的油生生垄断地抬到了十两银子一斤,赚的钱,给南阳军买粮食吃。"

王兰馨愕然:"是这样?"

"嗯,就是这样。"

安华锦的声音虽小,但其余三个人耳朵都好使,所以,也都听得清楚。

"不只葵花子油,但凡是南阳独产的,别的地方稀缺的,我就卖个物以稀为贵。两年前,淑贵妃想吃南阳的甘蔗糖,我就让人卖了她十盒,骑快马从南阳送到京城,一盒百两黄金,十盒就是一千两黄金。"

一千两黄金等于一万两银子,最贵的甘蔗糖了。

"哎,淑贵妃死了,以后也没这么大方的买主了。"安华锦叹息一声。

楚宸听不下去了,嗤笑:"小安儿,南阳军就这么缺粮食?就算每年朝廷给的军饷不太多,但也不至于让你处处算计吧?还是说南阳军太能吃?一个顶俩?"

"不是南阳军能吃,是南阳军除了吃,还有一应所用。陛下给了粮食就完了,可是南阳军一年四季的衣服,一年四季的应用,难道不需要钱?你以为百万兵马,是那么好养活吗?"安华锦挑眉。

楚宸一噎。

还真是,百万兵马不好养活,这是大楚尽人皆知的事情,也正是因为没人养得起,哪怕是朝廷,所以,也没人能大言不惭地说能取安家的位置而代之。

一百五十年来,安家对南阳军来说,是不可或缺的存在,不仅是安家人用兵如神,还包括能在朝廷给的军饷很少的情况下,自己担负起养南阳军的责任。

若是靠朝廷年年养着百万兵马，那大楚早就给拖累完了。

偏偏南阳军的百万兵马还不能裁减，因为南齐和南梁这些年来虎视眈眈，一旦裁减，也许前脚刚削减了兵马，后脚南齐和南梁两国联军就打过来了。

谁叫大楚地广物博让人看着眼馋呢！

楚砚不知什么时候也剥了一把瓜子，放在安华锦面前的碟子里，没说话。

安华锦抬头看了楚砚一眼，眨眨眼睛："谢谢七表兄。"

楚宸不干了："我给你剥了半天了，怎么不见你谢我？"

"谢谢你。"安华锦后补得痛快。

楚宸："……"

这讨人厌的死丫头！他喜欢她什么？

顾轻衍也剥了一把瓜子仁，堆在了楚砚的那把瓜子仁上，温声问："可够了？"

"够了够了！"

王兰馨这时才注意到安华锦面前的碟子，也明白了亭子中四个人当前的情况，原来三个人都在做着同一件事情，给安华锦剥瓜子。

一时间，她不知道自己作何感想，沉默地低下头，手中的瓜子有点沉得压手。

她不知道，原来顾七表兄还会给别人剥瓜子！他眉眼对人笑时，如飘雪融化，仿佛高山白雪上开出的那一株玉雪莲，艳艳而华。

钦天监的吴监正指挥着人忙活完一切准备事宜，一切准备就绪，距离吉时还有一刻时，下来提醒众人，没瞧见江云彩，便紧张地问："礼国公府的小郡主怎么还没有来？"

"来了。"楚砚看到远远驶来一辆马车，正是礼国公府的。

吴监正松了一口气："来了就好，七殿下、小王爷、顾七公子、安小郡主、王四小姐，吉时快要到了，请上雨神台上香祷告吧。"

几人点点头。

安华锦吃完最后一颗瓜子，又端起茶喝了一口，慢悠悠地站起身。

顾轻衍掏出帕子，伸手给她擦了擦嘴角，微微含笑："多大的人了，喝口茶嘴角沾得都是水渍。"

"嫌弃我？"

"没有，就是帮你擦擦。"顾轻衍擦完了，收起帕子。

楚宸受不了了："你够了，显摆什么？只有你一个人有未婚妻吗？"

顾轻衍一本正经地点头："是啊，只有我一个人有未婚妻。"

怒！

真是了不起啊！

楚宸摸了摸他临出门时爷爷说了不管他，但还是强硬地塞进他口袋里幽兰香的香囊，狠狠地攥了攥。想着要不他试一把得了，让顾轻衍纵欲而死，或者，直接弄个毒，毒死他算了。

免得他每回看他这作天作地的样子，他就生气。

江云彩磨磨蹭蹭踩着点来到，下了马车，便看到走出长亭的五人，气氛有点儿奇怪，她上前给五人见礼，自然地距离顾轻衍和安华锦最远的距离。

"时间掐得很准。"安华锦想着，看来被她吓得够呛，果然见她就想绕道走。

"嗯……早上起晚了。"江云彩憋着找了个不太完美的借口。

对于大家闺秀来说，贪睡可不是什么美谈，不过她跟善亲王府跋扈嚣张的楚思妍是好朋友，名声倒从来没走真正的大家闺秀的路子，也不甚在乎。

安华锦笑了笑。

王兰馨开口说："吴监正说吉时快到了，你来得正好，不早不晚，我们上去吧。"

江云彩点点头，见安华锦今日看起来很好说话的样子，提着的心放下了些。

一行人上了雨神台。

安华锦和顾轻衍自然而然走在最后面。

安华锦压低声音问："你昨日没与我说详细的安排,请雨神我们都需要做什么啊？"

"只需要上一炷香，再在一旁等着钦天监做一场请雨神的开坛法事，就可以了。不用多做什么。"

"这么简单啊！"安华锦还以为今日有热闹看呢，可是显然陛下命人控制场地了，除了钦天监的人，就他们六个人，能有什么热闹？

"也许会有热闹看的。"顾轻衍扫了一眼走在前面的楚宸，琢磨着善亲王都安排了，不知道楚宸会不会出手。

安华锦有时候懒得很，有时候又是个闹腾性子，所以，闻言她有了点儿期待。

雨神台上，放着一尊青铜铸就的大坛，摆了桌案和很粗的竹立香。

吴监正带着六人虔诚地烧香祷告，香火烧起后，六人退到了一旁，看着钦天监做请雨神的法事。

安华锦第一次瞧见钦天监请雨神，穿着道袍的法师一会儿跪地祷告，一会儿起来做蹦蹦跳跳姿势，一会儿仰躺在地，一会儿做痛哭流涕状。她看得津津有味，想着她不是不相信真有雨神，实在是这样请雨，雨神会同意降雨么？

半个时辰后，安华锦看腻了，她偏头拽了拽顾轻衍的衣袖。

顾轻衍微微靠近她，低头："想说什么？"

安华锦动了动嘴角，用气音，只有两个人能听见的声音说："还有多久啊？"

"再有半个时辰。"

安华锦垮下脸："这么干站着，真没意思啊，这样请雨神真的会管用吗？请雨神会立马下雨吗？"

顾轻衍微笑："会下的。"

安华锦惊讶了："你真信能请来雨神降雨啊。"

顾轻衍压低声音靠近她耳边说："月前你进京时，善亲王就进宫要求钦天监请雨神了，可是钦天监生生拖到了这时候，可不是因为毒茶案和刺杀案的原因，最主要的是，今日才有雨。"

安华锦抬头看了一眼晌午炙热的太阳，怀疑地说："骗人的吧？这天气像有雨的样子吗？"

"推算也许会有误，但偏差不会太大，今日一定会有雨的。"

安华锦有点儿明白了，小声说："钦天监如今是装模作样吧？其实，他们也不知道能不能请来雨神，但有你这个能观星云推算星象的人，推算一番，钦天监信你，才定了今日请雨神吧？你不是说善亲王昔年对吴监正有恩惠吗？你为什么帮他？"

"有恩惠也不代表是善亲王的人。"顾轻衍给出解释。

安华锦："……"

说的好有道理！

她动了动脚尖，踱了踱地："以前，在军营时，我能站一天军姿，如今果然是饱暖无忧愁愈发怠惰了，站这么一会儿，就想走。"

"再忍忍，半个时辰而已。"顾轻衍小声说，"我与你说话，时间会过得很快的。"

"那你给我讲故事。"安华锦提出要求。

未婚夫嘛！怎么好用怎么用！无负担！

顾轻衍低咳一声："你要听什么故事？"

"你会讲什么故事？"

顾轻衍想了想："会讲很多，都是从书里看的。"

"那就随便讲吧。"

顾轻衍点头，给安华锦讲了一个《程门立雪》的故事。

安华锦："……"

顾轻衍讲完了，见她不说话，又给他讲了一个《三顾茅庐》的故事。

安华锦："……"

顾轻衍接着又讲了一个《头悬梁锥刺股》的故事。

安华锦："……"

三个故事讲完，时间过得果然有点儿快，但安华锦哭笑不得地看着顾轻衍："你是不是只会讲这么励志的故事？"

顾轻衍想了想："也不是，还会讲别的。"

"那行，我再听听。"

顾轻衍于是一改励志故事，给安华锦讲了一个《嫦娥奔月》的故事。

安华锦："……"

顾轻衍见她面色怪异："不爱听吗？"

安华锦泄气："还有吗？"

"《盘古开天》？《女娲造人》？《后羿射箭》？《精卫填海》？《夸父逐日》？《伏羲画卦》？"

安华锦深吸一口气，冲顾轻衍微笑再微笑："讲得很好，我很爱听。"

她的未婚夫！自然她要说好！

顾轻衍："……"

他盯着安华锦克制了半天憋出这么一句话来的小脸看了一会儿，忽然掩唇低低笑了起来。

"你笑什么？"安华锦见他径自笑开，笑得身子微微颤动，如花枝轻摇，说这样的他不好看是没良心的，但太好看了也不行，忒招人稀罕也很烦。

顾轻衍没忍住，伸手揉了揉安华锦的脑袋，语气温润柔和极了，如春风拂过，眼底满是藏不住的笑意一泻千里："你真的觉得我讲得好吗？别是哄我？"

自然是哄了！

不过安华锦不打算承认，认真地说："真的，讲得很好，幼时，我娘常给我讲这样的故事听，我爹有空了，也给我讲，还有我大哥二哥，哄着我时，也讲。"

顾轻衍："……"

他慢慢地收了笑，伸手摸了摸她娇嫩的小脸，只不过一触即离，温声说："以后你若是想听，可以随时找我给你讲。"

"除了这些，我只想知道，你还会讲别的吗？比如奇闻怪事，市井故事那种的。"安华锦感觉他指尖温暖停留的时间太少，不过也没抓过来再让他摸一下。

"会的。"

安华锦："……"

会这些，明知道她更爱听，还不给她讲，故意的了？

坏人！

安华锦扭过头不再搭理顾轻衍。

六个人排排站，顾轻衍和安华锦站在边上，悄声说话，声音刻意压低，请雨神动静又大，所以，其余四人只看到二人嘀嘀咕咕，但也听不清他们说了什么。

楚宸有一种不太好的感觉，有点儿怀疑，就算他尽全力破坏，能破坏得了吗？

王兰馨心中苦涩，苦水腾腾地冒，想着安华锦是这样一个见了她跟没事人一样和气与她说话的人。她来之前，脑子中脑补的安华锦会看她不顺眼，或者找她茬，或者嘲笑她等等都没出现，但她却更是难受得不行。

她想，若是安华锦如传言一般，嚣张任性，厉害无礼，目中无人，她可能还没这么难受。尤其，顾轻衍从始至终连个眼神都没分点给她，让她觉得更无望了起来。

但即便无望，她也再做不出什么来了，自小到大的教养，只准她任性一次，不准她任性第二次。

楚砚如石像一般，从始至终，面无表情。

江云彩也是挨着时辰过，觉得只要安华锦和顾轻衍待着的地方，她就浑身僵硬想逃跑。这场请雨神，她不知道怎么就八字合了，真是难挨得很。

"下雨了！"顾轻衍忽然说。

安华锦闻言抬头，只见天气还晴得很，她刚想说哪里下雨了，白日说胡话呢，一滴雨便滴到了她脑门上，让她将到嘴边的话立马吞了回去。

她愕然了一会儿，惊奇："真的下雨了哎。"

"是下雨了！"

"真的下雨了！"

楚宸、楚砚、江云彩，以及泡在苦水里的王兰馨也十分惊讶又惊喜。

没想到，钦天监真的在吉日吉时求来了雨神降雨，尽管是顶着太阳下的太阳雨。

"你好厉害。"安华锦抹了一把额头,转头对着顾轻衍露出前所未有的敬佩,这上知天文,下知地理的人,能从星象推算出什么时候有雨,几个人能做到?

他不仅仅是黑心,他是真的很厉害很厉害!顾七公子的才名真是名不虚传。

钦天监的一众大人们,也都欢喜得不行,齐齐跪地谢雨神降雨。吴监正抽空瞅了顾轻衍一眼,又在没人发现时立马转回头望着上天满面喜色和笑容。

顾轻衍用衣袖遮住安华锦的头,面色含笑,温声说:"走吧,一会儿雨就下大了,我们回府。"

安华锦点头:"不需要我们去向陛下回禀了吧?"

"不需要。钦天监的人会去禀告陛下。"顾轻衍摇头,"再说,如今请来了雨,陛下已知道成功了。"

安华锦敬佩得不行,反手拽了他:"走走走,我们回去说。"

她很想知道,他是怎么学会推算星云的,是怎么通过星象来看什么时候有雨的,大自然的变化千奇百态,他是怎么能预料到雨水就在今日的?她好奇得不行。

顾轻衍顺势握住她的手:"慢些,台阶高,小心栽下去。"

二人联袂下了雨神台,因为安华锦拽着顾轻衍走得快,很快二人就走了个没影,都没人反应过来。

第八章 祸害

楚宸追了两步,又止步,摸了摸口袋里的幽兰香,叹了口气。爷爷说得对,他没出息,还是做不出这样的事儿,用不出这样的手段。

嗯,他还是个好人,不坏,他想了想,心里稍稍安慰了一下。

回到马车上,安华锦就缠着顾轻衍,让他说出推算的奥秘。

顾轻衍靠着车壁浅笑:"天文星象,包罗万象,你让我说,三两句话,你也听不懂。若是你真想学,我可以慢慢教你。"

"没想学,就是好奇。"安华锦盯着他,"你怎么这么厉害?谁教你的?"

"我外祖父喜欢研究天文星象云图,会些推算皮毛。我与他学了些,后来又看了许多藏书,摸索了多年,也就能推算出些星象规律,偶尔拿来用用,也还能勉强说得过去。"

哪里是勉强说得过去?简直是太说得过去了!

安华锦眼里含着光,望着他:"四时节气,你都能提前预先知道,岂不是很有好处?比如,今年哪里有雨水,哪块地收什么?哪里有天灾?哪里没有?那能避免好多不好的事儿啊。"

顾轻衍失笑,轻轻弹她额头:"想多了,推算今日有雨,我观察推算了一个月,费心耗力,哪里如你说的能够什么都知道?"

安华锦眼里的光褪去了些:"哎?我本来还想着,将你抓去南阳种地呢,你这样一说,那还是京城待着吧!"

钦天监请雨神圆满成功,皇帝龙颜大悦,重赏钦天监和陪同请雨的六人。

赏赐送到安家老宅,安华锦觉得站在雨神台那一个时辰再无聊也是值得的,又觉得待在京城其实也没那么不好,隔三差五就得陛下赏赐一回。

她来京一个多月,陛下给的赏赐以及各府送的探病慰问礼,以及顾家全族给的见面礼已经堆满了她院中的库房。

孙伯乐呵呵地说:"自从小郡主来京,咱们府宅隔三差五就见到来传旨赏赐的公公,比老奴几十年见的次数加起来都多。"

安华锦笑:"明日江云弈就要押送军饷启程去南阳了吧?把库房里的所有好药都装车,让江云弈送去南阳。"

孙伯点头："老奴这就去收拾。"

老王爷身体不好，最需要的就是药材。

孙伯很快就带着人收拾出了三大车，里面装的都是诚太妃蠲了那阵子安华锦装病，陛下、皇后、各宫妃嫔赏的以及京中各府的慰问礼，全是上等的药材。

第二日，清早，安华锦骑着马，带着三车药材，出了城，去城外十里亭等着押送军饷的车队路过。

兵部侍郎陆衡，禁卫军统领贺澜，以及刚升任的指挥使江云弈，还有陛下派的一位与陈太医一样，太医院德高望重的孙太医，一万兵马，一起出发前往南阳。

安华锦到十里亭时，顾轻衍已在十里亭等着了，亭外停了两辆大车。

昨日下过雨，今早还没停，淅淅沥沥的，雨势不大，但耐不住昨日下了半日又一夜，地面已湿透落了水坑。

安华锦披着雨披，翻身下马时，脚上蹬着的短靴踩在地面上，沾了一层泥土，她也不在乎，脚步轻快地进了十里亭。

"怎么不多穿些？"顾轻衍坐在十里亭内，石桌石椅很干净，桌子上摆着茶盏，冒着腾腾热气，他今日一身天青长衫，与天一个颜色，瞧着悦目极了。

"你也没多穿啊。"安华锦摘掉雨披，坐在他身边，"也不冷。"

顾轻衍给她倒了一盏热茶："喝两口暖暖。"

安华锦端起茶盏："你等在这里多久了？"

"没多久，只比你早来一刻。"

安华锦捧着茶盏喝了两口："你弄了两大车什么东西要送去给我爷爷？"

"药材。"

安华锦"唔"了一声："我爷爷是我爷爷，我是我，你讨好我爷爷，与我关系也不大的。"

顾轻衍轻笑："的确，安爷爷是安爷爷，你是你。"

安华锦撇撇嘴，她爷爷应该是很喜欢顾轻衍的，以前一直瞒着她婚约时，就三番五次地说京中顾家的七公子，少年出英才，天下独一份，说顾老爷子命好，有那么一个好孙子。

那语气羡慕又感慨，其间还夹杂着一点点儿得意。彼时，她不知道那点儿得意是什么，后来他告诉她早在八年前，他就给她抢着订下了顾家的婚约，她才明白了。

敢情是，人家孙子好，他眼馋，想抢过一半来。

安华锦的思绪渐渐飘远，想到了刚得知婚约的那一刻，又想到了彼时她恨恨地想，原来三年前差点儿害死她与她结仇的人就是她的未婚夫，那一刻，她觉得天雷劈到了她头上，脑瓜仁都给劈炸了。

后来，她进京前，给爷爷撂下狠话，想让她履行婚约，别想！

如今……

十里亭十分安静，淅淅沥沥的雨声落下，更显安静。

一阵马蹄声远远而来，将安华锦的思绪从天外拉了回来。她转过头，便看到了楚宸一马当先而来，披着雨披，也挡不住他年轻意气，颇显英姿。她忽然觉得，楚宸也挺好看的。

"他没我好看！"顾轻衍声音不高，却清晰入耳。

安华锦转过头，看了他一眼，很肯定地说："嗯，他是没你好看。"

不过，楚宸也只比顾轻衍差那么一丢丢而已，安华锦自然不会告诉他这个。

楚宸转眼来到，翻身下马，大步进了十里亭，看了二人一眼，解了雨披坐下，对安华锦说："我爷爷听说安爷爷身体不好，很是关心，让库房挑了两车上等药材，随押送军饷一起送去南阳。我爷爷说是和解的心意。"

安华锦讶异："你爷爷有生之年，还想和我爷爷和解？"

不是她怀疑，真是这三年来善亲王喊打喊杀，闹腾得实在太厉害，如今和解跟太阳打西边出来一样。她以为一辈子都看不到了呢。

"真想和解。"楚宸认真地说，"咱们俩本就没仇没怨，都是被人所害，就别继续彼此伤害了吧？岂不是让坏人高兴？"

"你知道坏人是谁？就这么说。"安华锦扬眉。

"暂且还不知道，但不妨碍那是个促成善亲王府和南阳王府两府斗了三年的坏人。"楚宸看着她，"尤其你爷爷身体不好，你也不想让他再因为我爷爷找麻烦而费心费力不是？趁着我爷爷有和好之心，这个台阶不如就下了如何？"

"嗯。"安华锦点头，很是痛快，"这两车药材我就替我爷爷收了，改日我去善亲王府向你爷爷道谢。"

楚宸立马高兴了："好，若不是陛下那日召见你，你已经去善亲王府做过客了。你随时哪天去都好，提前告诉我，我让人准备你爱吃的爱玩的。"

安华锦弯起嘴角："只要你和你爷爷不是打着别的主意，我一定会欣然前往的。"

楚宸："……"

他和他爷爷还真是打着别的主意！

但会告诉她吗？不会的！若是他再说些什么，朋友都没的做了。

他神色再正经不过："你想什么呢？这样吧，你放心，在你与怀安有婚约在时，我都不打你主意了。但你不能不认我这个朋友。"

"小王爷会用迂回政策，曲线救国了？"顾轻衍淡笑。

楚宸不想与他说话，怕忍不住被他三言两语弄动怒，故而不言。

"行！"安华锦见楚宸自己给自己找台阶下，她也就给了他一个面子，毕竟人家还真没怎么得罪过她，做得太过分了，她也良心过不去，他既然退一步，那她也就让一步。

顾轻衍神色不动，亲手给楚宸斟了一盏茶："没有那一天。"

"那可不一定。"楚宸端起茶盏不客气地喝了热茶。

又一阵马蹄声响起，楚宸转头去看，"嘿呵"了一声："是楚砚。"

安华锦也转头去看，只见楚砚带着一队人马疾驰而来，后面跟着三个大车。

安华锦觉得，三个大车的东西估计也是上等好药，不，对于楚砚来说，除了药材，应该还有补品。

楚砚人虽寡淡冷漠，但从十多岁起，每逢年节，都会命人捎东西去南阳王府。药材、补品，是给她爷爷的，珠钗首饰，华美锦绣布料，胭脂水粉，这些女儿家用的东西偶尔也捎带着，是给她的。

她以前不大在意，如今想着这位七表兄，这些年对她其实也挺好。

细密的雨帘打湿了楚砚雨披没遮好的额前碎发，一副颇像了安家人几分的容貌，被雨水洗刷，看起来如雨中初荷，淤泥不染。

她的七表兄，也很好看呢。

顾轻衍伸手弹了弹安华锦额头，不轻不重的一下。

安华锦收回视线，嗔了他一眼："也没你好看。"

顾轻衍轻笑了笑。

他该感谢，他长了一张无人能及的容色？

楚砚翻身下马，衣带当风地走进十里亭，看了三人一眼，对安华锦说："有一车是母后让人给外祖父挑选的药材，有两车是我选的补品。我还有事情，就不等着押送粮草的队伍来了，这三车东西，你一起交代人捎走。"

"行。"安华锦点头。

楚砚似乎真有急事儿，交代完这一句话，不再逗留，转身又出了十里亭。

"他怎么这么急？"楚宸问顾轻衍，"你知道他在忙什么吗？"

"陛下打算立储，这些日子在锻炼他，将本来二皇子和三皇子做的事情，都交代给他了。"顾轻衍淡声说，"自然很忙。"

楚宸"噢噢"两声，想着立储啊，陛下终于决定要立楚砚为储了么。

半个时辰后，陆衡、贺澜、江云弈押送着浩浩荡荡的车队，带着孙太医，来到十里亭，便看到了三人在亭中对坐，亭外停着十辆大车，大车装了满满药材。

三人对看一眼，咋舌不已。

这么多的药材，南阳王吃得完吗？

陆衡、贺澜、江云弈三人下马进了十里亭，顾轻衍对身后一摆手，青墨现身，拿出新的茶盏水壶，给三个人各斟了一盏茶。

江云弈端起茶盏喝了一口，对安华锦说："小郡主可有信函捎给老王爷？"

"没有。"安华锦随手指了指，"那三车是我给爷爷的，那三车是皇后娘娘和七殿下给我爷爷的，那两车是顾七公子给的，那两车是宸小王爷奉善亲王之命送给我爷爷两家和解的。你记清楚就行了。"

江云弈随着安华锦手指一一记下："好，一定记清楚。"

"从京城到南阳，虽然路远，山高水长，但也不是那么难走。"安华锦从袖中拿出一张路线图来递给江云弈，"这个你收着，就按照这个路线走，保你们平安将军饷送到南阳。"

江云弈伸手接过，看了一眼，每隔两百里，都有标记，让他落脚在标记处。一共二十多处标记，他算着路程，也就走二十多日，比他早先制定的路线似乎近了三四百里，短了两三日的行程。

他妥帖地收好："听小郡主的，我们就走你给的这条路线。"

"嗯。"安华锦浅笑，"走这条路线，江淮两岸的水匪与黑风山上的山匪都不敢难为你。"

江云弈吃了一惊。

陆衡和贺澜也有些吃惊，对看一眼，都齐齐想着，怪不得安小郡主敢单人匹马不带一名护卫地从南阳来京城，原来真是没有人敢动她。

他们三人制定路线时，刻意地绕开了水匪山匪的老巢，虽然带了一万兵马，但走如此远路，有十八年前的劫粮案在前，他们也不敢托大太过自信。若真出了问题，那就是押解军饷不力，让陛下震怒，砍头都是小事儿，抄家灭族也是可能的。

喝完一盏热茶，三人告辞启程。

目送着浩浩汤汤的车队人马走远，安华锦百无聊赖地问顾轻衍："翰林院的事情告一段落，你该回吏部了吧？什么时候去点卯？"

"打算今日去。"顾轻衍温声说，"回去换衣服，你与我一起去？"

"行吧。"反正没别的事情，她待在安家老宅也无聊。

楚宸在一旁说："又跟着他去做随从？"

"总比我一个人闷在府中强。"安华锦披上雨披，抬步出了十里亭。

楚宸跟着走了两步："我没事儿，可以带你去玩，这样的雨天，赛马也别有一番意趣。"

安华锦脚步一顿，她有多日没赛马了。

顾轻衍慢悠悠地说："雨天赛马是很有意趣，但若是染了风寒，两日后的端阳节，就没精气神玩耍了。"

安华锦想想也是，对楚宸说："天好了再去赛马。"

楚宸没辙，瞪了顾轻衍一眼，以前没觉得这人讨厌，如今怎么这么讨厌啊。

三人一起回了城，顾轻衍陪着安华锦去安家老宅换了随从的衣服，带着她去了吏部。

顾轻衍已许久不在吏部当值，同僚们见到他，都笑着打招呼，左一句"顾大人"，右一句"顾侍郎"，间杂着一句亲近之人喊的"怀安"，显然，与同僚关系都十分和气和谐。

有人不认识安华锦，多看了两眼，觉得顾轻衍身边的小随从都长得眉目如画。

与在翰林院一样，顾轻衍有单独的房间办公，内外三间，外间见客，中间办公，内间做偶尔休息之用。

安华锦这两日抽空便研究《兵伐》，研究了个半透，如今还继续拿出来研磨。

顾轻衍的事情一大堆，一整日，见了这个又见那个，接手了很多事情，除了午膳时，二人都没怎么说话。

一日当值结束，顾轻衍带着安华锦踏出办公之处，在门口，遇到走出来的吏部尚书赵尚。

老尚书一把年纪了，走路不快，由随从撑着伞，见到顾轻衍反而给一个小随从撑伞，他眯着眼睛看了一会儿，脚步顿了顿，看了一眼四下已无人，对顾轻衍瞪眼："怀安，你怎么将安小郡主带来了吏部？"

顾轻衍笑笑："安小郡主在京期间，陛下让我每日照拂，我与陛下请示过，陛下是同意的。"

如今陛下虽然改了主意，想取消婚约，但也许是忘了先收回让他与安华锦培养感情的旨意，所以，至今顾轻衍依旧遵循着。

老尚书噎了一下，既然请示过陛下的旨意，那他就没的说了："即便如此，也注意些影响，你们这样共撑一把伞，不认识小郡主的人，不知会怎么猜疑。"

顾轻衍点点头，很是乖顺："您说得对。"

安华锦夺过顾轻衍的伞，笑嘻嘻地说："出门前我就说了让我给你撑伞，你偏不许，如今被抓包了吧？"她看着老尚书故意说，"他确实不听话，要不然，您多训他一会儿？"

老尚书胡子抖了抖，摆手，眼不见心不烦地说："你们赶紧走，下不为例。"

安华锦不太听话，偏偏拉着顾轻衍慢慢地走，与老尚书走了个并排，且刻意找话："您看起来不太待见我？是我爷爷昔年来京，连一顿酒都没跟您喝，就回南阳的原因吗？"

老尚书："……"

他笑骂："这种小事儿，你爷爷也跟你说？"

"说了呢，说您特意在他走后，写信骂他。"安华锦记得清楚，"我爷爷收到您的信后，被骂了也乐呵呵的。"

老尚书感慨："哎，一晃八年没见着他了。我这把老骨头，有生之年，不知道还能不能见着他。听说他身体不太好？"

"嗯，是不太好，但还能活两年。"

"你这小丫头，应该说你爷爷能活个长命百岁。"老尚书不满。

安华锦笑："活那么久做什么？怪累的。"

老尚书又说不出话来了，顿了一会儿："你说得也对，他这一辈子，确实很累。"

走到吏部大门口，老尚书对顾轻衍说："过了端阳节，老夫就准备退了，给你让位置，以后吏部就交给你了。你好好干。"

顾轻衍温声说："您还能再干两年。"

老尚书摆手："不了，我要颐养天年，含饴弄孙了。"

"最起码，您要退，也得等到今秋三年一届的官员考核之后再退。"顾轻衍看着他，"您退得这么早，是不想劳累了吗？"

"是啊！哈哈。"老尚书大笑，"今年我就躲懒了，三年一届天下官员考核的担子就交给你了。"说着，他凑近顾轻衍些，压低声音，"陛下应该快立储了，我一把年纪，就不掺和了。你未来的担子不轻，我知你有能力本事，但也要谨慎行事。虽然二皇子死了，三皇子受牵累了大不如前，但其他皇子们，也都不是省油的灯。"他瞥了安华锦一眼，"这小丫头既是你未婚妻，七殿下那边，你也算是站队了。"

顾轻衍微笑："顾家从不站队，我是顾家人，依旧遵循祖辈门风规矩。永远效忠的只有陛下。"

"这话也对，是老夫糊涂了。"老尚书点头，"你本聪明，是不需要老夫操心。有你爷爷操心就够了。"

顾轻衍笑："您的话，我还是很听的，一日为师，一生恩师。"

老尚书摆手："我只能算你半个老师，被你称一声老师，是老夫荣幸了。"

雨渐渐大了，三人在吏部门口分开，看着老尚书上了马车后，顾轻衍和安华锦才上了马车。

"十八岁的吏部尚书，古往今来，也就你一人吧？"安华锦唏嘘。

顾轻衍笑："没有，大楚开国年间，有十七岁的户部尚书。再往前推，前朝有十六岁的大理寺卿，也有二十岁的宰相。"

"我知道，无一不是神童。"安华锦啧啧一声，看着顾轻衍，"但没有人编修一部《大楚史》，若非去编修《大楚史》，你早就坐上吏部尚书的位置了吧？"

顾轻衍摇头："也不见得，我不想太早便官居高位。"

"为什么？"

顾轻衍温声说："一个人汇聚的光芒太多，总会遭天妒。"

安华锦眨眨眼睛："你会长命百岁的。"

顾轻衍笑："这么肯定？"

安华锦再认真不过地点头："嗯，祸害遗千年。"

顾轻衍："……"

京中的风吹草动，自然瞒不住皇帝。安华锦充当顾轻衍的小随从跟着他去吏部点卯的消息，第一时间就有内卫禀告给了皇帝。

皇帝这些日子把这件事情都给忘了，他觉得他既然有心取消婚约，就不能再让他们整日里待在一起培养感情了，再培养下去，拆都拆不开了。

就算培养感情，也应该是让她与楚砚。

帝王很少有后悔的事情，促成安顾联姻这件事情就是他最后悔的事情。

于是，皇帝很快就吩咐张德："你去顾家传旨，就说吏部不同于翰林院，让他不准再带小安儿去吏部了。"

张公公应是。

皇帝想了想又说："小安儿毕竟是女儿家，为了最好地让她融入京中女儿家的圈子，你再去安家老宅告诉她一声，让她多参加些宴席。朕会给长公主传话，让长公主赴宴时，带上她。"

"是！"

张公公想着，陛下给七公子和安小郡主各自安排了事情，头一步是分隔二人，这下一步，应该就是等机会解除婚约了。

彼时，天色已黑，张公公出宫后没去顾家，直接去了安家老宅，觉得七公子每日都在安家老宅陪安小郡主用膳，此时应该还没离开。

张公公到的时候，顾轻衍果然还没离开安家老宅，与安华锦刚吃完晚膳，在喝茶。

听了张公公传的旨意后，顾轻衍眉梢挑了挑，淡笑："听陛下的。"

安华锦也没意见，左右她去吏部也是看书，在哪里看，都一样。

张公公顺利地完成了旨意后，看着顾轻衍，似有话要与顾轻衍说。

顾轻衍微笑："公公说吧！小郡主不是外人，有什么话，在安家老宅说，也不会外传出去。"

张公公点头，但还是习惯性地压低声音说："自二皇子死，三皇子受毒茶案牵累势弱，其他几位皇子，有暗搓搓想起头的架势。近日来，虽风平浪静，陛下立七殿下为储君的心思，近日来没藏着，露出了些，其余人有点儿坐不住了，七殿下面临的压力一下子就大了许多。"

顾轻衍颔首："不意外。"

张公公继续道："今日，漠北镇北王给陛下上了折子，说近日想让镇北王世子代替他进京看望陛下，以表忠孝。陛下准了。"

顾轻衍眯了眯眼睛，"镇北王世子？苏含？"

"正是。"张公公道，"据说这位镇北王世子，能文能武，且容貌甚好，受镇北无数女子欢迎。他性子高傲，一个也没看上眼，至今十九，婚事儿还没定下。"

"哦？"顾轻衍笑，"那他想娶一个什么样的？"

张公公瞅了安华锦一眼，咳嗽一声，有些不好说地道："据说，他被镇北王和王妃逼急了时,曾经放出话,说想娶安小郡主这样能把宸小王爷揍得三个月起不来床的。"

安华锦:"……"

她只是在一边旁听,怎么还扯到她身上了?

顾轻衍转头看向安华锦。普天之下,能把楚宸揍得三个月下不来床的女子,也就她一个吧?可真会拿她做挡箭牌!

安华锦立马坐直身子表态:"我不认识他的,你可别因为这个跟我闹脾气。"

顾轻衍弯起嘴角,温声笑了笑:"嗯,我知道你不认识他,放心,不因为这个跟你闹脾气。"

安华锦松了一口气。

真是怕了他了!

张公公瞧着二人,就凭这两句话,他就听得心里直乐,这就是所谓的一物降一物?安小郡主天不怕地不怕,难道怕七公子与她闹脾气?真不知道七公子闹起脾气来,是怎么个模样,这么温润有礼的人,很难想象怎么跟人闹脾气,他可从来没见过。

"苏含进京,总不能是因为我在京城吧?"安华锦不想给自己脸上贴金,但还是觉得应该防患于未然,有一个楚宸看上了她,就够烦的,别再来一个难惹的。

"和美人是漠北镇北王妃养大的孤女送进宫的,八皇子、九皇子、十皇子都是和美人所生。八皇子早就被封了敬王,是一众皇子中独一份,今年八皇子十六,也到了该选妃的年纪。他虽然早早被封王,但也不代表就与帝王无缘了。镇北王府也许会有别的心思也说不定,所以打发苏含来京探探情况。"

安华锦放了心,不是因为她就好,是别的一切都好说。

张公公不敢耽搁得太久,说了几句话,便回宫复命了。

顾轻衍依旧坐着喝茶,对安华锦说:"每日早晚,我还过来陪你用早膳和晚膳,就算有陛下的旨意不准你跟我去吏部,但我们总还是有婚约在身,陛下也不能明示不让我来安家见你陪你用膳。"

"嗯,行。"安华锦点头。

"陛下除了减少你与我相见外,大约还有一个想法,就是想让你锻炼与京中各府的夫人小姐们打交道,为你嫁给楚砚,将来做太子妃铺路。看来陛下是下了决心一定要找机会取消你我婚约了。"

"你若是满足现状的话,就千万别给陛下机会。"安华锦觉得如今他们两个是一条线上的蚂蚱,共同的目的,就是维持婚约现状。

"嗯。"顾轻衍点头,"我会的。"

他没说的是,若是到了维持不住的时候,他用尽手段,也得让她嫁给他。当然,如今这想法,就不让她先知道了,免得她心结还没解开太排斥。

第二日,顾轻衍比往日更早地来了安家老宅,安华锦为了配合他早起点卯上朝的时间,比往日早起了大半个时辰练武,然后陪着他一起用早膳。

"今日让你比往日早起了,会不会太辛苦?"顾轻衍问。

"这算什么辛苦?练兵时,夙夜不睡时也有过。"安华锦不当回事儿地摆手,"你快去吧!既然回了吏部恢复了上早朝,就别晚了。"

顾轻衍点头,出了安家老宅。

顾轻衍离开不久,果然长公主府来人,说长公主要带她去礼国公府赴宴,陛下的旨意。

安华锦为着一句"陛下的旨意"也不能推托说不去,便简单地收拾了一下自己,坐了马车,去了礼国公府。

礼国公夫人早就跟着众人一起对安华锦下过帖子,不过被安华锦扔在了一边没管,从中挑出来一个善亲王府,还因为顾轻衍从中作梗陛下召见没去成,其余的也就更没想去了。

如今陛下有旨意,她也就听话地前往了。

她这些日子已经渐渐地习惯坐马车,坐在马车里想着,江云彩很怕见到她,今日她去了她家做客,真是难为她招待了。

长公主知道安华锦出发的时辰,掐着点从公主府出发,与安华锦差不多时间到了礼国公府。

今日礼国公府办的是春茶宴,因礼国公夫人有一片陪嫁的茶园,里面种了各种春茶,所以,春茶如今正鲜嫩地放叶,正是摘的时候,她每年都邀请与礼国公府交好的府邸赏春茶。

礼国公府小郡主江云彩也会邀请几个要好的小姐妹过府玩耍。

安华锦下了马车,长公主正好也下马车,她见到安华锦后,笑得很开心:"小安儿,我早就想带你出来赴宴了,但皇兄有旨,让顾七公子陪着你。我不好耽搁你们培养感情,就没有了用武之地,如今顾七公子回了吏部,事情多起来,正好给了我机会。"

长公主没女儿,只生了两个儿子,本身又是一个颜控,所以,她很喜欢长得漂亮的小姑娘。但前提是,这个小姑娘得干干净净,不能邋里邋遢。如今的安华锦,不骑马奔波了，没有一身风尘了，整日里干干净净漂漂亮亮，她就更喜欢了。

安华锦听着这话，想着看来陛下还没将他取消婚约的打算告知长公主，否则长公主忙活做媒半天，空忙一场，估计会受不住的，也没心情赴宴的。

她笑着上前挽住长公主的胳膊："只要好玩的宴席，您只管喊着我，不好玩的就算了。陛下的旨意，只是想让我在京期间不无聊，肯定不是让我每日围着宴席转，岂不是得累疯？"

"是是是，你只管放心。"长公主笑着说，"礼国公府的春茶宴，从来都不会无聊的，好玩的多的是。"

安华锦笑："那我就放心了。"

礼国公府的春茶宴，的确安排了很多项目。品春茶、投壶、叶子牌、猜谜、击鼓传花、闺阁小姐们比较才艺等等，安排得很全，想玩哪个玩哪个。

安华锦先是陪着长公主见过国公府老夫人，国公夫人，以及来赴宴的重量级的夫人们，都认识了个遍。后来国公夫人怕长辈与小辈玩不到一起，尤其是安华锦自小没长在京城，很是好心地让江云彩带着安华锦和她请来的一众小姐们去玩自己的，并且嘱咐江云彩，一定要陪好安小郡主。

江云彩很有压力地领命，带着安华锦和众人去了花园。

下了两日夜的小雨，今日更小了，细如牛毛，不撑伞都淋不湿衣服。但江云彩还是让人给一众小姐们每人拿了一把伞，免得淋久了，衣衫潮湿得难受。

她亲自将一把油纸伞递给安华锦，说话都提着气："安小郡主，若是早知道你来，我就告知思妍别来了。她今日起晚了，已经来了，大约是错过了我让去传话的人，如今已经进府了，你若是不想见她，我再让人去告诉她回去？"

虽然把好姐妹赶回去不太好，但她不能让楚思妍见了安华锦再被吓一场。她可是记得清楚，安华锦让楚思妍见了她绕道走。

安华锦浅笑："不用，她不惹我，我不会怎么着她，让她来吧。"

只要楚思妍有胆子见她就行，上次在皇宫，诚太妃的灵堂前，她见了她跟老鼠见到猫一样，结巴得不行。那时还有她亲哥哥楚宸在呢，都吓成那样，如今哪里还敢找她麻烦。

江云彩松了一口气，其实她也发现了，只要不惹安小郡主，她似乎是很好说话的，就像请雨神那日，她就和和气气的。

但她还是打发人去告知了刚进府的楚思妍一声，问她安华锦在，她是赶紧走，还是过来一起玩。

楚思妍今日的确不知道安华锦会被陛下的旨意叫来，陪着长公主参加礼国公府的春茶宴，她是进了府后才知道的，当时脸就绿了。

她脸绿的原因有两个，一个是真有点儿怕安华锦，二是那日听了她哥哥想娶安华锦，她至今仍不敢置信。

她不想让安华锦做她的嫂子，但又想着若是安华锦真与顾轻衍取消婚约，嫁给她哥哥，那岂不是顾轻衍就没了婚约了？那她有机会吗？

她挣扎再三，哪怕心里再怕，还是想见见安华锦，反正顾轻衍又不在，她那日在皇宫也见过她一回了，她也没将她如何。

于是，楚思妍自己找去了花园。

彼时，安华锦跟一众小姐们在玩投壶。

投壶这种游戏对安华锦来说，实在是太简单了，箭无虚发，次次投中。

众女看着她轻轻随手一扔就中，惊叹敬佩不已，眼神很让安华锦心情愉悦。

"思妍，你来了？" 广诚侯府小郡主江映月忽然开口。

江云彩身子一僵，飞快地看了安华锦一眼，见她心情很好，没因为楚思妍的到来败兴，她心放下一半，走过去悄声问楚思妍："我让人给你传话了，你怎么还来了？"

楚思妍双手背在身后，使劲地拧了拧："她虽然可怕，又不真吃人，何况顾七公子又没在，我不勾搭顾七公子了，还怕她什么？"

江云彩："……"

是谁前两天还说若是安华锦来她就不来赴宴了呢？今日什么原因让她改主意了？

她看着楚思妍，很了解她地问："你可别再惹事儿了，安小郡主不是我们能惹得起的。"

张宰辅派了三百杀手闯入安家老宅刺杀她，她都毫发无伤，谁惹她谁死。

"不惹事儿。" 楚思妍深吸一口气，"我就是想问她一件事情。"

这还叫不惹事儿？

江云彩不赞同地看着她："你要问她什么事儿？你最好别找她。"

"不关顾七公子的事儿，也不行吗？" 楚思妍这几日实在憋不住了，就想问问安华锦，是她哥哥自己发疯，还是她对她哥哥做了什么，让他疯了想娶她。

江云彩为难地看着她："一定要找她吗？"

"嗯。" 楚思妍很肯定地点头。

江云彩一脸害怕："就算不关顾七公子的事儿，你还是慎重点儿。可别砸了我娘的春茶宴，安小郡主是今日的座上宾。"

楚思妍闻言心情很不美丽，但哪怕不美丽，也得憋着："你放心，我就问一句。"

"你不怕她了？"

"怕也得问。"楚思妍咬牙。

好吧！江云彩了解楚思妍的脾气，见劝不动，也就不再劝了。

众人玩完投壶，打算换下一个游戏时，楚思妍豁出去地走上前："安……安安……安安华锦，我……我我……我我要跟你谈谈！"

安华锦扬眉，似笑非笑地看着楚思妍："话都说不利索，要跟我谈什么？"

楚思妍怒，一双眼睛瞪着她，七分的怕，三分的倔。

"行吧，我就跟你谈谈。"安华锦转身走出人群。

楚思妍随后跟上她。

烟雨蒙蒙中，一前一后的身影，远离众人视线。

江云彩担忧地看着楚思妍，想着是什么原因让她鼓起勇气找安华锦，肯定是了不得的事儿，否则她心里恨死又怕死了安华锦，怎么可能不见着她绕道走。

众人也很好奇，但谁也不敢跟上去偷听，别看安华锦跟大家一起和气玩耍，但她们就是觉得她厉害得不能得罪，似乎一个眼神，就能杀人。

来到无人处，安华锦立在一棵桃花树下，看着楚思妍："说吧！"

桃树开得娇艳，但安华锦比桃花更娇艳。

楚思妍看着她的容貌模样身段，心里又受了一波打击，长得美貌且厉害，怪不得能让她哥发疯，她本来想气势汹汹地问一句，这时候面对她，却忽然发现问不出来了。

安华锦好笑地看着她，善亲王不只对楚宸保护得好，对他的唯一孙女楚思妍，也保护得很好。托生在善亲王府，可真是他们的福气了。

"不是要与我谈谈吗？怎么反而不说话？"

楚思妍挣扎半天，泄气地垂下头："算了，我本来要问你一件事情，如今不想问了。"

连她一个女孩子看着这样的她都觉得有那么一丢丢的羡慕，更何况男人？这样的安华锦，她哥哥若真喜欢她，也不算发疯。

安华锦挑眉："你确定？"

"确定。"楚思妍更泄气。

"那我走了。"安华锦转身利落地离开了。

楚思妍一屁股坐在地上，心里很是颓败，没有哪一刻比这一刻再见安华锦，让她心里的认知更清晰，顾七公子若是连这样的安华锦都不喜欢，一定更不会喜欢她。

她喜欢了顾七公子好多年呢，如今真是彻底绝望了。

她忽然呜呜呜地哭了起来。

走了十多步的安华锦听到身后的哭声，额头冒出了三个问号，她脚步顿住，转过身，看向楚思妍，只见她坐在泥泞的地面上毫无形象地大哭，且哭得很撕心裂肺。

安华锦："……"

她今日没怎么着她吧？

她站在原地看了她一会儿，琢磨了一下，又转身走了回去，蹲在她面前："喂，我今日又没打你，你哭什么？"

楚思妍的哭声一噎。

"啧啧，还哭得这么伤心？没听过女儿有泪不轻流吗？"

楚思妍抬起头，眼泪糊住了眼睛，隐隐约约看不清面前的安华锦，下意识地反驳："是男儿有泪不轻流，你说错了。"

安华锦笑了一下："我爷爷从小就告诉我，女儿有泪不轻流，女儿家的眼泪就是金豆子，值钱得很。"

楚思妍抹了一把眼泪："我爷爷没说过。"

安华锦："……"

好吧！善亲王不太会教导孙女。

她认真地替她爷爷教导："那我如今告诉你了，你知道了？就别哭了。"

楚思妍忍不住，又呜呜呜地哭起来。

"哎哟，哭得这么凶？我记得我那天险些勒死你，你也没哭啊。"安华锦伸手戳戳她的眼皮，"以为你跋扈嚣张性子也烈呢，没想到却是个小哭包。"

楚思妍："……我才不是。"

"事实就是，如今你正在哭。"安华锦毫不留情指责她。

楚思妍伤心死了，发现面前这个人轻飘飘地在看她笑话，她一时忍不住，没了怕意，怒道："为什么和顾七公子有婚约的人偏偏是你？他看过了你，再也不会喜欢上别人了呜呜呜呜。"

安华锦："……"

噢，原来这还是顾轻衍的桃花债！

第九章　负责

天下人都觉得好的顾轻衍，安华锦也觉得好，所以，即便看着楚思妍哭得伤心绝望极了，她还是没多少同情心，便蹲在原地，看着她哭。

这一双眼睛，似两个泉眼，眼泪很汹涌地往外冒，一串接一串的，泪珠晶莹。

安华锦从小到大没哭过，哪怕年纪小刚记事时，她皮实得紧，磕了碰了，也没掉过眼泪，爷爷常对她说"女儿家的眼泪值钱，最好一辈子都别掉"。八年前，她父兄三人战死沙场，她知道永远也见不着疼爱自己的父兄了，心中悲痛欲绝，想哭，但怎么也流不出眼泪，只有血雾遮了眼帘。

那时候，爷爷与她一样，眼睛里都是血红，把南阳王府中的人都吓了个魂飞魄散，生怕她与爷爷伤心之下眼睛瞎了。

其实，发丧完父兄后，她觉得能哭也是一种福气。

小时候没哭过，长大了以后就更不会哭了。

楚思妍哭得很是专心，她哭累了时，忽然发现不太对劲，猛地抬起头，看向蹲在她面前眼睛一眨不眨地盯着她看的安华锦，恼羞成怒："你盯着我干什么？"

她觉得，安华锦就是在看她笑话，这是胜利者的姿态，别人对顾七公子求之不得，她不费吹灰之力。

"你哭得挺好看的。"安华锦很诚心地说。

楚思妍更恼了，羞愤地瞪着她："你混蛋！"

哭得稀里哗啦的人，有什么好看的？她觉得自己现在一定丑死了。

"不，真的挺好看的，你的眼睛，像一汪泉眼，水汪汪的，如雨过天晴，没有任何杂质，是我见过的最美的眼睛。"安华锦赞美。

楚思妍："……"

她惊恐地看着安华锦，脸暴红："你你……你你有病吧？"

安华锦笑，从怀里掏出一块帕子，帮她擦了擦脸上的泪痕，大概没干过这事儿，动作不太熟练："哭得伤心又不是什么丢人的事儿，臊什么？"

楚思妍整个人都不好了，被安华锦用帕子擦过的脸太烫，让她浑身都颤抖："你你你你离我远点儿！"

安华锦收了帕子，看着沾湿了帕子的眼泪："明珠垂泪后，原来是晴天。"她说着站起身，似心情很好，"既然不哭了，就赶紧起来去换个衣服收拾一下吧。"

楚思妍觉得安华锦和她不是一个世界的人，她说的话，她听不懂！

安华锦转身离开。

楚思妍忽然不怕安华锦了，腾地从地上站起身，疾走两步，一把拽住她袖子："你别走。"

安华锦停住脚步，回头看她。

楚思妍吸着鼻子，红肿着眼睛说："都怪你，我才变成了这副样子，你要负责。"

安华锦笑看着她："你让我怎么负责？"

楚思妍冲口说："你……你陪我去换衣服。"

安华锦耸肩："这里是礼国公府，我对礼国公府不熟悉，要不然你在这里等着，我喊江云彩过来陪你去换？"

"我不要。"楚思妍垮下脸，"丢死人了，你一旦去喊，所有人都该知道我哭过了。"

"那怎么办？你来时带着婢女吗？喊你的婢女过来陪你去。"

"带了，但我也不想让她们知道。"楚思妍绷着脸，"她们知道了，我爷爷我娘就都知道了。况且，我早先来找你时，把她们都打发一边玩去了，你喊她们，也一样惊动人，若是惊动了人，一传十，十传百，就都知道了。"

安华锦无奈了："那你说，怎么办？"

她就从来没见过，哭就哭呗，还坐在地上哭，晴天也就罢了，雨天弄得屁股上都是泥，那么湿的地，她也坐得下去，还坐了那么久。

"你，你带我去你家。"楚思妍提出要求。

安华锦气笑："你赖上我了是不是？"

楚思妍脸红，但依旧倔强："反正，你不能不管我，是你惹哭我的？"

安华锦无语地看了楚思妍一会儿，觉得有必要提醒她："你不是该恨死我了吗？你没忘记我们有仇吧？你就这么放心地让我带你去仇人家？"

楚思妍本来觉得应该害怕的，但这样的安华锦，很奇怪，她哭过之后，就真的不怕了，她扬着下巴说："我哥哥说，你若是真想杀我，动动手指头就能灭了我，让我别脸大，我还不值得你杀，脏了手。"

安华锦气笑："你可真有一个好哥哥。"

善亲王是怎么教育孙子孙女的？一家子都是奇葩！

"到底行不行？"楚思妍拽着安华锦的袖子不松手，"你不答应，我就不放开你。"

"行。"安华锦很痛快地答应了，

楚思妍松开手，催促她："快走快走。"

安华锦点头，二人一起沿着一条没有什么人经过的路向大门口走去。不知是楚思妍运气好，还是侍候的人都集中去了花园，一路上还真没遇到什么人，顺畅地来到大门口。

来到安家的马车前，楚思妍犹豫了一下，扭捏道："我会把车厢弄脏的吧？"

"弄脏了再收拾就是了。"安华锦不在意，先上了马车，对她伸出手，"我拉你一把，快上来吧。"

楚思妍将手放进了安华锦手心，由她拽着上了马车。

安华锦吩咐车夫："跟门童说一声，让人告诉长公主和礼国公夫人，就说我和小郡主回府了，改日再来做客。"

车夫应了一声，知会了门童后，启程回了安家老宅。

马车上，楚思妍很安静。

安华锦瞧着她，没了嚣张跋扈妄喊打喊杀盛气凌人的姿态，其实，她安静下来的样子，还是蛮看得过眼的。楚宸长得就不错，一母同胞的楚思妍自然也挺好看，不说是一等一的样貌，但在京中一众闺秀里，也是极上乘的。

"你总是盯着我看做什么？"楚思妍冲动之后，又觉得有点儿抹不开面子。

"看看而已，难道仗着你长得好看就不让人看吗？"安华锦扬眉。

楚思妍红着脸憋了一会儿："没你好看。"

安华锦大乐："嗯，可是我不照镜子看不见自己啊，目前只有你可看。"

楚思妍瞅着她，小声嘟囔："你也没那么讨厌。"

"这话该我跟你说。"

楚思妍又闭嘴了。

马车很快就回到了安家老宅，下了马车后，安华锦领着楚思妍往府里走。

孙伯迎了出来，惊讶："小郡主，你怎么这么快就回来了？"话落，他更惊讶，"善亲王府小郡主？"

楚思妍往安华锦身后躲："我不是……"

孙伯怀疑自己眼花了，不是吗？他见过善亲王府小郡主一回，就是这个模样。

安华锦好笑，对孙伯说："孙伯你看错了，这是礼国公府小郡主，她来跟我玩，你去忙吧。"

孙伯点头，打消了疑惑，笑呵呵地说："原来是礼国公府小郡主啊，是老奴老眼昏花了。"

楚思妍不言声，觉得丢手帕交的脸也比丢她的脸好，她这副样子，真没脸跟人打招呼。

好在安华锦顾全她的面子，安家老宅本就没几个人，安华锦一路带着她回了自己的枫红苑，再没遇到什么人，她进屋后，指着几个衣柜说："里面挂着的都是我没穿过的衣服，你自己选一身吧！"

楚思妍点头。

安华锦转身走了出去。

楚思妍打开衣柜，里面崭新的没穿过的衣裙有几十件，都是上等的料子，最便宜的一件也要百两，再贵的一件甚至千两。

她惊呆了好一会儿，嫉妒得不行，从中挑了一件最便宜的穿了。

安华锦在外间画堂喝茶等着楚思妍出来。等了半个时辰，她收拾好出来，却一脸的不高兴："你怎么那么多漂亮衣服？"

"长公主送的，我姑姑送的，还有顾轻衍送的。"安华锦随意地扫了她一眼，"你挑的这件不太适合你。"

楚思妍噘嘴："这件是最便宜的，我虽然嫉妒你新衣服多，但也不能白拿你太贵的。"

安华锦笑，这姑娘还挺有原则嘛！

安华锦给楚思妍倒了一盏茶，见她默默地端着喝，很是乖巧安静。

她看了一眼天色："快晌午了，你是在我这里吃，还是回府去吃？"

楚思妍小声问："我能在你这里吃吗？"

"能。"

楚思妍犹豫不已："我听闻顾七公子每日都来安家老宅陪你用膳。"

"他每日早晚来，晌午不来，晌午在吏部随便吃。"安华锦似笑非笑，"看来你将我的话记得很清楚。"

楚思妍瞪了她一眼，很倔强地说："我以后再也不喜欢顾轻衍了，喜欢不起。"

"不喜欢挺好。"安华锦满意，"喜欢不起也挺好。"

楚思妍："……"

安华锦对她问："你爱吃什么？我让厨房做。"

楚思妍想了想："我想吃大昭寺的厨子做的菜，好久都没吃到了。"

安华锦点头，对外喊："孙伯，晌午让安平做几个拿手菜，小郡主在咱们府用午膳。"

"好嘞。"孙伯应了一声。

于是，晌午安平下厨，楚思妍留在了安家老宅用午膳，安平的手艺，似乎一下子治愈了楚思妍的坏心情，让她吃得很是满足。

所以，当楚宸听闻楚思妍被安华锦从礼国公府带去了安家老宅，担心他的傻妹妹又做了什么惹恼了安华锦，立马赶来安家老宅时，就看到那二人坐在一起用午膳，很是和谐，而他的傻妹妹吃得心满意足眉眼含笑。

楚宸眨了好几下眼睛，怀疑自己看错了，这是他的妹妹？和安华锦结过仇的妹妹？

他很不敢确认地悄声问孙伯："孙伯，那是我妹妹吧？"

孙伯呵呵地笑："小王爷，老奴认错也就罢了，老奴不常见您家小郡主，您怎么还认错自己的亲妹妹呢。她不是善亲王府小郡主，她是礼国公府的小郡主。"

"嗯？"楚宸睁大眼睛。

孙伯继续笑呵呵："我家小郡主早先带着人进门时，老奴问是否是善亲王府小郡主，那姑娘说不是，我家小郡主给我介绍，说是礼国公府小郡主。"

楚宸："……"

到底是谁弄错了？那明明就是他妹妹，亲妹妹！

他满腹疑惑地进了屋，瞅着二人："你们这是……"

"哥哥？"楚思妍本来吃得很开心，当看到楚宸突然出现在安家老宅，顿时不开心了，"你怎么来了？"

噢，这是他妹妹没错！

他板起脸："我才要问你才是，你这是怎么回事儿？怎么跑来这里大吃大喝了？"

楚思妍想起她是怎么来的怎么留在这里大吃大喝的，立马闭了嘴，不说话了。

楚宸看向安华锦，满满的询问的眼神。

安华锦没有想给他解释的心思，对他问："你吃饭了吗？"

楚宸摇头："我本来正要吃饭，听说她被你带来了安家老宅，我立马就过来了。"

嗯，亲哥哥！

安华锦点头："那就坐下来一起吃吧。"

楚宸倒也不急于问什么情况，总之安华锦没事、他妹妹没事、没结更大的仇就好。他就放心了，于是，他坐下身。

孙伯让人添了一副碗筷给楚宸。

楚宸拿起筷子，才发现桌子上一桌子素食斋，他妹妹不只留在这里吃饭，安华锦还让安平做了最拿手的招牌菜，这是贵客待遇了。

用过午膳，楚思妍小声问安华锦："我以后还能来你家吃饭吗？"

安华锦挑眉："你还想来？"

"嗯，太好吃了。"

"行吧。"安华锦很好说话地答应。

楚思妍高兴不已，保证说："我以后只中午来，一定会避开顾七公子的，不会让他见到我。"

"嗯。"安华锦可有可无地点头。

"哥哥，我们走吧。"楚思妍站起身。

楚宸对她摆手："我让人送你回去，我还有事情跟小安儿说。"

楚思妍忽然很是紧张："你有什么事情跟她说？你可别干不好的事情。"

楚宸斜眼看她："用不着你操心，赶紧回去，否则娘一会儿该坐不住冲过来了。"

楚思妍一听待不住了，她还不想让她娘搅和得以后她再来不了安家老宅吃饭。于是，立马告辞走了。

楚宸打发走了楚思妍，对安华锦问："小安儿，你跟我说，今儿怎么回事儿？"

"你怎么不问你妹妹？"安华锦看着他。

"死丫头眼睛红红的，像是哭过，刚我问一句不言语，若是要问出来，估计很费劲。不如你直接告诉我省事儿。"

安华锦点头，将今日她和楚思妍纠葛的事情经过三言两语说了一遍。

楚宸听完事情经过对自己的妹妹挺无语的，果然是个傻妹妹，不过傻人有傻福，就这么轻而易举地将与安华锦的仇化解了，也真是只有她干得出来，服了她了。

他好半晌都没说话。

安华锦笑："你妹妹也挺有意思的。"

楚宸也气笑："她啊，被我爷爷和我娘惯的，脾气坏，又天真，这些年，直性子，没人爱跟她玩，只有一个江云彩跟她好。若是今日的事情搁在别人身上，指不定怎么笑话她呢，她也就遇到你这个不与她计较的大度性子。"

"谢谢你夸我，我可不是大度。"安华锦不认这顶帽子，"我是看到了她的可爱之处。"

"可爱？"楚宸一点儿也没觉得自己妹妹可爱，就是个惹祸精烦人精。

"那是因为你没有一双发现她可爱的眼睛。"

楚宸："……"

他是没发现！

真不觉得他妹妹可爱！谁家姑娘都可能可爱，他妹妹与可爱挂不上边。

不，等等，安华锦说他妹妹可爱？

他看着安华锦，满脸怪异："小安儿，你是怎么回事儿？我妹妹惹了你，你竟然觉得她可爱？前一阵子你不是放出警告的狠话吗？让我妹妹见了你和顾轻衍都绕道走吗？"

安华锦神色不动："我说过吗？"

楚宸无语地看着安华锦："你没说过吗？"

"也许说过吧！我记性不好。"安华锦给自己找台阶下。

楚宸更无语地看着她，他如今就想知道为什么，他妹妹怎么突然在她眼里就可爱了？

安华锦站起身，对他摆手："我要午睡了，你回去吧。"

楚宸眼看着安华锦打发了他，知道再问也问不出什么来了，只能告辞出了安家老宅。

楚思妍出了安家老宅后，等在门口，并没有走，她想等等她哥哥，看他什么时候从安家老宅出来，等了大约两盏茶工夫，等到了她哥哥。

她挑开帘子，见她哥哥要骑马，立即喊："哥哥，你坐车吧。"

楚宸牵马缰绳的手一顿，转身上了马车，仔仔细细将妹妹打量了一番，没看出哪里可爱，他问："你怎么还没走？"

"在等你。"

楚宸又仔细看了她一会儿，怎么也想不明白。

楚思妍摸摸脸："你总是看我干吗？"

楚宸揉揉眉心问："你怎么会和小安儿和好了？还跑人家家里来吃饭？"

楚思妍瞪了他一眼："和好有什么奇怪？她也没那么可怕，只会吓唬人而已。"

楚宸哼笑："那是她没真对你下手。"

"嗯，我知道，其实她人挺好的，不惹她也不会欺负人。"楚思妍托着下巴，"她不像别的女人一样，当面一套，背后一套。明明讨厌我，还装作喜欢我，或者与我说话绵里藏针阴阳怪气冷嘲热讽，她都没有，她好像是一个很温柔的人呢。"

楚宸伸手摸了摸楚思妍额头："你发烧了？"

楚思妍打开他的手："才没有。"

楚宸像看怪物一样看着她："你说小安儿温柔？你忘了你脖子上才好的伤疤了？"

"她那只是吓唬我。"楚思妍今日彻底对安华锦改观，对楚宸大惊小怪的模样指责，"哥哥，你怎么回事儿？我与安华锦和好了，你不是应该高兴吗？你这是什么表情？"

楚宸："……你们和好得太突然了。"

"哦，我也觉得挺突然的。"楚思妍想起今日所作所为，有点儿不好意思，但还是很开心的，"哥哥，你喜欢她，想娶她是吧？我不反对了，我也劝娘不要反对了。若是她与顾七公子取消婚约了，你就把她娶回来吧，我诚心诚意接受这个嫂子。"

楚宸："……"

礼国公府内，长公主收到安华锦让人传的话，说她与楚思妍一起回府了，她也以为这两人遇到又弄出了什么事儿，大体是不好砸了礼国公府的品茶宴，才一起离开去别的地方处理了。

她不能不管，立即让杜嬷嬷亲自去安家老宅一趟，问问是怎么回事儿。

礼国公夫人听闻后，也与长公主想的一样，也立马派了一名近身侍候的嬷嬷。而江云彩更是担心，她知道今日又是楚思妍主动找上安华锦的，且二人一去不回，她还要招待一众小姐，走不开，只能也派了一名近身侍候的婢女，与杜嬷嬷一起，去了安家老宅。

安华锦打发走了楚宸兄妹，便回房中补眠了。

本来，她是不惯于睡午觉的，别人睡午觉时，她总要找些事情打发，自那天从皇宫应对陛下和皇后出来后，她尝到了睡午觉的好滋味，这两日都要睡个午觉。

所以，那两名嬷嬷和一名婢女来时，安华锦刚睡下。

孙伯自然不可能让人打扰自家小郡主休息，只说了小郡主是带了一位姑娘回来，但不是善亲王府小郡主，而是礼国公府小郡主。小郡主与她交情看起来还不错，招待人吃了安平做的菜，其间，善亲王府宸小王爷来了，也一起吃了饭，吃完了饭，人就都走了。

杜嬷嬷三人面面相觑，明明礼国公府小郡主就在家里招待人，哪里又来过安家老宅？

江云彩的婢女上前，将自家小郡主在家招待人之事说了，又问孙伯是不是弄错了？其实安小郡主带回来的人是善亲王府小郡主？

孙伯这时也糊涂了："总之，小郡主对那姑娘以礼相待，人已经走了，没打架，且和和气气地吃了饭，三位放心吧。"

杜嬷嬷三人要知道的就是没打架。于是，三人离开了安家老宅，想了想，终究不放心，又一起去了一趟善亲王府。

来到善亲王府，对着守门的人一问，小郡主已经回来了，看起来很好，与小王爷一起回来的，三人放了心，又一起回到了礼国公府。

长公主、礼国公夫人和江云彩三人听完后，也彻底放下了心，既然人平安回去，没打起来，也没出什么事儿，那就行了。

江云彩很好奇楚思妍找安华锦什么事儿，想着改日一定要问问。

京中但有风吹草动，没有个不惊动人的，尤其是安华锦这种自带话题度的，她在京中的一举一动，都被人瞩目。

所以，在楚思妍和楚宸刚踏进善亲王府的大门后，便被善亲王一起叫去了书房。

楚思妍不同于楚宸，她还是挺怕她爷爷的，所以，在善亲王的逼问下，将今日如何去见了安华锦，她如何哭了一通，如何赖着安华锦跟着她回家换了她的衣服，如何留在安家老宅吃了一顿饭等等，都一一交代了。

楚宸听着这么详细的经过，对比安华锦三言两语，总算找到了问题所在。

他恍然大悟地看着自己妹妹："所以，你是因为哭得难看，小安儿才待你这么好？"

楚思妍怒："才没有，她夸我哭得好看，说我的眼睛像一汪泉眼，水汪汪的，如雨过天晴，没有任何杂质，是她见过的最美的眼睛。"

楚宸："……"

善亲王："……"

书房内霎时静了好一会儿。

楚思妍依旧理直气壮："她真的这么说了，她还给我拿了她的帕子擦眼泪呢。"

楚宸一屁股坐在椅子上，评价："难以置信。"

善亲王沉默了一会儿，评价："那小丫头还挺会怜香惜玉？"

楚思妍："……"

安华锦和楚思妍和好的消息，当日就传了个尽人皆知。

虽然无数人都不知道内情，但不妨碍口口相传将这个消息传得大家都知道。

楚思妍这些年因跋扈的性子，得罪的人有点儿多。月前她在长街上对顾轻衍扔手帕被安华锦收拾得罪了安华锦，有很多人对她背地里嘲笑看热闹。她也老老实实乖乖巧巧地猫了一阵子。

但谁也没想到，得罪了安华锦的人，还能再跟她和好。

比如三年前挨揍的楚宸，比如月前挨教训的楚思妍。这兄妹两个简直厉害了！

顾轻衍在户部处理大堆的事情，本来忙得不可开交，都听闻了。

于是，下了衙后，他前往安家老宅用晚膳时，在饭桌上，对安华锦仔细地看了好几眼，那日长街她冷眉冷眼地收拾楚思妍还历历在目，如今就一笑泯恩仇了？

"看我做什么？"安华锦晌午一觉直睡了两个多时辰，如今人很精神。

"今日京中都传遍了，说你与楚思妍和好了？"顾轻衍笑问，"因为什么？"

安华锦笑："看来你说得对，我的一举一动，都在别人的视线范围内。就这么一件小事儿，让你在吏部都听说了。吏部的各位大人都很闲很喜欢八卦吗？"

"你来京中月余，却让京中换了一重天。对所有人来说，任何一件事情，都不是小事儿。"

安华锦眨眼："所有人也包括你吗？"

"包括。"

"哦？"安华看着他，"怎么个包括？"

顾轻衍给她夹了一筷子菜，温声说："楚宸有心想娶你，就等着找机会让你我取消婚约，本来他有个爷爷、妹妹、娘亲不同意拖后腿，如今怕是没有这些了。我难道不该担心吗？"

安华锦大乐："不至于的，顾七公子多点儿自信。"

"今日是怎么与楚思妍和好的？"顾轻衍其实可以派人查，但他不想查这个。

安华锦也不隐瞒，对比应付楚宸三言两语，她对顾轻衍复述得详细。

顾轻衍静静地听着。

安华锦说完，感慨说："我爷爷说女儿家有泪不轻流，从小就告诉我，你说这老头有多坑人？若不是他，我也不至于连哭都不会。"

顾轻衍筷子忽然一顿："为什么要哭呢？不哭不是很好吗？"

他从小到大，也没哭过。顾老爷子对他说，男儿有泪不轻弹，外祖父也这么说。

老南阳王是将唯一的孙女当作男孩子来养了，但也不尽相同，最起码，每年将她送去崔家一个月，女儿家该会的，她都会，该学的，她也都学了。

"那是你没尝过想哭却哭不出来的滋味。"安华锦漫不经心，"八年前，我父兄战死沙场时，我想哭，眼睛都进血了，也哭不出来，干巴巴地疼。那时候，我听着南阳王府仆从们的哭声，城中百姓们的哭声，就觉得，能哭真好，我也会哭就好了。"

顾轻衍的心忽然紧抽了一下，他放下了筷子，了然："所以，今日楚思妍在你面前哭得稀里哗啦，你……"

"嗯，我觉得她哭得很好看。"安华锦接过他的话，"后来，她不哭了，我又觉得她挺可爱。"

顾轻衍沉默。

安华锦伸手帮他拿起筷子，递给他："吃吧，一会儿凉了。"

顾轻衍点点头。

三年前，他给她喂了"百杀散"后，去而复返，想着她若是受不住了，他就将她带走。后来没想到，她从头到尾，一声不吭，眼泪珠都没流下一滴，奄奄一息时，她咬着牙给安家的暗卫传了信号，直到她被安家暗卫带走，他都没见过她喊疼或落泪。

彼时，他想着，果然是安家的人，打落牙齿和血吞，有骨气和气节，刚强得很。

如今，他总算明白了，经历了八年前的玉雪岭之战，她都没哭，一颗"百杀散"，又岂能使她落泪？

用过饭，二人坐着喝茶。

"明日就是端阳节了，朝廷会放一日假。"顾轻衍温声说，"明日一早，用过早膳，我带你出去玩。"

"嗯。"

顾轻衍又坐了一会儿，见天色已晚，回了顾家。

顾老爷子今日无事儿，想着孙子从翰林院又回了吏部，听闻吏部尚书赵尚过了端午后就打算退了，想推顾轻衍接替他的位置，于是找孙子谈谈心，问问他的打算。

他见顾轻衍今日神色似与往常不同，有些不对劲，他问："怎么了？是朝中的事儿烦心，还是因为安家小丫头？"

"朝中没什么烦心事儿。"

"那就是安家小丫头了？怎么了？"顾老爷子好奇。

顾轻衍坐下身，轻叹一声："爷爷，我觉得，我对她不够好，得再对她更好点儿。"

顾老爷子："……"

端阳节这一日，京中十分热闹。

前一日晚，孙伯就嘱咐安华锦，一定要比每日早起一个时辰，让她一定要亲手采艾叶兰草回来，用来沐浴，可以驱邪避晦。采摘艾叶兰草，要趁着太阳未升起时，顶着露水采摘。

安华锦很听话，前一日晚早早睡了，第二日提前一个时辰起床。

她先练了一会儿剑，孙伯又过来提醒，安华锦便去了后面的园子里。

安家老宅的园子一直都任艾叶兰草野蛮生长，多的是大片大片野生的艾叶兰草，顶着晨雾，一棵棵都挂着露珠。

整个安家老宅的人也都起来了，集中在园子里，大清早很热闹。

孙伯一边采艾叶兰草，一边乐呵呵地跟安华锦说："小郡主，咱们这园子，不精心打理有不精心打理的好。端阳节这一日，采艾叶兰草沐浴是习俗，京中别的府邸都要大清早太阳没出前，跑去城外的山上采，咱们府就不用，在自家采就得了。"

安华锦点头："不用折腾挺好。"

"昨日七公子走时，老奴告诉他了，让他也早些来，不必让人跑上山去采这东西了。"

安华锦手下动作一顿："这种小事儿也跟他说？你也太操他的心了。"

孙伯笑呵呵："小郡主您不懂，让一个人觉得你对他好，是体现在很多小事儿上。咱们要让顾七公子觉得，咱们家也是他的家，待得自在。"

安华锦失笑："他已经很自在了。"

现在的顾轻衍，待在安家老宅的时间比待在顾家的时间多多了，来了不必门童通报，走了只打一声招呼，想来就来，想走就走。想吃什么，厨房给做，孙伯对他，可真是尽心尽力地没当外人。

"七公子来了！"有一名小厮眼尖，高兴地说了一句。

安华锦转头，便见顾轻衍顶着朝露，闲庭信步，缓缓走来。晨曦薄雾，似给他罩上了一层朦胧轻纱，怎么看都风景如画。

她小声嘀咕："这人怎么百看不厌呢。"

"小郡主您说什么？"孙伯没听清，以为安华锦在与他说话。

"没说什么。"安华锦转过头，继续采艾叶兰草。

安平在一旁听得清楚，促狭心起，直接告诉孙伯："小郡主说顾七公子让她百看不厌呢。"

孙伯一愣，呵呵笑了起来："顾七公子是好看，好看得紧，老奴活了大半辈子，也从没见过长得这么好看的人。咱们老王爷眼光好，早早就给小郡主订了婚约。"

安华锦转头瞪了安平一眼："显摆你耳朵好使吗？"

安平冲她笑了一下："我耳朵的确好使。"

安华锦一噎。

安平以前被张宰辅利用压制威胁，整个人安静沉沉不多话，常垂着头，性子看起来木讷又沉闷。如今摆脱了张宰辅，大仇得报，成了安家人，被安家老宅的气氛感染，整个人也焕然一新地活泼起来。

虽然皇帝将他没入安家奴籍，但安华锦并没有当奴仆对待他，安家老宅上下都称呼他一声"平公子"，除了偶尔安华锦想吃他做的菜时下下厨外，其余时间，他除了读书就是练武，也偶尔被孙伯带着接触账本学着管账。

安华锦将来打算重用安平，所以，不能让他只做一个厨子。

顾轻衍不多时来到近前，安家老宅的仆从们纷纷打招呼，一口一个"顾七公子好"，人人带笑，和气欢喜得很。

顾轻衍瞧了一眼，安家只这十几个人，可是每回他来，偌大的宅院都显得生机勃勃。可是顾家几百人，哪怕今日是端阳节，也没这般热闹，家中各房的主子才不会亲手去城外采艾叶兰草，每一房打发一两个仆从出去，像应付习俗一样。

他见安华锦已采了半篮子，蹲下身，对她说："我以为我来得够早了，不想你起得更早。"

安华锦"嗯"了一声："昨日睡得早。"

孙伯递给顾轻衍一个空篮子："七公子，这艾叶兰草，还是要亲手采。"话落，又说，"还要编织个五彩手绳，辟邪的，咱们小郡主心灵手巧，编的手绳好看极了。"

顾轻衍这才发现安家老宅的仆从，每个人手上都戴着一根五彩手绳，安华锦也戴了一根，很是漂亮，他顿了顿，问："我的手绳呢？"

"在房间里，一会儿拿给你。"

顾轻衍颔首，挨在安华锦身边，加入大家的队伍，一起采摘艾叶兰草。他从来没干过这样的活，一时间觉得很是新鲜。

不多时，众人都采够自己用了的，纷纷去干别的活，在厨房当值的人去了厨房，打扫院子的人回去打扫院子，看门的人去看门了。

顾轻衍来得晚，动作慢，没采多少，安华锦便将自己满满一篮子倒给他一半，站起身："行了，走吧。"

顾轻衍笑着点头，站起身。

太阳还未出来，厨房就给大家烧好了热水，用新鲜采摘的艾叶兰草沐浴。

安华锦回了自己的枫红苑，将早就给他编好的五彩手绳递给顾轻衍，又拿出了一个匣子，里面装着一套崭新的成衣，塞给他："成日里穿的不是墨色的就是青色的，你就不能换个颜色？这件衣服给你的，今天穿。"

顾轻衍一愣："给我的？"

送他衣服吗？

"嗯，给你的。"安华锦坐下喝茶。

顾轻衍站在原地没动，眸光一动不动地盯着她："是你买的，还是亲手给我做的？"

安华锦头也不抬："买的。"

顾轻衍似有些小小失望，但不过还是很高兴："谢谢。"

安华锦摆手："去你休息的院子，孙伯一会儿就会让人将热水送过去，你沐浴换了。"

顾轻衍点点头，抱着衣服提着篮子，出了枫红苑，去了自己常休息的院子。

果然，不多时，孙伯就带着人送来了热水，帮顾轻衍将新采摘的艾叶兰草倒进浴桶里，催促他赶紧沐浴。

顾轻衍点头，打开匣子，捧着新衣服看了又看，这是一件湖蓝色沉香锦长衫。沉香锦难求，只有秦岭产，因量极少，每年就那么一两批。因养的蚕特殊，制作工艺特殊，又因秦岭梅家每代只有一个人会这种养蚕制作工艺，所以，几乎不流出外界。

因稀缺，也不进贡入宫，就连宫里也没有。曾经淑贵妃想要一匹布，求了陛下，陛下派人去问秦岭梅家，被梅家给驳了，说贵妃又不是皇后，不配穿沉香锦，把淑贵妃气了个半死。就连陛下，也有些恼怒，但也不能为个贵妃强求不出世的江湖梅家，引得江湖势力不满，只能罢了。

没想到，他如今就收到了这么一件沉香锦的成衣，且十分合他的尺寸。

这样的衣服，哪里是买就能买得到？

孙伯催促了两声，没见顾轻衍答话，他走出来瞧了一眼，顿时眉开眼笑："自从听说快到端阳节了,七公子要带着小郡主出去玩,小郡主就让老奴找来了这匹布,闲来无事时,给您做了这件衣服。"

"她亲手做的?"顾轻衍猛地抬头。

"是啊,亲手做的,老奴亲眼见着的。"孙伯纳闷,"小郡主将衣服给您了,没跟您说吗?"

"没有。"顾轻衍声音低了下,"她说是买的。"

孙伯顿时不干了:"哎哟,我家小郡主也真是,竟然还骗您?这可不是什么买的,买也买不来这样的好东西。秦岭梅家人听闻小郡主进京,与您相亲,便让人送来了两匹布给小郡主,一匹是天青色的,一匹是湖蓝色的,就是您手中这匹。小郡主只来得及赶上了赏花宴当日,自然没时间准备。这么好的料子,老奴也不敢私自找人动工,好在长公主当日给小郡主收拾了一番,又送了许多衣裳,后来这两匹料子就搁置了。前几日小郡主让老奴翻出来,说两匹布都给您做衣裳,先做这件湖蓝色的,她真是自己动的手,从裁剪到一针一线地缝制,没假手他人。"

顾轻衍仔细地摸着细密的针线:"原来她还会做衣服。"

孙伯骄傲地说:"小郡主会啊,据说是在崔家学的,崔老夫人一手好针线活,这么多年教下来,对小郡主都悉数亲传了。"

顾轻衍一时说不上是什么心情,欢喜是有,但比欢喜更多的情绪,如潮水一般地直往心头涌。

过了好一会儿,他低声说:"她怎么这么好?"

孙伯很是开心:"我家小郡主,就是很好,只要她学,什么都一学就会。老王爷常说,她比大公子和二公子都聪明,虽是个女儿家,天下多少男儿不及她。"

顾轻衍压制住所有情绪,微微笑:"是啊。"

"您快沐浴吧,一会儿水凉了。"孙伯打住话匣子。

顾轻衍点点头,捧着新衣服进了浴室。

太阳升起时,安华锦、顾轻衍,包括孙伯在内安家一众人,都沐浴换了新衣。

顾轻衍穿着崭新的沉香锦来到枫红苑,安华锦坐在桌前等着他用早膳,见他徐徐走来,就知道他穿上定然很好看,但还是没克制住见了他露出惊艳之色。

这件衣服,她没用做寻常袍子的样式去做,而是做了长衫。这样穿起来,式样虽简单,但更匹配沉香锦的料子,在酷夏里,如湖水一般清凉,十分悦目。

她托着下巴有些得意地想,这么好看的人,是她的未婚夫呢!等过几日,她将那匹天青色的料子也做出来，他穿在身上，定然很好看。

顾轻衍进了屋，站在安华锦面前，见她眼睛一眨不眨，他眸光轻动，笑问："好不好看？"

"好看极了。"

顾轻衍低笑："这样的衣服，买都买不来。"

安华锦回过神，装作不在意地说："你挺懂嘛。"

"嗯，懂。"顾轻衍坐下身，"顾家人从记事起，先学的就是穿戴之物。务必精细。"

安华锦无言了一会儿，斜眼看他："你想说什么？"

顾轻衍笑："明明是你给我亲手做的，骗我做什么？"

安华锦撇开头："骗你我高兴。"

顾轻衍低低低笑了起来，声音柔和："好，你高兴，我也很高兴的。"

安华锦："？"

第十章　惬意

二人用过早膳，顾轻衍带着安华锦出了枫红苑。

孙伯笑呵呵地说："小郡主，七公子，您二人好好玩，不过要小心些，虽然近日来京中太平，但也保不齐还会有人对小郡主看不顺眼下手。可不能大意了。"

"孙伯放心。"顾轻衍颔首。

孙伯若是不提，安华锦最近都忘了围绕在她身边的危险，张宰辅虽然倒台了，但他经营多年，一干枝叶未必就都一网打尽了。尤其是张宰辅如今还在牢里关着，陛下没杀了他，还在好生地让人折磨他，而他的儿女子孙，都逃出了大楚，进了南齐和南梁，早晚是个祸害。

这仇，第一个要报复的定然是找安华锦，第二才是找陛下。

安华锦从小到大，受的明里暗里刺杀多了，再多来，也没什么所谓，对孙伯说："今日府里人都放假，都出去玩吧。"

孙伯点点头。

安平从远处走过来，对安华锦说："小郡主，我暗中跟着你吧。"

安华锦对他摆手："一边玩去，不用你跟。"

安平执着地说："今日端阳节，外面人多，最容易出事儿，七公子身边有青墨，我与青墨一起跟着暗中保护，不会碍您的眼的。"

安华锦看着他："张家逃出去的人，也会记你一笔仇的，咱们俩谁危险，谁保护谁，还不一定呢。"

安平一噎。

顾轻衍在一旁淡笑："跟着吧。"

安平依旧看着安华锦。

"行，跟着吧。"安华锦发了话。

安平立即点头。

出了安家老宅，顾轻衍与安华锦上了马车。

顾轻衍告诉安华锦一日安排："我们先去城外看赛龙舟，中午在云中味用餐，我让人提前订了地方，下午去曲香河游船，曲香河的夜景很漂亮。"

安华锦点头,暗想着,这安排怎么这么像约会?

她笑看着顾轻衍:"每年的端阳节,你怎么过?"

顾轻衍目光动了动:"与寻常日子一样,待在家里看书。"

"这么无趣的吗?"

"嗯,是有些无趣。"顾轻衍今日又有了新鲜把玩的东西,就是安华锦给他编的那根五彩手绳。他缠绕在手上,吃饭的时候都在把玩,如今坐上车,还在把玩,普普通通的一根手绳,他看起来喜欢极了。

今日,这手绳是他的新宠,那个吉祥结虽然也佩戴着,但被冷落了。

他一边把玩着手绳一边说:"以后每年的今日,就不会无趣了。"

安华锦懂了他的意思,似笑非笑:"那可不一定。"

顾轻衍手一顿。

安华锦不想破坏他的好心情:"我爷爷的寿辰在三月,我进京前刚给他过完五十九寿辰不久。明年若是没什么事儿,这个时候,我是不在京城的。"

"明年安爷爷寿辰,我想去南阳给他贺寿。"顾轻衍抬起眼睛,"端阳节,也许就在南阳过了。"

安华锦看着他:"你有官职在身,且一旦接了吏部尚书的担子,你走得开吗?陛下放你离京吗?"

"总要试试。"

安华锦笑:"行,若是你能试成了,明年的端阳节,我还与你一起过。"

顾轻衍点头。

城内十分热闹,很有过端阳节的气氛,无论是忙人还是闲人,今日都出来遛了,沿街的店铺都上新了针对节日的新鲜东西。胭脂水粉铺子、针织绸缎铺子、珍珠翡翠铺子、奇工巧玩铺子等等,都有吸引人眼球的东西。

长街上,人流穿梭不息。

有许多或贵气、或奢华、或仆从成群簇拥着的马车,向城外走去。

世家大族高门府邸出行,多数人都讲究个排场,一辆辆的车牌,彰显着车中人的身份。

顾家这辆马车,是最低调的,很是普通。只这一辆马车,没有前呼后拥,只一个"顾"字牌子,但来往行人见了,却不比给那些讲究排场的车马让行来得磨蹭,一见之下,立马就自觉地让出一条路来。

很多人都知道,这是顾七公子的马车,他不要特殊,但百姓却记他的车记得最清楚。

出了城,在城外十里处,有一片与护城河接连的连城湖,赛龙舟就在这个地方。

因赛龙舟由来已久,所以,这一片连城湖也建了许多房舍亭台,供人休息观看赛龙舟。

京中世家大族,高门府邸,还有皇室宗亲,都有各自观赏的地方。

顾家占据的位置与皇室宗亲占据的位置差不多,有着最好的视线。

安家也有一处位置,虽然安家人久不在京城,但位置自从太祖爷给划分后,就一直留着。虽然一直闲置,但也让人忘不了安家的存在。与顾家差不多,在皇室宗亲旁边,与顾家一左一右。

往年,有位置不太好的府邸找安家老宅借地方,孙伯好说话,按照先来后到,都会借出去,反正安家老宅就几个奴仆,没主人,也没必要挤去贵地和贵人们一起看赛龙舟。

今年安华锦在京,倒是知道她要留在京城过端阳节,也就没人来借了。

所以,相比较别家的地盘上人满为患的拥挤,安家这边,就安华锦和顾轻衍。

进了亭台,安华锦和顾轻衍就一人占了一个贵妃椅,等着龙舟赛开赛。

他们刚坐下不久,楚宸一身劲装打扮,进了安家的地盘,瞅了一眼二人,有些嫉妒,对安华锦说:"你这里也未免太惬意了。"

安华锦扬眉,打量他:"你这是……要赛龙舟?"

"是啊。"楚宸点头,"我正是想过来问问你,我们船上有一个人,刚刚突然拉肚子,你要不要跟着我去船上玩一圈?赢了龙舟赛第一名,陛下有赏的。"

安华锦这阵子拿陛下的赏拿得手软,已经不像是刚刚拿赏赐时那般觉得真好了,但她对赛龙舟有些兴趣,对他问:"你参与了赛龙舟?"

"自然。"楚宸眼睛里都是星光,"我每年都参加比赛,除了去年我中暑没力气,没能上场,善亲王府的龙舟得了个第二,往年都是第一。"

安华锦转头看向顾轻衍:"是按照府邸参加比赛吗?那顾家有人参赛吗?"

"有,我六哥、八弟、九弟,如今就在顾家的船上。"顾轻衍点头。

"每年都参赛?"

"没有,今年我九弟很有兴趣,弄了一条龙舟,拉着我六哥、八弟一起。"

安华锦看着他:"他怎么没拉你?"

"他不敢。"

安华锦笑，想着顾九公子，很有意思的一个少年，她转头拒绝楚宸："你另外找个人吧！我不去。"

楚宸看着她："你明明有兴趣，怎么就不去玩呢？很好玩的。"

"我要帮，也得帮顾家，若是我今日帮了善亲王府，赢了顾家，顾家的面子往哪儿搁？"安华锦摆手，"你赶紧去找别人吧！"

楚宸一噎，心下又有些恨恨，果然自己人和外人分得门儿清，混蛋。

楚宸转身就走，走了两步，忽然觉得哪里不对，他猛地回头，盯准顾轻衍。将顾轻衍全身上上下下打量了个仔细："你今日倒是看起来与往日不同。"

顾轻衍微笑，语气温和极了："小王爷看我今日不同，那是因为，我这身衣服，是小郡主送的；秦岭梅家的沉香锦，且是小郡主亲手做的；我手腕上的五彩手绳，也是小郡主亲手编织的。"

楚宸："……"

不生气！不生气！不生气！

他转身一言不发地出了安家的亭子，一步一步踏得很重，似乎要把地面踩塌了。

有未婚妻了不起是不是！

安华锦无语地看着顾轻衍："幼稚。"

显摆什么！

尤其还在楚宸面前显摆得不留余地，刚刚那语气，连她都觉得他仿佛在说"羡慕吧？你羡慕没用，我未婚妻送我的"，真是服了他了。

顾轻衍笑容毫不克制，笑得很是春花烂漫，眼底全是笑意："我又没说错，是他自己长了眼睛非要看，看了也就罢了，还非要问个不同，我不告诉他，岂不是太小气？"

安华锦："……"

是，您不小气，大气得很呢！

青墨端来果盘糕点和各种果仁瓜子，摆在两人中间。

顾轻衍好心情地给安华锦自动自发地剥瓜子，剥一个，递到安华锦手里一个，也不嫌麻烦。

安华锦一个接一个地扔进嘴里，她将瓜子扔得高高的，仰着脸张着嘴再接住，赛龙舟还没开始，她自己给自己找乐趣。

顾轻衍瞧着她很是欢喜，剥了一会儿瓜子，也想试试往她嘴里扔东西对她投喂。于是，换成了一粒葡萄，剥好后晶莹剔透，指尖捏着，对她说："张嘴。"

安华锦偏头瞅他，葡萄和他指尖一样晶莹，差点儿闪了她的眼睛。

顾轻衍轻轻将手臂抬高，画出一道微微有些弧度的抛物线，将葡萄扔在了安华锦的上方。

安华锦张嘴不费力气地接住，含着很香甜的葡萄，不太满地嗔眼："你喂狗呢！"

顾轻衍愕然了一下，噎住，气笑："哪里有自己骂自己的？"

安华锦将葡萄嚼着吃了，吐出葡萄籽进垃圾桶里，又张嘴："我还吃。"

顾轻衍生气地说："不给你剥了，免得被你说是喂狗。"

说完，他当真不剥了，用帕子擦净了手，身子躺回美人靠上，闭目养神。

安华锦："……"

他又使性子发脾气了！

她盯着他看了一会儿，想着是自己有些不对，人家好心，她还责怪人家，于是，她很用心地弥补，躺着的身子立马坐起："你想吃什么？我剥给你。"

"葡萄！"

他倒是不客气！

安华锦乖乖用帕子擦了手，给顾轻衍剥葡萄，一颗葡萄剥完，也学着他的样子："来，张嘴！"

顾轻衍张开嘴。

安华锦抬起手臂，轻轻一抛，葡萄也呈抛物线状落在顾轻衍上方。

顾轻衍轻而易举地用嘴接住葡萄，咀嚼，评价："嗯，很甜。"

安华锦便又给他剥第二颗，第三颗，第四颗……

两个人一个剥一个吃，自觉很是有趣，便忘了这里不是安家老宅，虽有轻纱遮着凉亭，但外面也随时会有人闯进来。

所以，当顾九公子拖着顾八公子来找顾轻衍时，恰巧一阵风吹来，吹起轻纱帷幔，便看到了这一幕。

二人一时都呆了。

那那那那那是他们的七哥？

七哥在顾家，是规矩最好的一个人，一言一行一止，都温和有礼如丈量，从小到大，他们就没见过他躺着吃东西，更没见过他躺着吃别人扔到他面前嘴里的东西。

"我累了，换你了。"安华锦擦干净手，不想伺候了，想享受。

葡萄那么甜，她才吃了一颗，而他都吃了很多颗了。

"好。"顾轻衍早就被安华锦哄好了,于是坐起身,给她剥葡萄。

一颗、两颗、三颗……

只用张嘴不用动手的安华锦被投喂得很是开心,与他说话:"你剥的葡萄比我剥的好吃。"

顾轻衍笑:"你又没吃自己剥的,怎么知道我剥的葡萄比你剥的好吃?"

"我就是知道。"

顾轻衍低笑:"我还觉得你剥的葡萄更好吃呢。"

安华锦躺着感慨:"这样说来,大概是不用自己动手剥的葡萄最好吃。"

顾九公子:"……"

顾八公子:"……"

他们惊了好一会儿,实在惊不下去了,但又不忍破坏二人,你瞅我,我看你的,一时间相顾无言。

他们的七哥与安小郡主,平时都是这样相处的吗?他们觉得,他们比葡萄甜。

"八公子,九公子。"青墨出声。

顾轻衍手一顿,偏头看向外面,轻纱遮挡,外面立着的人影隐隐约约,但还是能教他看清,外面的人是他的八弟九弟。

安华锦也转过头,瞅了一眼,疑惑地问:"顾八公子?顾九公子?"

"嗯,你坐着,我问问他们什么事儿。"顾轻衍擦净手,站起身,出了亭子。

安华锦想说把他们请进来就是了,但不知为何顾轻衍似不想将人请进来,她就闭了嘴。

顾八公子和顾九公子见顾轻衍出来,神色各异地喊了一声:"七哥。"

顾轻衍点头:"你们怎么过来了?现在不应该是在龙舟上吗?"

顾九公子挠挠脑袋:"有一人临时出了点儿问题,我拉了八哥来,想找七哥借个人给我用。"话落,补充,"不让你亲自跟我们上阵,就借个你的会撑船懂水性的护卫就行。"

顾轻衍点头:"青墨,派个人给他们。"

"是,公子!"

顾轻衍不再多说,又转身走了进去。

顾八公子和顾九公子对看一眼,麻溜地从青墨处领了个人,赶紧匆匆走了。

走离了安家的地盘,顾九公子才敢拉着顾八公子交流今日所见的感想:"八哥,你以前见过七哥这样吗？"

"没有。"

"我也没有哎。"顾九公子唏嘘，"在七嫂面前的七哥，都不像是咱们七哥了。"

顾八公子低咳一声："还是称呼安小郡主吧，喊七嫂委实过早了点儿。被人听见不好。"

"可是七哥很喜欢听我喊七嫂。"顾九公子琢磨着说，"前阵子我不知道哪里得罪了七哥，七哥对我鼻子不是鼻子眼睛不是眼睛的，见到我总沉着脸，我在他面前喊了七嫂后，他立马就对我笑了。"

顾八公子沉默了一会儿："那你就继续喊着吧！在外人面前别喊，在七哥面前喊。"

顾九公子点点头，还是很心惊肉跳："我都惊呆了，那是咱们的七哥呐！我险些以为自己眼睛花了看错了。"

"七哥大体只有在安小郡主面前这样。"顾八公子有些羡慕，"必然是喜欢极了安小郡主，两情相悦，看起来是一件极好的事儿呢。"

顾九公子心情激动："我将来也要找一个与我两情相悦的女子。"

顾八公子不再说话。

这世上，千千万万的男子与女子，父母之命，媒妁之言，很多人大婚前都没见过的比比皆是。像七哥和安小郡主，因身份与常人不同，订下婚约多年，老南阳王和爷爷商议得了陛下恩准之下，还让长公主为二人督办了个相亲宴，就怕二人成了痴男怨女，多多相处，再确定是否继续婚约。

像他们一样，婚前相处，看看对方是否合自己心意的人，天下又有几个？

顾轻衍重新坐下身，对安华锦问："还吃吗？"

"不吃了。"

顾轻衍点头："那别的呢？瓜子仁，还吃吗？"

"也不吃了。"安华锦摇头，"沏一壶茶吧，润润嗓子。"

顾轻衍沏了一壶茶，给安华锦倒了一盏，自己倒了一盏。

安华锦喝了一口茶，细听外面有人说什么设赌局押赌注，有人押善亲王府的宸小王爷，有人押七殿下，有人押顾家的三位公子，这三家呼声最高，她心思一动："我七表兄也参加了龙舟赛？"

"嗯。陛下下旨，让他参赛。"

"我听他们在下赌注，你说，哪家赢？"安华锦想着，是不是趁机可以赚一笔。

顾轻衍挑眉:"你要下注?"

"嗯,有这个想法。"

顾轻衍笑:"那就赌七殿下赢吧。"

他对外面吩咐:"青墨,给小郡主去下十万两赌注,赌七殿下赢。"

安华锦震惊,她就想赌个万儿八千两,顾轻衍这一下子十万两,玩的是她的心跳?

安华锦震惊地盯着顾轻衍,看了他好半天,似乎要将他看出一朵花来。

"我好看?"顾轻衍含笑。

安华锦啧啧一声:"你是认真的?给我押十万两,赌七表兄赢,消息传出去,我更出名了。陛下若是知道我对七表兄如此看重,怕是要高兴死了。"

顾轻衍淡笑:"你看重七皇子,有何不对?七皇子本就背靠安家,是你亲表兄,如今陛下让他参赛,是有意给他做名声,你从中光明正大地推一把,理所应当。"

"也对。"安华锦看着他,"你押我七表兄,连顾家都不押?怎么就肯定他一定赢?"

"陛下想让七殿下赢,为他名声造势,端阳节赛龙舟是最好的机会。"顾轻衍淡笑,"楚宸和善亲王府都懂得审时度势,是不会抢了七殿下的风头的。至于别人,还真就比不过七殿下,我的三个兄弟,没有多少经验,就是九弟爱玩,重在参与。"

安华锦点点头,重新找个舒服的姿势躺回美人靠:"陛下真要立七表兄为储君了吗?连个赛龙舟,都要利用给他造势了。"

"陛下如今觉得七殿下好,有意立储。"

安华锦其实也觉得她的七表兄是挺好的,虽然她不太乐意见到他这个人,但也不能昧着良心说他不好,她姑姑的儿子,除了性子寡淡无趣些,没别的缺点。

"陛下如今觉得七表兄好,希望这种觉得能一直保持下去。"安华锦笑笑,"陛下如今还春秋华盛,古来多少帝王,既立储,想着后继有人,又怕儿子太争气,早早分老子的权,防备又猜忌。随着年深日久,储君立了又废者,比比皆是。早早立储,有时候也不见得是好事儿。"

"嗯。"顾轻衍点头,"陛下虽然目前有意七皇子立储,但最主要的,还是想你嫁给七皇子。他若是一时想不出让我们取消婚约的法子,也许会逼七皇子和皇后,拿储位吊着,让他们从你入手。不过皇后和七皇子都是聪明人,这储君,一时半会儿估计也立不了。"

"拖着吧!我们都拖着。"安华锦撇撇嘴,"没什么不好。"

顾轻衍微笑："安爷爷在一日，便能拖一日。"

安华锦不置可否。

爷爷在，南阳军稳，爷爷不在，只要陛下不插手对南阳军做什么大动作，有她在，也会稳的。

京中的各大赌坊钱庄，在端阳节这一日，联手设了龙舟赛的赌局。由京中府衙和京兆尹联合监督，走了正规流程，做了公证。

端阳节是继张宰辅案后，第一个节日，皇帝想去去晦气，好好热闹热闹，所以钦点七皇子参加赛龙舟不说，一大早，也带着皇后并几名有品级有皇子公主傍身的妃嫔出城观看。

皇室宗亲的观望亭里，高高的亭台上皇帝穿着明黄的龙袍坐着，皇后穿着正装，陪坐在身边，其余有品级有皇子公主傍身的宫妃陪着帝后坐在两侧。皇子公主们坐在下首，长公主等受重视的皇亲国戚都在亭子内作陪，满满的一亭子人。

在龙舟赛开始的前一刻，赌局要封盘的前一刻，忽然有人高喊："南阳王府安小郡主赌七殿下的龙舟第一，赌注十万两！"

"哗"的一声，整个连城湖哗然一片。

皇帝怀疑自己耳朵听错了，问一旁的张公公："外面喊什么？"

张公公也怀疑自己听错了："陛下，老奴去问问？"

皇帝点头。

亭中众人虽然都听得清楚，但也不相信，安华锦竟然下注押楚砚第一，十万两，就算是白银不是金，这也太多了。万一楚砚不赢呢？

楚砚可是第一次参加龙舟赛！

不多时，张公公回来了，很肯定地对皇帝道："回陛下，外面喊的是安小郡主赌七殿下今日赛龙舟能拿第一，赌注十万两！"

皇帝转向皇后："小安儿有这么多钱？"

皇后想了想："陛下赏赐的，臣妾赏赐的，还有别人送的见面礼，加起来，大体有十万两的。"

皇帝一噎，脸色古怪："这小安儿不怕楚砚赢不了第一，都赔出去？她的胆子也太大了。十万两赌注，哪里是闹着玩的？"

皇后也提起心："这孩子，要不叫她过来问问？"

皇帝点头，吩咐张公公："去，叫她过来。"

"是。"张公公转身。

"她与顾轻衍在一起吧？把他也一起叫来。"

"是。"

皇家的观望亭与安家的距离不远，张公公亲自去的，说陛下有请安小郡主和七公子过去，是问赌注之事。

安华锦拍拍手起身，顾轻衍也笑着起身，跟着她一起出了亭子。

二人出了安家的地盘，走了个二十多步，便来到了皇家的地方。

此时，湖上龙舟已经由裁判喊号开始，远远地并排滑行，岸上无数人呐喊叫好加油，其间也夹杂着谁谁谁下了赌注给谁，下了多少赌注，安小郡主是疯了吗，下那么多赌注给七殿下，七殿下虽然文武双全，但是第一次参加龙舟赛云云。

好多人为了保险起见，下赌注给了楚宸领队的善亲王府，也有人下赌注给了顾家的三位公子参赛的龙舟，也有少数些人下赌注给了其余参赛的龙舟。

安华锦和顾轻衍进了皇家观望亭，皇帝看着二人，怎么看怎么相配，压下心中的心思，笑着对二人招手，吩咐人给二人赐座。

二人规规矩矩给皇帝见礼后，一起落座。

"小安儿，朕刚刚听说，你下了十万两赌注，押楚砚赢？"皇帝虽得了确实消息，还是想当面问安华锦，"你怎么下了这么多赌注？就相信楚砚能拿第一？你是不是不知道他今年第一次参加龙舟赛，赛龙舟的队伍也是临时组建的，并不熟练？"

"知道啊。"安华锦笑，"正因为七表兄是第一次参加，我才给他点儿动力嘛。若是爷爷在京城，也会下这个赌注的。"

反正七皇子楚砚背靠安家，这是剪不断扯不断的事实，公然支持，也没什么不对。

虽然决定是顾轻衍给她做的，但此时她也坦然得很。

皇帝一噎，想起除了行军打仗镇守操练兵马外，其余什么都不太靠谱的老南阳王，一时没了话。

若是他在京城，也许还真能做得出来这般支持自家外孙子的事儿。

皇后见皇帝没了话，在一旁不赞同地埋怨安华锦："你这孩子，就算你支持你七表兄，少下些赌注就是了，一下子就拿出了十万两，万一输了呢？"

"我在京中这月余，所有的家当，都是借了陛下的光得的，陛下都下旨让七表兄参赛了，七表兄也不能不争气不是？"安华锦笑着对皇后撒娇，"姑姑，我若是输了，是七表兄不好，让他赔给我，您说行不行？"

皇后顿时乐了："行行行，若是你输了，就怪他，让他赔给你。"

皇帝瞬间没脾气了，笑骂了句："胡闹！"

安华锦笑嘻嘻。

皇帝转向顾轻衍，笑问："怀安，你说，今日这赛龙舟，谁能拿下第一名？"

顾轻衍浅笑："没到最后，臣也猜不出。"

皇帝看着他："也有顾家的三位公子参赛，他们是第一次玩吧？楚砚也是第一次玩。楚宸倒是玩了几年了。"

顾轻衍笑着说："家中九弟顽劣，才拉着六哥和八弟一起参赛，他们练的时间不长，队伍良莠不齐，配合不甚默契，是拿不了第一的，就看七殿下和小王爷了。"

皇帝盯着他："小安儿下赌注，你在一旁吧？怎么能任由她胡来？"

安华锦腹诽，就是他帮她胡来的好吗？

可惜，别人不会知道！

顾轻衍目光清澈，神色无辜，温和轻叹，似无可奈何："陛下，今日是端阳节，小郡主高兴，想玩，臣怎么能拦着？若是小郡主赔了，七殿下不给她找补，臣拿出自己攒了多年的私库，也得给她补上。"

"听你这意思，就图她玩个高兴？"皇帝心情有些复杂，这话他不太乐意听。

顾轻衍微笑："是，就图小郡主玩个高兴，她高兴了，臣就高兴了。"

安华锦："……"

这十万两的赌注，原来是顾轻衍今日拿来跟陛下面前打机锋的！！！

心机！

若是以前，听到顾轻衍这话，皇帝心中指不定怎么高兴了，因为他最盼着的就是安华锦和顾轻衍相处得好，尽快大婚。可是如今，他是有苦难言。

他虽有取消婚约的心思，但无论是顾家对安华锦的看重，还是顾轻衍自己如今与安华锦相处得好，也很是看重认可包容的模样，都让他没办法开口说出"取消婚约"这四个字。

当年订下婚约，现在说来简单，但当年也是十分不易的。他先是设计老南阳王在南书房见到了顾轻衍那幅画，又大夸特夸顾轻衍如何神童天才聪明绝顶天赋异禀，且小小年纪容貌冠绝云云，说得见了那幅《山河图》后认真观摩了一番的老南阳王对顾轻衍动了心，他才趁机提出安顾联姻。

老南阳王斟酌再三，犹犹豫豫，后来他将顾老爷子召进宫，他见了顾老爷子，顾老爷子不明所以，听到二人提起他孙子，他又是对他的孙子顾轻衍一通夸，夸得天上地下只有这么一个。顾老爷子是个内敛的人，老成持重，让他骄傲得眉飞色舞地夸自己孙子，显然他这孙子真是极好，老南阳王这才咬着牙下定了决心答应了联姻，给安华锦和顾轻衍订下了婚约。

当时，顾老爷子都傻了，又听了老南阳王狂夸了一通安华锦如何如何，也是琢磨犹豫再三，咬着牙答应了。

如今，他不想让人家联姻了，总得有个合理的靠谱的不能轻易被人戳破的理由，否则，他哪怕身为帝王，也不能为所欲为地摆布臣子，得罪顾家和安家。

他深深地叹气，为帝者，真是难。

连城湖热火朝天，加油声不绝于耳，皇帝虽然心情复杂，但这般热闹的盛况，还是让他觉得欣慰。他治理的江山，至今还是天下太平。

所以，有些事情，再慢慢谋划吧！

龙舟赛万众瞩目，到一半时，有四条船并排而行，楚砚的，楚宸的，顾家的，还有一个广诚侯府的，掌龙舟的是广诚侯府小侯爷江云致。

广诚侯府与礼国公府的江姓，几十年前是一家，后来分出去另立门户，成了两个江。对比礼国公府没落了有些年，唯这一代出了个江云弈，有了支撑门庭的人，广诚侯府这些年算是蒸蒸日上，子孙很是争气，可是因为月前车夫程启藏匿于广诚侯府，致使广诚侯府受毒茶案牵连，元气大伤。如今处境与礼国公府也差不多，小侯爷江云致，也是个能文能武的人。

"那是广诚侯府的龙舟？"皇后探身瞧了又瞧。

安华锦不认识江云致，但看着龙舟上明显的标识，写着广诚侯府，她还是看得清的。她点点头："姑姑，是广诚侯府的龙舟。"

"看起来势头很猛。"皇后笑着说，"这四个龙舟，到现在还没拉开距离，你的十万两赌注，怕是要赔了。"

"姑姑，您就不能对您的儿子有点儿自信？"安华锦小声埋怨，"我可不怎么想输。"

"你输了也不怕，不是有你七表兄和顾七公子吗？你七表兄不赔你，我不饶他。"皇后笑。

"那我也想赢啊，输了虽从七表兄身上找补，怀安也说补给我，但总归也就是我这十万两的事儿，拿谁的，都是自己人的钱。赢了就不一样了，我的十万两，也许能生好多个十万两,今年的军饷虽然解决了,还有明年呢,明年的军饷,能赢一点儿是一点儿。"

皇后一愣,转头看向皇帝。

皇帝也微愣,面上的笑容缓缓收起,看着安华锦:"小安儿,今年的军饷刚押送走,你就担心明年了?"

安华锦深深叹气:"陛下,南阳百万兵马,可不只吃饱就完事儿了,还要穿暖和一应所用,尽量让他们当军营是家,一应条件就要尽量好,毕竟守卫大楚,士兵们大多都是背井离乡,很辛苦的。这三年来,爷爷将南阳军饷的筹备之事,年年交给我,我养成了见钱眼开的毛病,恨不得钱生钱再生钱,士兵们好了,才能为陛下和大楚分忧不是?我今年多操些心,明年就省点儿心。"

皇帝沉默。

南阳军的军饷,自从十八年前他登基之初,发生了劫粮案,这十八年来,就一直限制南阳军的军饷。国库丰裕时,他也不想多给,国库不丰裕时,自是不必说。

只不过,一直以来,没人敢在他面前点破罢了。

他心情忽然有些不好,绷着脸,一言不发。

周围坐着的人一时间感觉话题不对,气氛不对,本来兴奋地看着龙舟赛,都齐齐地静了静,不敢出声了。

安华锦倒是无所谓,陛下不至于拿这一番话治她的罪,她专心地看着龙舟赛。

"你且放心,明年的军饷,朕也早早拨给南阳军。"皇帝沉默片刻开口。

安华锦粲然一笑:"那我替南阳军谢谢陛下了!您对南阳军看重,是守卫边疆的将士们的福气。"

皇帝面色稍缓。

气氛顿时一松。

"顾家果然落后了!"长公主开口。

皇帝看向龙舟赛,面色含笑:"怀安,你看得很准,顾九公子毕竟年少些,他虽喜武,操纵龙舟很是灵活。但顾六公子和顾八公子毕竟是文人,力气不足,选的队伍配合确实不够默契。"

顾轻衍微笑:"九弟爱玩,凑热闹而已。"

"接下来,你看这三个龙舟,先淘汰哪一个?"皇帝笑问。

顾轻衍摇头:"臣看不出来了,臣只对自家了解多些。"

皇帝大笑:"怀安,也有你不知道的。钦天监定的吉日吉时请雨神,朕听说有你一大功劳,你对天象推算这般准,朕觉得,封你为帝师,也当得。"

众人齐齐一惊。

"陛下,您可别开臣的玩笑了。"顾轻衍浅笑,"臣没什么功劳,都是钦天监一众大人们的功劳,臣不过就是猜了几个日子,最终还是钦天监一众大人们定下来的确切日子,臣在吏部,挺好的。"

皇帝含笑:"你呀,总是推却自己的功劳,这些年,推了多少,朕都不记得了。你这性子,既让朕对你爱重,又让朕无可奈何。"

顾轻衍笑而不语。

安华锦趁机插话:"陛下,我们是未婚夫妻,他有什么不要的功劳,不如您以后给我?浪费多可惜,我不怕赏赐多得吃不下。"

皇帝气笑:"你一边待着,一日没嫁他,他有多少好,都轮不到你。"

安华锦瘪瘪嘴,扭过头,明显不想理皇帝了。

"你瞧瞧她,像什么样子!"皇帝指着安华锦对皇后说,"她这是在给朕甩脸子?"

皇后笑道:"她顽皮又淘气,故意气您呢,您别搭理她,她如今是担心自己那十万两银子呢!"

皇帝大笑,倒是没真生气。

"呀,竟然是楚宸的龙舟落后了。"长公主时刻关注龙舟赛的动静。

众人一看,可不是,还真是楚宸的龙舟落后了。当前就剩下楚砚的龙舟与广诚侯府的龙舟了。

安华锦呼了一口气:"不是七表兄落后就行。"

她说着,腾地站起来,扶着亭子的白玉栏杆,对着连城湖上并排而行的龙舟大喊:"七表兄,我下了十万两赌注,赌你第一,你若是不拿第一,我就搬空你的七皇子府赔我银子!"

安华锦有武功有内力,她一声高喊,清脆又响亮,盖过了外面的呼喊加油声。

连城湖上的龙舟还在奋力前行,不知楚砚听没听见。

安华锦又连着大喊了三声,把四周的动静都喊没了后,她才满意地转回身,又坐回了原位。

皇帝笑骂:"像什么样子!大喊大叫!"

安华锦吐吐舌,又是一副笑嘻嘻的样子。

顾轻衍轻笑:"凭着安小郡主的威名,不知是威胁了七殿下,还是威胁了广诚侯府的小侯爷。不管是哪种，想必都是管用的。"

果然他话落没多久，快到了终点线时，广诚侯府的龙舟渐渐落后了，又过了片刻，楚砚的龙舟领先，冲刺得了第一。

安华锦欢呼一声，又站起身，一把拽起顾轻衍，不知是得意忘形，还是故意施为，总之，她十分大胆且光明正大，毫不顾忌地揽了顾轻衍的腰，从高高的观望亭上一跳而下。

伴随着四周惊吓的惊呼声，她稳稳地揽着顾轻衍，落在了楚砚的龙舟上，"砰"的一声，将楚砚的龙舟砸得一声响，震起冲天的水花洒下，像是胜利的烟花。

这就是安华锦！

肆意张扬的安华锦！

端阳节这一日，楚砚龙舟第一，而她又扬了一回名。

从二十几丈观景台跳下，还带了一个人，毫发无伤地落在龙舟上，这事儿也只有安华锦能做得出来。

皇后差点儿被安华锦吓死。

皇帝也惊了个够呛。

长公主和一众人等亲眼见到她带着顾轻衍跳下观望亭，也都惊得几乎喘不上来气。

他们都不知道，被安华锦拉着的顾轻衍，素来温和有礼，温润雅致的顾七公子，作为被安华锦拉着纵身跳下二十几丈高台的当事人，是否受了惊吓。

众人都趴在观望亭上往下看，四周同样目睹的有不少人，也都看着楚砚的龙舟，惊呆又惊骇。

楚砚也吓了一跳，水花溅了他和龙舟上的人一身，齐齐稳住下盘，才没掉下龙舟栽进水里，待水花落下。他看清了面前站着的人是安华锦，怒喝："胡闹！"

安华锦欢欣雀跃不已，不在乎楚砚冷眉冷眼冷声呵斥，她笑盈盈地说："七表兄，快恭喜我，你拿了第一，我不知道赢了多少个十万两。"

"所以，你是迫不及待地让我这个受苦受累参赛得第一的人，来恭喜你这个不劳而获刚刚胡闹吓我一场的人？"楚砚脸色十分不好看，怎么也说不出恭喜她，他目光落在顾轻衍身上，"你怎么也任由她胡闹？"

顾轻衍低低咳嗽，很是装模作样的有气无力，被吓得脸色发白但依旧不失顾家七公子风采地维持面子说："我没反应过来，便被小郡主拉下来了。"

楚砚没话了。

顾轻衍拽拽安华锦的袖子："我头有点儿晕。"

"哎哟，是我错了，走，我带你去领赢的赌注，见着了赢回的赌注，也许你就会好些。"安华锦也不要楚砚恭喜了，立马拉了顾轻衍就走。

转眼，二人就离开了龙舟，人群自发给二人让出一条道。

楚砚气笑，吩咐身边一人："竹影，跟上去看看，看她赢了多少，告诉她，超过五十万两，我受累一场，让她给我分红。"

"是。"竹影也是敬佩安小郡主，十万两，真敢下啊，幸好江云致识趣落后了，否则岂不是都得赔进去？

楚砚掏出帕子，擦了擦脸上溅的水，镇定下来，吩咐龙舟上的人："都辛苦了，每个人赏五百两。"

"多谢七殿下！"龙舟上的十多个人齐齐兴奋地道谢。

楚砚深吸一口气，重新恢复面无表情，缓步上了岸，去见皇帝。

皇帝见安华锦和顾轻衍安然无恙，也震惊于这小丫头武功之高，不知道老南阳王是怎么养的她。怪不得那日深夜张宰辅派出三百杀手，在安华锦搬救兵去之前那么长时间，都没能奈何得了她。

皇后拍拍心口："这孩子，的确是胡闹了些，她自己高兴得跳下去也就罢了，怎么能拉上顾七公子呢？"

皇帝轻哼一声："怀安也是纵容她胡闹，她才敢，若是他一直不纵容她为所欲为，她哪里敢？"

"臣妾回头便说说她，简直是胡闹。"皇后觉得她现在心还在乱跳。

一直坐在皇后身后，当自己是木头人的三公主楚希芸此时小声开口："安表姐虽然是胆子大，那也是真有本事，那么高的地方，拉着一个人跳下去，都没摔着。"

皇后气笑，回头瞪了楚希芸一眼："你如今倒是不装哑巴了。"

楚希芸闭了嘴。

自从她断了对顾轻衍的心思后，觉得安华锦没招她惹她，因为她喜欢顾轻衍，总是暗中骂她，其实她也挺无辜的。

第十一章 机锋

楚砚上了观望亭，对皇帝皇后见礼。

皇帝见他脸上虽干净，但衣服已湿透，不知是卖力气累得汗湿衣襟，还是安华锦胡闹让他淋了一身湖水，他好心情地摆摆手："先去把湿衣服换了。"

楚砚点头，又出了观望亭，去换衣服。

"去，把江云致和楚宸叫上来。得了第二名和第三名的，朕都有赏。"皇帝吩咐张公公。

张公公立即去了。

湖边，楚宸慢了江云致一步，上了岸后，他拍拍身上的水，也要追着顾轻衍和安华锦而去。

江云致拦住他："小王爷，去哪里？"

"我去看看我赢多少。"楚宸看了他一眼，"你也下注了吧？"

江云致笑着点头："我赌七殿下赢。"

"正好，我也是，那一起去？"楚宸哥俩好地与他勾肩搭背，说只有两个人听见的悄悄话，"比赛前，楚砚威胁咱们，说若是不使出全力，故意让着他，他就要咱们好看。我自然不怕他威胁，我看你倒是受了他威胁，明明到最后了，虽然不说赢了他，但最起码也是个并列第一，你怎么最后一刻就故意退了一步？"

江云致笑："安小郡主下了十万赌注，赌七殿下赢。我虽只下了一万两，但也是我全部私房钱了，你知道，我娘管我管得紧，这一万两私房钱，全拿出来也不容易。有安小郡主在前面挡着，我就不怕七殿下威胁了。还是不想赔本想赚点儿。"

"真有你的。"楚宸嘿嘿一笑，"我下了五万赌注，不知能翻几倍。"

江云致："……"

原来这还有一个比安小郡主不差多少的狠人。

所以，二人迫不及待地去领钱了。

于是，当张公公找人时，四下找不着人，问了一圈，听说宸小王爷和江小侯爷两人输了龙舟赛，心情不好，一起去喝酒了。

张公公："……"

他回去禀告皇帝。

皇帝听后,觉得自己儿子赢了,自己光高兴了,别人家的儿子郁闷,也该宽慰宽慰。于是,他下旨,将本来给二人准备的轻赏,多加了几样贵重的东西,一下子变成了重赏,派人各自送去善亲王府和广诚侯府。

皇帝本就为了让楚砚经由端阳节好好地在朝臣百姓中露露名声,所以,楚砚赢了第一,他脸上也有光,大为高兴,给楚砚的赏,自然也加了一倍。

楚砚换了衣服后,宠辱不惊地领了赏,面无表情地道了谢,便说累了,回府歇着了。

皇帝的好心情一下子去了一半,挥手让他去歇着后,有些后悔自己这些年对楚砚的不冷不热。如今他有心和楚砚拉近父子间的感情,可是楚砚已经长大,养成了这副寡淡无趣的性子,扭转不回来了。楚砚对他这个父皇,无论什么时候,也是不冷不热。

于是,皇帝也意兴阑珊地说自己累了,吩咐人摆驾回宫。

皇后还算了解皇帝,知道他因为楚砚的态度心情不太好,但也懒得理会。琢磨多年,她儿子是怎样一步步长成这个模样的,她比谁都清楚。

皇子公主们还没玩够,还想再玩,皇帝宽容地摆摆手,让护卫们照看好每个人,留了他们自己玩,便与皇后和一众妃嫔回了宫。

安华锦拉着顾轻衍去领赌注,到了设赌局的地方,见京城府衙、京兆尹的人和设赌局的赌场钱庄主事人早已经将她所赢的本金带赌注准备好。赌七殿下第一的人有五分之一,所以,一赔五的赢率,安华锦拿回本金后,又拿了五十万两银票。

五千两一张的银票,她拿回了一百二十张,数了数,脸上笑开了花,数完了,从中抽出一张递给京兆尹的一位大人,豪气干云地说:"我请各位大人喝酒。"

京兆尹那位大人立马推却:"这可使不得。"

小郡主一出手就是五千两,也太大方了!

安华锦硬塞给他:"有什么使不得的?你们辛苦了,请你们吃一顿酒而已,别客气。"说完,她转身,攥着厚厚一摞银票在顾轻衍面前甩了甩,笑问,"头还晕不晕?"

"不晕了。"

安华锦大乐,从中拿出十万两本金,揣进自己兜里,其余的全都塞他手里:"本金我留下了,赢的这些都给你,走,你请我去吃好吃的去。"

顾轻衍神色一顿:"都给我?"

"嗯,都给你。"

"除了本金?"

"对，除了本金。"本金是他的，她要了，赢的这些，就都给他。你给我，我也给你。

顾轻衍勾起嘴角，懂了安华锦的意思，但四周这么多人看着，他还是明知故问："为什么？"

安华锦见四周无数人都竖起耳朵，她语气欢快地说："你是我未婚夫啊，我对你好，送给你东西，哪有那么多为什么？"

顾轻衍点点头，笑着收了。

直到二人离开好一会儿，四周依旧鸦雀无声，他们刚刚都看见了什么？

安华锦赢了不多不少五十万两银子，正好是卡在楚砚所说的五十万两上，所以，竹影知道了也不用去安华锦面前了，只将探听的消息回禀给楚砚。

楚砚挑眉："你说不多不少，她正好赢了五十万两？"

"是。"

竹影想着，安小郡主这是什么运气？比五十万两多了主子就要她分红，可是，她偏偏没多赢一两，赢了个正正好。

楚砚沉默："算她运气好。"

竹影默了默，如实以告："安小郡主只留下了本金，下赌注赢得的所有银票，都送给了顾七公子。"

"嗯？"楚砚一怔。

竹影将当时的情形复述了一遍："如今外面都传遍了，说安小郡主对顾七公子一掷几十万两。许多世家公子都眼红坏了，纷纷说自己怎么就没有一个像安小郡主这样大方的未婚妻。将赢了赌局的所有银两，没焐热乎就转手送了人，送得潇洒，也只有安小郡主做得出来。"

楚砚失笑："她可不就是做得出来吗？父皇若是知道，怕是心中又该憋闷了。"

几十万两银子，不是小钱，说送就送。父皇若是知道，岂能不憋闷？他如今一心想要取消安顾婚约，但偏偏安华锦对顾轻衍很好，一掷几十万两银子，这可不是一丝半点儿的喜欢。

竹影早先没想到安小郡主此举若是陛下知道会如何，如今楚砚这么一说，他也吸了一口气。

"楚宸和江云致呢？"

楚砚想起这二人，脸色有些不好看。若是他们真发挥出本事，他顶多得个并排第一,但哪怕是并排第一,也比他们故意落后一步强,他不需要这二人故意让着他,虽拿了第一,胜之不武。

竹影摇头:"属下只关心安小郡主了,这就去打探。"

"嗯,去。"楚砚摆手。

竹影立即去了。

不多时,竹影回来,神色很是气愤:"殿下,宸小王爷下了五万赌注,赌您赢,江小侯爷下了一万赌注,也是赌您赢。"

"果然。"楚砚脸色一下子青了,"你去告诉他们,我记住他们了。"

竹影应是,立即去了。

果然皇帝很快就得到了安华锦和顾轻衍的消息,一下子气得不行。

他憋着气问张德:"你说,那小丫头是什么意思?她不是口口声声说赢了银两攒明年的军饷吗?怎么如今转手就大方地送给顾轻衍了?而顾轻衍,竟然还收了,一下子要未婚妻几十万两银子,他不怕被人非议?不觉得被金银之物砸了他的名声吗?"

张公公也被安华锦的操作弄得有点儿蒙,斟酌了好一会儿,才说:"也许小郡主是因为陛下您当时答应明年的军饷早早拨给南阳军,所以,小郡主放心了,一高兴,将银两就都送给顾七公子了?"

皇帝更气了:"是因为这个?不是因为别的?"

"这……"张公公绞尽脑汁地想,"老奴也猜不出小郡主的心思,总之小郡主拿出五千两请京城府衙和京兆尹的大人们吃酒,又留下了本金,其余所赢的银票,一股脑都送给了顾七公子。"

"虽然五十万两银子不少,但是顾家和顾轻衍也不缺这个。"皇帝尽量让自己智商在线,"外面可有人说顾轻衍如何?"

"没有,富家公子们都羡慕眼红顾七公子呢。"张公公小声说,"据说,当时小郡主给顾七公子银票时,实在太潇洒了,豪气干云,就像是她所有的好东西,都可以给顾七公子一样,似乎只是为了博顾七公子一笑。"

皇帝心中又是一堵,想冲口说一句"男色惑人,那小丫头八成被顾轻衍迷昏了头了",但那人毕竟是顾轻衍,他是帝王,这般说出口,被记起居录的人记下,总归不太好,有损他帝王英名。

于是,他憋了好一会儿,才绷着脸说:"真是胡闹!她今日做了多少好事儿!"

张公公垂头沉默。

安小郡主今日做的好事儿有好几桩，如今，外面全是在说安小郡主一掷几十万两博顾七公子一笑的言论。今日本就人多，京城的百姓十几万人口，有一多半都聚集在连城湖，经小郡主这么一闹，所有人都觉得她和顾七公子相处更合意了。

这样一来，陛下还怎么开口让他们取消婚约？更难了，可不是堵心吗？

"她一个女孩子！怎么就半点儿不矜持？"皇帝郁闷得无处发泄。

张公公低咳，这话也没法接口，安小郡主如今干的事儿，哪一样似乎都该是男子该干的事儿。比如揽着七公子跳下高台，比如为七公子一掷万金，她身为女子，生生给掉了个个儿。

"哎。"皇帝叹气，"朕怎么就这么难？"

张公公："……"

陛下是挺难的……

楚宸与江云致一起高高兴兴地去了领银两的地方，到了之后，齐齐恢复理智，对看一眼，又走了出来，各自吩咐了嘴严的不被人认出来的手下去领赌注。

楚宸下注五万两，赢了二十五万两，江云致一万两，变成了六万两。

本来是一件高兴的事儿，但是当听到四周无数人在议论安华锦将所有银子都给了顾轻衍后，楚宸的心情一下子就不美丽了。

他甚至有些生气，问一旁将银票揣进怀里喜滋滋的江云致："你说，小安儿的脑子，是不是被驴踢了？"

"呃。"江云致看着楚宸，心中的高兴都摆在脸上，"小安儿是谁？"

楚宸没好气："安华锦！"

江云致见楚宸一脸生气，不太懂他怎么了。

"你听听周围，听听他们都在说什么！"楚宸气得肝疼。

他掏心掏肺对那个没良心的好，她怎么就看不见呢？连一顿像样的饭菜都没好好地请过他，上次还把他一个人扔在一品居了。顾轻衍就那么好？让她掏心掏肺？

江云致刻意地听了听，四周都在议论安小郡主和顾七公子，羡慕的语气掩都掩不住，他有点儿蒙，问楚宸："你生什么气？"

楚宸："……"

他就是生气！

"与你不相干吧？"江云致无知觉地补刀。

楚宸气得拿眼睛剜他，一眼又一眼，眼珠子似乎能下刀子。

江云致感觉浑身冒凉风，后退了两步，挠挠脑袋干笑："我就是挺奇怪。"

楚宸懒得与他计较，他最气的是安华锦："顾轻衍缺她那点儿银子吗？你说！他缺吗？"

"应……应该不缺。"江云致摇头。

顾轻衍生于顾家长于顾家，是顾家嫡孙，整个顾家将来都是他的，他一应所用，堆金砌玉不为过。几十万两银子对他们根基浅的家族来说虽多，但对于几百年世家底蕴的顾家来说，九牛一毛都算不上。

顾轻衍自然是不缺这个银子的。

"人家不缺银子，她给什么给！"楚宸如孪了毛的公鸡。

江云致连连咳嗽两声："顾七公子自己有是自己有的，可能安小郡主送的，还是不一样？"

楚宸闻言更气了，几乎咬牙切齿："安华锦这个臭东西！"

江云致："……"

安小郡主他远远地见了，是个极美的美人，今日她带着顾七公子从高处一纵而下，落在七殿下的龙舟上，他的龙舟距离得近，也闻到一阵美人香的香风，真跟臭沾不上边的。

他看着楚宸，只能私以为，楚宸应该是还记着安华锦三年前揍他的仇。不过这也不对，传言不是说善亲王府和南阳王府和解了吗？那楚宸是……

他疑惑地看着楚宸，绞尽脑汁地用他的聪明才智猜测，只看到了一张嫉妒得不行的脸，他猛地睁大了眼睛："你……你不会是……"

嫉妒吧！

他不敢说出来！

"走，喝酒去。我请客。"楚宸又想一醉解千愁了。

江云致点点头，他赌注下得多，赢得多，自然是该他请客，他就厚颜去吃他请的酒了。

于是，二人也不算糊弄陛下，真去吃酒了。

不过，二人还没走到酒楼，便见到了替楚砚来传话的竹影，竹影板着脸将楚砚的话传给了二人。

楚宸："……"

江云致："……"

他们忘了，他们今日得罪楚砚了！

楚宸满脑子的生气暂且压了压，想着得罪楚砚，被他记一笔，总归不是什么好事儿。现在他虽不怕楚砚，但不代表将来不怕。他立即识时务地从衣袖里掏出了一叠银票，递给竹影："这是我给他赔罪的。"

一叠，挺厚，大约是今日他赢的赌注的一半。

江云致也聪明，几乎和楚宸同时拿出银票，将自己赢的一半递给竹影："这也是我给七殿下赔罪的。"

竹影："……"

他们殿下岂是被区区银票收买的人？

可是他们今日这么过分，若是殿下连他们给的赔罪银票都不收，岂不是更亏？

于是，他自作主张地痛快地替楚砚接了过来，转身回去复命了。

楚宸："……"

江云致："……"

七殿下这个暗卫，果然不愧是当初老南阳王给外孙子选的暗卫！

顾轻衍早就在云中味预订了位置，所以，二人直接去了云中味。

包厢是最好的观景的临湖房间，打开窗子，就能看到外面一片湖水，房中不用放冰，湖风吹来，很凉爽。

安华锦心情很好，靠着窗前坐下："你听到外面人都是怎么口口相传的了吗？陛下如今估计很是郁闷。"

越是让她与顾轻衍的婚约深入人心，陛下越是没法开口提取消婚约。

"嗯。"顾轻衍面上也是掩饰不住的笑意，"短时间内，陛下怕是无法开口提取消婚约了。"

安华锦笑，让陛下心情不好，她的心情就会很好。

小伙计上了云中味最拿手的招牌酒菜，另外又赠送了一大盘西瓜。

安华锦惊讶："还没到吃西瓜的季节吧？怎么这么早就吃上西瓜了？"

小伙计笑得见眉毛不见眼，殷勤地说："回小郡主，每年要再晚半个月才能吃到西瓜，但今年给我们云中味供应蔬菜水果的农庄据说新想了一个法子，早早就搭建了暖棚。西瓜幼苗到成长都温度足够，今年又比往年热，所以便比每年早熟了半个月。"

安华锦恍然："怪不得了！"

她拿了一块西瓜吃，很甜水分很足，对顾轻衍说："好吃，你也尝尝。"

顾轻衍点头，也笑着拿了一块："嗯，确实挺好吃。"

"这个给云中味供应蔬菜水果的农庄有前途。"安华锦评价，"比别人早半个月，这价格估计不便宜。"

小伙计在一旁笑着说："是不便宜，西瓜的正常市场价是一百文一斤，十斤的西瓜，是一两银子。如今是一千文一斤，十斤的西瓜就是十两银子。"

安华锦啧啧一声："翻了十倍。"

"是啊。"小伙计点头，"早熟的西瓜，除了供应给各大酒楼外，便供应给了京中各大府邸，寻常百姓们吃不起，京中的达官贵人们却对十两银子不在乎。"

他说着，忽然看了安华锦一眼，想着如今外面还传这位安小郡主出手大方呢，那是五十万两银子，寻常百姓们三辈子都赚不到，这位安小郡主全部都送给顾七公子了。

若是论西瓜算，这得是送了多少西瓜？

"这农庄叫什么名字？"安华锦从三年前就想方设法为南阳军赚军饷，就喜欢会赚钱的人。

"这农庄位于城外五十里地外的清幽山，农庄的管事儿姓梁，因这几年几乎垄断了蔬菜瓜果的供应，所以被人送了个外号叫梁黑子，他背后的东家是谁，谁也不知道。反正他管着五百亩的山林农田，种着各种蔬菜瓜果，虽价钱比别人高，但东西确实比别人好。新鲜干净又好吃。"小伙计说起来滔滔不绝。

安华锦看了顾轻衍一眼，见他面色含笑，她笑着说："我晓得了，你去忙吧。"

小伙计笑呵呵地退了出去，关上了包间的门。

安华锦笑着扬眉："这梁黑子，是你的人？"

顾轻衍浅笑，温润地看着她："怎么说是我的人呢？"

"猜的。"

顾轻衍笑着点头："确实是我的人。"

安华锦感慨："就拿楚宸来说，善亲王多疼他？他都一下子拿不出十万两银子下赌注，而你说拿就拿出来了。别人只猜到我来京后，陛下对我赏赐无数，我手里的东西林林总总，总够十万两了，但不会想到，我到底变现没变现。也只有你，给我十万两银子下赌注，眼睛都不眨一下的。"

顾轻衍失笑。

"其实我挺好奇，你手里到底有多少产业？"安华锦压低声音，"当年，大皇子私造兵器案发，陛下将大皇子私造的兵器库封了。大皇子在陛下眼皮子底下，受内务府管制,手里不会有多少银子,私造兵器的银两和花费,都是你出的,来支持大皇子的吧?"

"嗯。"

"八大街红粉巷的收入,都用来支持大皇子了?"安华锦看着他,"据说,兵器库很大?良弓箭羽有十万支?长枪大刀各有五万?还有什么?"

"刀枪剑戟,斧钺钩叉。别的数目不太多,只要军队用的,都有。"顾轻衍低垂下眉眼,"当初事发突然,我没能做到转移,都暴露在了陛下面前。"

"既然是事发突然,是出了内奸?"

"嗯,大皇子那里,出了内奸。"

安华锦就知道,若不是内奸出自大皇子那里,铁证如山,陛下也不会直接拿到大皇子私造兵器案的证据,要将大皇子砍头。顾轻衍能在那般凶险的情况下,不暴露自己且暗中周旋着保住了大皇子,已十分不易了,自然再没余力保住私造的兵器库。

"可惜!"安华锦叹了一声。

那么多好兵器,被陛下说封就封了,若是用于军队,如今南阳军也不至于还用着破破烂烂的兵器。

"不会可惜的,那个兵器库,早晚会解封。"顾轻衍眉眼沉定,"谁的辛苦,也不会白费。"

安华锦笑着扬起脸:"你说,陛下有生之年,会解封那个兵器库吗?"

"就看南齐和南梁兴不兴兵了。"

也是!

南齐和南梁若是再度兴兵卷土重来,那么,将无良将,再无兵器,岂不是等死?陛下若不是傻透了,那就该解封兵器库,给南阳军的兵器换新。

她痛快地吃了一块西瓜,又拿起一块来吃:"用冰镇过的西瓜,果然凉爽。"

"不宜吃太多。"顾轻衍眉眼温和。

"没事儿,我肚子向来好。"安华锦不在意地说,"若非我父兄在当年玉雪岭之战都死了,三年前大皇子的私造兵器案,陛下该疑心是我爷爷背后支持大皇子要造反了。"

"嗯。"顾轻衍见她心情不算好,转移话题,"一会儿菜凉了。"

安华锦点点头,扔了西瓜皮,拿起筷子。

二人刚吃了两口菜,外面的门被推开,楚宸一脸不高兴地站在门口,他身后跟着一脸不好意思打扰二人的江云致。

安华锦抬起头,看着楚宸,见他瞪着她,一脸莫名:"谁又惹你了?"

总不会是她吧?她今日可没惹他!

楚宸深吸一口气,语气硬邦邦:"你赢了那么多银子,请我吃饭。"

江云致:"……"

这不太好吧?一看就是顾七公子和安小郡主二人在约会,打扰人合适吗?

安华锦没答应:"这顿饭是怀安请。"

"就说你请不请!"楚宸觉得他不是个讨人厌的人,但是现在,他生气,不想自己气死,所以,就想来捣乱,不想让顾轻衍太得意,要喝酒,也要喝他们的银子。

安华锦看向顾轻衍,征询意见。

顾轻衍扫了一眼楚宸和江云致,淡笑:"宸小王爷,江小侯爷,请!"

楚宸抬步进了房间,见江云致不动,回头一把将他拽进了门槛。

江云致只能丢开不好意思,对二人见礼:"顾七公子,安小郡主,叨扰了。"

顾轻衍笑笑,吩咐外面的小伙计添两副碗筷。

楚宸对外面喊:"来一坛上好的酒。"

小伙计应了一声。

二人落座。

安华锦打量江云致,同是一个姓氏,自立门户后,广诚侯府是在先皇时立起来的新贵,而礼国公府则是从先皇时子孙就日渐没落。所以,若非如今礼国公府有个有出息的江云弈,广诚侯府又受毒茶案牵连影响了家族子孙仕途,那么无论如何礼国公府也比不上如今的广诚侯府。

江云致看起来比江云弈小两岁,与江云弈的成熟稳重不同,这位小侯爷看起来颇有几分活泼洒逸,是个讨喜的性子。

小伙计很快添了碗筷,又抱来一大坛酒。

楚宸对安华锦说:"你陪我喝酒。"

"行啊。"

安华锦答应得痛快,想着不把你喝趴下,看来你今日不会让我们好好玩了。

顾轻衍没意见。

于是,四个人吃饭,楚宸只抓住安华锦喝酒。开始时,用酒盅,三杯酒下肚,楚宸不满意,安华锦也不怎么满意,于是,二人让小二换了大碗。

江云致在一旁看得汗颜，顾轻衍面不改色，一如既往温文尔雅。

半个时辰后，楚宸头一歪，醉死在了桌子上。

安华锦眉眼清澈，也就只有那么三分的醉意，她笑看着楚宸，骂了一句："笨蛋！"

江云致："……"

他今日算是见识了安小郡主的酒量。

顾轻衍放下筷子，对江云致微微一笑："劳烦江小侯爷将宸小王爷送回去了。我们还有事儿。"

"好说！"江云致连忙点头。

他算是看出来了，楚宸这是什么时候应了情劫，如今看来，这劫难过去了。

江云致将醉死过去的楚宸送回善亲王府，很是得了善亲王一番细致的询问。

江云致不清楚善亲王知道不知道自家宝贝孙子喜欢安华锦，不好对善亲王说楚宸是为情所困找安华锦拼酒，生怕他因他一句话跑去找安华锦算账，使得善亲王府和南阳王府缓和了的关系又陷入僵局。于是只说楚宸今日赢了赌注，太高兴了，拉着他喝酒，把自己喝醉了。

善亲王却不好糊弄，盯着江云致问："江家小子，你别糊弄本王，你实话告诉我，他与谁喝酒了？"

江云致："……"

他干笑："就是与晚辈，晚辈喝得少，他喝得多，才醉了。"

"哼。"善亲王神色不善，"行，你回去吧，等他酒醒了，本王自己问他。"

江云致点头，见善亲王松口，他赶紧告辞出了善亲王府。

安华锦大热天里喝了一肚子酒，胃里热得很，于是西瓜便成了好东西，她吃了大半盘子，总算没那么热了。在江云致送楚宸离开后，她懒得动，便对顾轻衍说："就在这里歇一会儿如何？"

"可以。"

安华锦半躺在软榻上，舒服地闭上了眼睛。

她大体能明白楚宸今日为什么又不高兴，特意找来，大约就是因为听到外面说她将赢了的赌注都送给顾轻衍了，所以，直接冲着她来了。她回报不了他的感情，陪着他买个醉，倒是小菜一碟。

满屋都是酒香，安华锦也浑身都是酒香。

顾轻衍清楚楚宸的心思，也懂得安华锦为何答应他喝酒答应得痛快。如今看着脸色微微泛着胭脂红的小姑娘，她闭着眼睛半躺在美人靠上，全身懒洋洋的，暖融融的，伴着酒香，这么瞧着，便让人心里发软。

他看了一会儿，轻声说："晚上还去游曲香河吗？"

"去啊。"

顾轻衍点头，也靠着软榻闭上了眼睛。

安华锦本来打算小小歇一会儿，但大约是房间太安静，酒香太香，美人靠太软太舒服，所以，歇着歇着便睡着了。

顾轻衍听到均匀的呼吸声，睁开眼睛，见小姑娘睡着，哑然而笑。

她今日做了两件轰动的大事儿，如今外面的人怕是依旧谈得热火朝天，她却什么也没往心里去，睡得很香。

安华锦这一睡，睡了一个多时辰，醒来时，外面太阳已快落西山了。

睡了这么久，本该神清气爽，她却觉得有点儿累，她动了动脖子，归咎于不是在床上睡觉，果然不会太舒服。

"总算醒了！"顾轻衍看着她，"你再不醒来，我该喊你了。"

安华锦站起身，扭了扭腰，小声嘟囔："睡得好累。"

顾轻衍也跟着站起身："可用我帮你揉揉肩？"

安华锦摆手："不用，就是没睡床，有点儿不舒服，一会儿就好，我们走吧！你不是说曲香河的夜景很漂亮吗？城外二十里地呢，出了城，也该天黑了。"

"嗯。"顾轻衍点头。

云中味楼下停着马车，青墨和安平立在车前，见二人出来，一个摆了马扎，一个挑开车帘。

二人上了马车，向城外而去。

每年的端阳节，曲香河都有许多画舫游船，就为这一日在曲香河看夜景，或者放河灯，为亲人祈福。

所以，与顾轻衍的马车一样，有许多出城的马车。

这一日，城门不会落匙关闭，可以日夜进出。

安华锦靠着马车懒洋洋地坐着，除了身上不舒服觉得累外，肚子还有点儿难受，不过问题不大，她一年到头，不怎么生病，所以，有点儿小不舒服，很快就会过去。

果然，马车在天快黑前，来到了二十里地外的曲香河。

曲香河是一条沿着两岸青山缓缓流淌的宽大河流。两岸山花开遍，有花树因风吹拂，纷纷落下花瓣，清澈的河水浮着花瓣，风景美不胜收。

今日的曲香河，很是热闹，灯火通明，有很多画舫游船，河上一片繁华亮堂，将两岸青山绿水，山花开遍的美景映照得清楚。

安华锦下了马车，便看到了这一幅美景，还有岸边热闹的人声，以及岸边停靠着的画舫和河里游着的画舫游船。

她赞叹："好漂亮的曲香河。"

顾轻衍说曲香河的夜景漂亮，果然没骗她。

"哪一只是你的船？"安华锦眼睛看了一圈。

"那里，拴着莲花灯的那只。"顾轻衍浅笑，伸手指了指不远处。

安华锦顺着他视线看去，那艘画舫不大，但也不小，看起来就很精致，与四周画舫形成鲜明对比的是挂着的莲花灯，很是别出心裁地漂亮。

"莲花灯挺漂亮。"安华锦由衷地夸赞。

顾轻衍笑："是九妹妹特意做的。"

"她今日来了吗？"安华锦见那艘画舫上除了一个船夫，两个舵手外，没别人。

"来了，在顾家的画舫上，我大哥带着兄弟姐妹们，不与我们一起。"顾轻衍温声说，"往年，我不喜欢来凑这份热闹，也不与他们一起，今年你在京中，他们自然也不会打扰我们。"

安华锦扬着脸看着他："若是我不来，你多没趣。"

"嗯，是很没趣。"顾轻衍笑。

顾轻衍带着安华锦上了画舫。

船夫和舵手见了二人，齐齐见礼："公子，安小郡主。"

顾轻衍点头。

安华锦迈进舫内，一应陈设布置与这艘画舫的外观一样，精致又舒服。桌案上摆着热乎的饭菜，看起来像是刚出炉的，她扬了扬眉。

"画舫里带了两名厨娘，青墨提前吩咐的。"顾轻衍坐下身。

安华锦中午喝了一肚子酒，吃了一肚子西瓜，睡醒一觉，还真的觉得胃里空空，她坐下身："我是有点儿饿了。"

"吃吧。"顾轻衍给她倒了一杯热水，又将筷子递给她。

安华锦喝了一口热水，接过筷子。

用过晚饭，安华锦舒服了些，待厨娘将饭菜撤下底舱后，安华锦便靠着窗看着曲香河的夜景。

这一看，便发现了别人的画舫与他们这一艘画舫的不同，他们这一艘画舫太安静了，别的画舫内，人影晃晃，隐隐约约琵琶管弦歌声传出，很是热闹。

安华锦双手托腮，忽然有点儿幽怨："顾轻衍，你是八大街背后的主子，怎么不让人安排几个美人上来，就算你赏腻了，还有我啊。"

顾轻衍："……"

他还真没想到！

安华锦看他的神色，更幽怨了："现在让青墨去喊几个人来呗！唱曲的，弹琴的，咱们这画舫里，也热闹热闹啊。"

顾轻衍默了片刻，对外喊："青墨。"

"公子！"

"可还有闲着的琴师乐师能够叫来船上？"这话是问句，不是命令句。

青墨自小在顾轻衍身边长大，很是懂顾轻衍，干脆地摇头："回公子，没提前安排，今夜的琴师和乐师都抢手得很，早就被人提前预定了。"

顾轻衍看向安华锦，温声说："没有了。"

安华锦："……"

她又气又笑："到底是没有，还是不给我弄来？"

青墨果断地说："回小郡主，真没有。"

"有多真？"

青墨豁出去地说："小郡主若是不相信，属下可以跳进河里喂鱼。"

安华锦："……"

好吧，她不信也得信了。

青墨听见安华锦没了声，松了一口气。公子不喜欢和小郡主两个人游湖时，一大堆琴师乐师舞娘闹闹哄哄地在跟前碍眼，想来也更不喜欢小郡主看别的美人。

顾轻衍想了想，提议："虽然请琴师乐师不易，但拿一把琴来，还是容易的，我弹琴给你听如何？"

"好啊！"安华锦坐直身子，怨气瞬间消散。

青墨立即说："属下去给公子找琴来。"

不多时，青墨就抱来一架古琴，放在了顾轻衍面前。

顾轻衍净手后，坐在琴案前，笑问安华锦："想听什么？"

"只要是你弹的,都是好听的吧?"安华锦很有兴趣地看着他的手,这么漂亮的手,不知弹起琴来,得有多漂亮。

顾轻衍低笑:"应该是的。"

他手指拨动琴弦,一曲《天河云月》缓缓流淌出指尖。曲调很是适合这样的夜晚,清扬轻缓,细腻温软,就如春风拂过耳畔,细雨浇灌到心田。

安华锦听得心头意动,一曲落,她伸手一把拽过顾轻衍,将他从琴案旁拽到了自己身旁。

曲香河里,画舫或并排而行,或擦肩而过,歌声曲声萦萦缠绕着这份独属于端阳节的热闹。

安华锦想,曲香河的夜景美,但不如眼前的人美如诗画,也不如眼前的人弹奏的曲子美,更不如他指尖缓缓流淌的意蕴让她心头发热。

这么应时应景的夜晚里,她是不是该做点儿什么,来全这份心头热的意动?

她素来是个想什么就做什么的性子,不爱委屈自己,所以,她将顾轻衍拽到面前,顺着力道,身子微微侧压,不轻不重地压了他半边身子。

顾轻衍大约没料到安华锦忽然出手,一时愕然,但也没有反抗,顺从地被她拽到了身边,任小姑娘的半个身子侧压了他半个身子。

他从来没有与安华锦这般亲密这般近过,一时间,身子有些微微僵硬。

安华锦很满意顾轻衍的不反抗,她微低着头,就着这份心头忽然生起的意动,看着身下这个人。

今日没什么月色,但画舫内有莲花灯,外面有别的灯火通明的船只,照映得这一艘画舫,内外都是光。在这种灯火交织的光下,她面前身下的这个人,似云似月。

月华流水姝云色,玉落天河青山雪。

三年前与他初见,似比这样的月色好一些,但却没这样的月色看他看得清楚。

顾轻衍啊!

她从初见他,一直跳动的那颗心,似乎三年里就没停过,不过以前很多时候是在梦魇里,如今,是在她眼前。

这个人,三年的时光,还是那个她初见的少年。

他至今,也未及弱冠。

她抿了一下嘴角,又将头微微地低了一些。

顾轻衍的身子僵硬了一会儿,忽然就不僵了,他的头微微地扬着,就着安华锦早先的力道，半枕在她的手臂上手腕处，抬眼看着压在他身上半侧着的小姑娘。

小姑娘的眼睛不似往日清澈，看起来有几分迷离，她的容色在莲花灯的映照下，透着一丝清清的白，大约是靠窗子吹了河风，衣衫上透着丝丝的凉意。

他忽然很想摸摸她的脸颊，是不是也染了河风的凉意，是不是那种碰一下指尖微凉的感觉。

可是他的手被她压着，双双抬不起来。

她看起来没钳制他，但他的双手却动不了，这是很掌控欲的手法，但却不会让他不舒服，反而，让他看着上方的她，贴着她半边身子，心头也跟着渐渐发热。

安华锦看着他，又将头低下了些。

近，很近，几乎气息可闻。

顾轻衍的心头怦怦怦地跳起来，他从来不知道，自己的心跳原来也可以这么快。

冷梅香，依旧是清冽清凉的，比三年前，似乎有些许不同。

安华锦顿了一会儿，忽然抽出手，不再钳制顾轻衍，而是捂住了他看她的眼睛。

顾轻衍眼前一黑，忽然什么也看不见了，面前温软得不像话的身子，浓郁的酒香与淡淡的清幽体香混合一处，他一时间觉得气血直往心口冒。

安华锦盯着下方薄薄的很有棱角的唇，淡淡的颜色，像是什么呢？她一时想不出来，只觉得这个人无论哪一处，似乎都长在了她的心尖上，好看得过分。

她很想冲动地吻下去。

只需要再靠近那么一小下。

但……

今日若是轻薄了顾轻衍，她这一辈子，大概都得卖给他吧！

她昏沉的头脑骤然清醒，倏地松手，反手将顾轻衍推回了琴案前。

顾轻衍一愣，心头热血瞬间如潮水般退去，周身温软消失，顷刻间微微泛了凉意。

他被动地又坐回琴案前，猛地抬头，去看安华锦。

安华锦身子脱力一般地半躺回软榻上，闭上眼睛，一动不动，似刚才想要做什么的人，不是她一般。

顾轻衍盯着安华锦看了一会儿，嗓音微哑地问："为什么？"

安华锦不说话，很是安静。

为什么不继续吗？为什么推开他吗？他希望她不推开他？他想继续什么？

"为什么？"顾轻衍盯着她，语气有几分执意。

"什么为什么啊？"安华锦闭着眼睛装不懂，"我中午的酒还没醒。"

"你中午未醉。"

"虽然你没看出我醉，但我是醉了的。"安华锦声音很是认真，"睡了一觉，酒还剩几分，如今河风一吹，后劲又上来了。"

"骗子！"顾轻衍薄唇微启吐出两个字。

安华锦："……"

"骗子！"

安华锦："……"

"骗子。"

安华锦："……"

她不服气，猛地睁开眼睛，瞪着他："怎么就骗你了？这就是事实。"

多大点儿事儿！还不依不饶了！

顾轻衍看着她，执着地问："为什么？"

安华锦忽然就怒了，说恼羞成怒或者更准确些，她绷着脸，与他对视："顾七公子，这些日子，费尽心机，温柔待我，所求为何？别告诉我，你对我情深意重，真想娶我，我不信。"

顾轻衍眼睛里有什么在一点点消失，他坐直身子，目光沉静地看着安华锦："为何不信？"

安华锦一字一句地说："你从小生于钟鸣鼎食之家，却游走于八大街红粉巷背后，受得了沉寂，看得了繁华。弹指间，可翻云弄海，性情凉薄，有多少情是真？有多少情靠演？"

顾轻衍不语。

"我说错了吗？"安华锦瞪着他。

顾轻衍一再沉默。

安华锦想着她错了，今夜花好月圆夜色美，她鬼迷心窍，打破什么平衡，她及时迷途知返是对的。

"你就是这样看我的？"顾轻衍眯了眯眼睛，眉眼清清冷冷。

对了，三年前，她初见他，似乎就是这样一张清清冷冷的容色，欺霜赛雪。

安华锦转过头，看向窗外，不再接话。

顾轻衍忽然站起身，走近安华锦。

安华锦心猛地提起，倏地转头，伸手拦住他，语调快速："是我错了，身子不舒服，乱与你胡闹不说，又抽风地与你说这话，你大人不记小人过，别生气。"

顾轻衍脚步不停。

安华锦身子绷直，转移话题："你看，外面的好些画舫都连在一起了，要干什么？是有什么热闹可看吗？"

顾轻衍来到她面前，居高临下，目光清凌凌地看着她。

安华锦继续说："你听见了吗？真的有点儿闹哄哄的，也许是发生了什么事情了。"

顾轻衍一把攥住她拦在他面前的手。

第十二章　亲近

安华锦身子一僵，觉得他的手很冷，不知是不是由身体内传出来的，这样的顾轻衍，他面色不显，但她知道他已然动了怒。

可是如今，她好像有点儿没力气哄，她咬了一下唇角，微微叹气："顾轻衍，今夜别与我发脾气，我今夜的确有些不舒服……"

她话音未落，忽然小腹一阵剧痛，她脸色霎时一白，想抽出被顾轻衍攥住的手，抽不动，只能从后背拿出另一只手，捂住了肚子。

一瞬间，疼痛一阵接着一阵，她疼得额头冒了冷汗。

顾轻衍手猛地一松，语气也变了："怎么了？"

"疼。"安华锦疼得直抽气。

"哪里疼？"顾轻衍本来快气疯了，可是看她这个样子，虽然知道她素来会哄人会骗人，又诡计多端心思狡诈惯会装模作样，可是还是被她疼痛难忍的模样揪起了心。见她疼得在他松手后立马滑到了地上，他蹲下身伸手去抱她，同时对外面急喊："青墨，回岸上，去请陈太医。"

"别！"安华锦对这种疼痛太熟悉，不敢让顾轻衍抱她，"不用请太医。"

"为什么？"顾轻衍伸出的手又僵住。

安华锦闭了闭眼睛，情绪有些崩溃，又复杂又难言又抹不开面子，但觉得若是不说，拖一会儿怕是也瞒不住，只能豁出去地牙齿打颤地说："我来癸水了。每次来时，头两天都是这般疼。"

顾轻衍身子彻底僵住了。

安华锦有些害羞，不敢看他，但疼痛难忍，让她也顾不上了，语速飞快地说："你……离我远些，让船靠岸，将我送回府就行了。"

顾轻衍顿了好一会儿，似乎才明白她怎么了，脸色青红交加了一会儿，对外面说："青墨，回岸，速去请陈太医去安家老宅等着。"

"是！"青墨立即让船夫将画舫驶回。

顾轻衍咬牙，伸手不顾安华锦阻拦，弯身抱起了坐在地上的她，微微恼怒地低斥："气我有本事，如今逞什么强？"

安华锦的癸水一直不怎么规律，有时候二十日，有时候一个月，有时候两三个月，最长的时候，甚至半年。每次痛时，前两日都难挨得很，且每次来时都毫无预兆。

这次来前，其实是有点儿预兆的。在云中味睡醒后，她就觉得身体似有不适，以为是来京这一个多月，将身体养得娇气了，没睡床睡的美人靠才造成不适，所以，没往心里去。

如今，她悔得肠子都青了。

若是早长点儿心，也不至于在顾轻衍面前，落到如斯境地。

她虽然寻常时候不拘小节，但到底是个女儿家，遇到这种情况，还是做不到面不改色心不跳，若不是疼得太厉害，她面皮子如今薄得怕是要烧焦了。

如今也好不到哪里去，面皮子没烧焦，心里却烧成了一片焦土。

顾轻衍将安华锦抱着放在榻上，看她疼得额头豆大的汗珠子滚落，他束手无策地问："以前，一直这么疼？"

他从来没听说过家中姐妹有谁疼得这般死去活来的。

"嗯。"安华锦点头。

顾轻衍见她脸色煞白，全无一点儿血色，他伸手给她擦了擦额头的汗，汗珠子都是冷的，他直皱眉："既然如此疼，为何在家中时不让大夫诊治？"

"诊治不了。"

"南阳尽是无能的大夫？"顾轻衍见她快将自己团成一团了，心疼得很，重新伸手抱住她，这才又感觉出她浑身打冷战，他四下扫了一眼，画舫内没什么铺盖的东西，索性脱下自己的外衣，将她裹住。

安华锦疼得浑身没力气，任他裹了个严实："南阳也有好大夫，但是大夫说了，我这是先天的特殊体质，治不了，只能忍着。"

其实，她没说实话，大夫是说治不了，但也说女子大婚后，有了丈夫，渐渐地便能不治而愈了，这话她自然不能跟顾轻衍说。

顾轻衍抿唇："可有什么法子缓解疼痛？"

"弄个汤婆子让我抱着，便会好些。"安华锦感觉一阵痛过一阵，但这不是最难挨的，最难挨的是她若是这般挺着不管，一会儿怕是血漫身下的软榻了，她伸手推顾轻衍："你……你出去，让画舫里的那两名厨娘来一个。"

顾轻衍犹豫了一下，也清楚自己在这里她不方便，点点头，立即走了出去。

安华锦见他出去，松了一口气。

不多时，两名厨娘一起来了，见了安华锦的模样吓了一跳，齐齐给她请安："小郡主，您有何吩咐？"

安华锦气虚地说："你们可有女子来癸水所用之物？"

两名厨娘都五十多岁，早已没了癸水，二人对看一眼，也齐齐犯了难。

安华锦叹气，也不为难二人："算了，我忍着吧。"

其中一名厨娘开口："小郡主等等，我们去想想法子。"

安华锦只能点头。

两名厨娘一起走了下去。

顾轻衍站在船舱外，见两名厨娘愁眉苦脸出来，立即问："她有如何难处？你们帮不了吗？"

一名厨娘规矩地开口："回公子，小郡主需要月事布，奴婢二人还真没有。"

顾轻衍沉默。

另一名厨娘看着曲香河上来来往往的画舫游船，小声建议："今夜这么多画舫，也有许多女眷，要不然，找人借借？"

"可是若是找人借，此事势必会泄露出去，总归是女儿家的私事儿，不太好。"

"也是。"

顾轻衍听着两名厨娘你一言我一语，没个对策，他揉揉眉心，却也没法冷静下来，只能咬牙说："不能找人借，你们再想想法子，实在不行，只能让她忍着了。"

两名厨娘齐齐点头。

"画舫上可有汤婆子？"顾轻衍又问。

两名厨娘摇头。

顾轻衍叹气，心下有些郁郁："都没有吗？"

一名厨娘低声说："已经入夏，汤婆子这种，都是冬日里准备的物事儿，故而没有准备。"

顾轻衍摆手："罢了，你们去吧。"

两名厨娘一起下去想法子了。

顾轻衍不放心安华锦，又咬牙进了船舱内。

安华锦闭着眼睛，原封不动地抱着肚子半躺在软榻上，看起来可怜极了。

顾轻衍来到她面前，问："冷得厉害？"

"还好。"安华锦也很无力。

顾轻衍知道她大体觉得一辈子最没面子里子的时候摆在他面前了，若是可以，她想来恨不得拔腿就走，可是如今在河上，偏偏她哪里也去不了，只能等着船靠岸。

他本来对她一肚子气，如今倒是散了个干净，怕她心里落了疙瘩，今日之后，再不想见他了。他蹲下身，伸手将她整个人抱住，温声说："既然我的衣服不管用，那我借我的身子给你暖暖。"

安华锦颤巍巍地抬起眼皮，入眼处是顾轻衍温和的容色，她身子向后缩了缩。

顾轻衍气笑："不准躲我，我不笑话你，也不会嫌弃你，老实些。"

安华锦默默地不动了。

顾轻衍知道她情绪难熬，见她乖觉，也不再与她说话，安静地抱着她。

两盏茶后，一名厨娘在外面小声说："公子，奴婢二人想出了一个法子。可以进来吗？"

顾轻衍松开安华锦："进来。"

厨娘缓步走了进来，袖子里藏了个东西："公子先出去避避吧。"

顾轻衍意会，立即快步走了出去。

厨娘来到安华锦面前，拿出袖子里刚缝好的厚布包，小声对安华锦说："小郡主，奴婢想了个法子，将衣服里的二层衬衣剪了，给您现缝制了一个。您放心，因夜里冷，奴婢穿了三层衣服，二层的衣服没沾汗水和脏污，不脏的，您看，您用不用？"

安华锦感动："用。"

厨娘松了一口气："奴婢先将窗帘都落下，再去给您守着门，您自己能换吗？"

"能。"

厨娘立即落下窗帘，去门口守着。

安华锦挣扎着坐起身，窸窸窣窣地将那块布包垫在了身下。还好，今日第一日，刚刚来事儿，到底没血流成河，但她的衣裙却也染了红，顾轻衍给她裹在身上的衣服倒是还没染上，她不客气地将他的外袍又重新裹在她身上，将自己裹了个严实。

"我好了，你去吧。"安华锦重新躺回榻上。

厨娘立即去了。

须臾，顾轻衍重新走了进来，见安华锦的情绪似乎比刚才平稳了些，他也暗暗地松了一口气，坐在她身边说："一会儿就靠岸，再忍忍。"

"嗯。"

顾轻衍看着她，她依旧闭着眼睛，额头的汗不再是大颗的汗珠子，换成了细细密密的冷汗。他伸手碰了碰，果然碰了一手冰凉："太医院的陈太医，是最好的大夫，等回去让他好好给你看看诊。"

安华锦不抱希望，但还是领情："嗯。"

顾轻衍伸手去握她的手，果然她的手也是一片冰凉，他果断地说："你松开，我用手给你暖暖。"

安华锦睫毛颤了颤，没听话。

顾轻衍生气："都什么时候了？难受成这个样子，你就不能让自己好受些？倔什么倔？"

安华锦乖乖地松开手。

顾轻衍将她抱起，抱在怀里，然后将手放在了她小腹处。

虽然隔着衣料，但入夏的衣料本就薄，顾轻衍的手是暖的，温度还是很快就传到了她小腹处。

安华锦渐渐地好受些了，不知是疼过了最初的痛劲儿，还是因为被顾轻衍抱在怀里，被他的手暖着，总归，是没那么难受了。

少女的身子很轻，没多少重量，她的头枕在他胳膊上，也轻得很。顾轻衍生平第一次将人这般全手全尾地抱在怀里，她蜷成一团，软软的，像棉花一样，也将他的心化软了。

他想，这一辈子，就她了，从来没有这么确定过。

安华锦不知道顾轻衍在想什么，她很多时候，喜欢凡事自己掌控，不太喜欢脱离自己掌控在外的事儿。如今，目前这种情况，就是脱离了自己掌控了。

但她也无心去想有的没的，身体的疼痛，让她筋疲力尽，只想快点儿回去。

两盏茶后，船靠了岸，顾轻衍抱着安华锦下了船，上了马车，车夫不敢耽搁，立即快马加鞭回城。

从船上到马车上再到回了京城进了城门，最后回到安家老宅，顾轻衍一直抱着安华锦。

安家老宅里，只剩下孙伯和几个年纪大的老人守着老宅，其余人都被孙伯放出去玩了。当陈太医被顾轻衍命人先一步请到安家老宅等着后，孙伯得知小郡主身体不适很严重，便一直焦急地等在门口。

当顾轻衍的马车停下，抱着安华锦下了马车，亲眼见了安华锦一张惨白的小脸，孙伯脸也跟着白了："小郡主，您这是出了什么事儿？哪里受伤了？"

安华锦没什么力气说话，看了孙伯一眼，对他摇摇头。

顾轻衍抱着安华锦往里面走，同时温声说："她来了癸水，疼得厉害，我便让人请了陈太医。"

孙伯懂了，松了一口气，不是受伤就好办，吓死他了，连忙说："陈太医已经来了好一会儿了，就在枫红苑里等着呢。"

顾轻衍点点头，一路抱着安华锦快步进了枫红苑。

枫红苑内，灯火通明，陈太医坐在画堂里喝着茶，猜想着安小郡主这一日不知又生了什么事儿，难道又遇着谋害了？他叹息，想着这位安小郡主来京，可真是多灾多难。

他正感叹着，见顾轻衍抱着人匆匆而回，他放下茶盏，立即站起身。

顾轻衍进了屋，看了陈太医一眼，说："有劳陈太医了。"

说着，便抱着安华锦进了她的闺房。

陈太医顿了一下，跟在顾轻衍身后提着药箱连忙走了进去。

顾轻衍将安华锦放在床上，让开床前，自己却没避开，等在一旁。

陈太医来到床前，伸手给安华锦把脉，同时问："小郡主哪里受伤了？"

安华锦难以启齿，但此时脸皮子也早在顾轻衍面前丢尽了，更无需怕对太医说了，她气虚乏力地说："我来癸水了。"

陈太医一怔。

女子来癸水，他见过不少难受的症状，但却从没见过这样的，被癸水折磨得似丢了半条命。

他定了定神，一边把脉一边问："怎么会这么严重？"

"一直就这样。"

陈太医点点头，细细把脉片刻，神情凝重地说："体内气血滞结，有冷寒之症，看起来是先天原因，大约在母胎里，受了寒气。再加之多年来，未曾妥善调理，才如此严重。可是腹痛难忍？"

"嗯。"

陈太医又换了另外一只手："今日可是服用了大量寒凉的食物？"

"晌午时，她吃了一大盘冰镇西瓜。"顾轻衍接话。

"那就是了，冰镇西瓜最不宜这一日吃，这几日都不能再吃了。"陈太医撤回手，叹气，"如此症状，似乎没什么好的法子。"

安华锦早就知道："劳烦陈太医了，我知道。"

顾轻衍凝眉："她如此疼痛，就真一点儿法子都没有？哪怕缓解一二也行。"

陈太医转过身，想着顾七公子何等和风细雨的一个人，从来见他时，都温文尔雅，从容不迫。今日难得见他疾步匆匆，眉头打结的模样，他心里挺乐，但面上也不敢表现出来，拱了拱手说："老夫可以开一个药方子，让小郡主服下，再喝一碗红糖姜汤水，抱个汤婆子，能够缓解一二，但若是治这痛经之症，却做不到。"

顾轻衍抿唇："那就先开方子吧。"

陈太医颔首，走了出去，斟酌着开了一张药方子。

孙伯立即拿着让人去抓药了。

陈太医想了想，压低声音对顾轻衍说："小郡主这个症状，的确没什么好法子，只能每次来癸水时，服用我这个药方子，能够缓解疼痛。但也不是全然没法子，以后小郡主若是大婚，有了闺房周公之礼，阴阳调和，也许会渐渐不治而愈。"

顾轻衍："……"

他掩唇低咳，一时间甚是无言。

陈太医笑呵呵地："小郡主的状况比较严重，一般都是前两三日更难挨些，过了两三日后，就不那么难受了。手足冰冷，可以多用汤婆子，只要身子随时是暖的，小腹是暖的，血液流通，便会减轻疼痛。"

顾轻衍只能点头。

陈太医有点儿想知道这位顾七公子心里是怎么想的，但他面上实在看不出什么来，他瞧了一会儿，该嘱咐的嘱咐完，该告知的告知后，只能作罢，提着药箱告辞。

孙伯给陈太医包了个大红封，连连道谢地将人送了出去。

顾轻衍看着陈太医离开，耳根子后知后觉地彻底烧透了。他沉默地坐在外间画堂里，想着大婚之期，还遥遥无期呢。

他不以为安华锦会为了这个，同意嫁给他。

再说，如今陛下另有了别的心思，就算她同意，陛下也不会痛快让他们大婚。

孙伯送人回来，见顾轻衍坐在椅子上不知道在想些什么，总之不是什么高兴的事儿，他道谢："辛苦七公子了，幸好有您在，否则小郡主今日要受罪了。"

"应该的，不必说谢。"顾轻衍摇头。

孙伯点头，想着七公子是自己人，便也不说谢字了："老奴刚刚想了想，这府中没个教养嬷嬷，怕照顾不好小郡主，您看，老奴是不是该从外面找个教养嬷嬷来？"

顾轻衍斟酌着想了想："我家里有教养嬷嬷，可以派一人过来照顾她。不过还是要问问她的意思。我这就进去问问她。"

孙伯连连点头。

顾轻衍起身，进了内室。

安华锦躺在自己床上，盖着被子，眉头依旧拧着，脸色依旧苍白，看来一时半会儿是好受不了了。

顾轻衍来到床前，对她温声问："你这里没有妥帖的嬷嬷，可否让我派个来你身边照顾你几日？"

"不用。"

顾轻衍皱眉："你一个人，这副样子，如此难受，有个妥帖的嬷嬷照顾你，也能好受些。"

安华锦摇头："我习惯了，在南阳时，身边也没什么侍候的人。今日不察，吃了冰镇西瓜，才这般严重，以前虽也疼，但没今日严重。没事儿，陈太医不是开了药方子吗？我服用后，歇一夜，就会好些了，能忍受的。"

顾轻衍有些生气："别胡闹！听话！"

安华锦看着他，很是认真："真的不用，你放心，我自己的身体我自己知道，就是疼点儿而已，过去了早先最痛的劲儿，如今好多了。"

顾轻衍看着她脸上依旧布满冷汗，躺在被子里，依旧冷得打颤，却故作平静的模样，一时气得不想再与她费嘴皮子，转身走了出去。

孙伯见他出来，小声问："七公子，小郡主可是同意了？"

"没有，她不同意。"顾轻衍脸色不好看。

孙伯叹气："那算了，小郡主的脾气说一不二，不喜欢人围着她身前身后地转悠。在南阳时也一样，老奴将厨房的张婶子叫来跟前，让她这几日多费心照看小郡主一下吧。"

顾轻衍沉默。

孙伯看着顾轻衍："七公子，天色已很晚了，您看起来也累了，回去歇着吧。等药熬好了，老奴会盯着小郡主服下的。"

顾轻衍揉揉眉心，原地站了一会儿，似下定了决心，眉目清然地看着眼前人，语气郑重："孙伯。"

"七公子？"孙伯立即直起腰板，听候吩咐。

顾轻衍却没吩咐什么，只问："我对小郡主，甚是心悦，若她嫁人，只会嫁我。

我对自己，很是相信，你可相信我？"

孙伯一怔："老奴自然是相信七公子的。"

顾轻衍负手而立："那好，我留下来照顾她。"

孙伯睁大眼睛："这……这……不太好吧？"

虽然有婚约在身，但到底没大婚呢啊，这般深夜照顾，共处一室，若是传出去，总归对小郡主名声不好。

"安家老宅的人，只这么几人，都是忠心耿耿的吧？你觉得，我若是留下，不想让人传出去的闲话，会传出去吗？"顾轻衍问。

"那倒不会。"孙伯敢保证，都是忠心耿耿的人。

"那就行了。"顾轻衍一锤定音，转身重新进了内室。

孙伯挣扎了一会儿，想着小郡主和顾七公子订婚八年，如今相处得这么好，顾七公子乐意放下身段照顾小郡主，他该高兴。若是一味拘泥规矩，没准还破坏了二人培养情分，于是，他果断地同意了顾轻衍。

安华锦本来以为她把顾轻衍气走了，没想到，他很快就回来了。

安华锦又冷又疼，自然是睡不着的，她睁着眼睛看着顾轻衍，想看他回来又要对她说什么，却没想到他只看了她一眼，什么也没说，便脱了鞋，动作利落地上了她的床。

安华锦睁大眼睛，不敢置信地看着顾轻衍："你……"

顾轻衍似乎嫌弃地方太小，伸手将她连人带被子捞起，往床里挪了挪，给他空出了一大块地方，他躺下身，自然地扯过被子，又将她捞进了他怀里。

安华锦被他这一系列行云流水的操作惊呆了："你干什么？"

"我的身子冬夏都是暖和的，比汤婆子好用，汤婆子凉了夜里还需要换几回，我就不用了。既然你不想要教养嬷嬷伺候，我便留下来照顾你。"顾轻衍解释。

安华锦反应了好一会儿，才认知了他话里话外的意思："你留下来陪睡？"

顾轻衍点头："可以这么理解。"

安华锦："……"

她如今这个情况，虽然狼狈尴尬羞窘的一面都展现在了他面前，但还是不想继续一直展现。可以说，她目前最不想看见的人就是他，她从曲香河一路挨着好不容易挨到家了，躲他还来不及，他这把自己送上她的床，她是十分地接受不来。

她深吸一口气："顾轻衍，这不合礼数。"

顾轻衍伸手抱住她，小姑娘身量虽不矮，但实在太过纤细。抱在他怀里，就如抱了一块冰，这么凉，就算是汤婆子铺满床，怕是都焐不暖她，不知道以前她是怎么挺过来的。

"第一，这里是安家老宅，你的家里，不会传出什么闲话；第二，你当我是抱枕就好。"顾轻衍给出她合理的理由，"你这副样子，就算我陪你躺着，你还能有力气有心思想有的没的？或者，你以为，你这副样子，我会有兴趣想有的没的？"

安华锦："……"

这不是有力气、有心思想有的没的的事儿！

她身上难受得很，自然没力气也没心思想有的没的，她这副鬼样子，他应该也没有。但她这副鬼样子，也不想一直被他看见啊。

安华锦继续吸气："顾七公子当抱枕，是不是太委屈你了？"

"是有点儿，所以，你要记着我这个大人情。"顾轻衍一本正经。

安华锦噎了噎，退一步："现在，我答应你给我派个教养嬷嬷来了。"

"晚了。"

安华锦有些恼了："你就是打定主意，在我最不想看见你的时候，非要赖在我面前是不是？"

"你为什么不想看见我？"顾轻衍侧头瞧着她。

明知故问！

安华锦气恼，伸手推他："总之，我不答应，你赶紧走。"

顾轻衍攥住她的手，见她真有点儿恼了，温软了语气："你最不想让我看见你的时候，我已经看见了。我留在这里陪你，有什么不好？你刚刚身子冰凉，被子都焐不暖，如今有我在，已经不那么冰凉了。也许，过一会儿，你就不太难受了，还能睡一觉。"

安华锦不说话。

顾轻衍轻轻拍着她，也不再说话。

过了一会儿，安华锦认命地闭上了眼睛。虽然她很不想承认，但还是不得不承认，有顾轻衍在，他身子就像是一个暖炉，暖融融的。贴着她的身子，让她冰冷的身子也跟着一点点地暖和起来，似乎一阵阵难挨的疼痛，都没那么疼了。

半个时辰后，孙伯在门口小声喊："七公子！"

顾轻衍应是，松开安华锦，起身下榻，来到门口。

孙伯端着一碗药，怀里抱了两个汤婆子，见顾轻衍出来，小声问："小郡主可还好？"

"无碍，有我照顾她，放心吧。"顾轻衍接过药碗和汤婆子。

孙伯点头："您是个妥帖人儿，老奴自是放心，厨房已经烧好了水，小郡主大概需要收拾换洗一番，老奴让人将水抬进这屋子里。隔壁的耳房也可沐浴，小郡主喝了药后，您先去耳房沐浴。听说您带小郡主去曲香河了，夜里想必也吹了河风，已经让厨房给小郡主熬了红糖姜汤，也让人给您熬了姜汤，一会儿您也喝一碗。"

"好。"

孙伯笑呵呵地走了下去。

顾轻衍转身进了屋，先将汤婆子塞进安华锦怀里，然后端着汤药问她："你是自己起来喝，还是我喂你？"

安华锦还没那么娇气，慢慢地坐起身，对他伸手："给我吧！"

顾轻衍将汤碗递给她。

安华锦接过，一口气利落地喝了个干净。

两名粗使婆子抬了一大桶热水放进屏风后，又悄悄退了下去。顾轻衍拿走空碗，出了房门，去了孙伯说的隔壁耳房。

安华锦立即下了地，从柜子里找出换洗的月事带和衣服，赶紧进了屏风后。

她动作利落地洗了个热水澡，将该换的东西换了，该扔的东西扔了，不过盏茶时间，便收拾干净，长长地舒了一口气，又躺回了床上，对外面喊："可以进来收拾了。"

两名粗使婆子进来，将水桶抬出去，将屏风收拾干净，又端了一碗红糖姜汤来，安华锦喝下，才退了出去。

屋中静了下来，安华锦抱了一个汤婆子，脚下蹬了一个汤婆子，感觉了一会儿，发现真不如顾轻衍抱着她暖和。

过了一会儿，顾轻衍回来，身上带着氤氲的水汽，看起来热乎乎的。他掀开被子，进了被窝，安华锦不等他伸手，便自动地扔了汤婆子，滚进了他怀里。

顾轻衍低笑了一声。

安华锦的脸红了红，装作没听见。

顾轻衍伸手拍拍她，嗓音多了几分温柔："若是能睡着的话，就睡吧。"

安华锦"嗯"了一声，静静地躺了一会儿，感觉小腹还是一阵阵疼，她挣扎了两下，还是伸手将他的手拿过来放在她小腹上。

顾轻衍侧头看她，想着她该不客气的时候，还是很不客气的。

夜深人静，整个安家老宅也安静下来，安华锦还真的在顾轻衍温热的怀里渐渐地睡着了。

听着她均匀的呼吸声，顾轻衍却半丝困意也无。

他倒是想睡，可是温香软玉在怀，他怎么能睡得着？

他睁着眼睛看着怀里的小姑娘，她整个人都娇娇软软的，气息如兰，淡淡幽香，他想故意忽视都忽视不了。

他不由得深深叹气，他留下来能够让她今夜不受疼痛折磨睡着，虽然是对的，但对于他自己本身来说，却是个错误。

天明时分，安华锦醒了，她动了动身子，感觉碰到了硬邦邦的身体，她慢慢地睁开眼睛，便看到顾轻衍合着眼，眼下一片阴影，她伸手碰了碰他，触手一片僵硬。

她眨眨眼睛，又伸手捏了捏他的腰。

顾轻衍终于受不了，伸手攥住了她的手，眼睛睁开看着她，面色不太好："醒了？乱动什么？"

"你怎么这么僵？是我压着你了？"安华锦不解地问。

"看来你不难受了？"顾轻衍松开她，腾地坐起身，将挂在床头的衣服快速地披在身上，转眼便穿戴妥当。

安华锦"唔"一声："这一夜还真没难受，顾轻衍，谢谢你啊。"

若不是他当暖炉，她这一夜肯定睡不了这么好，以前每次来癸水时就没有睡着过。

顾轻衍脸色微郁："做人要知恩图报，你记着就行了。"

安华锦："……"

"你能睡好，我辛苦一夜也值了。"顾轻衍看着她，经过一夜好眠，她脸色比昨日好些，有了些血色。

安华锦盯着他眼下的阴影："你看起来没睡好？"

顾轻衍"嗯"了一声："是没睡好。"

安华锦建议："时辰还早，要不然，你去客院睡一会儿？"

顾轻衍摇头："朝廷只沐休一日，若是你不难受了，我今日还是要去吏部点卯。老尚书说端阳节后要告老还乡，很多事情都需要我接手。你可还要再睡一会儿？"

安华锦想了想："我不太难受了，起来陪你用早膳，一会儿你走后，我再睡。"

若是还能睡着的话。

顾轻衍点头，转身出了内室，去耳房净面梳洗。

安华锦拥着被子在床上坐了一会儿，这时候才有力气和心情想了点儿有的没的，想到顾轻衍眼下的阴影和僵硬的身子以及郁郁的神色,她忍不住弯起嘴角。

这一日的早膳尤其丰盛,很是补气补血。

安华锦看着顾轻衍眼下的青影,后知后觉地良心发现,很是愧疚地给他盛了一大碗乌鸡汤。

顾轻衍瞅了她一眼,端起来一口一口地都喝了。

用过早膳,顾轻衍临出门前,看着安华锦还是很没精打采萎靡的模样,对她温声说:"若是难受,就让孙伯派人去吏部喊我。"

喊你做什么?扔下公务,回来陪我?

安华锦虽然肯定不会喊他,但还是乖乖点头:"好。"

顾轻衍伸手摸摸她的头,又嘱咐孙伯:"小郡主若是难受得紧,一定派人去喊我。"

孙伯乐呵呵地点头:"七公子放心,老奴会盯着小郡主的。"

顾轻衍颔首,放心地出了安家老宅。

他一夜未睡,精神不太好,坐上马车后,狠狠地揉了揉眉心:"青墨。"

"公子!"

"昨日夜里,京中可有什么不同寻常的事情?"顾轻衍问。

青墨摇头:"回公子,没有。"

顾轻衍放下手,淡笑:"看来张宰辅将自己的子孙教养得都极好,既然逃走了,没为了回来救他自投罗网。"

青墨点头。

"让人盯着天牢些,张宰辅最少要活个一年半载。"顾轻衍吩咐,"别过了风头松懈了,让人找着机会下手给他个痛快。"

"是。"

安华锦在顾轻衍离开后,喝了汤药,抱着新换的热乎乎的汤婆子躺回了床上,身边没了人工暖炉,她似乎又开始难受起来。小腹不像昨日初来那般连续地疼了,但偶尔一阵阵,还是让她疼得直皱眉。

她在床上翻来覆去地躺了许久,还是睡不着,想着以前每次都是找一本兵书挨时间,便下了床,翻出那本已经看完的《兵伐》,躺回床上裹着被子捧着看。

果然管些用处。

孙伯悄悄探头瞅了一眼,见安华锦捧着书在看,不像是痛苦的模样,便放心去忙了。

半个时辰后,安华锦放下《兵伐》,眉头打着结叹气。

以前，癸水来时，前两日难挨，但她也不觉得时间过得多慢多难挨，如今不过一夜，她便发现，被顾轻衍给惯的，连这么好的兵书，对她都不怎么管用了。

他刚走，她便想把他拽回来。

这样下去，怎么得了？

她死命地闭上眼睛，忍了又忍，还是忍不住，便开始想法子，想了好一会儿，也没想出什么更好法子来。

这时，孙伯在外面小声喊："小郡主？"

"我好得很。"安华锦咬牙。

孙伯立即说："七殿下来了，您可见？"

安华锦"嗯？"了一声，她这位七表兄，可谓是无事不登三宝殿，他今日来，不知道是什么事儿找她。

她想着有人来陪她打发时间也好，哪怕这个人是她最不待见的，她点头："见。"

"七殿下如今在前厅，老奴将七殿下请来这里？"孙伯询问。

"嗯。"

孙伯立即去了。

安华锦推开被子，抱了一个汤婆子，简单收拾了一下，去了画堂。

她刚坐好，孙伯带着楚砚进了枫红苑。

楚砚身后跟了一名小太监和一名宫里的嬷嬷，小太监捧了一个长匣子，长匣子看起来有点儿沉，将小太监的腰压得都有点儿弯。宫里嬷嬷看起来比贺嬷嬷年轻些。

孙伯先一步挑开帘子，请楚砚进来。

楚砚迈进门槛，一眼便看见了抱着汤婆子坐在桌前的安华锦，她整个人几乎趴在桌子上，脸色苍白，精神不济，看起来柔弱无力，很是孱弱。他皱眉，素来淡漠的脸上多了丝关心："昨夜听闻你叫了陈太医，母后得了风声，今日问明情况，不放心你，让我带了致仕的前太医院院首李功檀研制的止痛丸给你。"

安华锦眨眨眼睛。

也就是说，她来癸水，惊动了姑姑？而姑姑惊动了她这位七表兄？

她耳根子有些烧，但还是面不改色地点头，装作不是事儿地说："多谢姑姑了，也多谢七表兄特意送来。其实你派个人来就行了。"

"母后不放心，让我亲眼看看你，除了给你送止痛丸，还给你送个人。"楚砚坐下身，"安家老宅没有妥帖的教养嬷嬷，往日也就罢了，如今你身子不适，有人妥帖侍候才是最打紧的。"

安华锦在人来的时候已经料到了，但还是不想要，宫里的人是那么好要的吗？留下就送不走了。

她坚决地说："我不要，我不需要人侍候。"

楚砚毫不意外她拒绝："知道你会推拒，所以我才亲自来了。这人你必须留下。"

"哪有什么必须？在南阳时，我身边也不需要人侍候。"

"南阳是南阳，京城是京城。"楚砚眉眼倏地凌厉，盯着她，"你别以为我不知道昨夜顾轻衍留在这里照顾了你一晚上。"

安华锦："……"

谁说安家老宅密不透风的？这么十几个人，闲话也能传得出去？

她正了神色，对上楚砚凌厉的眉眼，眯起眼睛："七表兄是怎么知道的？难道你在安家老宅放了你的暗桩？"

若是如此，不管是谁，哪怕是最老最老的人，她也要拔了。

"没有。"楚砚沉声说，"昨夜你还在曲香河，没回来，他便派了人去陈太医家里请了陈太医，我从陈太医那里得到消息，便让人盯着些。暗卫禀告，陈太医离开后，他一直没离开，今早才离开。"

安华锦绷起脸："七表兄好关心我啊。"

楚砚疾言厉色："自从出了毒茶案刺杀案，惊动了外祖父，他在给我书信中，让我盯着你些。你与顾轻衍虽有婚约，但还未大婚，他这般留宿，不合礼数，你胡闹也就罢了，他难道不是明白人？如今竟然跟着你一起胡闹。你既然不想嫁给他，如今不要教养嬷嬷，难道只想与他暗中厮混不成？"

谁要与他暗中厮混了？

这话虽然说得不对，但她确实只想维持现状，做个未婚夫妻。

安华锦不惧楚砚眼中厉色，云淡风轻地说："七表兄，我想与他如何，爷爷管不了，你更管不了。说句不怕风大闪了舌头的大话，陛下也管不了。所以，止痛丸我留下，人你带走。"

楚砚面上涌上盛怒："油盐不进。你是女儿家，毁了名声，吃亏的是你。你若是不想我管，你最好现在就拉上他去父皇面前，说你们即刻大婚。也免得……"

他倏地顿住，后面的话又吞了回去。

"免得什么？"安华锦似笑非笑地故意问，"免得陛下给七表兄你施压？打你的主意，想让你娶我？免得陛下想方设法动心思、使手段琢磨着怎么毁了我们的婚？"

楚砚面沉如水。

安华锦笑："陛下如何对你，是你的事儿，你承受什么，也是你的事儿，至于我与顾轻衍如何，是我的事儿，我如何打算，也是我的事儿。七表兄，你不要把你的想法强加于我。我乐意维持与顾轻衍的婚约，就是乐意。我不乐意更进一步，也不乐意后退一步，都是我的事儿。你如何，与我不太相关，我如何，也不太与你相关。别仗着你是姑姑的儿子，就对我指手画脚。"

楚砚脸显而易见地黑了。

安华锦脸上依旧笑着："别以为二皇子死了，三皇子势弱了，挡在你面前的大山没有了，七表兄，你要懂，会咬人的狗不会叫。张扬的都倒台了，你未必就前途一片坦荡了，陛下正值春秋鼎盛，其余皇子如今风头都不如你，如今所有人的目光都盯在你的身上，但这才真正是你开始谨慎之时。我奉劝你，你要做的事情多了去了，别把眼睛和时间盯在我身上。"

楚砚眼底黑云翻滚："所以，说了半天，我的话，你一句不听了？"

安华锦笑容浅淡："我知道自己在做什么。"

"你最好知道。"楚砚腾地站起身，恼怒地拂袖而去。

孙伯在门口瞧着心惊胆战，见楚砚离开，他立即进了屋："小郡主……"

安华锦摆手，气走了楚砚，她丝毫不在意："药丸留下，那个嬷嬷送出去，让他带走。"

孙伯点头，在这安家老宅里，他自然是听小郡主的，于是依照安华锦命令，留下了止痛药，将那名宫里的嬷嬷送了出去。

楚砚黑着脸将人带走了。

竹影从来没见着谁将七殿下气成这个样子，面色青如黑炭，脸上黑云压山，盛怒地大步出了安家老宅，上马车时，还踹了马车一脚。

他分外惊撼，安小郡主果然有着常人没有的独一份本事。

马车离开安家老宅，回到七皇子府，一路上，楚砚已自己消化了怒火，恢复如常，下了马车后，他吩咐："将嬷嬷送回宫里，告诉母后，让她不用担心，她的好侄女好得很，用不着人操心。"

丢下一句话，他径自进了府。

竹影眨眨眼睛，想着这怒火其实还是没消的。

七皇子府的管家亲自将那名嬷嬷送回了皇宫，见了皇后，如实地将七皇子的原话说了。

皇后叹了口气："小安儿这孩子，自小就有自己的主意，罢了，她不要就不要吧。"话落，她纳闷，"不过，我怎么听着砚儿这话不对劲？他们两个不是和好了吗？如今这是又话不投机了？"

贺嬷嬷也奇怪："不知是怎么回事儿？"

皇后把那名被送去安家老宅又被退回来的嬷嬷叫到跟前问："你跟着七殿下去安家老宅，可见着小郡主了？"

那名嬷嬷摇头："回皇后娘娘，奴婢没见着小郡主，在院外等着了。"

"也就是说，你不知道经过了？"皇后看着她。

那名嬷嬷犹豫了一下，小声说："七殿下与小郡主在画堂里，奴婢在院外等着，不知二人说了什么，七殿下走出来时，似乎很是生气震怒，上马车时，还踹了一脚马车。"

皇后惊讶了："他们这是打架了？"

那名嬷嬷也不敢胡说："奴婢也不知，奴婢只是说了自己看见的。"

皇后摆摆手："你下去吧！此事不准与人说起，你被退回来之事，是小郡主习惯自己照顾自己，才不收留你的。"

"是。"那名嬷嬷退了下去。

皇后倒是不担心二人打架，反而还有几分想笑："砚儿从小到大，你见过他翻脸几次？我是没怎么见着。"

贺嬷嬷想了想："奴婢也没怎么见着。"

七殿下那个淡漠的性子，就算谁得罪他，他也只会记着，秋后算账，不会震怒到当时就翻脸。能让他翻脸且还震怒地踢马车，怕是怒极了。

皇后笑："不知小安儿说了什么做了什么，把他气成这样。"

贺嬷嬷也揣测："要不然，奴婢去安家老宅一趟？七殿下那里指定是问不出来的。"

"你以为小安儿的嘴就那么好撬开？"皇后摆手，"罢了，小安儿没事儿就好，他让本宫少操心，本宫就少操心吧。"

贺嬷嬷点点头。

"惜才人快生了吧？让人盯着点儿，别出了差池。"皇后想起别的事儿，"陛下年纪大了，孩子虽然一大堆，但越来越喜欢新生的婴儿。这么多年，后宫在本宫的治理下没出错，如今这时候，也别出错，要保证陛下的孩子，每一个都给本宫顺顺利利地生出来。"

"您放心，奴婢都让人盯好了。"贺嬷嬷压低声音，"有那起子想要闹腾的，都提前敲打了。"

"嗯。"皇后放心了，"越是这时候，无论是本宫管辖的后宫，还是砚儿身上，都不能出错。多少双眼睛看着呢。"

"是，咱们七殿下是个稳重的性子，如今与以前一样，除了陛下交给他的事情多了很多外，七皇子府上下固若金汤，没人生事儿，踏实得很。"

皇后点头："这样才对。"

第十三章　最爱

安华锦把楚砚气走后，坐在画堂里喝了两口白开水，还是难受得很，便又抱着汤婆子回了房间，躺回了床上。

又在床上忍了半个时辰，她终于忍不住了，腾地坐起身，对外喊："孙伯。"

"小郡主，您有什么吩咐？"孙伯连忙问。

安华锦咬牙，果断地说："你去找顾轻衍，就说我难受，问他有没有法子让我不难受。"

孙伯顿时紧张："您又难受了？七公子走时是交代了，老奴这就去找他。"

安华锦又重新躺回床上，有点儿没面子，昨日她还死活要赶人，今日就让孙伯去找人。不过，反正楚砚已经知道了，不管她是被楚砚冤枉还是没被冤枉，她不守规矩礼数都已经坐实了，她何必再委屈自己忍着难受？

既然有良药，那么，她是傻了才不用！

顾轻衍又不是外人！

安华锦想通了，便抱着被子等着顾轻衍被找回来。

孙伯亲自去的吏部，由着人通报后，他被领进去，见着了顾轻衍。

老尚书赵尚正在对顾轻衍做交接事宜，他只等着将所有事情都交接给顾轻衍后，便进宫去找皇帝告老辞官。

顾轻衍素来是个温和内敛的性子，今日却有些隐隐的焦躁，似乎恨不得赶紧处理完手中的事情一样，不时地看一眼天色和沙漏，他看的次数多了，使得赵尚停下手中的事情看着他："怀安，你今日可是有什么重要的事情？"

顾轻衍自己也发现了，他默默地叹了口气，见老尚书一脸关心，他也不好糊弄，如实说："安小郡主身体不适，我有点儿不放心。"

赵尚一愣。

顾轻衍有些歉疚地说："老尚书，对不住，是我心有牵挂，做事情不专心。她不太懂得照顾自己，安家老宅又没有个长辈。"

赵尚顿时笑了，伸手拍拍他的手，老怀大慰："怀安啊，老夫难得看到你这个样子，甚是新鲜。少年人，就该这样，有情有义，有血有肉，你以前啊，性子太冷清了。"

顾轻衍揉揉眉心，无奈地笑笑。

"老夫晚几日再辞官也是一样的，今日放你的假，你回去吧。"赵尚大手一挥。

顾轻衍想了一下，点点头。

他还没收拾离开，便听人禀告孙伯来了，目光闪了闪，便让人将孙伯叫进来。

孙伯见了顾轻衍，看吏部众人忙得团团转，七公子似乎也在忙，他有些不好开口，但到底是自家小郡主事重，还是将安华锦让他传的话快速地原封不动地说了。

顾轻衍听了孙伯的话，哑然而笑，她哪里是问他有没有什么法子让她不难受？分明就是变相地在说他走了她就难受，让他回去陪她。

看来昨日一夜他虽辛苦，但也真是不算白费。

孙伯见顾轻衍半天不语，试探地问："七公子，您也没有法子吗？要不老奴再去请陈太医？"

"不必。"顾轻衍搁下手中的事儿，"我回去陪她。"

孙伯看着顾轻衍："那您……不是正在忙吗？"

"是在忙，不过事情可以搁一搁，她比较重要。"顾轻衍抬步向外走。

孙伯心里感动得不行，七公子看重自家小郡主，对小郡主好，等回去，他一定要告诉小郡主，以后也对七公子一样好才行。

吏部尚书一把年纪，人已经成精，看着孙伯感激涕零分外感动地请顾轻衍离开，他捋着胡须笑："这个臭小子，真不知该说他们俩谁才是那个一物降一物的人。"

顾轻衍很快就随着孙伯回了安家老宅，进了枫红苑，迈进门槛，他便看见安华锦抱着被子坐在床上，眼巴巴地瞅着他，看起来可怜极了。

他昨日一夜未睡的郁气一下子就消散了，对她笑着扬眉："我刚走，又难受了？"

安华锦面色有点儿不太自然，但事已至此，破罐子破摔，蛮有几分不讲理地说："昨日让你走，你不走，你惯的毛病，自然要你负责。"

顾轻衍好笑，来到床前，很好说话："嗯，我惯的毛病，我负责，给我让个地方？"

安华锦主动地往床里挪了挪。

顾轻衍脱鞋上了床，重新躺下，将她抱在怀里，语气愉悦："这样可行？"

简直太行了！

安华锦点头，重新窝在暖烘烘的怀里，闭上了眼睛，果然治愈效果很好，他刚来，躺在身边，抱着她，她就没那么难受了，暖融融的，小腹似乎也不疼了。

顾轻衍趁机说："你昨日赶我走时，有没有想过今日？"

安华锦："……"

翻后账？

她闭紧嘴巴，不说话。

顾轻衍侧头看着她，她枕着他的胳膊，手臂抱着他，自动将他另一只手放在她小腹上，很是心安理得地将他当作抱枕，这时候似乎一点儿也不觉得不合礼数了。

人心有多善变，他总算是从她身上见着了实例。

"嗯？"顾轻衍见她不说话，故意追问。

安华锦瘪瘪嘴角，小声嘟囔："没想过，谁知道一夜之间能够让人养成如此神奇的习惯啊。"

她还有点儿委屈？

顾轻衍气笑，伸手用了点儿力地捏她的脸："以后，你记住这个教训。再有此类事情，不准不让我、不想我、赶我之前，先想想昨日。"

打脸来得太快，不过一夜，安华锦长了教训了。

她无言了一会儿，很是诚实地点头，有气无力，无法反驳："……记住了。"

人工暖炉陪睡后，安华锦不难受了，昨夜一夜好睡，如今没睡意，很是舒服。

她静静地躺了一会儿，想拉着顾轻衍说话，忽然觉得不对劲，抬头一看，顾轻衍睡着了？

安华锦："……"

他睡着了？

她眨眨眼睛，想伸手推他，看到他眼下的青影，到底没忍心，有良心地打住。

于是，安华锦便安静地躺了一个时辰，顾轻衍舒舒服服地睡了一个时辰。

一个时辰后，安华锦一动不动挨到了极限，实在躺不住了，动了动僵硬的身子。

顾轻衍醒了，睁开眼睛，看着她："怎么了？可是难受？"

安华锦眼神控诉地看着他："你刚上床，与我说了不过两句话，是怎么能那么快睡着的？我一动不敢动，怕弄醒你，生生地当了一个时辰的石头人。"

顾轻衍睡了一觉，精神很好，嗓音有着刚睡醒的低哑："昨日我没睡好。"

"所以，你才睡得这么快？"安华锦翻了个身，来回动了动，总算不僵了。

顾轻衍看着她在他怀里翻来覆去扭来扭去，克制地强调："昨夜我是真的没睡好。"

"昨夜我来回乱动了？"安华锦昨夜疼着疼着就睡着了，什么也不知道。

"不是。"顾轻衍摇头，用很诚实的语气说，"任谁怀里抱着个香香甜甜的姑娘，也睡不着。"

安华锦："……"

她香香甜甜？

不怪她善于抓重点，实在是这个形容素来跟她是不大沾边的。

她瞪圆了眼睛看着他："你……说的是我吧？"

顾轻衍很是无言了一会儿，揉揉眉心说："我说的是你。"

安华锦抬起胳膊，闻了闻自己，很肯定地说："我不香香甜甜。"

顾轻衍："……"

他好笑，拿起她手臂，凑在眼前闻了闻，他没说错，她身上是淡淡幽香的，他放下手，也很肯定地说："我闻着是的。"

安华锦："……"

原来都是人，嗅觉还是不一样的。

她重回刚才的话题："那个……你刚刚也抱着我的，却睡着了，你的意思是，昨夜我香甜，今日不香甜了？"

顾轻衍："……不是。"

安华锦理直气壮："那是什么原因？"

顾轻衍叹气："因为昨夜一夜没睡，今日去了吏部又一大堆事情，有些累得很了，身体撑不住了，才倒头就睡了。"

安华锦点点头，算是饶过了他："那你继续睡吧。"

顾轻衍这时是真睡不着了，这种甜蜜的折磨，他自诩素来定力好，也受不住，但又舍不得推开怀中娇娇软软的身子，只能沉默地闭上了眼睛。

安华锦安静地待了一会儿，小声问："你睡着没？"

"没。"

安华锦不说话了。

又过了一会儿，用更小的声音问："现在睡着没？"

"没。"

再过了一会儿，安华锦又小声问："还没睡着吗？"

顾轻衍睁开眼睛，深深叹气："过去了最累最困的时候，恐怕再难睡着了。"

"那怎么办？"安华锦看着他，"你眼下的青影似乎还在。"

"只能忍着了。"顾轻衍认真地看着她，"所以，你一定要记着，这是个大人情。"

话落,补充道,"你欠我的。"

安华锦:"……"

他昨夜说了一次,今早说了一次,如今又强调了一次,她想记不住也不行了。

顾七公子的大人情,不好欠啊!

她背转过身,打了个哈欠:"嗯,我困了。"

顾轻衍点头:"那你睡吧。"

安华锦闭上眼睛,不多时,还真没心没肺地睡了。

顾轻衍看着她不一会儿便呼吸均匀,睡得纯熟,暗暗想着,女子癸水是几天来着?三五日,还是七八日?他希望是七八日,时间长一些。

京中但有风吹草动,若不是刻意隐瞒,是瞒不过宫里的。

所以,当楚砚带着药和人去了安家老宅,被安华锦不只退回来,还将楚砚气了个够呛。皇帝得到消息后,眉头拧紧,想揪来楚砚询问,但想起他的态度,怕也不会说实话,于是忍下了。

但当顾轻衍从吏部告了假,随着孙伯去了安家老宅,只因为安华锦身体不适,顾轻衍便去安家老宅陪她。皇帝得到这个消息。想了又想,到底是忍不下了。

他觉得顾轻衍和安华锦看起来感情日益深重,若是他再不想法子出手,拖下去的话,怕是他们真奔着大婚去了。

他皱着眉头对张德说:"派个人去,将七皇子给朕叫来。"

张公公应是。

楚砚回了七皇子府,依旧气不顺,但他不是个喜欢砸书房的人,所以,将自己关进书房后,抄了十页经书,才平息了心里的怒火。

宫里的小太监来到七皇子府,传陛下旨意,请他进宫。

楚砚此时已经平静,坐车进了宫。

皇帝脸色不太好,见楚砚来了,还是一副寡淡的样子,他沉声问:"今日你去安家老宅,与小安儿发生了何事儿?将你气得关进府中连事情都不做了。"

楚砚摇头:"父皇是不是弄错了?我未曾生气。"

皇帝沉下脸:"你如今连朕也想糊弄吗?"

楚砚平静地说:"儿臣确实未曾糊弄父皇,的确未曾生气。连日来,父皇交给儿臣的事情多,儿臣有些浮躁,今日在府中休息了一会儿抄了会儿经书静心而已。"

皇帝见问不出来,心中烦躁,但也无可奈何,只能压下脾气,直言说:"过几日,朕想立你为太子，你意下如何？"

楚砚看着脚尖，脸色淡漠："父皇春秋正盛，立太子不急，儿臣尚且需要磨砺，目前不足以担储君之位。"

皇帝面色稍霁："你无需谦虚，你是朕自小带在身边教导的皇子，在朕来看，足够了。"

楚砚不语。

皇帝看着他："你已到了年岁，也该立妃了。"

楚砚神色寡淡："父皇和母后商议就是。"

皇帝皱眉，更直接地说："朕已与你母后商议过，京中各府小姐，选了个遍，挑来拣去，发现都不如小安儿好。朕打算取消安顾联姻，给你娶小安儿。你什么意见？"

楚砚抬起头，直直地看着皇帝："儿臣觉得不太好。"

"为何？"

楚砚沉声道："这么多年，父皇一力主张安顾联姻，是为巩固朝局，如今到了履行婚约时候，父皇为何又反悔了？再说，依儿臣看，表妹与顾轻衍，很是和睦，顾家和顾轻衍很是看重表妹，外祖父和表妹也很满意顾轻衍，安顾联姻很稳妥。父皇贸然改变主意，怕是不太好。"

"你母后可与你说了？朕有合理的理由。"

楚砚直视皇帝："父皇以为合理的理由，不过是一味地让安家牺牲。不说远的，只说八年前，玉雪岭之战，安家父子三人战死沙场，为大楚江山牺牲，就已足够了。可是，后来外祖父入京交兵权，父皇百般不准不说，又将顾轻衍推给外祖父给表妹做婚约，为的是稳固朝局。安家本就有婚事儿自主的规矩，可是，当年，父皇硬娶了母后，八年前又强行让安顾联姻，若非是顾轻衍，外祖父也看中他，定不会同意。如今事已成定局八年，父皇岂能再出尔反尔？岂不是让人以为父皇耍着人玩？"

"混账！"皇帝拿起桌案上的奏折，愤怒地砸向楚砚。

楚砚不躲不避，被奏折砸到了肩膀，"啪"的一声，落在地上。

皇帝眼睛通红地看着楚砚，被亲生儿子点破的难堪，让他心里燃起熊熊的怒火，震怒："朕是为了什么？还不是为了大楚江山？这江山朕交给谁？是想将来交给你！"

"父皇以前未曾想过交给儿臣，如今才想罢了。"楚砚眉头不皱一下，"父皇以前想让安家的兵权被顾家牵制，才定了安顾联姻。若是父皇早想交给儿臣，那么，早就该将表妹在八年前定给儿臣，而不是现在从顾家和顾轻衍手里抢！"

"逆子！"皇帝拿起桌案上的茶盏，对着楚砚的脑袋直直砸了过去。

楚砚依旧一躲不躲，眉头都不皱一下。

张公公一看坏了，咬牙冲上前，撞开了楚砚，茶盏"啪"的一声，在地面上炸开了花，他白着脸高喊："陛下息怒！"

若是真让茶盏砸到楚砚的脑袋上，那一定是脑袋开花，非死即伤。

皇帝这么多年，虽然对楚砚不冷不热，但还真没对他动过手，如今也是气急了，才不管不顾，下的手劲儿也没轻没重。

他砸出手后，见楚砚不躲不避，也惊了一跳。

幸好张公公冲了过去，撞开了楚砚，看着"啪"的一声碎开了花的茶盏，皇帝的一腔盛怒似乎也随着砸到了地上开了花，再聚不起来了。

张公公高喊了一声过后，南书房一片死寂。

楚砚掀起眼皮，瞅了皇帝一眼，又垂下眼皮，看着地上碎成花的茶盏。这时候，他还有心情想，这一套茶盏，是父皇所有茶盏里面最爱的一套，如今砸碎了，不知他心不心疼。

张公公已跪在了地上，想着这父子俩，虽然不冷不热，但鲜少这般杠上过，没想到真杠起来，能吓死个人。他庆幸自己冲得够快，腿脚利落，否则，今日七皇子若是被砸伤，怕是不可收拾了。

"你……你是要气死朕是不是？"皇帝深吸几大口气，伸手指着楚砚。

因为娶了个好皇后，把后宫治理得井井有条，所以，他的子嗣是所有帝王里面最丰的。他有很多儿子，各个都挺不错，但也不得不承认，在一众儿子里，无论是论文论武，还是论样貌，楚砚都是出类拔萃的那个。

虽然这个儿子以前是因为身份，不得他宠爱，但他也得承认。

如今这个儿子得他看重了，其实也是身份的原因。因张宰辅案发，劫粮案真相大白，他对安家没隔阂怀疑了，但他也已长大，他再看重他，也买不了他说句好。

楚砚抬起头："我没想气父皇，我只是觉得此事不妥而已，总之，我不同意破坏安顾联姻。"

皇帝心头怒火又涌起："那你跟朕说，除了安华锦，你还能娶谁？娶谁对你来说最好？"

楚砚淡漠地道："儿臣的兄弟们都是如何选妃的，也给儿臣参照着选就是了。"

皇帝气急："你与你那些兄弟能一样？朕是打算立你为储的！"

"所以，父皇给大哥和三哥四哥都早早定下了婚事儿，却一直没给二哥定，他的二皇子妃一直拖着不定，是父皇一直打算立他为储？儿臣现在很想知道，父皇在心里本来想给二哥娶谁？"楚砚看着皇帝。

皇帝一噎，怒喝："提他做什么？"

"儿臣也不想提。"楚砚面无表情，"就是想知道罢了，父皇以前一直想立二哥为储，想安顾联姻，一文一武，稳定大楚朝纲。可是顾家再忠君，总也需要与皇室牵连的纽带，否则父皇不放心。所以，父皇心里是想给二哥娶个顾家人？让儿臣猜猜是谁，是顾轻衍的亲妹妹顾九小姐？父皇其实一直在等着她长大？"

皇帝心中一惊，瞪着楚砚。

楚砚一见皇帝这个表情，便知道猜对了，他笑了笑："再让这根断了的纽带连起来就是了。儿臣不在意顾九小姐一直是父皇以前打算给二哥留的人。儿臣娶她，也省了父皇的担心，也不必取消安顾联姻了。"

皇帝一时心烦意乱，他没想到今日叫楚砚来，不仅没说服他，反而让他给弄得一团乱麻，他自然不能立即答应楚砚，他得好好地想想。

于是，他摆手，压制住怒意："你给朕滚下去！"

楚砚拱了拱手，行了个告退礼，出了南书房。

张公公见火没彻底地烧起来，总算放下了心，他抬起头，看着皇帝："陛下？"

"你也滚起来，把地上收拾了。"皇帝这才心疼起他这套最喜欢的茶盏来，怒道，"你怎么不拦着朕？这套茶盏，砸了可就没了。"

张公公很是冤枉，连连告罪："陛下恕罪，您砸得太快了，奴才没接住。"

他不是武功高手，当时情况下，根本就没法去接，只来得及推开楚砚别被砸伤。

皇帝心里也清楚，他又心疼地看了两眼，移开眼睛不再看，丧气地摆手："赶紧收拾了。"

张公公连忙亲自拿着扫帚收拾了。

皇帝坐在椅子上，揉揉闷疼的头，坐了一会儿，后知后觉地想起来什么，对张公公问："你说，是不是楚砚去安家老宅时在小安儿那里受了什么气？没处撒，如今跑到朕这里来发泄拿朕撒气了？"

"呃……"张公公也不知道，摇头，"陛下想多了吧？"

皇帝冷哼一声："朕怕是没想多，往日里，他可没跟朕这么杠过。今天朕叫了他来，他连个婉拒都不会，只跟朕说不行不想娶，又指责朕出尔反尔抢人，一通大逆不道的话。往日的他，就算搁在心里，烂在肚子里，怕是也不会在朕面前说，明知道朕听不得，听了一准儿会发火，偏偏他还要说。"

张公公琢磨了琢磨："这……没证据啊。"

是啊，楚砚到底是不是拿他发泄撒气，这事儿皇帝虽怀疑，还真没证据。

他恼怒地站起身："摆驾，去凤栖宫！朕问问皇后是怎么教导儿子的。"

张公公小心翼翼地提醒："七殿下从五岁时，就搬出凤栖宫了，一直跟着陛下您，跟了您七年，十二岁时出宫立府，皇后娘娘除了衣食住行外，没怎么教导七殿下。"

皇帝脚步猛地顿住。

张公公又继续说："曾经，皇后娘娘提过，不想七皇子那么早就搬出凤栖宫，想亲自教导七皇子到十岁。是您说，七皇子是嫡子，他的身份就该您带在身边教导，后来，皇后娘娘才没再插手过七皇子的事儿。"

皇帝细想，果然如张公公所说，他抬脚踹了张公公一脚："你听错了，朕说的是摆驾惜才人处，朕去看看惜才人。她快生了。"

张公公立马露出笑脸："是，是奴才听错了，这就摆驾惜才人处。"

楚砚出了南书房，一改从安家老宅出来后憋着的心头火，脚步轻松地出了宫。

在宫门口，楚砚遇到了正要进宫的敬王，敬王排行第八，比他少两岁，如今十六，在一众皇子里，除了楚砚自己，论样貌来说，其次就是这位敬王了。

敬王是和美人所生，和美人是漠北镇北王妃养大的孤女，样貌极好，所以，敬王也有个好样貌，很是随了和美人几分，十分俊秀出众。

敬王虽然年纪刚十六，但是他封王的时间可不短，已有五六年了。他的性子也很好，为人和气，见人爱笑，不只得皇帝瞧着顺眼，也很得宫里的人待见。

若是拿冷暖来论的话，楚砚是冷的，那么敬王就是个暖的。

敬王远远看到脚步轻快的楚砚，他眨了眨眼睛，再眨了眨眼睛，没看错，从皇宫出来的这个人是他七哥没错。他七哥素来淡漠，走路都带着一丝寡淡之气，今日这模样，他还是头一回见，他停住脚步，试探地喊："七哥？"

"八弟。"楚砚瞬间沉稳下脚步，眼底流动着的舒畅也瞬间沉淀了下去。

敬王见他转眼又恢复一如既往，睁大眼睛，什么时候，他这个七哥会玩变身了？

"怎么了？作何这般看着我？"楚砚明知故问。

敬王咳嗽一声，拱了拱手："七哥，你今日是有什么好事儿？"

"没有！"

敬王不信：“那你今日心情很好？”

“也没有。”

敬王奇怪了：“那你怎么看起来有点儿不太一样？”

"有吗？"楚砚面无表情。

没，如今没了！

敬王见什么也问不出来，老实地让开宫门口，笑着说：“那是弟弟看错了。”

“嗯。”楚砚瞅着他，“八弟是进宫找父皇还是看和美人？”

“找父皇，弟弟新淘弄到了一套玉灵春的茶盏，茶壁上的雕工绝了，鸟儿似展翅欲飞。”敬王谈起这个，眉飞色舞，“父皇那里也有一套玉灵春的茶盏不是？我想拿着跟父皇最爱的那套比比，看看同是独一无二的玉灵春，哪一套更好。”

楚砚闻言眸光闪了闪，总算有了丝微笑：“那你快去吧！父皇见了你的茶盏，一定很高兴。”

能不高兴吗？他的那套刚刚砸碎了，这立马就有人送到他面前一套新的！

敬王看着楚砚那丝笑，总觉得不太对劲，但又说不上哪里不对劲儿。

敬王与楚砚分别后，原地站了好一会儿，瞅着楚砚的背影琢磨半天，直到楚砚上了马车，走没了影，他也没琢磨出个所以然来。

“王爷？”身边跟着的小太监见敬王站在宫门口半天不动弹，捧着匣子小声询问。

“走吧。”敬王转回身，想着二哥死了，三哥式微了，七哥的确该心情好。

他打消心中的疑惑和怪异，脚步快起来，迫不及待地想拿这一套新得的茶盏跟皇帝比一比谁的更好。

他从小到大，走的就是这个讨好皇帝的路子，一旦新得了什么东西，就去拿给皇帝看，获得皇帝的点评，有时候看到好东西，皇帝就会连连夸赞他眼光好。

他想，这回应该也不例外。

他快步赶到南书房的时候，正赶上皇帝已经备好了御辇要出门去看惜才人。

“父皇！”敬王笑得春暖花开，给皇帝见礼，“您这是要去哪里？”

皇帝的心情因为楚砚真不太好，但见了敬王这张脸，还是能让他的心情稍微好点儿，于是，他心气平和地说：“朕要去看惜才人，你怎么这时候进宫来了？又得了什么好东西想拿给朕看不成？”

他如今不想看什么好东西，他爱不释手的好东西刚砸碎了，心疼死了。

“儿臣来得不巧，那……您先去看惜才人？回头您空闲了，儿臣再拿给您看？”

敬王很有眼力见地看出皇帝情绪不高，但若是他能让皇帝高兴起来，那父皇岂不是更会喜欢他一点儿，"儿臣的确是得了一个好东西，极好的东西，父皇不是有一套最爱的玉灵春茶盏吗？儿臣昨儿也从民间淘弄到了一套。就想拿来和您那套比比……"

"什么？你说的是玉灵春茶盏？这普天之下，还有第二套？"皇帝一听，拔不动腿了，"在哪里？快给朕看看。"

"您……不去看惜才人了？儿臣听说惜才人快要生了。"

"不去了，明日再去。"皇帝摇头。

什么叫做瞌睡有人送枕头，他这个八儿子可真是越看越顺眼，不愧他早早就给他封了个敬王，真是孝敬。

敬王见皇帝果然很感兴趣，十分高兴，连忙吩咐小太监："快，拿进南书房，让父皇好好瞧瞧。"

小太监捧着匣子，跟在皇帝和敬王身后，小心翼翼地进了南书房。

张公公心里"哎哟"了一声，觉得挺可乐，多看了敬王好几眼。想着这孩子这么多年是不是被夸得太多了，越来越实心眼了。遇到了第二套玉灵春茶盏，也不把玩品鉴几天，这么快就这么诚实地送上门。

他可惜地想，陛下如今是高兴了，敬王怕是出了这南书房后该郁闷死了。

果然不出他所料，皇帝见了那个匣子里的玉灵春茶盏，看了又看，瞧了又瞧，这一套茶盏，比他刚刚砸碎的那套最爱的茶盏还要好上那么一点儿，他如获至宝，爱不释手，连连夸奖："好好好，好啊，哈哈哈哈。"

敬王站在一旁，也笑开了花，很是掩饰不住地得意："儿臣一见这个，就知道跟您那一套是出自一人之手。这前朝李巧手打造之物，倾毕生心血，也就这么两套，这一下都收在我们皇家了。"

皇帝连连点头："没错。"

敬王眼睛扫了一圈，没见到皇帝那套茶盏，纳闷地问："父皇，您的那套收起来了？怎么不见？"

皇帝笑脸一僵。

敬王追问："您拿出来，儿臣与您一起比比看。"

皇帝直起身，咳嗽两声，看着敬王的笑脸，这才说："朕的那一套，不小心打碎了。"

敬王："……？？？"

皇帝点点头:"就是刚刚打的。"

敬王笑脸也僵了,感觉有点儿不太妙,顿时结巴了:"您……您怎么不小心给打了呢?那不是您最喜欢的茶盏吗?"

"是啊,朕实在太不小心了。"皇帝十分沉痛。

他自然不会说他是被楚砚气急了,气疯了,气得暴怒跳脚,失了理智,将自己最爱的东西拿起来当奏折一样随手砸他。

他都后悔心疼死了!

楚砚这个混账东西!

敬王看着皇帝,悄悄伸出手:"那……那个……父皇,儿臣这一套玉灵春……儿臣……"

他想着,他还能拿回去吗?

敬王心里哭死了!

他这时十分肯定,楚砚一定是知道父皇那套最爱的茶盏打碎了的,偏偏不告诉他。楚砚这个混蛋。

皇帝笑呵呵地,伸手拍拍敬王,和颜悦色极了:"你先去和美人那里给她请个安吧,朕昨日去了和美人处,她说你好几日不知在忙什么,都不曾去给她请安,她想你了。又听闻镇北王世子苏含要来京,总能见着娘家人了,高兴得跟什么似的,现在就开始盼着了。你劝劝她,漠北距离京城,最快也要半个月才能到,你让她安心吃睡,苏含早晚能见着。"

敬王:"……"

他心肝颤颤地看着皇帝:"儿臣一会儿就去,一定好好劝和美人。"他急中生智,快速地抱起茶盏,"儿臣刚得了这个,便拿来给父皇看了,儿臣这就去给和美人请安,也让她看看。"

皇帝伸手拦住他,语重心长地说:"这么多年,和美人的位分也该进一进了。朕打算在苏含来京后,让他来提,朕顺水推舟,进和美人的位分。楚湛,你觉得如何?"

敬王:"……"

他觉得挺好!

但父皇为什么这时候跟他说这个啊!

皇帝又笑呵呵地说:"当年,和美人在生你十弟时,她连生三子有功,朕就要进和美人的位分,打算直接封她为妃,但她推却不要,给你请封了爵位。你知道朕为什么给你封个敬字吗?"

敬王:"……"

他知道,他明白,他清楚,孝敬的意思!

当年,她亲娘为了给他请封,目光远大,不要位分,甘愿做个名下有三个亲生皇子的美人。后来的都一个个比她位分高了,但也没人敢欺负她,因为,他是一众皇子里唯一一个封王的,现在也是。

他的爵位,是她娘的位分换来的。

他心里在流血,挣扎了好一会儿,觉得哪怕不想孝敬老子,但有了这个机会,他也不能不想着他亲娘,父皇这是明摆着告诉他,只要留下东西,他亲娘的妃位就提上来了。

那么,她娘忍这几年,也算没白忍,什么都有了,儿子的爵位得到了,自己的妃位也来了。

他心里有苦说不出,十分不情愿,但还是果断地做了取舍,将好不容易到手还没焐热乎的玉灵春茶盏搁回了皇帝面前,重新做着笑脸说:"既然父皇那套打碎了,儿臣这套淘弄来的正好给父皇用,父皇就不必心疼那套了,这套更好一点儿。"

皇帝龙颜大悦,觉得这个儿子很上道,很高兴,拍拍他肩膀:"嗯,你说得对。果然你最孝顺。"话落,他大手一挥,"张德,去我的私库里,将去年江南知州进贡上来的那一套雨花盏找出来,赐给敬王。"

"是!"张公公连忙去了。

"朕答应你,和美人的位分,在苏含进宫后,就进位,你送朕这一套玉灵春茶盏,朕也不占你便宜,给你一套雨花盏。"皇帝笑呵呵地说,"如何?"

"好东西就该父皇用。雨花盏也很难得,儿臣也很喜欢。多谢父皇!"事已至此,敬王哪怕心在滴血,在呐喊,在不停地说着不要不要,但也只能认命了。

张公公很快就找来了雨花盏,递给了敬王,笑呵呵地说:"王爷,您拿好。"

敬王捧着雨花盏风萧萧兮地点了点头,再度谢了恩,告辞出了南书房。

踏出宫门后,他在和楚砚早先说话的地方站了好一会儿,才后知后觉咬牙切齿地小声骂人:"七哥真不是个东西,我要去找他。"

小太监小声提醒:"七殿下只是没告诉您而已,您去找,怕是也不占理。"

敬王垮下脸。

是啊!他只是没告诉他,他凭什么告诉他?是他太蠢了呜呜呜。

安华锦自然不知道楚砚从她这里受了气便跑去了皇帝那里撒了气，她有顾轻衍这个人工暖炉陪着，上午睡了一觉，用过午膳后睡了一觉，似乎越睡越舒服，晚上刚吃完饭，又是昏昏欲睡。

顾轻衍很担心她这样睡下去，刚入夏，便开始冬眠了。

大约是他瞅着安华锦的眼神太过明显，安华锦后知后觉地摸着脸问："你这样忧心忡忡地瞅我做什么？"

"你太能睡了，我很是担心。"顾轻衍诚实地说。

安华锦"唔"了一声："大约是以前每次，都几日睡不着觉，这一回有你陪着，将以前的觉也补回来了。"

"那你继续睡吧。"顾轻衍放心了点儿。

安华锦躺去了床上，继续窝进顾轻衍的怀里，闭上眼睛。

顾轻衍暗暗地轻轻地叹息，没想到自己有一天会堕落到给人家做人工暖炉的地步，且心甘情愿，甘之如饴，乐意受这份辛苦的折磨。

他看着很快就睡着，且睡得喷喷香的安华锦，又觉得辛苦倒也值得，昨日她那副样子，实在是吓人得紧，今日好吃好睡，这样挺好。

唯一有一点儿不太好的地方，就是，她就在他身边，他抱着她，她窝在他怀里。两个人盖一床被子，挨得如此近，几乎气息相闻，他受干扰得很，心思浮动不定，是怎么也睡不着的。很是想一些有的没的，但她似乎不受干扰，很是心大，半丝浮动不见，他很想知道，她怎么能睡得着的？

难道，她当真只是看上了他的脸，对他没有半丝别的心？

他跑题地想着，心里隐隐有些浮躁。

夜幕降临，天幕遮下黑纱，安家老宅静中更静，唯一不平静的是顾轻衍那颗罕见的躁动的心，一下一下浮跳，让他压都压不下来。

青墨收到了张公公的传信，看着紧闭的门，被厚厚的窗帘遮掩得严严实实的内室，他站在门外，踌躇了好一会儿，还是觉得不宜打扰。

他心中着实震惊，从小到大，公子自有自己的一丈方圆，尤其是，他的心，似乎天生就冷如霜雪，比别人少了七情六欲。他以为，公子这一辈子，大概永远都是冷情冷性了，却没想到，公子却因安小郡主，一再破例，如今竟然都沦落到一整日陪着安小郡主在室内睡觉的地步。

这可真是……

他都没法说。

大概这就是娶媳妇儿的难处？他没娶过，不知道。

顾轻衍自然是睡不着的，听见外面门口的动静，他轻轻地将胳膊从安华锦头下抽出来，又轻手轻脚地披了衣服下床，回头瞧了一眼，不放心地又拿了枕头塞进安华锦怀里，看她自动地抱住，他才起身出了房门。

青墨刚离开两步，便见房门悄悄开了，他家公子跟做贼似的探出身子，又悄悄关上门，没发出一点儿响动。

青墨："……"

他一言难尽地看着顾轻衍："公子，您也太小心翼翼了！"

顾轻衍关好门，抬眼看了青墨一眼，不置可否地向院外走了十几步，直到远远地走到墙根，大声说话也吵不醒屋内睡着的人时，才停住脚步，问青墨："什么事儿？"

青墨："……"

他叹了口气，又叹了口气，才开口："张公公传来消息，说了今日在南书房，陛下与七殿下发生的事儿，属下觉得不是什么打紧事儿，便打算明日再告诉您。"

"现在说吧。"反正他也睡不着。

青墨点点头，将张公公传来的事情经过说了一遍。

顾轻衍听完，眯起了眼睛。

陛下和楚砚杠起来，虽然不是小事儿，但也算不得什么了不得的大事儿，了不得的是楚砚猜测的皇帝没否认的那番话。

原来陛下一直打着顾墨兰的主意。

这就说得通了，以陛下多疑的性子，又怎么会真的信任顾家？

顾家历经无数朝代，依旧盘踞在京城，屹立不倒，天下多少次改朝换代，顾家也没没落被改了门庭。也正是因为如此，陛下才觉得，顾家忠心是忠心，不会谋反是真的，但若是有朝一日大楚完了，顾家也还照样是顾家，岿然不动地屹立下一个朝代。

所以，他八年前所想，不只要安顾联姻，还要将顾家拴在皇权上。

顾家最拔尖的子弟是顾轻衍，不出意外，将来支撑顾家门庭的当家人，就是这位惊才绝艳的顾家嫡孙，那么，他的唯一的一母同胞的亲妹妹，对下一代帝王来说，自然是最好的选择。

"咱们这位陛下，性子多疑不说，没有载入千秋史册的功绩，却有一颗让大楚万世不倒的心，诸般算计，倒也可敬。"顾轻衍嘲讽地扬起嘴角。

青墨小声问:"七殿下不同意陛下如今的打算,推拒了,说他愿意娶九小姐,公子您说呢?九小姐的确快到了相看婚事儿的年纪。"

"顾家女,不嫁天家,顾家不做皇权外戚,这是几百年的规矩。这规矩是顾家的生存立世之道,没了这规矩,顾家早晚有一日会消亡。"顾轻衍眉眼笼罩在夜色里,清清凉凉,"小九也不例外。"

"那……"

"楚砚娶不了小郡主,但也不能娶小九。"顾轻衍捻着手上的扳指,"我回府一趟,去见见爷爷,此事要尽快商议,不能等陛下思索之下觉得可行应允了他,那样便被动了。你守在这里,她若是醒了寻我,就说我很快就会回来。"

"是。"

顾轻衍抬步出了枫红苑,离开了安家老宅,回了顾家。

顾老爷子昨日等了一晚上,没等到自家孙子,想着他不知又去做了什么事情,夜不归宿,却怎么也没料到他那个冷情冷性的孙子,却是在安家老宅陪着人睡觉。

今夜,顾老爷子照样在等着,没等多久,便见到顾轻衍回来了。

他坐在亮堂的屋子里打量两日没见着的人,见他眼下有着浓郁的青影,颇有些疲惫之态,他纳闷:"去做了什么棘手的事情不成?怎么将自己熬成了这副样子?"

顾轻衍给顾老爷子见了礼,坐下身,自然不会说最棘手的事情就是给安华锦陪床陪睡:"我听管家说爷爷昨日等我一晚上,可是寻我有事情要说?"

顾老爷子看着他,不答反问:"如今京中太平,没别的要事儿,你这副样子,是因为安家那小丫头?我听闻昨夜你给她请了太医院的陈太医?她怎么了?"

"她无碍,爷爷别问了。"顾轻衍摇头。

顾老爷子见顾轻衍不想说,估计是真说不出口的事儿,笑着瞪了他一眼:"能有什么不可说的?你们俩,是正经的未婚夫妻,无非是些小儿女你来我往折腾的趣事儿,不说就不说。"

顾轻衍揉揉眉心,的确是折腾了些,不过不是趣事儿,当然爷爷若是这样以为也行。

"我听闻赵尚要告老辞官了,已向陛下举荐了你接任尚书之职,想问问你,有何打算?"顾老爷子说起正事儿,"金秋大楚三年一届的官员考核,满打满算,还有三个月,这担子重,你可能担得起来?"

"爷爷放心。"顾轻衍颔首,"能担得起来。"

顾老爷子点头:"你心里有成算就行。要说赵老尚书对你着实不错,在金秋三年一届的官员考核之前，他退了下来，将这副担子交给你，既是给你压力，但也是给了你未来一片坦途。大楚的朝堂，你经过此次吏部主考考核，官员们是黑是白，这么一遭下来，也就清楚了。"

顾轻衍"嗯"了一声。

"这担子不轻，可需要我背后帮你一把？"顾老爷子问，"否则老尚书一退任，你怕是就要忙起来了，没时间与那小丫头整日里腻在一起，谈风弄月了。"

顾轻衍想了想，摇头："老尚书一退，包括陛下在内，朝野上下，所有人都看着我呢，难道爷爷想让别人说我中看不中用？靠的不是自己，而是顾家？"

"行，那我就不管了。"顾老爷子放下茶盏，打算回去洗洗睡了。

"爷爷等等，还有一件事情。"顾轻衍拦住顾老爷子，将今夜回来的目的说了。

顾老爷子听完惊讶，片刻后恍然大悟："怪不得当年陛下一力促成安顾联姻，原来是这个打算，我还真没想到。"

若不是今日被楚砚捅出来，陛下还一直瞒着呢，亏得这么多年，半丝不露。

果然是帝王之心！

顾家历经数代，立世之道，就是扶持明主，匡扶社稷。但一旦明主不明，顾家也不会为虎作伥，朝代更替无可挽回时，也会及时抽身，等待下一个明主。

所以，一直以来，顾家的根基，靠的根本就不是与皇权牵扯的裙带关系。

顾家往上数多少多少代，没人打过这个主意，没想到，这一代，陛下打了顾墨兰的主意。

顾墨兰今年十四，八年前，顾轻衍和安华锦订下婚约时，她才六岁。彼时，二皇子十二，足足大了顾墨兰六岁。陛下可真会想。

他当初想要立二皇子为储，就没有想过安家不同意？以为顾家能牵制安家，便万事大吉了？

顾老爷子真不知该说当今陛下如何是好了。

你说他聪明会算计吧，偏偏很多事情上又糊涂得过分，你说他不聪明吧，却又将安家和顾家算计了八年。

顾老爷子捋着胡须连连摇头，问顾轻衍："你打算怎么办？"

"顾家的规矩不能破。"顾轻衍平静地说，"给九妹订婚吧。"

顾老爷子点头："可是若择选太匆忙，万一选不好人选，岂不是委屈了小九？这可是一辈子的大事儿。"

"我这里有一份京中未婚子弟的名单，爷爷先看看。"顾轻衍从袖中抽出一本册子，递给顾老爷子，"凡是在这份名单上的人，基本都没什么品行问题，出不了大错。"

顾老爷子接过名单，翻看了片刻，抬起头："这些子弟，都不是出自勋贵之家，门风清正，看起来倒都是有前途的，小九从中选一个，倒也挺好。我竟不知，京中还有这么多未婚的好儿郎。你祖母一直以来还犯愁给小九选个什么样的人家好，如今有你这个册子，不用愁了。"

"这本该是祖母和母亲的事情，我如今这个做兄长的，越俎代庖了。"顾轻衍道，"不过事急从权，爷爷拿给祖母和母亲看看吧，最好三日内定下来。"

"嗯。"顾老爷子点头，将名册收了起来，"你说，七殿下是真想娶小九，还是故意气陛下以乱陛下的打算？"

顾轻衍摇头："七殿下比陛下心思深，不好说。"

他想起今日听青墨禀报，楚砚前往安家老宅，不知与安华锦说了什么，二人话不投机，似闹得十分不快，楚砚出安家老宅时，脸色铁青，满腔怒火，还气得踢了马车。

安华锦未曾与他提起，没事儿人一样，他便也没问。看来此事他得与她说说。

第十四章　心意

顾老爷子揣了名册离开，顾轻衍又出了顾家，去了安家老宅。

这期间，安华锦自然醒了。

其实，他刚走，安华锦就醒了。

抱着枕头睡，与抱着暖烘烘的人睡自然是不同的，他刚离开，她身上似乎就迅速地凉了起来，血液也渐渐地成了冷的，手足冰凉，她很快就被冻醒了。

她抱着被子蜷成一团，眉头打结，想着这一辈子怕是都要离不开顾轻衍了。

他怎么能就这么让人离不开呢！

过了一个时辰，听到外面熟悉的脚步声，安华锦立马抱着枕头重新躺好，闭上眼睛，让自己呼吸均匀，就如熟睡。

顾轻衍来到院中，因出了顾家赶得太急，他额头出了细微的汗。

"公子，小郡主未曾醒来。"青墨没听到屋中的动静，也没听到小郡主喊人。

"嗯。"顾轻衍摆手，"你去吧。"

他悄悄推开房门，进了屋，屋中十分安静，他走时什么样，如今依旧什么样，安华锦睡得很熟，甚至连姿势都没变。没有他，她看来也睡得很好。

他来到床前，轻轻地挑开帷幔，动作很轻地脱了外衣，又小心地撤回她抱着的枕头，躺在了她身边。

躺下后，他立马便觉出不对了，安华锦浑身冰冷，手足冰凉，哪怕盖着被子，也没有一点儿暖和劲儿。

他惊了一下，伸手抱住她，用自己的身子给她暖和身子。

安华锦轻"唔"了一声，似醒非醒。

"睡吧。"顾轻衍以为他的动作吵醒了她，轻轻地拍了拍她。

安华锦此时一点儿困意也没，想着这人怎么能这么好、这么温柔、这么贴心、这么称心如意呢？也正是因此，她理所当然地享受他所给予享受的，却不敢真正对他如何了。

七表兄说错了，她倒是想拽了他一同去陛下面前履行婚约，但她不敢。顾轻衍实在是穿肠毒药，她若是真吃了，那么这一辈子，怕是会被他吃得死死的。

要知道，三年前她被他害成那样，再见了他，都舍不得对他下手。

"醒了？可是难受？"顾轻衍感觉安华锦身子不只冰凉，且还僵硬，低头看着她，见她似苦非苦，似忍非忍，睫毛轻颤，他眉头微拧："我不过是回府了一趟，一个时辰，走时你身子还暖和得很，如今怎么这般冰冷？"

安华锦抱住他身子，一时间心情十分复杂难言，她沉默了一会儿，困倦地说："这症状便是如此，只有癸水过了，才会自然好了，无碍。"

顾轻衍叹了口气："这也太折磨人了，你娘怀着你时，是怎么受了寒气的？"

安华锦轻声说："当年我娘怀我时，也是南齐和南梁联手犯境。那一年，天降大雪，南阳城冰冻三尺，粮草紧缺不说，百姓家里取暖之物都不丰足，更遑论士兵们的棉衣了。很多士兵穿着单衣盔甲上战场，有的冻伤下来，有的受伤下来，担架都不够用，军医紧缺。我娘挺着大肚子，带着南阳王府所有老弱妇孺，在后方协助军医帮忙。后来实在挺不住了，大肚子带着人北上漠北镇北王府，求借镇北王府的私兵和军医。镇北王借了一万私兵，数十军医，才解了南阳之急。我就是在我娘从镇北王府回南阳的路上生的。"

顾轻衍声音跟着很轻："原来是这样。"

大雪严寒的天气，是极易受寒，落下病根。

"嗯，我娘怀我和生我时，折腾坏了身子，后来身体一直不好。所以，八年前，在我父兄战死沙场的打击之下，她才受不住，一下子就垮了身子。"安华锦说着，想起一事儿，笑道，"我听我爷爷说，当年我娘北上漠北镇北王府借兵借人，恰逢镇北王世子妃生下麟儿百日，当时世子妃曾笑言，说若是我娘生个女儿，不如两家结亲。"

顾轻衍眉眼一沉："有这事儿？"

"嗯。"安华锦抬眼看他，"我娘与世子妃，也就是如今的镇北王妃，是手帕交，否则，若非我娘挺着大肚子亲自去漠北镇北王府借兵借人，换个人去，镇北王府怎么会给？靠的就是这个交情。"

"玩笑罢了。"顾轻衍假装不在意，不管如何，如今与她有婚约的人是他。

安华锦笑："可不是玩笑么？今日若非你问起，我隐约听爷爷说过，都忘了。"

顾轻衍看着她："那个麟儿就是苏含？"

"嗯，应该是吧。"

"后来，安家可还了镇北王府当年借兵借人的人情？"顾轻衍问。

安华锦想了想："没有吧！当年老王爷说记着。"

顾轻衍垂下眉眼:"那这人情可不小。"

安华锦倒是不太在意,漫不经心地说:"三十年河东,三十年河西,谁知道南齐和南梁有朝一日不会把手伸向漠北呢?虽然漠北大漠孤烟,雄关险要,易守难攻,但一百五十年来,南阳就是块硬骨头,南齐和南梁啃不下,要想侵犯,不得另辟蹊径?"

顾轻衍抬起眼,心头微震了震:"不无这个可能。"

安华锦伸手,十分温柔地拍拍他的脸,浅笑:"所以,顾七公子,好好睡觉哦,别想那些乱七八糟的,累不累?"

顾轻衍哑然而笑,目光温润地盯着安华锦,在黑暗中,也能清晰地看到她眉眼神色,脸色因为凉意而泛白,但白得透彻,加之嘴角含笑,眉眼便如浸染了月光,他嗓音压低:"我也不想去想那些乱七八糟的东西,奈何,你总是让我不能心中安定。"

安华锦呼吸窒了窒。

谁心中又安定了?她也没有好不好!

熬过前两日最难熬的日子,第三日时,安华锦肉眼可见地在恢复精神。

顾轻衍又是一夜未睡,清早起来,眼下的青影又重了几分,眼看着安华锦似乎精神十分地好了,他不知该欢喜多些,还是郁闷多些。

他开始想着,今晚,安华锦不知还需不需要他暖床。

安华锦看着顾轻衍眼下的青影,心中又愧疚了几分,不等他多想,便开口直接说:"我已经好受了,你吃过饭后,若是挺不住,今日再告一日假,回府去休息吧!晚上应该也不必让你辛苦了。"

顾轻衍闻言心情不但不怎么美丽,反而哀怨地看了安华锦一眼。

安华锦顿时有些心虚,她挠挠脑袋,小声说:"那个什么,我看你这副样子,仿佛似被我榨干了一样,实在不太好。我熬过前两日,按照习惯,后面几日就好混了,你……你好好休息。"

顾轻衍冷哼一声:"用完就扔吗?"

安华锦:"……"

没!

这个未婚夫好用,她还没打算扔,至少目前没这想法。

她咳嗽一声:"你知道我不是这个意思,我是看你太辛苦了。"

"我不辛苦。"

安华锦:"……"

她看着顾轻衍，不客气地指出事实："你眼下的青影，疲惫的面色，消瘦了几分的腰身，就是证据。"

顾轻衍抬起头，盯着安华锦："我的腰身……消瘦了？"

安华锦："……"

这是重点吗？

唔，也是重点。

她心里烧了烧，面上一本正经地胡咧咧："第一次抱着你时，似乎很是舒服，昨日再抱时，似乎清减了那么一两分，没那么舒服了。"

顾轻衍气笑："你说的是真的？"

"再真不过。"

"两日而已。你的意思是，一夜之间，我就能清减两分？"

安华锦眨眨眼睛："这也很是有可能的，毕竟我摸的是手感，我的手又不是量尺，心里感觉是清减了的，也许没那么准。"

顾轻衍无言了一会儿，似是十分无奈："你确定今日不需要我陪了？"

不敢要你陪了！

再陪下去，她怕他以后一辈子就下不来她的床了！

她很肯定地说："嗯，确定，你需要休息。"

顾轻衍探究地看了她一眼，没从她眼里面上看出什么来，遂放弃："好，我的确有些累，是该需要休息。用过早膳后，我便去客院休息半日，晌午陪你用午膳，下午再去吏部，晚上……"

"晚上自然不必过来了。"安华锦接过他的话，"我肯定不会再难受的。"

顾轻衍点了点头："好。"

用过早膳后，顾轻衍果然去了客院休息。

客院的这间屋子，已经成了他在安家老宅的专属，他时常在这里午睡，如今躺在床上，明明困得很，却是睡不着。

他躺了一会儿，对外喊："青墨，进来。"

青墨应声走了进来，来到床前，看着顾轻衍。

顾轻衍躺在床上，对他说："你陪我说说话。"

青墨："……"

公子怕是魔怔了吧？如今净干一些以前没干过的事儿，他有点儿接受不来如今的公子。

他点头，"您说，属下陪着。"

顾轻衍看着棚顶："你说，小郡主如今对我是个什么心思？"

青墨："……"

他哪里知道啊！

顾轻衍等了一会儿，不见他回答，扭头看他："不是都说当事者迷，旁观者清吗？你看不出来？"

青墨摇头，他还真看不出来。

若说安小郡主对公子不好吧？偏偏挑不出个不好来，哪怕仍然记着三年前的事儿，但也舍不得伤他，还送给他吉祥结，送给他五彩线绳，给他用最好的秦岭产的沉香锦做衣服。可若是好吧，却是不吐口答应嫁给公子，履行婚约过六礼大婚。

他看着也迷糊得很。

"你怎么这么笨？"顾轻衍嫌弃地看着青墨。

青墨："……"

他太难了！

他一言难尽地看着顾轻衍："公子，属下建议您起来照照镜子。"

"嗯？我为何要照镜子？"顾轻衍扫向屋中，远处还真有一面镜子。

"您照照吧！照照就懂了。"青墨肯定地建议。

顾轻衍琢磨了一下，从床上起身，走到镜子前。镜子中映出他的人影，三分疲惫，三分郁闷，四分幽怨。

顾轻衍："……"

这是他？

他沉默地站在镜子前看了镜中的自己一会儿，一言难尽地转身，默默地躺回了床上。

青墨故意地问："公子，属下还继续陪您说话吗？"

顾轻衍闭上眼睛，平静地说："罚你三日不准吃肉。"

青墨："？"

"下去吧，我要睡觉了。"顾轻衍挥手落下帷幔。

青墨无语地转身走了出去。

世界上最让人忧伤的事情是什么？是公子也不相信自己成了这副样子吧！安小郡主的魔力也太大了！

顾轻衍离开去客院休息后，安华锦有点儿不适应，但身体不难受的她，这么点儿小小的不适应并不算什么，咬咬牙，忍忍就过去了，不会再出现忍不住的事儿。

于是，她抱了汤婆子，拿了一卷闲书，去了阳光最好的东暖阁，躺在美人靠上，一边晒太阳一边看书，进入了书中的故事后，很快就将那么点儿不适应抛之脑后。

所以，当顾轻衍好不容易浅眠了一觉，快到用午膳时，再度来到枫红苑时，看到的就是这般惬意的安华锦。

顾轻衍的脸黑了黑。

孙伯没注意顾轻衍脸色，笑呵呵地说："小郡主熬过了前两日，果然不那么难受了，今日也有心情晒太阳看闲书了。七公子，这两日真是太辛苦您了。"

顾轻衍不语，眼睛盯着安华锦。

孙伯偏头瞅顾轻衍，见他神色不太好，纳闷："七公子？"

顾轻衍侧头，转向孙伯，神色恢复如常，温和地说："不算太辛苦，喊她用午膳吧。"

孙伯点点头，喊了安华锦一声。

安华锦头也不抬地应了一声，显然还沉浸在书里，嘴角翘着，眉眼也含着笑意，阳光落在美人靠上，打在她的身上，那张脸，比骄阳还明媚。

孙伯见安华锦答应，笑呵呵地去了厨房。

顾轻衍心中生起恼火，忍了忍，还是不打算忍了，抬步进了东暖阁，来到安华锦面前，伸手抽走了她手里的书。

眼前落下一大片阴影，安华锦抬头，见顾轻衍绷着脸看着她，她笑问："是吃午饭了吗？我听见了啊。"

顾轻衍抿唇："这书很好看？"

"嗯，还挺有意思的。"安华锦点头。

顾轻衍盯着她看了足足好一会儿，将书扔回给她，转身出了东暖阁。

书"啪"的一声砸回了安华锦的怀里，她愣了愣，不明白她又哪里惹顾轻衍了，他突然又冲她发什么脾气？

于是，她站起身，追出了东暖阁，来到外间画堂，想问他怎么了，发现他径直出了画堂，向院外走去，看那样子，是要出枫红苑离开。

不是说好要吃午饭的吗？如今快开饭了，他要走？

安华锦不明所以，抬脚快步追了出去，追到院门口，一把拽住他袖子："顾轻衍，我又哪里惹你了？你又发什么脾气？"

又！

顾轻衍注意到这个字，顿住脚步，猛地回转身，死死地盯住安华锦。

安华锦被他眸中冰凉的厉色一下子震住，一时间心惊了惊，跳了跳："你……"

顾轻衍眼底尽是冰凉："松手！"

安华锦后退了半步，松开了手。

顾轻衍转身出了枫红苑，脚步很快。

安华锦被顾轻衍那一眼冰凉的神色震得好半天没回过神，等她回过神时，顾轻衍的身影已走出了枫红苑老远。

她沉默地站在原地，看着他背影冷冷清清地消失在二门的垂花门拐角，不由得回忆自己这半日都做了什么，怎么让好好的人，对她刚刚眼神冰凉神色凌厉？

孙伯带着人将饭菜端进画堂，不见安华锦和顾轻衍，找了一圈，在门口找到了安华锦，他问："小郡主？您怎么站在这里？七公子人呢？"

"他走了。"

"啊？"孙伯问，"为何？已经到了午膳的时辰了！还是七公子让老奴喊您用午膳了。"

"不知道。"安华锦站在门口神色愣愣的，迷惑不解，一脸茫然的模样，"大约，我又哪里惹到他了吧？"

往回惹到，她都清楚原因，这一回，却是不清楚的。

安华锦是真不知道原因，这半日，她都在看书。

孙伯也是一脸疑惑，上下打量安华锦，也纳闷："小郡主，您刚刚做了什么？"

"没做什么，他抽走我的书，喊我吃饭，我也没说什么。"安华锦叹息，顾轻衍果然是个心思深沉的人，她猜不透他忽然眼神冰凉凌厉地看着她代表什么，她从自己身上找不出原因，只能从他身上找："他这半日，做了什么？"

孙伯想了想："七公子在客院睡了半日，然后到了用午饭的时辰，就来找您吃午饭了。"

午饭还没吃，人就走了！小郡主说她惹到七公子，但她这副样子，显然自己也不知是怎么惹的，这就很棘手了。

"要不老奴追去问问？"孙伯觉得不能就这么糊里糊涂地让人走了。

安华锦摇头："算了，刚刚我追到他这里，他什么也不说，你追去，想必也问不出什么来。"

孙伯看着安华锦："那……"

"吃饭！他不吃就算了，我自己吃。"安华锦转身回了屋。

孙伯犹豫了一下，看看院外，没了顾轻衍的影子，再看看院里，他跟着安华锦往回走，劝道："小郡主，七公子脾气一直以来都很好，不是个轻易发脾气的人，您再仔细想想，是不是做了什么不妥之事？"

安华锦本来没气，如今给气笑了："我很肯定，我今日没做什么不妥之事。"

她今日没有故意气顾轻衍，一直窝在美人靠上看书，别的什么也没干。若是这样也能气着他，那一定不是她的原因，肯定是他的原因。

"还有，孙伯，你可能弄错了，顾轻衍的脾气一点儿也不好，他温和的外表都是假象，你别被他骗了。"安华锦跺了跺脚，"被偏爱的有恃无恐，他就仗着我喜欢他，总是跟我发脾气，混账东西。"

孙伯："……"

他看着自家小郡主，小郡主的脾气其实并不好，但却能够与顾七公子和睦相处，在他面前不乱发脾气，凡事与他有商有量，教孙伯看来，这真是着实喜欢了。

而顾七公子，他也能看得出来，他对小郡主很好，应该也是喜欢的。否则名门世家的公子，自小在顾家受礼仪规矩教养长大，是最懂得礼数的，能让他破坏规矩礼数照顾小郡主两日夜，这不是喜欢是什么？

所以，他不太明白，这俩人今日是怎么了。顾七公子怎么突然就走了？他猜测："是不是顾七公子临时有什么事儿？小郡主您误会了？"

她误会什么？不可能！

安华锦想起顾轻衍冰凉凌厉盯着她的眼神，肯定是因为她怎么他了，没好气地说："他就是冷不丁地在我面前抽风呢。"

孙伯："……"

安华锦坐在桌前，看着两双整整齐齐的碗筷，眼不见心不烦地说："他不吃拉倒，将他那副碗筷撤了，我自己吃。"

孙伯叹了口气："摆着吧，七公子每日在咱们府用饭，老奴摆放他的碗筷都习惯了，别撤了吧。"

安华锦默了默，拿起筷子，不再说话。

这一顿饭，安华锦自然吃得食不知味，随便吃了几口，便放下了筷子。

孙伯看着整桌没怎么动的饭菜，叹气："小郡主，您今日吃得太少了些。"

"这两日除了吃就是睡，积食了而已，吃不下去，下一顿就好了。"安华锦端起白开水喝了一口，有些神色怏怏，"我去午睡。"

孙伯点点头，心中清楚，小郡主一定是不开心，才没什么胃口。

顾轻衍出了安家老宅，坐上马车，面沉如水地吩咐车夫："去吏部。"

青墨跟在车旁，再三犹豫了片刻，还是开口："公子，您还没用午膳。"

"不吃了！"

气都气饱了！还吃什么午膳？

青墨无言，实事求是地说："今日，安小郡主并没有惹您，您这般生气，也许安小郡主还会觉得您莫名其妙。"

顾轻衍唰地掀开车帘，清寒的目光锁定青墨："你说什么？"

青墨陡然压力骤增："没、没说什么。"

顾轻衍顿了一会儿，忽然泄气，慢慢地放下了车帘，淡声说："你觉得她是喜欢我，可是她这般样子，是喜欢一个人该有的样子吗？我陪了她两日，她好吃好睡，半丝没有女儿家的脸红心跳，我今日不陪着她了，她一样舒心惬意，如此没心没肺，我是疯了才会觉得她是喜欢我的。"

青墨琢磨再琢磨，拿自己认识的顾家的小姐们比较了一番，给出中肯的评价："也许公子不能拿这般寻常定论来看待安小郡主这个人。若是寻常女子，未曾大婚，只有婚约在身，是死活都不会让公子您留在她处同床共枕照顾她的。安小郡主异于常人，与寻常女子不同。"

顾轻衍蹙眉："是这样？"

青墨也不敢十分肯定，只能模糊地说："属下也是猜测。"

顾轻衍哼了一声："这两日，她与冰块无异，我抱了两日冰块。她是实在太难受了，才同意我留下来陪她，是我对她有用处，她利用而已，如今利用完了，就扔了。若是喜欢，怎么会利用完就想着扔开？"

青墨："……"

这个他就实在不知道了！

他是护卫，自小跟着公子，没与谁谈风弄月过，至今也没娶媳妇儿，也不懂。

"怎么不说话了？"顾轻衍也没谁可说，只能抓住青墨。

青墨心里苦，绞尽脑汁地建议："听闻赵老尚书与夫人伉俪情深，要不然，您去了吏部后，向赵老尚书取取经，请教一番？"

顾轻衍不吭声。

"公子？"青墨喊了一声。

顾轻衍郁郁："我没那个脸，拿这种事情去老尚书面前说，徒惹他笑话。"

青墨："……"

那您就自己琢磨吧！

来到吏部，正是用午饭的点儿，吏部各位大人的随身小厮拿了盒饭送到各位大人面前。各部门一阵子饭菜飘香。

顾轻衍踏进吏部门槛，闻着饭菜香味，脚步顿了顿，面色平静地走了进去。

"顾大人！"众人见他来了，都与他打招呼。

顾轻衍一一点头，进了自己的地盘。

赵尚听说顾轻衍来了，提着盒饭找过来，对他问："安家小丫头如何了？看起来是好了？"

顾轻衍点点头："是好了。"

赵尚打量他："怎么这般疲累？这两日没休息好？"

顾轻衍叹了口气，觉得还是先把面子扔一边，解决自己面前的难题是最主要的，他揉揉眉心问："老大人，您与夫人伉俪情深，可有什么相处之道？"

赵尚一愣，须臾，揶揄地看着顾轻衍，直乐："怎么？你与安家小丫头相处得不顺利？"

那一日，他看着挺和睦的啊。

顾轻衍难以启齿地说："也不是不顺利，是我觉得，她对我没上心。"

赵尚呵呵一笑，对他问："你这个点来，还没用午膳吧？"

顾轻衍点点头。

"来，我这里饭菜多，你与我一起用午膳，用完了午膳，我再跟你聊聊。"赵尚一把年纪了，从来没跟哪个小辈聊感情问题，如今顾轻衍有难题了，不碍于面子，愿意与他聊，他倒是很乐意为他开解一番。

"我吃不下。"顾轻衍摇头，"您先吃吧，我等着您。"

赵尚嘿嘿一乐："你这个臭小子，原来也有为情所困的一天呐，真是新鲜！"

顾轻衍不说话。

赵尚打开食盒，今日他的饭菜十分丰盛，有四五个菜，他拿起筷子，又问顾轻衍：

"怀安，你真不吃？"

顾轻衍摇头，他是真吃不下。

赵尚摇摇头，也不勉强他，径自吃了起来，且吃得很香，吃得也很慢。

顾轻衍很有耐心地等了半个时辰，才等到赵尚吃完，在赵尚撂下筷子后，他递给了他一盏茶。

赵尚喝了一盏茶，才慢悠悠地开口："女人啊，是天底下最单纯也是最复杂的动物，她们有时候很简单，有时候又很难懂，她们喜欢上一个人有时候很容易，有时候却难如登天。你说你感觉安家小丫头对你不上心，那你可是真正彻底地了解了她？只有彻底了解一个人，你才能找到攻克她的法子，让她对你上心。别人如何恩爱，如何情深，如何相处，都是别人，也许对你，并不适用。只有找到自己的法子，才管用。你聪明得紧，应该懂我的话。"

顾轻衍懂。

他站起身，恭恭敬敬地给老尚书深施一礼："多谢您指点。"

三日后，赵尚辞官告老，举荐顾轻衍继任吏部尚书。

陛下准奏。

消息传出，朝野上下，一片哗然。

顾轻衍走马上任，成了本朝最年轻的吏部尚书，正三品，一时间，天下瞩目，风头无两。

顾轻衍上任后的第一件事情，就是准备金秋三年一届的天下官员考核。压在他肩上的担子重，除了此事，吏部其他事情也多，都需要他批审，重要的呈递上去给陛下过目，不重要的自己酌情定夺。

每日里，他从早忙到晚，忙得没时间再去安家老宅。或者也不是没时间，只是他觉得，他该冷静冷静。

他鲜少有不冷静的时候，从小到大，可以说，只有面对安华锦的时候，他失去了冷静自持，每回被她一气，都会连最基本的情绪控制都做不到。

他怕见了安华锦，忍不住想问个明白，但一旦问明白，他又怕自己没了立场。

三年前的"百杀散"之事，不只是她的心结，其实如今也悬在了他心头成了结，以前觉得永远不会后悔做过的事情，如今反而成了最后悔做的事情。他当年有一万种法子，却选择了一种最简单粗暴不近人情的，如今恨不得回头去揍自己一顿。

端阳节那一日，夜晚游湖，他仍记得，她明明在他弹琴时意动，却冷静自持，及时止损，后来又对他说了那样一番话，那才是她心底最真实的想法！

她不信他真想娶她，只信他性情凉薄，情要靠演。

如今想起来，他依旧怒海翻腾，平静不下来。

情感上他压制不住心绪不平恼怒浮躁，理智又告诉他，三年前之事她没找他算账，如今她对他已是极好，能有如今这种待遇，他该满足，可是他偏偏不满足。

天平的两端，就算他聪明绝顶，也拔河不过自己。

这种情绪，一日不平静下来，一日不能心平气和与她说话，还是不见为好。

所以，他一忙，便忙了十多日，自然十多日也没见安华锦。不过他每日倒是会听青墨禀告安华锦的消息。

自从他那日离开安家老宅后，安华锦又在屋子里窝了五日，也就是说她癸水整整来了七日。癸水没了后，长公主便拉着她去赴了荣德伯府的宴席，一日宴席下来，她又在府中窝着看了五日书。这一日，皇后说想念她，将她叫进了宫里。

当然，她清楚，皇后除了想念她外，最主要的是要说陛下交代给她的事儿，关于他们的婚约，以及他妹妹顾墨兰刚订下的婚约。

他给了爷爷那本名册后，爷爷与祖母、父母亲商议之下，从中选出了当今已逝太后的母族义勇伯府二房的嫡次子魏书，义勇伯府多年来，没靠着太后母族的关系膨胀张扬，反而很是低调，太后在世时，不曾张扬，太后薨了之后，还是一如既往。

义勇伯府可以说是清贵门第，家风很好，人丁又简单，魏书与顾墨兰同岁，虽年少，但心性沉稳，没有品行亏缺之事，又是二房嫡次子。她嫁过去不是宗妇，也不需要承担什么，只踏踏实实过自己的日子就行。他们年岁尚小，先订下婚约，晚两年成婚，很是合宜。

顾老爷子办事儿干脆果断，三日内，就订下了婚约，双方换了庚帖。

消息传出后，陛下气得险些又将敬王孝敬的那一套新的玉灵春茶盏给砸了。他在御书房来回走了八圈后，到底没忍住，去了凤栖宫找皇后。

彼时，惜才人发动，快要生了，皇后在惜才人处。

皇帝又追到了惜才人处，正赶上惜才人生，所以，也只能暂且按捺下此事，惜才人被养得太好，肚子里的孩子长得太大，这一等，就等着惜才人发动了一日夜，才筋疲力尽地生下了一位皇子。

小皇子排行第十七，生下来就白白胖胖，很是讨喜。

皇帝龙颜大悦，晋了惜才人品级，封了贵人。又抱着小皇子赏玩了几日，皇后盯着惜才人生产累坏了，好生耳根清净地歇了几日。

几日后，皇帝赏玩小皇子的新鲜劲儿过了，才想起顾家竟然突然间给顾墨兰订下了婚约之事，这才气恼地与皇后说起。

他猜测，顾家怕是那日得了什么风声，是故意的。

那日御书房，他气怒不已，砸了最喜欢的茶盏，弄得动静大，外面有许多侍候的宫女太监，也不知是谁走漏了风声，他让张公公查，张公公查了几日，也没查出是谁来，猜测也许是赶巧了。

皇帝才不相信什么赶巧，世上虽有巧合的事儿，但他不相信巧合。

所以，皇帝怀疑到了楚砚身上，也许楚砚根本就没想娶顾墨兰，故意说出那番话，就是为了气他，气了他之后，再将消息透露给顾家。

要问楚砚图什么？大约就是翅膀硬了，不想听他这个父皇的摆布。这更气人。

皇后没想过原来陛下一直等着顾墨兰长大，她很是无言了好一会儿，劝说："陛下，顾家的女儿不嫁皇室，这是顾家不成文的规矩。您怎么想着破坏呢？"

皇帝板着脸说："太祖时还立了许多规矩呢，后来渐渐地，不是也被打破了不少？有什么规矩是一成不变，不能打破的？皇家的规矩能打破，顾家的规矩也能打破。"

皇后叹气："天家毕竟是天家，顾家是顾家。"

皇帝沉声道："普天之下，莫非王土，率土之滨，莫非王臣。顾家有规矩，但是否也该遵循天家的规矩？代代相传，哪有真不被打破的那天？"

皇后琢磨着话不能这样说，只委婉地说："顾家最是重规矩，如今既然顾墨兰已订下婚约，陛下便作罢吧。砚儿的皇子妃，不着急，慢慢选，总有合适的。"

皇帝恼怒："朕就看上了两人，一是小安儿，二是顾家九小姐。没了这两人，何人于他有利？适合太子妃的位置？你说！"

皇后说不出来。

"你改日将小安儿叫进宫来，再探探她的意思。"皇帝心中烦闷，"朕还是最属意小安儿，还有你的好儿子，你也管管他，他如今不听朕的话，是连朕都不放在眼里了？你问问他，是真想娶顾墨兰，还是糊弄朕呢。"

皇后心中有气，但想着楚砚总归是她儿子，陛下如今眼睛里心里总算有了她儿子了，虽诸多算计，但也算好事儿，为了她儿子，她也就叫安华锦进宫再问问吧！

这样一想，皇后点了点头。

皇帝见皇后点头，面色稍霁，这才没多少气地出了凤栖宫。

皇后琢磨了一日，派人去喊楚砚，她也想知道，他儿子是真想娶顾墨兰，还是真为了搅和陛下的算计。

楚砚似乎明白皇后找他做什么，人没来，只让贴身侍候的小太监传了话，说："无论父皇说什么，母后听听就好，别理会。"

皇后叹气，这是不让她插手了？只能作罢。但是该做的样子，还是得做做，于是，过了几日，她命人喊安华锦进宫。

安华锦自从那日顾轻衍冷眼厉色地看了她一眼生气甩袖离开安家老宅后，她不只那日晌午时吃饭不香，后来几日，吃饭也不香，但她觉得自己没做错什么，自然不会上赶着再去找顾轻衍。况且，朝堂上传出消息，顾轻衍任职吏部尚书，新官上任，多着人找他，忙得很，她也懒得凑上跟前去再惹他冷眉冷眼。

几日后，她想开了，有什么大不了的，便该吃吃，该喝喝，该睡睡。

长公主喊赴宴，她去了一日，没什么趣味，周旋于一众夫人小姐们中间，因顾轻衍成了大楚最年轻的吏部尚书，她这个未婚妻，也跟着水涨船高，很受人追捧。

顾轻衍本就惊才绝艳，出众出彩，倾慕他的人多，如今年纪轻轻官居三品，更让无数人对她眼红不已。偏偏，没人敢惹她，也不知陛下有心想破坏这桩婚事儿，见了她只一个劲儿地夸，夸了她又夸顾轻衍，她听得耳根子都快磨出了茧子，很是心烦。

那一日后，她累得在府中歇了五日，长公主再有宴来喊，她也不去了。

这一日，若非皇后喊她进宫，她还在府中窝着了。

安华锦本就不爱进宫，每次进宫一趟，都让她不轻松。哪怕不面对皇帝，只待在皇后的凤栖宫也是一样。这一日，她进宫见了皇后之后，发现尤甚往日。

她听了皇后与她提了顾墨兰忽然订下婚约之事，又提了陛下早先对顾墨兰的打算，还提了楚砚那日在御书房与陛下因为她杠了起来，之后牵扯出当年陛下给二皇子订了顾墨兰，而他在陛下面前说娶顾墨兰。顾家几日前，突然毫无预兆地给顾墨兰订下了义勇伯府的婚事儿，还有她如今和顾轻衍的婚约到底如何打算，以及，陛下看起来不会轻易打消念头善罢甘休等等。

也就是说，无论是她，还是顾墨兰，大体总得让陛下满足一个，也许才能让陛下安心不再闹腾，陛下如今最中意的是她嫁给楚砚。

陛下毕竟是皇帝，一言九鼎，若真有什么动作，没了顾忌，最是个大麻烦。

往日，皇后与安华锦谈得不深，安华锦觉得姑姑虽亲近，但毕竟是皇后，而楚砚又是她亲生的，做不到什么话都与皇后说，一般是少说真话，多有应付。

但如今皇后与她深谈,她不好再应付了。

她没想到这十多日,发生了这么多事儿,顾轻衍十多日没见她了,也没与她说过一句半句。她整日窝在府里看书,两耳不闻窗外事,所以,皇后若是不说,她还真什么也不知道,包括顾墨兰几日前已订下婚约之事。

她每日只听孙伯在她面前叨叨两句顾轻衍,说他是真的忙得不可开交。

她静静坐着想了一会儿,斟酌再三,还是抬起头,对着皇后,认真地说了句实话:"姑姑,我不管七表兄娶谁,就算我不嫁顾轻衍,也……"

她正说着,外面有人禀告:"皇后娘娘,七殿下来了。"

皇后一愣。

那日皇帝走后,皇后琢磨了一日,打算先跟儿子谈谈,偏偏楚砚知道她要说什么,不知是懒得烦心也好,还是事情太多太忙也罢,总之,人没来,只传了个话。这几日连请安都没来,她便喊了安华锦过来问问,没想到,他今日倒来了。

她不太确定,是不是楚砚知道安华锦进宫了,特意过来的。

安华锦听到脚步声,只能暂且打住了话。

没想到,她虽然打住了话,但楚砚大概是听见了,进屋时,脸色十分难看,给皇后请安后,盯着安华锦,一双眼睛黑沉沉:"你不嫁顾轻衍,那你想嫁谁?"

安华锦:"……"

他这话的言外之意就是,她一定要嫁给顾轻衍吗?除了他,没人可嫁了?

噢,她想起来了,他那日说她让顾轻衍在安家老宅留宿,骂她没规矩礼数。

她心中没好气,语气也就冲了:"你管呢。"

楚砚声音冷厉:"谁也管不了你了,是不是?"

安华锦看着他眼中厉色,仿佛看见了顾轻衍那日冰凉厉色的眼神,她一下子整个人都不好了,猛地扭头抱住皇后胳膊,告状:"姑姑,您看,七表兄这副样子,是不是谁见了他都会躲得远远的?黑着脸冷声冷气,跟谁欠了他几十万两银子一样?"

皇后:"……"

就在她眼皮子底下,她还是不太明白二人怎么两句话就杠起来了,但她自然倾向于向着乖乖软软抱着她胳膊的侄女,嗔怪地看着楚砚:"你对小安儿说话,就不能温和些?做人兄长,就要有个兄长的样子。"

"是一表三千里的表兄。"楚砚脸色冷漠,"您现在就问问她,她可认我这个亲表兄?否则我说的话,她怎么不当回事儿?"

安华锦："……"

他……这是反告状？

皇后一噎，转头看着安华锦："他说了什么你没听？可是有理的话？"

他说她与顾轻衍虽有婚约，但还未大婚，她让他这般留宿，不合礼数。又说她胡闹，既然不想嫁给顾轻衍，又不要教养嬷嬷，难道只想与他暗中厮混，还说她是女儿家，毁了名声，吃亏的是她……

就算她再混账，也不能昧着良心说楚砚这话说得没道理。

但她除了在顾轻衍面前破例外，在旁人面前，就不是个被人噎住的吃亏性子，哪怕没理也要搅三分，于是，她不高兴地说："就算说的是有理的话，但你一副面皮冷硬，话语冻死人的态度，谁乐意听你说什么？"

楚砚："……"

他一时被气笑："这么说，还是我的错了？"

"就是你的错。"安华锦给他下了定论，拽着皇后的胳膊摇晃，"姑姑，就是他的错。"

楚砚："……"

她这个混账性子，竟然还会撒娇？

"好好好，就是他的错，是他的错没错。"皇后拍拍安华锦的手，见楚砚气笑，她也笑了，瞪着楚砚指责："砚儿，对待别人冷眉冷眼也就罢了，小安儿是你亲表妹，普天之下，你还有几个亲表妹？就这一个。你以后不准对她态度不好了。"

楚砚哽住。

这是态度不好的问题？明明是她不爱惜自己只会胡闹的原则问题，母后什么也不知道。可是他能告诉他母后此事吗？自然不能，顾轻衍留宿的事儿，他不说，没人知道。

他气得撇开头。

安华锦心中得意，怕再说下去，楚砚真气得给她抖搂到姑姑面前，她趁机站起身："姑姑，我回去了，您不必太操心，车到山前必有路。"

皇后拉着她手："留下来用了午膳再回去吧。"

"不了，我怕陛下一会儿来堵我。"安华锦很实在地说。

皇后没了话，这事儿也不是没可能，就连她现在也不乐意见陛下，于是放开人，叹气："去吧。"

安华锦抬脚出了凤栖宫。

楚砚坐着想了一会儿，还是觉得有必要教训她一二，便也告辞，跟了出去。

皇后无言地看着楚砚背影，想着他还真是冲着小安儿来的，她对贺嬷嬷说："哎，本宫能看得懂小安儿，也看不懂砚儿了。"

贺嬷嬷小声说："咱们七殿下将来是要继承大位的，心思如何想，若是能叫人轻易看出来，那可不行，还是这样好。您看不出来，奴婢也看不出来，陛下自然也看不出来。"

皇后笑："就你会给本宫解心宽，真是说到本宫的心里去了。"

"只是陛下那里，若是再来找您，您怕是又得苦于周旋了。"贺嬷嬷担忧。

"没事。"皇后收起笑，"如今这情形，总不会比当年我嫁进来那些年更难了。彼时，因劫粮案，陛下对安家怀疑，本宫都在这后宫立稳了脚跟，如今了解了陛下的心思，哪能还应对不了他？"

贺嬷嬷点点头，想想也是，放下心来。

第十五章　巧遇

安华锦出了凤栖宫后，就如狼在后面追，脚步走得很快，转眼就出了皇宫。

楚砚不过落后了那么一小会儿，差点没追上她，直到追出皇宫，才在宫外追上了要翻身上马的她。

楚砚上前，板着脸拽着她马缰绳："怎么走得这么快？追你还挺费劲。"

安华锦没想躲楚砚，她想躲的人是陛下，生怕晚一步，陛下身边的小太监就来半路劫她将她请去南书房了。一口气出了皇宫后，她才彻底浑身轻松了。

她将放在脚镫上的脚落下来，扭头看着楚砚，以十分欠揍的嘴脸似笑非笑地瞅着她："七表兄，你追我做什么？还没被我气够？上赶着再找一肚子气？"

楚砚气得用力晃了晃马缰绳，震得安华锦手发麻，他脸色冷漠地压低声音说："我追你来，是想告诉你一件事。你可知道，当年父皇，在一众兄弟之间，他不占长，也不占嫡，为何皇位最终是他的？"

"心思深，手段狠？"安华锦多少知道些，没有哪个帝王不心思深狠的，不狠坐不上这个位置。

楚砚憋着气说："当年，阖宫上下，先帝后妃都帮他，满朝文武，多半大臣也都帮他。不说别人，只说你熟悉的诚太妃，她拿亲儿子的命帮他，父皇就是有这个本事。他想做到的事情，这么多年，自有自己的一套法子。他认准的事情，目前还没有做不成的。"

安华锦懂了，扬眉："所以？"

"所以，你别小看我父皇。"楚砚松开马缰绳，"别以为，你早先故意拖延安顾联姻，他看不出来。别以为你如今与顾轻衍看似近实则远，他也看不出来。"

安华锦敢小看陛下吗？一直以来，她没有的，也不敢小看。

她在陛下面前，从来都是提着一百二十分的心应对，每说一句话，都在心中反复打三遍草稿，一言一行，一举一动，哪怕一个小玩笑，都是拿捏过的。

不过楚砚今日提醒她这话，还是让她微微心惊，她想着，她大体还是错估了陛下的心思深沉。她来京中日子浅，与陛下接触得不多，不像楚砚自小长在他身边，受他教导，若论什么人对陛下了解得最深，一是张公公，再应该就是楚砚了。

安华锦垂下头，她不是不识好歹的人，楚砚提点她，她得承情。她沉默了一会儿，抬起头，看着楚砚，认真和气："多谢七表兄指点。"

楚砚见她将他的话听进去，脸色稍好："你明白就好，别犯糊涂，只要安家不想反，你总要拘束着自己，不能太任性。"

安华锦弯起嘴角："实话告诉你七表兄，只要安家不是被灭门惨案，不是门庭不能支撑，不是被帝王踩到脚底下草都不是，为了天下百姓安居乐业，安家也能忍辱负重不会反。"

楚砚沉默了好一会儿，伸手摸摸她的头，声音沉重："好，我懂了。"

安华锦这一刻，总算是从楚砚的身上找到了亲表兄的感觉，她多久没被人摸过头了？她抬眼，盯着楚砚一触即离在她眼前扫过的衣袖，久远的不敢忘记的两个亲兄长的脸浮现在眼前，若是他们还在的话，她大体是不用这么辛苦的。

楚砚微微侧过身，将手背负在身后，看着宫门的方向说："你跟顾轻衍，到底是怎么回事儿？你与我说实话。"

安华锦眨眨眼睛，回过神，也将手背负在身后，左右手互相捻着手指，跟着他一起看着巍巍宫门，云淡风轻又漫不经心地说："与你说实话，就是我喜欢死他了，舍不得退婚，却又不敢嫁给他。如今，只想拖着，我不嫁，也不想让他另娶别人。"

楚砚猛地转头看她，似乎难以明白她怎么想的。

安华锦依旧看着宫门，面色有几分怅惘，声音压低，轻飘飘如柳絮飘落："七表兄，你至今仍没有喜欢过什么人吧？所以，我即便说了，你也不会懂的。"

楚砚凝眉，半晌说："你不说，我是不懂，但你说了，也许我就懂了。"

"你没必要懂。"安华锦转过身，面对他，"你只需要知道，陛下想要取消婚约，我是一定不会同意的，我就要拉着顾轻衍一起，就算是让他陪着我一起胡闹也好，总之，如今，我不嫁，也不退婚。"

"那将来呢？"

"将来再说。"安华锦很是看得开地说，"也许有一天，我就嫁给他了，也许有一天，我觉得没意思，就不拖着他了，果断解除婚约了。我还年轻不是吗？另外有南阳军的底气，也还折腾得起不是？"

楚砚无言。

安华锦见他再没别的话，利落地翻身上马，拢着马缰绳，又想起一事儿："七表兄，你可否知道当年我出生时，南阳王府欠了漠北镇北王府一个大人情？我也是近日提起别事时才想起爷爷与我说起过此事。"

楚砚正了神色："不知，你与我说说。"

安华锦马缰绳打着晃，一圈又一圈，三言两语，将事情说与他听："这个人情，南阳王府早晚得还。我爷爷如今还健在，若是如今镇北王府让他还，那就没我什么事儿了，我也不会理会，但若是将来我爷爷百年之后不在了，镇北王府让还，这人情，就会落在我的头上。"

楚砚点头："我晓得此事了。"

镇北王世子苏含马上就要进京了，镇北王府显然是自二哥死，三哥式微后，坐不住了，大约是派苏含来探探京中的形势。既然当年南阳王府与镇北王府有这么一桩旧事恩情，待苏含进京，他早先准备对他的方式，似乎也得换换。

安华锦打马回安家老宅，穿过荣华街，正遇到了善亲王府的马车。她不着急，索性勒住马缰绳让路，让善亲王府的马车先过。

不料，善亲王府的马车来到她身边时，停了下来，车厢帘子挑开，露出楚思妍一张娇俏的脸，她看到安华锦，竟然有几分欣喜："安华锦！"

安华锦侧头看着她，也笑着打招呼："楚思妍！"

她喊她的名字，她也喊她的名字。

楚思妍睁大眼睛看着她："几日不见，你怎么美了很多？"

这是什么夸人的新方式吗？

安华锦觉得她嘴真甜，怕是今日吃了蜂蜜了，她也笑着花样反夸回去："你也水灵了很多，就如水蜜桃一样，看着又娇又嫩又水灵，让人看了想咬一口。"

楚思妍："……"

她不争气地脸红了。

她羞涩地看着安华锦，娇呼，"呀，你怎么这样啊，说得我都不好意思了。"

安华锦低笑，用很认真的眼神说："我说得很真诚的，你不信自己照照镜子。"

若是刚才见她，还不像水蜜桃，有夸大的成分，如今脸红若云霞，粉红粉红的，可就像了七八分。

楚思妍到底是小姑娘，闻言立马从袖中拿出镜子，照了照，惊讶地说："好像你说得很对，原来我也变好看了吗？我今早照镜子，还没有这么好看。"

安华锦："……"

这天真可爱的姑娘啊，是善亲王府的。

楚思妍美美地照了一会儿镜子，欣赏够了自己的美貌，才恋恋不舍地将镜子收起，看着安华锦，邀请："我与江云彩约了去福满楼吃午饭，你和我一起去吧。"

"礼国公府小郡主，她乐意见到我吗？"安华锦笑问。

"乐意的，那日我跟着你去安家老宅的事儿，后来我跟她说了，她还与我说，其实你很好呢。是我们以前听信传言，误会你难相处了，只有接触了你，才知道，你很好相处的。"楚思妍又真诚又热情，"走吧。"

安华锦盛情难却，笑着点头："好。"

福满楼就在荣华街上，距离二人停下说话的地方不远，很快就到了。

楚思妍下了马车，安华锦下了马，二人一起进了福满楼。

楚思妍显然是福满楼的常客，福满楼的小伙计见她来了，立马笑眯眯："小郡主，礼国公府小郡主已经来了，二楼天字二号房。"

"怎么是天字二号房？一号房被人占了吗？"

"是，一号房被人提前订下了。"

楚思妍似乎不太满意，但江云彩已去了二号房，她便拉着安华锦去了二号房。

路过天字一号房门口，房门关着，里面有男子说话声传出，似乎不少人，很是热闹。

楚思妍撇撇嘴，小声对安华锦说："定然又是那帮子纨绔子弟，以江云牧、王子谦、崔朝为首的，以前我哥哥也总是跟着他们混，三年前，自从你将我哥哥揍了，我哥哥在床上躺了三个月之后，就改邪归正了，不总跟着他们胡闹了。"

安华锦笑："所以，你爷爷应该谢谢我。"

楚思妍："……"

她哥哥被她揍成了那个样子，当年都认不出人样了，她爷爷心疼死了，没追去南阳就不错了，哪里会谢？这事儿尽人皆知，也亏她说得出来。

天字二号房内，江云彩已经在等着了，见楚思妍不只自己来了，还带来了安华锦，她着实愣了愣，起身见礼："安小郡主。"

"江小郡主。"安华锦回礼。

三人落座，江云彩明显有些许小心谨慎的："安小郡主，我点了十个菜，都是这家的招牌菜，你看看菜单，这些菜可够？若是你想吃什么，再点几样。"

安华锦看着她，十个菜，别说三个人吃，五个人吃也足够了。她摇头："够了，我吃什么都行，不挑。"

楚思妍撇嘴，小声拆她台："也不知是谁抢了大昭寺的厨子，不挑才怪。"

安华锦拍拍她脑袋，刚要说话。

小伙计端了一碟桃花糕进来，放在了她面前，脸笑成了花儿一样："安小郡主，原来是您，小的失敬，刚刚没认出您。这是天字一号房的顾大人知道您来了，让小的给您端来的新出炉的桃花糕，让您先垫垫肚子。"

当今京城，还有哪个人被人见了恭恭敬敬地称呼一声顾大人？唯顾轻衍。

他新官上任吏部尚书，凭着的是自己的才华，没有依靠顾家半分，赵尚退朝告老还乡前，举荐他继任吏部尚书，也看的是顾轻衍这个人，而不是顾家。

如今，年纪轻轻官居三品的顾轻衍，已与昔日的顾七公子不可同日而语了。

有少数人见了他虽然还会称呼顾七公子，但多数人已转变了，称呼顾大人。

新出炉的桃花糕闻着就很香，尤其现在桃花早就落了，保存到现在的桃花已十分稀少不易吃着，这一碟显然无论是卖相还是味觉，都很诱人。

安华锦琢磨着，她吃还是不吃。

顾轻衍莫名其妙跟她发脾气，一走了之十多天不见人影，按理说，她该很生气不吃他送来的东西，但是……

这么好吃的桃花糕，退回去？

楚思妍见安华锦不搭理小伙计，只盯着桃花糕看，看了好一会儿，不知在想什么，一声不吭，她坐不住了，轻轻地拽了拽安华锦的袖子。

安华锦转头看她。

楚思妍咽了咽口水，凑在她耳边小声说："福满楼做的菜不算是最好吃的，最好吃的是福满楼的糕点，云彩三日前就让人来订这家的桃花糕，可是没订着，最后一批桃花糕早已经订出去了。今年再无桃花可赏，也再无桃花糕可吃了。你面前的这一碟桃花糕，应该就是那最后一批中的一碟。"

哟呵，顾轻衍还送给了她一碟比珍奇美味更难得的稀缺东西。

楚思妍嘴馋地问："你这是什么表情？不领情吗？你与顾大人打架了？"

"你看得出来？"

"嗯，我看你看着这碟桃花糕，很是纠结。"

安华锦睫毛动了动，问她："想吃吗？"

楚思妍自然是想吃的，但顾轻衍送给安华锦的，她不敢说想吃，遂不吭声。

安华锦又问对面坐着的江云彩："想吃吗？"

江云彩吓了一跳，虽然很想吃，但却连忙摇头，她也不敢。

安华锦转头对小伙计说:"我收下了,替我谢谢他。"

小伙计完成了任务,再度将脸笑成了花:"您慢用。江小郡主点的菜厨房正在做着,一会儿就好。"

安华锦点点头。

小伙计笑着退了下去。

一碟桃花糕,有六块,安华锦将碟子往三人中间一放:"一人两块,吃吧。"

楚思妍惊喜了,激动地问:"我们……真能吃吗?"

江云彩也很惊喜,同样看着安华锦。

安华锦没眼看这二人,一碟桃花糕而已,两个小郡主高兴成这样,怪不得能成为手帕交:"能啊,我刚刚说了,吃吧。"

她率先拿起了一块。

楚思妍放心了,伸手也拿起了一块,放到嘴边刚要咬,还是不确定地问:"那个,这个是顾大人送你的,我们若是吃了,你不会一会儿反悔,让我们再吐出来吧?"

安华锦无语:"你到底吃不吃?不吃算了。"

"吃吃吃!"

桃花糕很香很软,浓浓的桃花味,入口即化,很是软糯好吃。这还真是安华锦吃过的最好吃的桃花糕。

她觉得,就冲这一碟桃花糕,她也可以原谅顾轻衍莫名其妙冲她发的脾气了。

六块桃花糕,被三人分而食之,吃完之后,都有点儿意犹未尽。

楚思妍舔舔嘴角,怅然:"早知道就不吃得这么快了。"

江云彩深有同感:"可惜吃没了。"

"都怪你吃得太快,我也跟着你一起吃得太快,如今连回味都觉得不够。"楚思妍埋怨安华锦,"这么好吃的桃花糕啊,没了。"

安华锦用帕子擦了擦嘴角,也觉得是自己的错,她想了想,对外喊:"小二。"

"来喽!"小伙计立马推门而入。

安华锦瞅着他,一本正经地说:"你去问问隔壁的顾大人,可还有桃花糕,再拿一碟来。"

一碟桃花糕给她下气,就让她原谅他,怎么够?最起码要两碟!

楚思妍眼睛一亮,崇拜地看着安华锦。

小伙计愕然,点点头:"小的这就去问问。"

楚思妍见小伙计离开，转头又拽安华锦衣袖，声音软软的："安华锦，会儿顾大人再送来一碟，也给我们分了吃好不好？"

安华锦认真地想了想："不好。"

楚思妍垮下脸，指控："你不够意思，有好东西，要与好姐妹分享的。"

"你是我的好姐妹吗？"

"呃。"楚思妍一噎，丧气地说，"以前不是，从现在开始肯定是的。"

安华锦转向江云彩。

江云彩立马点头："思妍说得对。"

为了两块桃花糕，完全可以把自己的感情卖了的二人，也是罕见了。

安华锦甩开楚思妍的手，慢悠悠地说："你们想多了，顾轻衍黑心着呢，他才不会答应再给我一碟桃花糕，即便有，也不现在给我。"

楚思妍："……"

江云彩："……"

她们听到了什么？她说顾大人黑心？顾大人即便有也不现在给她？

"不信你们等着看。"安华锦端起茶，喝了一口，若她猜得没错的话，这一碟桃花糕就是顾轻衍用来试探她的，他递来了梯子，看她会不会回递给他一个台阶的。

果然，安华锦话落没多久，小伙计空手而来，面上却带着笑，恭敬地对安华锦说："小郡主，顾大人说了，桃花糕有是有，但是如今没有了，得等到晚上，他会亲自给您送去安家老宅。"

楚思妍："……"

江云彩："……"

二人对看一眼，都有点儿怒，这顾轻衍是怕她们跟安华锦分着吃吗？竟然打算晚上去安家老宅给她送独食。

呜呜呜，好可恶！

安华锦点头："你告诉他，我就现在想吃，晚上就不想吃了。"

小伙计愕然，又回去了。

楚思妍重新拽住安华锦衣袖，嗓音带着哭音："呜呜呜，安华锦，你太好了。"

不打算吃独食的安华锦，以后就是她们的姐妹，亲姐妹。

江云彩小声问："顾大人这回会给吗？"

"会。"安华锦笑，"他理亏，不敢再得罪我，否则我以后都不理他了。"

江云彩："……"

"哎，人比人气死人，货比货都得扔。"楚思妍小声感慨，十分惆怅幽怨地说，"我以前就盼着顾七公子瞧我一眼，你竟然还敢跟他打架耍脾气使性子。"

安华锦斜眼看她："怎么？你还惦记着他？"

"不、不了。"楚思妍立马坐直，"谁惦记他啊！我现在只想占你便宜吃他手里的桃花糕。"

安华锦气笑："挺有出息嘛！"

"是、是啊。"楚思妍又脸红了。

片刻后，小伙计去而复返，手里拿着刚出炉的桃花糕，笑得更加恭敬地放在安华锦面前："小郡主，顾大人给您的。"

"再替我谢谢他。"安华锦很满意。

小伙计等了一会儿，见安华锦除了这一句话，再没别的了，小心翼翼地又说："这一碟桃花糕，是今日最后一份，本来是三号房的顾九公子与同伴一起来吃饭，让顾大人一起帮着给订下的，听说小郡主想现在吃，顾大人给您抢来了。"

这么说，有点儿对不住顾九公子了？

安华锦眨眨眼睛："那我多谢他了。"

小伙计咳嗽一声，见她除了个"谢"字还是个"谢"字，就没别的可说了，于是问："您还有别的话让小的转达给顾大人的吗？"

"没有了。"

小伙计只能退了下去。

安华锦将桃花糕又放在三人中间，大方地说："吃吧！"

楚思妍和江云彩敬佩又服气地看着安华锦，很是开心地吃了起来。

桃花糕吃完，江云彩点的菜也做好了端了上来，楚思妍高兴地要了一壶桃花酿："咱们喝点儿吧！庆祝一下吃到了这么好吃的桃花糕。"

江云彩也觉得可以庆祝，点了点头，看向安华锦。

安华锦没意见。

于是，三人就着福满楼的招牌菜，喝了一壶桃花酿。

安华锦高估了楚思妍的酒量，不过几杯桃花酿下肚，她便耍起了酒疯，在饭后，抱着安华锦胳膊，整个人贴在她身上，闹着她，口中嚷嚷不停："安华锦，我好喜欢你啊，你真是太好了。"

安华锦："……"

隔壁天字一号房也用完了午膳出来撞了个正着的顾轻衍，脸色一下子黑了。

楚思妍是真的喝醉了，抱着安华锦不放手，一副恨不得将她抱到天荒地老的架势。

江云彩看得浑身直冒冷汗，尤其是当看到天字一号房走出来，看着楚思妍抱着安华锦腻作一团黑了脸的顾轻衍时，这冷汗从头发根凉到脚板心，她快速果断地上前去拽楚思妍："思妍，松开安小郡主。"

"什么安小郡主啊？她叫小安儿。"楚思妍软绵绵的，娇糯糯的，醉眼蒙眬地死抱着安华锦的胳膊，仰着脸瞅着她，"是吧，小安儿？"

安华锦哭笑不得。

她见过不少醉鬼，但却没见过这样的醉鬼，善亲王府是什么样的奇葩府邸，楚宸他娘是什么神仙娘亲，生出了楚宸和楚思妍这样的一对兄妹。

江云彩用了力气，也拽不动楚思妍，她就如胶水一样黏在了安华锦身上，她急得不行，加重了语气："思妍，你喝醉了，跟我走。"

"不，我要跟小安儿走。"楚思妍抱着安华锦死活不松手。

江云彩余光扫见顾轻衍的脸更黑了，她快哭了，看向安华锦求救。

安华锦仿佛没看见顾轻衍，倒也不嫌弃楚思妍，伸手捏了捏她的脸蛋，嫩嫩的，果然很水灵，手感也很好，她笑着问："你确定要跟我走？"

"确定啊。"

"走去哪里？"

"你去哪里，我就去哪里，我要跟你玩。"楚思妍看着她。

"不怕我把你卖了？"

"不怕！"

"那我要是生气揍你呢。"

"随便揍。"

江云彩："……"

她与楚思妍小时候就成了好朋友，后来成了无话不说的手帕交，但她也不知道楚思妍喝醉后是这个德行。福满楼的桃花酿是比别处卖的桃花酿好喝些，但没想到后劲比一般的桃花酿要足太多，她也还是第一次见着楚思妍耍酒疯。

"行吧，既然你这么信任我，我就将你带走揍一顿再卖了。凭着你善亲王府小郡主的身份，想必也能卖一个好价钱。"安华锦说着，拖了楚思妍下楼。

顾轻衍终于看不过去了，扫了一眼楚思妍的婢女，沉声说："你们还站着做什么？还不将小郡主拉开？楼梯这么高，摔了两位郡主的话，你们不要命了？"

楚思妍的婢女惊醒，连忙上前，一左一右，爆发出惊人的力气，将楚思妍从安华锦身上拉开了。

江云彩瞧着，暗想两个婢女的力气果然比她一个人的力气大。

不，不对，是顾大人的话最管用。

"顾轻衍？"楚思妍被婢女拉开，终于发现了顾轻衍，她立即转过头，瞧着他，然后，忽然眼底聚集上了雾气，紧接着，大滴大滴的泪水滚落。

江云彩一看要坏，立马上前挡在楚思妍面前，催促两名婢女："赶紧的，小郡主喝醉了，我跟着你们送她回府。"

两名婢女立即拽着楚思妍下楼。

楚思妍死站着不动，无声地哭了一会儿，然后猛地挥手打开两名婢女，冲到了顾轻衍面前，努力地睁大眼睛看着他，泪水一串串的，看起来可怜极了。

江云彩的心都提到嗓子眼儿了，想跟着冲过去拉回楚思妍。

安华锦忽然伸手，拦住了江云彩，然后抱着手臂，身子倚靠在楼梯扶手处，像是看戏一般地瞧着。

江云彩怔了怔，不太明白安华锦的意思，她不是不喜欢别的女人出现在顾轻衍面前吗？如今这是怎么回事儿？难道她看着不拦，实则是怒极了要收拾楚思妍？

江云彩有点儿惊恐。

顾轻衍没想到他让人拉开了黏在安华锦身上的楚思妍，她转而甩开人跑来了他面前，哭得的确有些可怜，但他除了对着安华锦，对其他人没有半丝怜香惜玉的。他眼含厉色地扫过那两名婢女，声音微冷，带着浓浓威压："善亲王府的奴才都是废物吗？连自家主子也照顾不好？"

那两名婢女腿一哆嗦，险些跪倒在地请罪，战战兢兢地上前，重新拽住了楚思妍，上前拉她。

但楚思妍这会儿力气极大，她就是不走，瞪着顾轻衍，哭了一会儿的她，似乎被惹怒了："顾轻衍，你是了不起，不过你别仗着别人的喜欢，就恃美行凶，眼底除了你自己，就没别人了，好像全天下就你最美一样。"

江云彩呼吸都停了。

四周一下子极静，没人敢说话喘气。

顾七公子，顾大人，何时被人指着鼻子这么说过？没有，绝对没有。普亲王府这位小郡主，是第一个。

安华锦"扑哧"一下子乐了，在一旁笑着插话："全天下还真就他最美。"

江云彩："……"

众人："……"

顾轻衍眼神倏地扫过来，目光落在安华锦的身上，一时整个人也静了静。

"不，全天下小安儿最美！"楚思妍大声反驳。

安华锦眨眨眼睛。

顾轻衍忽然笑了，云破月开，清风日朗，这一笑，堪比艳阳，雨过天晴，他忽然心情很好地点头，似应和楚思妍："你说得对，全天下，小安儿最美。"

楚思妍也高兴了："你赞同我就好。"

"嗯，十分赞同。"顾轻衍弯起嘴角，见楚思妍忽然高兴的脸，他毫不留情打击她，"但她再美，也是我的未婚妻，与你没多大干系。"

楚思妍："……"

坏蛋！混蛋！王……八蛋！

顾轻衍打击完人，目光扫向两名婢女。

两名婢女惊醒，不敢再耽搁，立即拼了大力气，快速地稳当地拽了楚思妍向楼下冲去。

楚思妍似乎真的受打击了，也不反抗了，任由两名婢女乖乖地拽走了。

江云彩："……"

她算是开了眼界了！

顾七公子这么个神仙人物，除了安华锦，还真是没人要得起，认清了顾轻衍的真面目，她瞅了安华锦一眼，也麻溜地追着楚思妍身后下了楼。

围观的众人舍不得散去，但顾大人和安小郡主的戏，可没么好看，掌柜的，小伙计，楼上楼下的客人们，纷纷缩回头。

而在顾轻衍身后的吏部的各位大人们看到了与平时不太一样的顾轻衍，一时间都惊叹于新任尚书的风采。他们看看顾轻衍，又看看安华锦，彼此又互看了一眼，选出一个代表来，上前小心翼翼地开口："顾大人，我们先走一步？"

顾轻衍点点头。

吏部的一众人等顿时撤了。

楼梯口再没了别人，顾轻衍走向安华锦，缓步来到她面前，低头看着她。

安华锦也瞅着顾轻衍。

二人对视，好一会儿，还是顾轻衍先开了口。他声音一如往常，温和平静，眸光温润，仿佛那日的事儿没发生过，对她说："天色还早，你是去别的地方再转转，还是我送你回府？"

安华锦不说话。

顾轻衍压低声音道歉："那日是我不对。"

安华锦眼皮子动了动："怎么不对了？"

顾轻衍抿唇，沉默了片刻，吐出两个字："抽风。"

安华锦忍不住气乐了，抬眼将他从头扫到尾，似笑非笑："顾大人好威风啊！"

"不敢！"

安华锦重新整理了下心情："不用你送。顾大人公务繁忙，赶紧去忙吧！未婚妻什么的，就是高兴了哄哄，不高兴了甩个冷脸。反正，你长得美，可以恃美行凶，未婚妻看着你这张普天之下独一无二的脸，也会原谅你的。"

顾轻衍："……"

他耳根子红了红，脸也红了红，小声说："没有你美。"

安华锦哼了一声，抬步下楼。

顾轻衍跟在她身后，亦步亦趋，向楼下走去。

二人一起出了福满楼。

安华锦解开拴在柱子上的马缰绳，刚要翻身上马，顾轻衍疾步上前，一把拽住了马缰绳，侧头看着她："我送你回去。"

安华锦松开马缰绳，靠着马身抱着手臂，微扬下巴看着他："我若是说不用呢？"

顾轻衍面色有几分的固执，压低声音："这里是人来人往的福满楼门口，给我几分面子？我送你回安家老宅，关上大门，随便你收拾如何？"

安华锦斜眼瞅他，片刻后，算是给他面子，点了点头。

顾轻衍将她的马拴在马车旁边，亲手挑开帘子，安华锦转身上了他的马车。

二人离开，福满楼的众人一下子炸开了锅，都在谈论今日之事。

上了马车，安华锦靠着车壁大咧咧地坐着，一腿平伸，一腿支着，占了一大块地方，只给顾轻衍留了一小块地方。

顾轻衍落下车帘，便屈尊坐在了安华锦空出的那么一小块地方上。

安华锦也不理他，径自从怀中掏出一卷书来看。

以前，她是不会随身带一卷书的。自从那日顾轻衍将书从她手中抽出又扔回她身上，她记仇，便随时随地随身带着一卷书，无非就是等着顾轻衍，他敢再从她手里抽出书扔她身上，她就拿书砸回去。

顾轻衍看着安华锦，低咳了一声，见安华锦不理他，又低咳了一声，见安华锦还不理他，当没听见一样，他终于试探地伸手拽了拽她的袖子。

安华锦："……"

她料错了？他不抽她的书了？改变策略了？

顾轻衍见安华锦神色一顿，显然他手上的动作管用了，于是，他趁机低低地说："那日是我不对，我已知道错了，原谅我好不好？"

安华锦偏头看他，手臂放在支起的腿上撑着下巴，漫不经心地说："我不是已经说了，你长得美，看着你这张脸，我也会原谅你的。"

顾轻衍抿唇："我只有这张脸，才让你能看得上眼吗？"

安华锦眸光闪了闪。

顾轻衍拽着她衣袖的手指紧紧地捏了捏，不自觉地将柔软的华贵的衣料捏出了一片褶皱，他没察觉地潋滟的眸子锁定安华锦，一字一句地轻声问："当真只有我这张脸，才能让你看得上？"

安华锦不自觉地被顾轻衍的眼睛吸了进去："除了脸，你的眼睛也很漂亮。"

"还有呢？"顾轻衍轻声问。

安华锦瞳孔缩了缩，垂下眼眸，撇开头，不再看他，冷静地问："顾轻衍，你想对我问什么？你有一颗七窍玲珑心，我却没有九曲十八弯，猜不透你的心思，你不如直接告诉我。"

顾轻衍慢慢地松开手，闭紧了嘴，不再言语。

安华锦等了一会儿，见他不再说话，她心底沉了沉，索性重新拿起书来看。

马车中一时陷入安静，外面长街上人来人往，车水马龙，很是热闹，与马车中的安静相比，似乎是两个世界。

穿过最繁华的荣华街，很快就来到安家老宅，车夫停下马车。

安华锦收起书卷，挑开帘子，痛快地跳下了马车，向府内走去。

顾轻衍随后下了马车，跟上安华锦，但他慢了一步，便听踏进了门口进了内院的安华锦冷血无情地吩咐："闭门谢客，谁也不见。包括顾大人。"

守门人齐齐一惊,看着门外的马车,但还是第一时间听从了安华锦的吩咐。

大门"咣"的一声关上,将顾轻衍拦在了门外。

顾轻衍停住脚步,看着紧紧关闭的大门,想着今日偶遇,他其实是还没有准备好,本来她在马车中,已对他说了看着他这张脸就会原谅他,可是他听了却更加心潮翻滚,不知足,想再探她的底,却在她开口反问后,又不敢明白地问了。

他怕将她的心掰开揉碎地摊开后,看到的东西,不是他乐意看的。

他没有把握。

既然如此,不如不说,也不如不问。

他在安家老宅的大门口站了好一会儿,转身上了马车,对车夫吩咐:"回吏部。"

马车离开安家老宅。

青墨看得直牙根疼,忍了忍,终于没忍住,现身走在马车旁,对顾轻衍小声说:"公子,您这是折腾什么?明明想见小郡主想得不行,好不容易见到人了,又作来作去。如今被小郡主关在门外,您又惹了一肚子郁气,图什么?"

顾轻衍一声不吭。

青墨叹气:"属下真的觉得小郡主面对您时脾气很好了,而您呢?对谁表面上看起来脾气都很好,偏偏对小郡主,与小郡主像是调了个个儿,脾气差极了。依属下看,善亲王府小郡主说得挺对,您就是拿那什么行凶。"

顾轻衍依旧一言不发。

青墨不是话多的暗卫,可是被顾轻衍折磨这么多天,晚上不能好好地睡觉,时不时被叫到床前陪聊到深夜,早上鸡还没叫,就被喊起来陪着他练剑,且他武力值太厉害,他频频挨打,也受够了。

于是,他今日抓住机会,打开了话匣子,滔滔不绝:"您不说,小郡主自然不懂,她也让您直白说了,您怎么就不说呢?不就是您喜欢她,喜欢极了她,也想让她像您喜欢她一样喜欢您吗?也许她就是跟您一样的想法等着您开口呢?"

"她不是。"顾轻衍终于开口。

青墨脚下一顿,还好,他家公子还会喘气,还会说话,还活着!

他无力:"您怎么就这么断定呢?"

顾轻衍揉揉眉心,低沉地说:"从三年前至今,她对我脾气好,看的都是我这张脸。若是真的上心,不是这么个与我相处的方式。"

青墨乖乖地闭了嘴,这话,他没法反驳了!

三年前，安小郡主初见公子时，他是亲眼所见的，小郡主看到公子很惊艳，追了公子一路，他用剑架到了她的脖子上，她的眼睛都没离开公子的脸。

不过谁让公子长得好呢！若是公子长得不好，也不见得吸引安小郡主。他是用脸吸引的安小郡主，如今相处下来，不想人家只看他的脸，这让他怎么说？

他也纠结了一会儿，才提醒顾轻衍："公子，您今日又得罪安小郡主了，您可想好了，现在您就这么走了，小郡主心里一定会更加地给您记一笔，来日，可都要一起算了。您确定吗？"

顾轻衍不确定。

他揉着额头的手一顿，但还是没立即折返回去硬闯安家老宅的大门，沉默了一会儿，只说："让我想想。"

青墨没了声。

顾轻衍回到吏部，有人笑着打招呼："顾大人，您这么快就回来啦？"

"嗯。"

"我们什么时候喝您和安小郡主的喜酒啊？"有人又笑问。

顾轻衍脚步一顿，面色如常，眉眼含笑回应："早晚会喝的。"

"那我们就等着了！"那人笑开，"顾大人的喜酒，一定好喝。"

"就是就是！"有人应和。

顾轻衍一路含笑回了自己的办公之地，进了房间，关上门，他笑意顿收。什么时候能喝上他的喜酒？他也不知道！

安华锦的确闹了一肚子气，听着身后大门"吭"的一声关上，她才舒服些。她后悔死了，根本就不该受楚思妍的邀请跟她一起去吃饭，好巧不巧地遇到顾轻衍与吏部同僚一起吃饭，碰了个正着。

她本来没有多少火，如今真是心里有了火。

她一路快步走回了院子，遇到了得到消息匆匆迎出来的孙伯，孙伯看着安华锦黑着脸，小心翼翼地问："小郡主，老奴听说七公子将您送回来的？他人呢？怎么没进来？"

"哪里有什么七公子，他是顾大人了。"安华锦没好气。

孙伯立即改口："是是是，咱们以后得改口称呼顾大人了，瞧老奴这记性，年纪轻轻的正三品吏部尚书，整个大楚也没一个。那顾大人呢？怎么走了？"

"他抽风还没好呢，自然回去继续抽风了。"安华锦丢下一句话。

孙伯："……"

这两个人今日见了面后又……打架了？

孙伯操碎了一颗苍老的心，站在原地，唉声叹气："顾大人不登门了，老奴吃饭都不香了。安平整日抱着书读，也不主动下厨房了。这日子啊，突然就难熬了！"

安华锦当没听见，转眼回了枫红苑。

她回了房间，将书扔在榻上，坐在床上，独自生了一会儿气，想着她还留在京中做什么，一日一日地混日子，忒没意思，不如回南阳得了。

回了南阳，进了军营，天大的烦恼，操练起兵马来，都会没了。没有什么烦恼是拿到练武场上解决不了的。

第十六章　离京

安华锦想到就做到，干脆随便收拾了两件衣服弄了个包裹，揣够了银票，一身轻松地出了枫红苑，见孙伯还站在原地，她打了声招呼："孙伯，我回南阳了。"

孙伯大惊，睁大眼睛："小郡主，您怎么突然要回南阳？您不是……"

孙伯想说，您不是要在京中住很久的吗？老王爷也说让您多住些日子，还有陛下，今日进宫，可见着陛下了，可说放您回去了？还有皇后娘娘，最最关键的还有顾大人，你们的婚事儿可商议出个章程了？

安华锦知道他要说什么，摆手拦住他的话，认真地说："我回家看看。"

"您想家了？"孙伯打住一肚子话。

"嗯。"

"您就算决定回去，怎么也该收拾收拾，好多您的东西呢。"孙伯劝说。

"京中这些东西，一应所用，回了南阳，我都用不着。"安华锦一边说着一边往外走，"搁着吧！"

"那您，什么时候再回来？"孙伯真是舍不得，"还有安平，您不带走了？"

安华锦脚步一顿，她气糊涂了，对啊，还有安平，她得带走，好不容易费了力气从陛下手里保下的人，不能丢在安家老宅。

她停住脚步，对孙伯说："你去喊一声，让安平立即收拾，跟我回南阳。"

孙伯见安华锦真决定要走了，只能转身亲自去叫安平。

安平确实正在看书，他喜欢读书，安家老宅的藏书阁收藏了许多书，他每日都沉浸在书里，安华锦不出门，他也不出门，很是废寝忘食。

孙伯匆匆而来，推门而进，对安平说："安平，你赶紧收拾，小郡主要回南阳，带上你走。"

安平腾地站了起来，惊讶："小郡主现在就要回南阳？为何早没告诉我？"

孙伯叹了口气："想必小郡主是突然决定的。"

安平奇怪："是南阳发生什么事情了吗？"

"没有吧。"孙伯摇头，猜测说，"小郡主这十多日，都闷在屋中看书，顾大人升任吏部尚书后，忙得不可开交，没人陪着她玩，大体是烦闷坏了，再加之也许是想老王爷了，想南阳了，所以，才突然打算回去，老奴也不太清楚。总之，小郡主说走，就是要走，你赶紧收拾吧，别问了。"

安平点点头，放下书，在屋中转了一圈："我也没什么要收拾的。"

"带几件换洗的衣服，其他的南阳都有，到了南阳，小郡主会给你再置备。"孙伯交代完，又往外走，"我去马厩里给你选一匹马，小郡主已在二门等着你了。"

安平点头："其实，我最想带的是书。"

"南阳都有。"孙伯停住脚步，"别看我们安家是将门，武将之家，但是书籍可不缺，小郡主也是读万卷书的人，老王爷最喜欢读书人，也是时常读书。"

安平放心了，立马收拾了几件衣物，打了个包裹，利落地出了房门。

孙伯又去了马厩，估算了一下安华锦那匹坐骑的脚程，牵出了一匹与她那匹脚程差不多的好马，舍不得地摸了摸马头，才牵着去给了安平。

安平拎着包裹来到二门，便见到靠着抄手游廊等在那里的安华锦。她进宫时穿什么衣服还是什么衣服，连骑装都没换，走得这么匆忙，可见真是临时决定。

安平来到她身边，恭敬地喊了一声："小郡主。"

安华锦"嗯"了一声："孙伯去马厩给你选马了没？"

"说是去了。"

"那就走吧。"安华锦拎着包裹，出了二门。

安平跟在她身后，走了几步后，还是开口小声问："为何走得这般急？"

安华锦头也不回："与顾轻衍吵架了，懒得再烦闷，索性回南阳算了。"

安平："……"

小郡主这么诚实的吗？那孙伯还猜来猜去做什么？

他一时无言，过了一会儿，才说："您这是逃避，这样不太好吧？"

安华锦呵笑："是不太好，但有什么办法？他凡事都憋着，心里转个九曲十八弯，肠子一截一截地拧着。人聪明，就连心也是长得七窍玲珑，心思深，谋算多，有时候我不知哪里惹了他了，问他，他不说，只靠我猜，我累不累？"

所以，您是不想猜顾大人的心思嫌累才要回南阳？眼不见，离得远，心不烦？

安平总觉得哪里不对，他琢磨了一会儿，也没琢磨出个所以然来："那您就这样就走了，顾大人可知道？"

"他自然不知道。"安华锦摇头，"不只是他，陛下，我姑姑，七表兄，除了孙伯，还有一个你，目前谁都不知道。"

安平惊了："您这是要偷着回南阳？"

"是啊！"

"那……陛下若是知道，万一震怒……"

安华锦不以为意，撇撇嘴："我又不是没偷着回过？三年前，我揍了楚宸，便直接不辞而别回了南阳，不是什么事儿也没有？"

安平："……"

这事儿他听说过，当年还真是小郡主揍了宸小王爷后直接回了南阳，善亲王气得跳脚，找到了陛下和皇后面前，陛下也没将安小郡主抓回来。

这做法是有一就有二吗？

二人来到门口，孙伯已从马厩牵了马等在门口，见二人来到，孙伯将马缰绳递给安平："这匹马是清风红，不次于小郡主的雪里青，今日给你，你可好好地待它？"

"嗯，您放心。"安平接过马缰绳，郑重保证。

孙伯舍不得地又看着安华锦："小郡主，您回南阳后，再什么时候来京啊？"

"不知道呢。"安华锦晃着马缰绳绕着手腕打圈，"也许很快会再来，也许一年半载就不来了。说不准，您老好好地看着宅子，谁来问，就说我想家了，包括顾轻衍。"

"是。"孙伯点头。

安华锦翻身上马，不再啰嗦，利落地双腿一夹马腹，身下坐骑跑了起来。

安平也翻身上马，连忙跟上安华锦。

两匹好马，转眼就出了安家老宅这条街，向城门而去，穿过人声鼎沸的闹市，很快就出了城。

楚宸与江云牧、王子谦、崔朝三人从巷子里出来，晃着了一道人影，他怀疑地问身边："我好像看到小安儿了？"

"好像是安小郡主。"江云牧也不太确定，"我看着像，太快了，没看清。"

"不是吧？我看着是两个人，一男一女，那男人绝对不是顾大人。小郡主会和别的男人一起骑马吗？"王子谦问。

"自然不会。"崔朝摇头。

谁敢招惹目前风头无两的顾大人的未婚妻，不要命了？

"那可能是我看错了。"楚宸收回视线，想着除了他，还真没人敢招惹安华锦，顾轻衍也不会让人与安华锦在没有他的情况下，一起与别的男人出去赛马。

江云牧也打消了怀疑："可能真看错了。"

顾轻衍回了吏部，坐了半个时辰后，总是心里不踏实，做事情不能集中注意力，总觉得心有些慌，他又忍了一会儿，干脆放下笔，站起身，对外面吩咐："去备车。"

有人应了一声，立即去了。

顾轻衍出了房间，向外走。

有人见了问："顾大人，您要出去？"

"嗯，我有事儿先走一步。"顾轻衍点头，他是吏部尚书，虽然没到下衙的时辰，但也没人敢拦他管他，他想走就走，留下一句话："有事情等我明日再处理。"

这就是说今日不回来了！

有人立马应是。

顾轻衍出了吏部，坐上马车，吩咐："去安家老宅。"

车夫应是，立即驱车前往安家老宅。

刚走出不远，青墨忽然在车外压低声音急声禀告："公子，安小郡主与安平在半个时辰前出城了，属下刚得到消息，似乎是……回南阳了！"

顾轻衍脑中嗡的一声，有什么炸起，几乎在一瞬间，他蒙了蒙，一片空白。

"公子？"青墨没听见顾轻衍声音，又喊了一声。

顾轻衍一把掀开车帘，脸色有些白："你刚刚说什么？"

青墨不忍心看顾轻衍此时表情，但不得不重复一遍："半个时辰前，安小郡主与安平离开京城回南阳了。"

"既然是半个时辰前的事儿，为什么现在才来禀告？"顾轻衍咬牙。

青墨垂下头："安小郡主带着安平，离开得实在是毫无预兆，咱们的人以为安小郡主是出城去赛马了，据说，安小郡主轻装简行，离开时什么都没带，只拿了两件换洗衣服，小包裹若是放在马鞍下的话，实在看不出来。故而……"

顾轻衍攥着车帘的手微微发抖："她来京时，也什么都没带。"

青墨立即说："属下这就带着人去追。"

半个时辰前，正是他送她从安家老宅回吏部的时间。

半个时辰，上等的宝马，快马加鞭，可以走出多远？

安华锦的骑术好，即便青墨骑着好马，带着人去追，可能追得上？

顾轻衍几乎不用考虑就知道，青墨追不上。他手攥着车帘，轻飘飘的车帘，他几乎攥不住，一点点地要脱手，他心中一片苍茫，空白，虚无，荒芜……

她就这样走了？一声不吭地走了？是他将她气走了？她怎么能就这样走了？

她明知道，他如今身份，是不可能追去南阳的，她是打定主意不想再与他纠缠？所以，干脆躲得远远的？躲回了南阳？

她回南阳后呢？会不会跟老王爷说她要与他退婚？

顾轻衍手终于没了力气，车帘从他手中滑落，遮住了大白天日照的光影，车厢顿时一片昏暗，他的脸隐在车壁的暗影里，好一会儿，一动不动。

青墨十分担心，着急得不行，等了一会儿，不见顾轻衍有动静，他伸手挑开帘子，看着顾轻衍："属下这就去追，一定能将安小郡主追上。"

"追上你能带她回来？"顾轻衍闭了闭眼。

青墨沉默，他即便追上，怕是也带不回安小郡主，他不敢强硬，除非公子亲自去。但公子能随意离京吗？显然不能。

"先让她走吧。"顾轻衍无力地靠在车壁上。

青墨心思一动，小心翼翼："公子，您就这么放安小郡主走了？您是要放弃了吗？"放弃喜欢安小郡主了吗？

"怎么可能？"顾轻衍将手抵在眉心处，整个人静而沉而寂，声音低而浅而轻，却掷地有声："她如此聪明，怎么会不明白我的心思，况且，我的心思已如此明显。可是她今日不等我去问去说，却干脆地走了。可见，她不想了解我，不想知道，也不想我说，不想我问。或者，她只看我的脸就够了，不想对我上心，也不想要我的心。"

青墨吸了一口凉气，一时没了声。

顾轻衍吩咐："回府。"

"回……哪个府邸？"青墨小声问，"是安家老宅，还是……"

"家里。"

青墨应是，放下帘幕，低声吩咐车夫："公子说回顾家。"

车夫调转方向，不多时，马车回了顾家，顾轻衍坐在车中，一动不动，好半晌不下车。

青墨担心极了，又挑开车帘："公子？"

顾轻衍睁开眼睛，一片平静，慢慢地下了马车，进了顾家。

守门人见七公子今日竟然这么早就回来了，都很惊讶，想要搭话，见他一脸平静，可以说是面无表情地进了府门，都将话吞了回去，猜测不知是出了什么事儿。

顾轻衍回了落雪轩，便进了书房，将自己关进书房里，门关得死死的，吩咐青墨："你守在门口，今日我不见人，不准让人打扰我。"

"是!"

青墨知道,公子现在谁也不想见,他素来骄傲,不想让人看到他此时的狼狈。

他忽然觉得,安小郡主真是心狠啊,她这样不告而别地突然回南阳,比拿剑刺了公子一剑还狠。果然是上过战场的女人,知道怎么一剑致命。

恐怕所有人都没料到,安小郡主说回南阳,突然就离京回南阳了。

无论是陛下的算计,还是公子心中的谋算,或者旁的什么人或看热闹或诸多猜测目光,随着安小郡主离京回南阳,这一切暂时都会画上终止符。

离开了京城的安小郡主,大概会一身轻松,就连他此时也觉得,小郡主让自己此时离京,对她来说,反而是最好的一步棋。

当然,这一步棋是公子最不想她走的。

顾九公子听闻顾轻衍回府来了,有些生气地找来了书房,见青墨守在书房门口,他立即问:"青墨,我七哥呢?"

"公子在书房。"

顾九公子踮脚向书房里看了一眼,什么也没看着,他说:"我要见七哥,你通禀一声。"

青墨摇头:"公子吩咐了,今日谁也不见。"

顾九公子疑惑:"书房里是只七哥一个人吗?"

"是,只公子一人。"

顾九公子看着青墨:"大白天的,七哥将自己关在书房做什么?"

青墨不答:"九公子有事儿吗?若不是十分重要的事儿,明日再与公子说吧。"

顾九公子自然不是十分重要的事儿,他只是想来问一件事儿:"七哥明明答应我让人给我订了一份福满楼的桃花糕,可是今日却不给我了,七哥什么时候言而无信了?我就是过来问问他这个事儿,你知道吗?"

青墨点头:"今日恰逢安小郡主去福满楼用午膳,公子将您那份桃花糕,送给安小郡主了。"

顾九公子愣了一下,须臾,一乐:"原来是送给七嫂了啊,怪不得呢,我就问问,我就说七哥不会平白无故言而无信,既然送给七嫂,那我就没的说了。"

他看着紧闭的书房门,凑近青墨,小声问:"七哥从来不会将自己无缘无故地大白天关在书房,今日是出了什么事儿了吗?"

青墨抿唇,斟酌了用词:"公子今日心情不好。"

顾九公子闻言后退了一步,赶紧溜:"那我不打扰七哥了,我走了。"

说完,他一溜烟地离开了顾轻衍的院子,没了人影。

顾家人都知道,不要惹心情不好的顾七公子,七公子素来温润温和,但一旦遇到他心情不好时,撞到他头上,就会倒霉。虽然,他从小到大,鲜少有心情不好的时候。

八年前,顾老爷子给他订下与南阳王府小郡主的婚约,他心情不好了一个月。从那次,顾家所有人就都知道了,别惹他。

顾家的所有动静,瞒不住顾老爷子,当他知道顾轻衍白天没在吏部处理事情,而是回了府,且把自己关进了书房里,他便坐不住了,来了顾轻衍的院子。

青墨照样拦住了顾老爷子,却比在顾九公子面前恭敬许多:"公子说谁也不见。"

"连我这个爷爷也不见?"顾老爷子负手而立,"他怎么了?出了什么事情?"

青墨不语。

顾老爷子生气:"你告诉我,你不告诉我,我就在这里等着他告诉我。"

他对顾轻衍,自小精心栽培,容不得他身上出丝毫差错,这么多年,他虽然没如他期盼的一样像个真正的顾家人,但也做着他期盼他做到的能够支撑门庭的事儿。

青墨犹豫了一下,上前叩响房门,禀告:"公子,老爷子要见您。"

他是公子的暗卫,一切都听从公子吩咐,公子若是想告诉老爷子,自己会告诉,他自然不能擅作主张将公子的事儿告诉老爷子。

顾轻衍将自己关在书房半个多时辰,此时依旧不能冷静下来,或者说,他近来但凡遇到安华锦的事儿,都不能冷静待之,别人可以不见,但他不能不见顾老爷子。他没料到他爷爷这么快来,在他来之前,他还没做到冷静下来。

于是,他沙哑地吩咐:"请爷爷进来吧。"

青墨闻言推开了房门,让开门口:"老爷子请。"

顾老爷子踱步进了顾轻衍的书房,进去之后,看到顾轻衍,吓了一跳:"衍儿,你这是……"

顾老爷子也从来没见到顾轻衍这副样子,脸色苍白,眸光灰暗,整个人死气沉沉的,如深秋的枯叶,飘在地上无声无息的。

顾轻衍抬眼,眼底竟然泛着红,颓靡地喊了一声:"爷爷。"

顾老爷子是见过大风大浪的人,这个孙子是他最喜欢的嫡孙,从小就聪明绝顶,惊才绝艳,他寄予厚望,他也从来没让他操心过。他还是第一次,见到他这般似乎被什么事儿打击得没精神气的模样,整个人都带着颓废衰败的气息。

顾老爷子艰难地随手关上书房的门，走到顾轻衍面前，不敢置信："发生了什么事儿？天大的事儿也不该让你这副样子。你是因为……"他猜测，"安家小丫头？她怎么了？"

若非为情所困，他的孙子，不会折了骄傲，如此这般。

顾轻衍红着眼睛，低声说："她今日突然回南阳了，不告而别。"

顾老爷子惊了，以为自己听错了。

安家小丫头突然回南阳了？他第一时间想的是南阳发生了什么事儿了？老南阳王怎么了？还是南齐和南梁又兴兵了？边关告急？要不然，她怎么毫无预兆地就走了。

须臾，他觉得不对劲，又看向自己的孙子。

若是因为别的事儿，她不能不告而别。据他所知，这两个孩子一直以来相处得很好，很是和睦，除了这十多日，自家孙子忙得脚不沾地再没空去安家老宅，才不每日必见一回。

他坐下身，看着顾轻衍，深吸一口气："你跟爷爷说说，到底是怎么回事儿？"

顾轻衍抿唇不语。

顾老爷子看着他，语重心长："一直以来，爷爷对你不曾束缚，也不曾做太多要求，从小到大，尽可能放手让你做你想做的事儿，只要你支撑住顾家门庭就行，别的从不要求你，这个你心中最清楚。"

顾轻衍沉默。

顾老爷子继续道："你不想对别人说的事儿，完全可以与爷爷说，爷爷毕竟一把年纪了，吃的盐总比你走的路多。你什么都不说，一味地憋着，只会憋坏了自己，越聪明的人，钻起牛角尖来，才越可怕。当务之急，是你信不信爷爷，让爷爷帮你参谋一二。"

顾轻衍闭了闭眼，终于开口："十日前，我发现她对我不上心，我恼怒，与她发了脾气，恰逢老尚书告老，我升任吏部尚书，一是忙，二是想让自己冷静下来，再找个机会，与她细谈。可是过了十日，我还没能冷静下来，恰巧今日吏部一位同僚生辰简办，邀约在福满楼庆生，她恰巧也被善亲王府小郡主请去了福满楼用膳……"

顾轻衍不是个惯会与人吐露心声的人，若非十日前青墨提出向老尚书取取经，以及今日安华锦突然离开京城回南阳，让他一时不能接受她就这么一声不响地扔下他走了，顾老爷子动之以情晓之以理相问，他也不会说这些事儿。

顾老爷子开始没听明白，追问："她对你不上心，你该哄着她对你上心才是，你怎么对她发了脾气？是怎么发的脾气？还有，今日你送她回安家老宅，她既答应让你送，那就是原谅你了啊，你怎么又惹怒了她？"

他的孙子，素来温文尔雅，温和知礼，对家中的姐妹向来神色平和冷淡，未曾对谁发过脾气，他说他对安华锦一个小姑娘发脾气，他还是不太能想象。

"你与我详细说说，别说得这么囫囵。"顾老爷子其实也不太想逼问孙子细节，小儿女谈情说爱，他一个爷爷辈的长辈，不太好打听太细。但今日这事儿，实在闹得有点儿大，小丫头直接回南阳了，这就不是小事儿了，不得不重视了。

顾轻衍咬唇，红着眼睛，详细地说了说。

顾老爷子听完："……"

他总算明白了，深深地叹了口气，又叹了口气，看着自己折磨自己，此刻将自己折磨得不成样子的孙子，忽然气得骂："你可真是聪明反被聪明误，该！"

顾轻衍低垂下头。

顾老爷子站起身，在书房里踱了两步，想骂得更重些，但舍不得。从小到大，别的孙子，他或多或少都骂过，唯独这个，是一次都没骂过，他从来不需要他太操心，没想到，如今操心就操了个大的。

自古以来，什么最是难，唯"情"字一关难渡。

一直以来，他担心他性子淡薄冷情冷性，怕是一辈子也不会知道喜欢一个人是什么滋味，被人喜欢是什么滋味，待人三分淡薄，七分疏离，温而远之，希望有朝一日，他性子能改改。

可是如今，他改是改了，一头栽进去，撞得头破血流，却依旧没领悟真谛。

"你如今，可知道自己错在了哪里？"顾老爷子站在他面前问。

顾轻衍抬起头，眼神迷茫得很。

顾老爷子伸手敲了敲他的头，打算点醒他："你与她发脾气，可是只这两回？她与你发脾气，又有几回？你自己可算过？"

顾轻衍低声说："我与她发过几回，她与我，咬我手那回，还有今日。"

"你看看，你自己也说了，你与她发过几回脾气，而她不轻易与你发脾气，只发两回。但第一回就咬了你的手，让你的手见了血，第二回，却连咬你都不想咬了，直接一声不吭地回南阳了。"顾老爷子看着他，"据说，那小丫头脾气不好，可是，她来京一个半月了吧？这么长时间，你与她发脾气时，她却没有次次反着对你发回来。可见，在你面前，也算是个好脾气的性子。女人对什么人会忍着自己的脾气？只有对自己喜欢的人，或者有恩的人，就算亲人长辈，都做不到忍着自己脾气。"

顾轻衍看着顾老爷子。

顾老爷子谆谆教诲："你对她可有恩？没有吧？那她就是喜欢你。"

"可是，我感觉不到她对我上心，我……"顾轻衍想说他留宿在安家老宅与她同床共枕，却感受不到她女儿家该有的模样，她不过是用他来暖身子罢了。可是怕这话说出来，败坏了安华锦名声，干脆闭了嘴。

什么该说，什么不该说，他还没失去理智。

"面对情爱，女孩子的心思，总比男人的心思藏得要深得多。你感觉不到，不证明她没有。依我看啊，那小丫头，心思深得很。否则，她怎么敢三年前和如今两次进京，都单枪匹马而来？"顾老爷子看人很准，"你喜欢上的这个小丫头，非池中之物，行事不拖泥带水，干脆利落，就凭今日她一声不响突然离开京城回南阳这件事情，爷爷就高看她。换作别人，哪舍得扔下你？"

普天之下，只有一个安华锦，说走就走。他发脾气，她等了十日，再见他，给了他机会，可是他没敢摊开挑明，她便不再给他机会，一走了之了。

就是因为她走得太过干脆，他才更是觉得颓败。

"你什么时候做事拖泥带水、踌躇不定，犹豫不前过？也只有面对这小丫头时才这样，为情所困也是正常。"顾老爷子伸手拍拍他肩膀，鼓励，"衍儿啊，她回南阳了，又不是走到天边去了，你们还有婚约在身，你怕什么？你看看你，这般关着自己，像个什么样子！"

"我怕她回到南阳后，让老王爷解除婚约。如果她说动了老王爷，陛下又正有此意，那么，没了婚约在身，我还拿什么拴住她？"顾轻衍轻声说。

原来，他怕的是这个。

顾老爷子明白了："你如此不自信什么？那小丫头，不见得解除婚约。她是在意你的。"

"她不想嫁给我，其实，也不想要我的心，她看的只是我的脸。"

顾老爷子苦口婆心："混账！越想越钻牛角尖了，你的聪明劲儿呢？用在别处，算无遗策，绰绰有余，怎么面对这个小丫头，你就笨了呢？你叫我说你什么好？就算看你的脸，那也是你的脸比别人的脸管用。"

顾轻衍不语。

"算了，你自己好好想想吧！你若是想不开，就干脆去找陛下辞官，然后去南阳追人。"顾老爷子丢下一句话,转身出了书房。

顾轻衍心思一动,辞官去南阳?

他腾地站起身,跟着顾老爷子向外走了两步。

顾老爷子猛地停住脚步,终于怒了:"我说了这么多,原来你都没听进去,只听了一个辞官追去南阳?没出息的东西!你也不想想,陛下会准许你辞官吗?做什么梦呢?你刚坐在这个位置上,金秋三年一届的天下官员考核,你是主考官。你好好留在京城处理此事吧!"

顾轻衍停住脚步,又坐回了椅子上。

顾老爷子关上书房的门,第一次被顾轻衍气得不行,吩咐青墨:"他不出书房,不准给他送吃食,饿着他。"

青墨:"……"

他还是第一次看到老爷子因为公子,被气得胡子一翘一翘的。

这都是拜安小郡主所赐。

顾老爷子离开后,书房静了下来,顾轻衍静坐了一会儿,又腾地站起身,推开书房的门,似下定了什么决心,对青墨吩咐:"备马。"

青墨顿时惊了。

公子说备马,是他领会的那个意思吗?

青墨看着顾轻衍:"公子,您是……"

顾轻衍眉目冷然:"我去追她。"

青墨惊悚了:"公子,您要三思啊,您以前不能轻易离开京城,这时候更离不得京城。"

顾轻衍沉声:"备马。"

青墨见劝不住,后退一步:"是。"

顾轻衍出了书房,快步走向大门口,青墨不敢耽搁,很快就牵来了两匹马,与顾轻衍一起翻身上马,快马加鞭,离开了顾家。

顾老爷子很快就得到了消息,也惊了,不敢置信:"他真追去了?"

老管家也惊得够呛:"七公子骑马出城了。"

"这可真是……"顾老爷子无言了好一会儿,"他说什么时候回来吗?可别真发了疯地追去南阳,那他吏部的一摊子怎么办?许多事情,都是要他做主的。他竟然连进宫请示陛下一声都没去,就这么追去,可有想过后果?"

老管家叹息，七公子若是能考虑后果，哪儿还能追去？他也是刚知道，原来七公子是因为安小郡主突然不告而别，一声不吭地离开京城回南阳，才将自己关在书房里闷着不出来的，如今好不容易出来了，却是亲自骑马追去。

七公子素来温和冷情，却没想到真喜欢一个人时，能弄出这么大的动静。

"罢了，他既然下了决心，如今就算我派人去追，也追不回来他。"顾老爷子想了一会儿，泄气，"由着他去吧。"

"那陛下那里，您可进宫给七公子请个罪？"

顾老爷子摇头："他知道自己在做什么，既然他没进宫告知陛下，我也不给他善后，等他回来自己去陛下面前说吧。他坐上吏部尚书的位置，靠的不是顾家，这等事情，也不必我给他善后，让他自己处理。"

管家点点头，颇有几分忧心。

安华锦出城，动静不大，除了顾轻衍外，还没有人知道。

但顾轻衍出城，动静可不小，他是近来风头无两的最年轻的吏部尚书，实在太显眼了，更何况人人都知道，他不会无缘无故长街纵马疾驰出城。所以，一时间，吸引了许多人的猜测。

宫里的皇帝很快得到了消息，他纳闷地问张公公："怎么回事儿？顾轻衍长街纵马，疾驰出城？是城外出了什么要紧事儿？"

张公公也不明白："老奴让人去再详细打探一番？"

"嗯，去吧。"皇帝摆手。

张公公出了南书房，叫来了人，吩咐了下去。心中也纳闷。

不多时，有人打探出了原因，禀告给张公公，张公公一听坏了，但这事儿即便他想瞒，也瞒不住，安小郡主离京的消息，总会被陛下知道的。他在南书房外门口站了好一会儿，再三地斟酌用词，才进去里面禀告。

"打探出来了？"皇帝一边批阅着奏折，一边头也不抬地问。

张公公点头，回禀："陛下，安小郡主似乎与顾大人闹了脾气，不知二人之间发生了什么，安小郡主一气之下，离京回南阳了，顾大人追出城去了。"

他想，这话定然是陛下当下最爱听的。

果然，皇帝停下笔，放下奏折，不但没有动怒，反而还有几分乐看好戏："嗯？可打探清楚了？确有此事？"

张公公点头："据说，这十多日以来，顾大人不再去安家老宅了，安小郡主也没有找他，二人不知因为什么，在闹冷战。今日，安小郡主与顾大人在福满楼怡巧岫上，据说相处得也是不太愉快，顾大人从福满楼出来后送安小郡主回安家老宅回吏部后，安小郡主临时决定，回南阳了，很是干脆利落，拎了两件衣服就走了。安家老宅的仆人说小郡主是想家了，但依奴才看，想家也不至于太匆忙，也不会在今日进宫时不跟陛下您和皇后说一声，十有八九，就是闹脾气。"

"嗯，你分析得有道理。"皇帝心中高兴，"这么看来，他们之间相处得不如朕以为的和睦和谐了？"

"也不见得。"张公公眼看皇帝走偏，立马给扭转过来，"毕竟，小儿女打打闹闹，也是常有的事儿。发脾气，使性子，你追我逐，本是常态。"

皇帝冷不丁地被打消了高兴劲儿，瞪了张公公一眼："怎么说话呢？"

张公公连忙告罪："奴才知罪，奴才不会说话，奴才该打。"

皇帝冷哼一声："顾轻衍素来沉稳内敛，不是不懂事儿的人，可是如今扔下吏部一堆事儿说追出城就追出城了，真是岂有此理！他若是就这么一路追去南阳，吏部的摊子谁来管？"

张公公不吭声。

皇帝怒："来人。"

"陛下！"大内侍卫应声现身。

"带着人去给朕快马加鞭追顾轻衍，追到人后，告诉他，让他赶紧回来，若是他真敢追去南阳，扔下吏部一摊子事儿不管，朕就治他的罪。"皇帝下令。

"是。"大内侍卫应声而去。

张公公暗想，还好，陛下没说立即治罪，只说人不回来就治罪，这是给七公子留了余地。

"你说，顾轻衍会听朕的话吗？"皇帝问。

张公公额头冒汗地说："顾大人大约也是一时情急，才去追小郡主，没想那么多。只要大内侍卫能追得上，有了陛下的话，顾大人脑子清醒了，一准儿听陛下的回来。"

他其实也不知道，但他敢说七公子不听陛下的话不回来吗？陛下面前他不敢！

"嗯。他回来最好。"皇帝满意，"那小丫头既然想家，让她回去就是了。"

他自然不会治安华锦的罪，他也发现了，留她在京城，如今还不如不留。她与顾轻衍一日婚约不解除，他就只能任由二人光明正大来往，阻止不了。还不如让她回南阳，先将他们二人隔开，他再慢慢图谋。

所以，安华锦一声不吭离京，他这时候真是一点儿也不生气，反而觉得走得好。又想着，顾轻衍千万别追上安华锦，而他派出的人，最好快点儿追上顾轻衍，将他拦回来。二人见不着面，脾气闹得大，隔阂闹得深，结亲又不是结仇，他就好开口提不适合让他们悔婚了。相信届时，无论是南阳王，还是顾老爷子，都没话说。

皇帝打算得好，但他料错了安华锦。

安华锦的确是想回南阳了，临时冲动下做了决定，直到出了城，走了几十里地，看着出京直奔南阳的路，头脑骤然清醒了过来，猛地勒住了马缰绳。

安平见她停下，也勒住马缰绳："小郡主？"

难道是又不想走了吗？他还是很期待跟着去南阳的，不想回京，虽然安家老宅很是清静，有看不完的书，但南阳更好，有南阳王府，有军营，他也会有事情做。

安华锦摇摇头，她不是不想走，她还是想走，她是真不想在京中日日混日子了，是真想回南阳了。但她就这么走了的话，顾轻衍呢？他会怎么办？

她虽然对他颇有些生气恼怒，但到底舍不得这么扔下他。他本就心思深，心思深的人，容易想得多，尤其人又聪明，聪明的人有时候一旦真的钻起牛角尖来，十头牛都拉不住，更会走入死胡同，进而折磨自己。

安华锦还是舍不得他折磨自己，总之，就是不忍心，心软，怕他难受。

她在京中，这十多日，他不见她，指不定心里怎么想九曲十八弯呢。若是她真回了南阳，相隔两地，他心思如海深，九曲成九十曲，十八弯成一百八十弯，指不定怎么难熬呢。

于是，她望着前方碧空如洗的长天，长长地叹了口气："再往前走几十里，是不是有一个小镇？今日就在那个小镇落宿吧！"

安平一愣："是有，叫清平镇，出京百里就歇宿？"

照这个速度，什么时候才能走到南阳啊！

安华锦笑着看了他一眼："你不是聪明吗？怎么这会儿这么笨呢，我是在那个小镇等等顾轻衍，等他一晚上。他若是追出来，我就与他好好道个别，让他安心，不至于我走后，他想不开，把自己折磨得不成样子。他若是不追来，便没什么可说的了，明日起早启程我们快马加鞭赶路就是了。"

安平懂了："听小郡主的。"

安华锦做了决定后，便放慢了马速，与安平慢悠悠地前往清平镇。